W0389847

mtb

Zum Buch:

Ronan hat sich für ein Leben in der Einsamkeit der Berge entschieden. Hier kann er seine Kunst erschaffen und hat Ruhe vor seinem berühmten Vater, der ihn und seine Brüder mit überzogenen Erwartungen quält. Außerdem kann er hier vergessen, dass seine Eltern ihm seine wahre Mutter verschwiegen haben und er nur ein Halbbruder ist. Als er aber der lebensfrohen und fröhlichen Natalie begegnet, verspürt Ronan wieder Lust, unter Leute zu gehen und nach Happily Inc zu fahren. Solange es bei einer Beziehung ohne Verpflichtungen bleibt, tut Natalie ihm gut. Sie darf sich nur nicht mehr von ihm versprechen …

Zur Autorin:

Die SPIEGEL-Bestsellerautorin Susan Mallery unterhält ein Millionenpublikum mit ihren Frauenromanen voll großer Gefühle und tiefgründigem Humor. Mallery lebt mit ihrem Ehemann und ihrem kleinen, aber unerschrockenen Zwergpudel in Seattle.

Lieferbare Titel:

Planst du noch oder liebst du schon?
Die Liebe trägt Giraffenpulli

Susan Mallery

Familie ist, wenn man trotzdem liebt

Roman

Aus dem Amerikanischen von
Ivonne Senn

mtb

MIRA® TASCHENBUCH

FSC
MIX
Papier
FSC® C014496

1. Auflage: Januar 2019
Deutsche Erstausgabe
Copyright © 2019 für die deutsche Ausgabe by MIRA Taschenbuch
in der HarperCollins Germany GmbH, Hamburg

Copyright © 2018 by Susan Mallery, Inc.
Originaltitel: »Why Not Tonight«
erschienen bei: HQN Books, Toronto

Published by arrangement with
HARLEQUIN ENTERPRISES II B.V./SARL

Umschlaggestaltung: bürosüd, München
Umschlagabbildung: www.buerosued.de
Lektorat: Stefanie Kruschandl
Satz: GGP Media GmbH, Pößneck
Printed in Germany
Dieses Buch wurde auf FSC®-zertifiziertem Papier gedruckt.
ISBN 978-3-95649-866-4

www.mira-taschenbuch.de

Werden Sie Fan von MIRA Taschenbuch auf Facebook!

Als ich neun Jahre alt war, gingen meine Eltern mit mir zum Augenarzt, der mir sagte, ich würde ab jetzt eine Brille tragen müssen. Ich war am Boden zerstört und habe geschluchzt, wie nur ein kleines Mädchen mit gebrochenem Herzen es tut, das glaubt, nun würde ihm nie wieder jemand sagen, dass es hübsch sei.

Als ich fünfzehn war, habe ich meinen Vater überzeugt, mir Kontaktlinsen zu kaufen. (Und ich schäme mich nicht, zuzugeben, dass ich seine Schuldgefühle wegen der Scheidung als Druckmittel eingesetzt habe, um meinen Willen durchzusetzen.) Die Ordnung im Universum war wiederhergestellt, auch wenn Kontaktlinsen eine echte Qual sind, das kann ich euch sagen.

Eine LASIK-Operation später benötigte ich weder Kontaktlinsen noch Brille. Aber meine Sehstärke ließ im Laufe der Zeit nach, und jetzt brauche ich wieder eine Brille zum Autofahren und um mich in größeren Menschenmengen zurechtzufinden. Es ist genügend Zeit vergangen, sodass es mir nichts mehr ausmacht, sie zu tragen, aber ich habe mich immer gefragt, warum es nicht mehr Heldinnen in Liebesromanen gibt, die eine Brille tragen. Auch auf dem Buchcover. Nun, jetzt gibt es wenigstens eine. Diese Geschichte ist für euch alle da draußen, die ebenfalls eine Brille tragen. Möget ihr immer wissen, wie schön ihr seid.

1. Kapitel

Natalie Kaleta fuhr in die Berge hinauf, bereit, den Drachen am Bart zu packen und aus seiner Höhle zu ziehen. Sie war mutig, sie war furchtlos, sie war auf einer Mission. Nur, hieß es wirklich »den Drachen am Bart packen«? Hatten Drachen überhaupt Bärte? Und wenn ja, galt das dann nur für die männlichen Drachen, oder mussten die Mädchen sich auch mit einem Bart herumschlagen? Das wäre ziemlich unfair.

Okay, dieses Drachenbart-Thema war also höchst fraglich, aber bezüglich der Höhle war sie sich sicher. Drachen hatten Höhlen. Cool aussehende Höhlen mit geheimen Zimmern und verborgenen Schätzen und vielleicht sogar einem Kronleuchter, weil der in einer Höhle super aussehen und sein Licht von den Schuppen des Drachen wunderbar reflektiert würde.

Wobei der Strom natürlich ein Problem war. Ein Drache konnte ja schlecht den örtlichen Energieversorger anrufen und sich eine Leitung legen lassen. Wie sollte er mit seinen Klauen die Telefonnummer eintippen? Und wie würde er überhaupt für das Telefon bezahlen?

Kerzen gingen. Drachen waren groß genug, um die Kerzen an einem Kronleuchter zu entzünden und bei Bedarf zu ersetzen ... trotzdem, wenn ein Drache kein Telefon kaufen konnte, wie sollte er dann Kerzen kaufen? Er könnte sie natürlich selbst herstellen. So schwer war das nicht. Natalie hatte einmal einen Kurs besucht, als sie in Betracht gezogen hatte, Kunstwerke aus Wachs herzustellen.

Okay, also ein Kronleuchter mit Kerzen, ein bartloses Drachenmädchen und kein Telefon.

Mit dieser Vorstellung war Natalie zufrieden. Sie bog von der Hauptstraße ab, als ihr Navi es ihr sagte, und fuhr weiter in die Berge hinauf. In den Regen. Wobei *Regen* nicht ansatzweise die Wassermengen beschrieb, die vom Himmel fielen. *Monsun* wäre passender. Es war Ende August und somit immer noch jene Zeit, in der es in der Wüste wie verrückt regnete.

Natalies klappriger, fünfundzwanzig Jahre alter Volvo schnaufte, als die Straße steiler wurde. Sie schaltete runter, sprach stumme Worte der Ermutigung und wünschte sich, der Drache möge ihrem Auto einen kleinen Schubs geben ... oder sie auf seinem Rücken mitnehmen.

»Du schaffst das«, versicherte sie ihrem Wagen und hoffte, dass das nicht gelogen war, denn sie wollte nicht im Regen – oder überhaupt – am Straßenrand liegen bleiben. Ehrlich, wann war es schon passend, mit dem Wagen im Nirgendwo zu stranden?

Erneut bog sie auf Anweisung ihres Navis rechts ab. Die Straße wurde enger und der Regen stärker.

Das macht keinen Spaß, dachte sie und fuhr aus Rücksicht auf den Motor ihres Wagens langsamer. Sie hätte sich nicht freiwillig melden sollen, um nach Ronan zu sehen. Nur – irgendwer musste es ja tun. Seit mehr als einer Woche hatte niemand etwas von ihm gehört, und er reagierte auch nicht auf ihre Nachrichten.

Es war nicht ungewöhnlich, dass Ronan Mitchell sich tagelang zu Hause in seiner Arbeit vergrub, aber normalerweise antwortete er immer, wenn sie ihm eine Nachricht schickte. Als Teilzeit-Managerin der *Willow Gallery* war Natalie für alle einheimischen Künstler verantwortlich. Das waren genau drei. Nick, Mathias und Ronan. Die ersten beiden machten nie irgendwelche Probleme, aber Ronan war eine riesige, irgendwie gut aussehende Nervensäge.

Sicher, seine Arbeit war umwerfend. Was er mit Glas anstellen konnte – wie er den Eindruck von Bewegung erschuf –, das war unglaublich. Doch er war nicht besonders freundlich, und, was für sie noch schlimmer war: Wenn er verschwand, so wie jetzt, schottete er sich vollkommen ab. Manchmal musste sie ihm sogar eine Nachricht schreiben, um zu erfahren, ob er zu Hause war und schmollte oder ob er tot war. Aber auf diese Nachrichten bekam sie immer eine Antwort. Nur in den letzten fünf Tagen nicht.

Niemand hatte etwas darüber gehört, dass er auf Reisen war. Ronan reiste nicht gern, und wenn er es mal tat, dann nur geschäftlich. Daher wussten in solchen Fällen alle in der Galerie, wo er war. Doch das war diesmal nicht der Fall. Seine Brüder hatten auch keine andere Erklärung für dieses spurlose Verschwinden als Ronans üblichen Drang, sich von der Welt zurückzuziehen – oder, wie sie es nannte, das Schmollen des brütenden Künstlers.

Sie hatte versucht, ihre Chefin zu überreden, nach ihm zu sehen. Atsuko hatte allerdings nur gelacht und gesagt, dass Natalie ihr die Benzinkosten in Rechnung stellen solle, falls sie tatsächlich hinfuhr. Was sie gerade tat. Während sie sich durch den strömenden Regen den Berg hinaufkämpfte, wünschte sie sich, es gäbe wirklich Drachen. Oder breitere Leitplanken, für den Fall, dass ihre Reifen den Grip verloren.

»Nur noch ein kleines Stück«, flüsterte sie.

Sie war erst ein paar Mal bei Ronan gewesen. Einmal, um einige Pakete abzuliefern – ja, mit dem Job als Büroleiterin einer Galerie ging eine wahnsinnige Verantwortung einher –, und einmal, um eines seiner Kunstwerke für die Galerie abzuholen. Beide Male hatte er sie nicht in sein wunderschönes Haus gebeten. Wenn sie es heute schaffte, den Berg hochzukommen, würde sie darauf bestehen, eine Führung zu bekommen … und einen Snack. Das war ehrlich gesagt das Mindeste, was der Mann tun konnte, nachdem er nicht zugegeben hatte, tot zu sein.

Außer, er war es doch.

Daran wollte Natalie nicht denken. Aber aus welchem Grund hatte Ronan sich dann nicht gemeldet? Vielleicht ist er verletzt, dachte sie. Nur, wäre das besser? Wenn er so schwer verletzt war, dass er ihr keine Nachricht schicken konnte, dann könnte da eine Menge Blut sein. Und auch wenn sie eine sehr patente Frau war, mit Blut kam sie nicht gut zurecht.

»Mir geht es gut«, sagte sie sich und schluckte die Galle hinunter, die in ihr aufstieg. »Da ist kein Blut. Nur Regen. Sieh doch!«

Sie umklammerte das Lenkrad mit beiden Händen und fuhr weiter. Der Regen rauschte die Straße hinunter, und am Himmel leuchteten Blitze auf. Sie verlangsamte das Tempo noch mehr, weil ihr Auto sich lauthals beschwerte. Irgendwo im Motorraum fing es an zu klopfen. Dann flammte eine unheilvolle rote Lampe im Armaturenbrett auf.

Sie war sich ziemlich sicher, schon in der Nähe seines Hauses zu sein. Bei dem starken Regen sah alles anders aus, aber wenn sie sich nicht irrte, müsste hinter der nächsten Kurve …

Natalie schrie auf, als ihr Wagen in eine Schlammlawine geriet und langsam von der Straße rutschte. Die Panik hatte sie noch nicht ganz erfasst, da prallte der Wagen auch schon gegen etwas Hartes. Ihr Körper zuckte, der Motor erstarb, und dann gab es nur noch das Geräusch des fallenden Regens.

»Das kann nicht gut sein«, murmelte sie und zog den Schlüssel aus dem Zündschloss. Anschließend löste sie den Gurt, blinzelte durch den dichten Vorhang aus Regen. War das Ronans Haus? Ja, offenbar schon. Sie schien es bis zu seiner Einfahrt geschafft zu haben, bevor dann das Unglück geschehen war.

»So ein Mist.«

Sie war gegen einen Baum gedrückt worden. Einen großen Baum, der vermutlich eine ziemlich große Delle in ihrem klapprigen Fahrzeug hinterlassen hatte. Auch wenn Atsuko angeboten hatte, Natalie die gefahrenen Meilen zu ersetzen, würde ihre Chefin wohl kaum bereit sein, die zusätzlichen

Kosten für die Reparatur zu übernehmen. Außerdem hatte Natalies Lieblingsmechaniker ihr beim letzten Werkstattbesuch gesagt, dass man für das Auto nichts mehr tun könne und es eine ordentliche Beerdigung verdient habe.

Woran sie arbeitete. Also nicht an der Beerdigung, sondern daran, sich ein neues Auto zuzulegen. Sie hatte Ersparnisse, die jedoch noch nicht ganz reichten. Egal. Erst einmal musste sie es schaffen, zum Haus zu kommen, ohne weggespült zu werden.

Natalie schaute zu dem Regenschirm, den sie mitgebracht hatte, und wusste, dass er vollkommen nutzlos war. Also zog sie den Reißverschluss ihres leichten Mantels zu, schnappte sich ihre Handtasche und öffnete die Wagentür.

Sofort prasselte der Regen auf sie ein, doch das war nichts im Vergleich zu dem kalten, nassen Schlamm, der um ihre Knöchel wirbelte. Sie schrie auf und wollte zum Haus rennen, nur ging das leider nicht. Bei jedem Schritt musste sie mühsam den Fuß aus dem Matsch ziehen, bevor sie ihn wieder aufsetzen konnte. Der Schlamm sickerte in ihre Stiefeletten und spritzte an ihren Beinen hoch. Hinzu kam, dass die Temperaturen bei dem Sturm stark gefallen waren und Natalie nun vor Kälte zitterte.

Innerhalb weniger Minuten war sie bis auf die Haut durchnässt. Die Haare klebten ihr am Kopf, Wasser rann von ihrer Brille, und nach ungefähr fünf Schritten verlor sie einen Schuh.

»Verdammt sollst du sein, Ronan Mitchell«, rief sie in den Sturm hinein. »Du bist besser tot, denn sonst bringe ich dich eigenhändig um.«

Das Haus, eine riesige Festung aus Stein, das normalerweise aussah, als wäre es aus der Bergflanke gewachsen, war bei der Sintflut kaum zu erkennen. Natalie ging weiter, denn wenn sie stehen blieb, würde sie vom Wasser bergab geschwemmt werden. Sie kämpfte sich zur Haustür durch und drückte auf die Klingel, bevor sie anfing, an die Tür zu hämmern.

Ohne Vorwarnung wurde die Tür geöffnet, sodass Natalie beinahe ins Haus fiel. Ronan Mitchell starrte sie mit weit aufgerissenen Augen und verwirrter Miene an.

»Da draußen tobt ein Unwetter, Natalie. Was machst du hier?«

»Ein Unwetter? Wirklich? Ist mir gar nicht aufgefallen, als ich von der Straße gerutscht und auf meinem Weg hier herauf beinahe ertrunken wäre. Wow. Ein Unwetter! Wer hätte das gedacht?«

Er packte sie am Arm und zog sie ins Haus. »Ich weiß, du bist sauer. Denn du bist sonst nie sarkastisch. Was ist passiert?«

»Was passiert ist?«, fragte sie, während sie auf seinen Fußboden tropfte. »Das ist nicht die Frage.« Sie versuchte, sich die Feuchtigkeit aus dem Gesicht zu wischen, bis ihr auffiel, dass ihre nassen Haare die Quelle des konstanten Wassernachschubs waren. »Die Frage ist: Warum bist du nicht tot?«

Ronan starrte sie eine Sekunde lang an. »Hast du dir den Kopf gestoßen?«

»Nein. Habe ich nicht. Ich bin gegen einen Baum gedrückt worden, was übrigens nicht meine Schuld war. Das war der Schlamm.« Sie fing an, sichtlich zu zittern; ohne Zweifel kam das vom Schock und von der Klimaanlage im Haus. »Du bist nicht an dein Telefon gegangen. Ich habe dir Nachrichten geschickt, dann habe ich dich ungefähr elf Mal angerufen. Alle haben sich Sorgen gemacht, und da die anderen alle wichtiger sind als ich, wurde mir die Aufgabe übertragen, hier raufzufahren und nach dir zu sehen.«

»Ich habe mein Handy im Studio in der Stadt gelassen. Genauer gesagt: in meinem Spind.« Er zuckte mit einer Schulter. »Deshalb hast du es vermutlich nicht klingeln gehört, als du mich angerufen hast.«

»Im Studio?« Ihre Stimme wurde lauter. »Du hast dein Handy bei der Arbeit gelassen, und deshalb musste ich den ganzen Weg hierherkommen?«

Er zuckte wieder mit einer Schulter. »Sorry.« Dann sah er sie von oben bis unten an. »Du bist durchnässt und zitterst. Komm, trocknen wir dich erst einmal.« Er drehte sich um und ging den langen Flur hinunter.

Natalie versuchte, ihm zu folgen, als ihr auffiel, dass sie nur noch einen Schuh hatte. Sie zog ihn aus und ging Ronan barfuß, tropfend und zitternd hinterher. Nicht gerade der beste Moment ihres Lebens.

»Das ist alles deine Schuld«, sagte sie, als sie ihn eingeholt hatte. »Du hättest …«

»Ich habe kein Festnetz.«

»Dann hättest du eine E-Mail schicken können«, konterte sie triumphierend. »Als dir aufgefallen ist, dass du dein Handy vergessen hast, hättest du einem von uns eine E-Mail schreiben sollen.«

»Ich dachte nicht, dass es wichtig wäre. Es waren doch nur ein paar Tage.«

»Fünf. Es ist fünf Tage her, seit dich irgendjemand gesehen hat.«

Er sah sie unter erhobenen Augenbrauen an.

»Ach bitte. Ich weiß das nur, weil es mein Job ist, das zu wissen. Bilde dir bloß nichts ein.«

Es war nicht so, dass sie Ronan nicht attraktiv fand. Er war groß und muskulös, hatte hellbraunes Haar und grüne Augen. Eine Frau musste schon sehr … nun, sie wusste nicht, was eine Frau sein musste, um sein gutes Aussehen nicht zu bemerken. Aber das durfte er niemals erfahren.

»Glaubst du, mir macht es Spaß, für dich und deine Brüder den Babysitter zu spielen?« Sie versuchte, hochmütig und genervt zu klingen, was nicht leicht war, weil sie und ihre Stimme so sehr zitterten. »Wenn ihr einfach auftauchen und eure Arbeit erledigen würdet … Aber neiiiin. Du musst ja hier draußen in den Bergen leben wie ein Troll.«

Sie folgte ihm in ein großes Schlafzimmer, das von einem

riesigen Bett und einem offenen Kamin dominiert wurde. Gerade wollte sie mit ihrer Beschwerde fortfahren, dass das alles seine Schuld sei, da erblickte sie an einem Spitzfenster ein großes Stück Glaskunst. Vor Staunen blieben ihr die Worte im Hals stecken.

Die Statue musste mindestens zweieinhalb Meter hoch sein und erstrahlte in sämtlichen Blauschattierungen. Teils Kobold, teils Elfe und unglaublich weiblich, schien die Kreatur vor dem Betrachter herumzuwirbeln. Ihre Füße wirkten, als würde sie jeden Moment anfangen zu tanzen, während die Flügel sie in der Luft zu halten schienen. Sie war kurvig und nackt, dabei unglaublich sinnlich und wie aus einer anderen Welt.

Natalie tapste mit nassen Socken über den Holzfußboden zu dem Kunstwerk und streckte ihre Hand aus, ohne es zu berühren. Das Gesicht der Statue war wunderschön – alle Konturen stark ausgeprägt, wie um zu betonen, dass sie nicht menschlich war. Die Haare waren kurz und stachelig, die Lippen auf eine Weise geöffnet, dass Natalie beinahe erwartete, sie singen oder zumindest sprechen zu hören.

»Kein Wunder, dass du keine Freundin hast«, sagte sie, bevor sie sich zurückhalten konnte. »Wer könnte es schon mit ihr hier aufnehmen?«

»Wir hatten aber nie Sex«, entgegnete er trocken und ein wenig amüsiert.

»Du hättest sie anatomisch korrekt machen sollen.« Natalie umrundete die Statue, bewunderte den Schwung der Linien und wünschte sich, sie hätte nur ein Viertel von Ronans Talent. »Auch wenn die Position es schwer machen würde. Trotzdem, sie wäre es wert.«

»Sagst du eigentlich immer, was du denkst?«

Sie überlegte kurz. »Vermutlich schon. Ich bemühe mich, nie gemein oder verletzend zu sein, aber ansonsten neige ich nicht zur Selbstzensur. Das ist mir zu viel Arbeit.«

»Komm jetzt. Du musst dich aufwärmen.«

Erst als sie das große Bad mit der Dampfdusche und einer Badewanne, die locker Platz für vier Personen bot, betrat, wurde ihr wirklich bewusst, dass das hier sein Badezimmer war. Was bedeutete: Das davor war sein Schlafzimmer gewesen.

Und ja, sie fand Ronan sehr attraktiv, und sie hatte schon den einen oder anderen unartigen Tagtraum über ihn gehabt. Aber … sollten sie sich zuerst nicht ein wenig unterhalten?

»W…was machst du da?«, fragte sie, als er ein paar Knöpfe auf einer kompliziert aussehenden Tastatur außen an der Dusche drückte.

»Ich sorge dafür, dass dir wieder warm wird. Warte hier.«

Er verschwand und kehrte kurz darauf mit einem T-Shirt, Socken, einem Sweatshirt und einer Jogginghose zurück.

»Das wird dir alles viel zu groß sein, aber du musst ja etwas anziehen, während deine Sachen trocknen. Wir waschen sie, wenn du fertig bist.«

»Ach ja?«

Er kehrte zu der Tastatur zurück und drückte noch einen Knopf. Nach ein paar Sekunden begann das Wasser zu fließen, und die Dusche füllte sich mit Dampf.

»Ich lass dich jetzt allein«, erklärte er. »Gönn dir eine ausgiebige Dusche. Wenn du dich aufgewärmt hast, findest du mich in der Küche.«

Nicht im Bett? Der Gedanke kam ohne Vorwarnung, und Natalie fragte sich, ob sie sich vielleicht doch den Kopf gestoßen hatte. Bestenfalls betrachtete Ronan sie als eine Mischung aus nützlicher Büroeinrichtung und kleiner Schwester. Schlimmstenfalls fand er sie einfach nur nervig. Und nervige Frauen hielten Männer grundsätzlich nicht für besonders attraktiv. Außerdem war da noch die Elfe. Wer konnte schon mit ihr mithalten?

»Wie schalte ich die Dusche wieder aus?«, fragte sie.

Er zeigte auf einen roten Knopf mit der Aufschrift *Aus*.

»Oh. Okay. Das schaffe ich.«

»Ich habe vollstes Vertrauen in dich. Und nun geh duschen.«

»Du musst mich nicht so herumkommandieren. Ich habe es nur gut gemeint, als ich hier raufkam, um nachzusehen, ob du tot bist. Und ich habe keine Ahnung, was ich getan hätte, wenn hier eine Leiche gelegen hätte. Also ist das alles eigentlich deine Schuld. Du hättest eine E-Mail schicken können.«

»Das hast du bereits erwähnt.« Er zeigte auf die Dusche. »Los jetzt.«

Sie wies zur Tür. »Raus mit dir.«

Er grinste schief. »Ja, Ma'am.« Dann drehte er sich um und ging.

»Nervensäge«, murmelte sie, als sie ihr nasses, schlammbespritztes Kleid über den Kopf zog und auf den Boden fallen ließ. Dann legte sie ihre Brille auf den Rand des Waschbeckens. Doch sie sagte das Wort ohne besonderen Nachdruck, und als Natalie unter die Dusche trat, merkte sie, dass sie lächelte.

Ronan schloss die Badezimmertür hinter sich, bevor er das Schlafzimmer durchquerte. Im Türrahmen blieb er stehen und schaute noch einmal zu dem Kunstwerk am Fenster zurück. Selbst im düsteren Licht heute wirkte es beinahe lebendig.

Er hatte die Figur erschaffen – hatte die verschiedenen Teile entworfen, die das Ganze ergaben, hatte mit den Farben gespielt, bis er die richtige Kombination gefunden hatte, und hatte sie mit Hilfe seiner Brüder aus Glas zum Leben erweckt. Sie war eines seiner besten Kunstwerke. Etwas, worauf er stolz sein konnte. Daran sollte er sich festhalten, denn etwas Besseres würde er vermutlich nie erschaffen. In den letzten Monaten war ihm klar geworden, dass er womöglich nie wieder etwas erschaffen würde. Sein Talent – worin auch immer das bestanden hatte – war weg. Und er hatte keine Ahnung, wie er es zurückholen sollte.

Seufzend wandte er sich vom Fenster ab und ging in die Küche. Dort setzte er Teewasser auf und ging dann in die gut gefüllte Speisekammer, um zu sehen, ob seine Teilzeithaushälterin etwas hinterlassen hatte, das Natalie schmecken würde. Er entschied sich für eine Dose Hühnersuppe und füllte sie in eine Schüssel, um sie in der Mikrowelle zu erhitzen.

In den Bergen zu wohnen hatte seine Vorteile – zum Beispiel Ruhe und Frieden und nur sehr selten einen spontanen Besucher. Die Kehrseite war, dass es in der Nähe keinen Lieferservice gab, und wenn das Wetter schlecht wurde – was ein oder zwei Mal im Jahr passierte –, war er entweder hier oben oder unten in der Stadt gefangen.

Er nahm seinen Laptop und loggte sich schnell in die Webseite von Happily Inc ein. Kopfschüttelnd betrachtete er die Landkarte für die Gegend. Es gab bereits mehrere Straßen, die durch Schlammlawinen und herabfallende Steine blockiert waren. Er hatte das Gefühl, dass Natalie für eine Weile sein Gast sein würde.

Rasch schrieb er seinem Bruder Nick eine E-Mail, um ihm zu sagen, was passiert war und dass Natalie sich in Sicherheit befand. Dann schaute er aus dem Fenster in den strömenden Regen hinaus. Er hatte keine Ahnung, wie Natalie es in ihrem Wagen den Berg hinaufgeschafft hatte. Die Kiste war alt und lief kaum noch. Er konnte nicht fassen, dass irgendjemand sie bei diesem Wetter ausgerechnet in diesem Auto hier heraufgeschickt hatte. Wenn er das nächste Mal in der Stadt war, würde er ein ernstes Wörtchen mit seinen Brüdern und Atsuko, der Besitzerin der Galerie, reden. Sie sollten sich besser um Natalie kümmern.

»Du siehst grimmig aus.« Natalie betrat die Küche. »Habe ich mit meiner Anwesenheit eine Störung des Kraftfelds verursacht? Störe ich deine männliche Energie?«

Er musste lächeln. »Ich bin durchaus in der Lage, deine Energie abzulenken«, erklärte er.

»Na, na. Frauen stören die männliche Energie schon seit Jahrhunderten. Das ist Teil unseres Zaubers.«

»Hast du gerade ›na, na‹ als Teil deiner Argumentation benutzt?«

»Das habe ich. Und es war effektiv.«

»Ach, so nennen wir das also?«

Er beobachtete, wie sie durch die Küche schlenderte. Trotz ihrer Kurven waren ihr die geliehenen Sachen viel zu groß. Er war knapp eins neunzig und sie kaum eins sechzig. Sie musste die Jogginghose mit einer Hand festhalten, und das Sweatshirt reichte ihr bis zur Mitte der Oberschenkel.

Die Dusche hatte alle Spuren von Make-up fortgespült, sodass Natalie nun sehr jung und verletzlich aussah. Ihr Haar war feucht und lockig. Es fiel ihr in kleinen Ringeln auf die Schultern.

»Ehrlich gesagt ist es ein Wunder, dass du in einem Stück hier angekommen bist«, erklärte er ihr. »Ich kann nicht glauben, dass meine Brüder und Atsuko dich bei diesem Unwetter hier hochgeschickt haben. Der Schrotthaufen auf Rädern, den du fährst, ist nicht sicher.«

Sofort wirkte sie schuldbewusst. »Nun ja, eigentlich sollte ich Nicks Truck nehmen, der einen Allradantrieb hat. Aber der ist so groß, und ich fühle mich nicht wohl, ihn zu fahren, also habe ich es gelassen. Sei nicht sauer auf sie. Sie wussten es nicht.« Sie hielt inne. »Jetzt wissen sie es vermutlich schon.«

Na, immerhin – jetzt musste er seine Brüder nicht verprügeln. Früher hätte er eine Konfrontation mit einem oder allen von ihnen nicht gescheut. Aber in letzter Zeit zog er es vor, sich zu distanzieren – wegzugehen, statt zu handeln. Abstand zu halten. Das war sein neues Mantra. Und es zeigte ziemlich genau, an welchem Punkt er sich in seinem Leben gerade befand.

Natalie schob ihre rote Brille hoch und schnupperte. »Ist das Suppe? Hast du für mich gekocht?«

»Ich habe eine Dose geöffnet.«

»Was für ein Kerl.« Sie setzte sich auf einen Hocker an der Kücheninsel und grinste. »Du darfst sie jetzt servieren.«

»Wirklich? Das lässt du zu?«

Sein Scherz brachte ihm ein Lächeln ein.

Natalie war einer dieser Menschen mit sonnigem Gemüt. Sie hatte immer gute Laune, freute sich immer über das, was das Leben ihr bot. Er schätzte, er könnte das nervig finden, doch das tat er nicht. Wenn er mit ihr zusammen war, fühlte er sich besser. Es gefiel ihm, zu wissen, dass es in ihrem Leben keine Tragödien gab. Sie war fröhlich, lustig und talentiert, auch wenn sie bei dem letzten Punkt vermutlich widersprechen würde. Laut ihrer eigenen Aussage spielte sie nur ein wenig mit Papier herum, mehr nicht.

Doch er sah das anders. Natalie war eine talentierte Künstlerin, die aus Papier und gefundenen Objekten einzigartige Werke erschuf. Und auch wenn der Erfolg noch etwas auf sich warten ließ – Natalies Zeit würde kommen.

Er stellte ihr eine Schüssel mit Suppe und eine Tüte Cracker hin. Nachdem er heißes Wasser in einen Becher gegeben hatte, bot er ihr eine Auswahl verschiedener Teebeutel an. Sie wählte einen aus und ließ ihn in das dampfende Wasser fallen. Ronan lehnte sich an den Tresen.

»Du bist ziemlich gut ausgerüstet«, merkte sie an, nachdem sie die Suppe probiert hatte. »Cracker, Tee, Suppe. Ich weiß aber, dass du nicht einkaufen gehst.«

»Meine Haushälterin sorgt dafür, dass die Speisekammer und die Gefriertruhe immer gut gefüllt sind. Sie kümmert sich auch um die Wäsche.«

Draußen heulte der Wind. Natalie schaute zu den Lampen empor. »Die flackern nicht einmal. Hast du einen eigenen Generator?«

Er nickte. »Wasser und Strom beziehe ich aus der Stadt, aber wenn das Wetter sehr schlecht ist, können die Leitungen tagelang ausfallen.«

»Und da sagt man, kein Mensch wäre eine Insel.«

Sie aß noch einen Löffel Suppe, bevor sie die Cracker-Tüte öffnete. Nachdem sie ein paar in ihre Suppe geschüttet hatte, bot sie ihm die Packung an. Er nahm sie und aß eine Handvoll.

»Wo hast du deine Sachen gelassen?«, wollte er wissen.

»Im Badezimmer.«

»Wenn du aufgegessen hast, starten wir eine Maschine Wäsche. Es sollte nicht lange dauern – nicht, dass du irgendwo hinkönntest.«

Er schaute zum Fenster. Es war schon spät am Nachmittag, und der Regen schien nicht nachzulassen. Laut Wetterbericht sollte das Unwetter am Morgen vorbei sein. Je nachdem, ob und wo es Schlammlawinen gegeben hatte, würden die Straßen noch mehrere Tage lang unpassierbar sein. Und selbst wenn sie nicht blockiert waren, würde er Natalie auf keinen Fall mit ihrem Schrotthaufen den Berg hinunterfahren lassen, bevor er nicht wusste, dass die Wege geräumt waren.

Sie folgte seinem Blick. »Du glaubst, ich wäre hier gefangen, aber ich denke nicht. Es geht nur bergab. So fährt mein Auto am besten.«

»Du wirst nirgendwo hinfahren, bis der Regen nicht aufgehört hat und ich die Gelegenheit hatte, die Straßen zu überprüfen.«

Eine Sekunde lang dachte er, sie würde ihm die Zunge herausstrecken. Doch stattdessen rümpfte sie nur die Nase und sagte: »Du warst schon immer der herrischste der Mitchell-Brüder. Aidan und Del kenne ich zwar nicht so gut, aber trotzdem. Was dich, Nick und Mathias angeht, bist du Mr. Oberbefehlshaber. Du hältst dich zwar für einen grüblerischen Typen, aber das bist du nicht. Du schmollst und bist herrschsüchtig.«

»Mr. Oberbefehls…«

»…haber. Ja, so nenne ich dich in Gedanken. Jetzt weißt du es.«

Er war nicht sicher, was er mit dieser Information anfangen sollte. »Trotzdem fährst du bei dem Unwetter nicht nach Hause.«

»Gefangen in der Drachenhöhle.«

Bevor er fragen konnte, was sie damit meinte, strahlte sie ihn an. »Zumindest gibt es im Eingangsbereich einen Kronleuchter. Der ist sehr schön. Ich hatte gedacht, er wäre vielleicht mit Kerzen bestückt, aber Glühbirnen sind auch nett.«

»Ich habe keine Ahnung, wovon du da redest.«

Sie lächelte. »Das hast du selten. Ist schon gut, ich springe ziemlich flink zwischen den Themen hin und her.«

»Soll das heißen, ich kann das nicht?«

»Du kannst schnell sein, vermutlich sogar schneller als ich, aber flink ist etwas anderes.«

Er wusste einfach nicht, was er von ihr halten sollte. Vor zwei Jahren hatte Natalie angefangen, als Büroleiterin in der *Willow Gallery* zu arbeiten und ihn und seine beiden Brüder zu hüten. Sie behielt das Inventar im Auge, verfolgte die Verkäufe und bezahlte die Künstler, wenn ihre Stücke verkauft worden waren.

Er hatte sie schon immer anziehend gefunden. Sie war hübsch und sexy, und es war lange her, dass es eine Frau in seinem Leben gegeben hatte. Aber je besser er sie kennenlernte, desto mehr schätzte er ihre fröhliche Art. Er war überhaupt kein fröhlicher Typ und wollte nicht das Risiko eingehen, Natalie zu ändern. Gott bewahre, dass sie ihm irgendwann ähnlich wurde und genauso eine negative Sicht auf das Leben bekam! Also versuchte er, ihr im Studio aus dem Weg zu gehen, und behielt sein Interesse an ihr für sich.

Sie hier zu haben ist kein Problem, sagte er sich. Es war ja nur vorübergehend. Er würde die Unterbrechung genießen, dankbar für die Ablenkung sein und Natalie, wenn das Unwetter vorbei war, wieder ihrer Wege gehen lassen.

Eine Windböe ließ die Fenster klirren.

»Ich werde husten und prusten und dir dein Haus zusammenpusten«, sagte sie lachend. »Ich bin froh, dass das hier ein Steinhaus ist und nicht eines aus Stroh.«

»Ich auch.«

Ein Blitz erhellte den spätnachmittäglichen Himmel und tauchte die Küche in grelles Licht. Sofort folgte ein Donnerschlag, der das ganze Haus erschütterte. Sie zuckten beide zusammen und drehten sich abrupt um, als sie ein Krachen hörten.

Natalie sprang auf die Beine. »Was war das?«

Bevor er noch sagen konnte, dass er keine Ahnung hatte, ertönte ein lautes Ächzen, dann ein Rumpeln, als würde ein Teil des Berges abgerissen.

Ronan ging zur Vorderseite des Hauses. Natalie folgte ihm. Er zog die Tür in dem Moment auf, als ein dreißig Meter hoher Baum umfiel, während der Boden unter ihm wegrutschte. Wie in einem Dominoeffekt fingen die umstehenden Bäume an zu schwanken, dann wurden sie wie in Zeitlupe von der Schlammlawine in die Schlucht gerissen.

Der Lärm war ohrenbetäubend. Die gesamte Erde bebte. Die letzten Bäume erzitterten und verharrten einen Moment, als hätten sie sich noch nicht entschieden, in welche Richtung sie fallen wollten. Ronan sah die Fallstrecke, machte einen Schritt vor und hielt dann inne. Es gab nichts, was er tun konnte – nichts, was irgendjemand tun konnte. Der letzte Baum wankte noch eine Sekunde, dann fiel er zu Boden. Das Einzige, was ihm im Weg stand, war ein sehr klappriger, fünfundzwanzig Jahre alter Volvo. Der Baum stürzte auf Natalies Wagen und drückte ihn platt, bevor Baum und Auto den Berghang hinunterrutschten.

»Heilige Scheiße«, murmelte Natalie und fing dann an zu lachen. »Hast du das gesehen? Das war unglaublich.«

Er verspürte einen Anflug von Besorgnis. Bisher hatte er Natalie immer für lustig gehalten. Hatte er da geistige Instabilität mit Humor verwechselt?

Sie sprang ins Haus zurück und grinste ihn an, als er die Tür schloss.

»Du weißt schon, dass du gerade deinen Wagen an den Berg verloren hast, oder?«

Sie drehte sich einmal im Kreis, in einer Art von Tanz. »Er ist weg, er ist weg, er ist weg.« Dann wirbelte sie zu ihm herum und klatschte in die Hände. »Ich freue mich so.«

»Das ist keine normale Reaktion auf das, was gerade passiert ist.«

Sie hörte auf herumzutanzen und atmete tief ein. »Mein Versicherungsmakler hat mir gesagt, ich solle die Vollkaskoversicherung, oder wie auch immer das heißt, für meinen Wagen kündigen, weil er so alt ist und sich das nicht mehr lohnt. Nur wollte ich das nicht, weil es mir irgendwie … gemein vorkam. Als hätte ich das Auto aufgegeben.«

Diese Reaktion bereitete ihm nicht weniger Sorgen. »Du wolltest die Gefühle deines Autos nicht verletzen?«

»Ganz genau.« Ihr Lächeln kehrte zurück. »Jetzt müssen sie mir dank des Totalschadens den Wert meines Wagens ersetzen. Ich habe schon angefangen, für ein neues Auto zu sparen – also zumindest ein für mich neues –, aber ich habe noch nicht genug zusammen. Ich wollte es bar bezahlen und nicht finanzieren. Doch mit dem Geld von der Versicherung kann ich mir endlich ein neues Auto kaufen. Hurra! Ich hoffe, ich finde ein rotes.«

Sie fing wieder an zu tanzen. Ronan blickte aus dem Fenster in das Chaos aus Regen, Schlamm und umgefallenen Bäumen hinaus. Sie steckten hier fest, bis die Straßenwacht in die Berge kam, um alles aufzuräumen. Und wenn er sich Natalie so ansah, dann wusste er: Es würden ein paar sehr, sehr lange Tage werden.

2. Kapitel

Ronan schien die Herrlichkeit dieses Augenblicks nicht zu verstehen, also versuchte Natalie gar nicht weiter, es ihm zu erklären. Ihr Auto zu verlieren war fantastisch, aber wenn er das nicht kapierte, würde sie sich eben allein freuen.

»Ich habe der Gemeindeverwaltung geschrieben, während du im Bad warst«, erklärte er ihr. »Innerhalb der nächsten Stunde sollte ich eine Rückmeldung über den Zustand der Straßen erhalten, aber wenn diese Bäume umgefallen sind, fürchte ich, dass es andere auch getan haben.«

»Also hänge ich hier fest.« Sie drehte den Gedanken in ihrem Kopf hin und her. »Flippst du deswegen aus?«

Er grinste schief. »So schnell flippe ich nicht aus.«

»Dann kommen wir wohl klar.« Sie machte sich keine Sorgen, weil sie bei Ronan bleiben musste. Er war an sich ein netter Kerl, und sie hatten zu essen und einen Generator, also war alles gut.

Er zeigte ihr die Waschküche, die so viel schöner war als die in ihrem Wohngebäude.

»Ich kriege schon raus, wie das funktioniert«, erklärte sie ihm und beäugte die Laken in dem Wäschekorb neben der glänzenden Waschmaschine. »Ich packe die einfach dazu, um die Trommel vollzumachen. Wenn du also wieder an deine Arbeit zurückkehren willst …«

Er musterte sie ein paar Sekunden, dann nickte er. »Ich bin für ein paar Stunden in meinem Atelier«, sagte er. »Danach können wir uns überlegen, was wir zum Abendessen machen wollen.«

Sie hatte gerade eine Suppe und Cracker gehabt, würde also für eine Weile keinen Hunger haben. Nicht, dass sie jemals

Nein zu einer Mahlzeit sagen würde, aber trotzdem. »Klingt super.«

Sie sah ihm nach, als er ging, dann steckte sie ihre feuchten Sachen in die Waschmaschine, gab ein paar Bettlaken sowie Waschmittel dazu und schaltete die Maschine an. Erst dann fragte sie sich, ob er sich wirklich wieder an die Arbeit gemacht hatte. In letzter Zeit hatte er nichts produziert. Sie wusste nicht, ob sie die Einzige war, der das aufgefallen war, oder ob seine Brüder es ebenfalls bemerkt hatten. Ist seine mangelnde Schaffenskraft wohl der Grund dafür, warum er sich in den letzten Monaten zurückgezogen hat? fragte sie sich. So talentiert zu sein wie er und dann nicht arbeiten zu können, das musste … Nun, sie konnte sich ehrlich gesagt nicht vorstellen, wie das sein musste. Vermutlich war es das Traurigste überhaupt. Das kreative Talent zu verlieren war ihre Definition von Grausamkeit.

Die Klappe der Waschmaschine schloss mit einem befriedigenden *klick*. Natalie betrachtete sie einen Moment, dann sah sie auf dem Display, dass sie siebenundvierzig Minuten hatte, bis der Waschgang vorüber war. So lange konnte sie auf keinen Fall hier stehen bleiben und ihre Wäsche beobachten.

Das Richtige wäre, sich irgendwo ruhig hinzusetzen, vielleicht ein Spiel auf dem Handy zu spielen oder sich anderweitig um ihre eigenen Angelegenheiten zu kümmern. Doch das brennende Verlangen, das große, faszinierende Haus zu erkunden, war so viel größer. Ich werde einen Bogen um die allzu persönlichen Dinge machen, versprach sie sich. Nur eine schnelle Tour durch die öffentlichen Räume sollte aber in Ordnung sein.

Sie ging in Küche zurück und von dort in den Eingangsbereich, weil sie ganz vorn anfangen wollte. Die zweiflüglige Haustür war riesig. Sie sah aus, als wäre sie aus einem alten Schloss gerettet worden – wobei es davon im südwestlichen Bereich des Landes nicht gerade viele gab. Mit den Händen strich sie über das Holz und stellte sich kurz vor, wie Barbaren die Tür mit einem Rammbock aufbrachen.

Die Eingangshalle war groß und rund. Von der Decke im zweiten Stock hing ein riesiger Kronleuchter. Er schien aus der gleichen Ära zu kommen wie die Haustür und war aus Schmiedeeisen, was den mittelalterlichen Eindruck noch verstärkte. Zu ihrer Rechten führte eine Wendeltreppe ins obere Stockwerk hinauf. Zu ihrer Linken befand sich der kurze Flur, der in die Wohnküche führte. Direkt gegenüber von ihr gab es eine halb geöffnete Tür, hinter der sich ein ziemlich prosaisches, aber notwendiges Gäste-WC befand.

Sie ging den Flur zu ihrer Rechten hinunter. Er führte in ein wunderschönes Esszimmer mit einem großen Tisch und acht Stühlen. Ronan war nicht der Typ, der große Dinnerpartys gab, also konnte sie sich nicht vorstellen, dass er diese Möbel gekauft hatte. War das Haus möbliert gewesen, als er es erworben hatte?

Sie kehrte in die Küche zurück, die einfach nur riesig war. Moderne Edelstahleinbauten von bekannten Marken und wundervolle Arbeitsplatten aus Quarz. Die Fliesen an den Wänden bestanden aus Glas – in sämtlichen Farben von Grau über Blau und Grün bis hin zu Gelb. Je nachdem, wo sie stand, schienen die Farben miteinander zu verschwimmen oder einzeln herauszustechen. Wie, zum Teufel, machte man so etwas?

»Puh«, murmelte sie, als sie ihre Hand gegen die kühlen Fliesen drückte. Ronan war ein begnadeter Glaskünstler. Bestimmt hatte er die Fliesen selber gemacht.

Die zur Speisekammer gehörende Tür hatte eine Glasscheibe, durch die Natalie den eingebauten Weinschrank und eine Menge Regale sehen konnte. Nachdem sie einen Blick über ihre Schulter geworfen hatte, um sicherzugehen, dass sie immer noch allein war, öffnete sie einen der Oberschränke und sah einen Stapel Geschirr. Eigentlich war das nichts Aufregendes. Jeder besaß Geschirr. Nur war dieses hier ganz besonders.

Sie nahm einen der Teller heraus und betrachtete ihn. Das Muster – das dem der Glasfliesen ähnelte – war ihr nicht vertraut, aber sie erkannte die Handschrift des Künstlers. Mathias hatte das Geschirr gemacht, Ronans Bruder. Mathias verkaufte alle möglichen Geschirrteile, Servierplatten, Hängelampen und Waschbecken aus geblasenem Glas. Zu ihren Aufgaben in der Galerie gehörte es, seine Arbeiten zu katalogisieren, aber diese Stücke hatte sie noch nie zuvor gesehen. Hatte er sie extra für seinen Bruder angefertigt? Und wenn ja, wann? Auch wenn die beiden sich nicht vollkommen entfremdet hatten, konnte sie sich nicht vorstellen, dass Ronan seinen Bruder um so etwas gebeten hatte.

Sie stellte den Teller zurück und wandte sich dem Fernsehzimmer zu. Das war definitiv ein Männerraum – das große schwarze Sofa stand einem Fernseher in Kinoleinwandgröße gegenüber. An den Wänden hingen ein paar Bilder, aber was ihre Aufmerksamkeit erregte, war der geschnitzte Bär in der Ecke. Er war lebensgroß und unglaublich realistisch. Das Einzige, was ihn davon abhielt, furchteinflößend zu wirken, war der Kaffeebecher, den er in einer Pranke hielt. Sie ging näher heran und sah eine Plakette am unteren Ende, auf der *Vern* stand.

Natalie lachte und berührte das Holz. Den Künstler, der diesen Bären erschaffen hatte, kannte sie genauso gut wie den, der das Geschirr gemacht hatte. Es war Nick, der dritte der Mitchell-Brüder.

Sie musste zugeben, dass sie ein wenig verwirrt war. Sie hätte schwören können, dass Ronan beinahe keine Verbindung mehr zu seinen Brüdern hatte. Wenn er im Studio neben der Galerie war, sprach er kaum mit ihnen, und er verbrachte auch mehr und mehr Zeit allein hier oben. Und doch hatte er ihre Arbeiten in seinem Haus.

Mit einem tiefen Seufzer drehte sie sich um und ging in die Eingangshalle zurück. Sollte sie die Treppe hinaufgehen oder erst einmal den langen Flur erkunden? Das mit Schnitzereien verzierte Treppengeländer war jedoch zu verlockend, um ignoriert zu werden, also ging sie nach oben und fand sich in einem – wie sie annahm – Gästezimmer wieder. Es gab ein großes Doppelbett, eine Kommode mit einem Fernseher darauf und einen kleinen Schreibtisch. Das angrenzende Badezimmer war mit Shampoo und Seife bestückt. Wie ein Hotel.

Sie unterdrückte einen Aufschrei, als sie sich im Spiegel sah. Beim Trocknen hatten sich ihre Haare gelockt, und nun standen sie in braunen Kringeln von ihrem Kopf ab. Ah, was gäbe sie nicht für einen Föhn und ein paar Stylingprodukte.

Wieder unten, ging sie den langen Flur entlang. Sie kam in ein Büro mit einem großen Schreibtisch und vielen Büchern. Ohne Zweifel sitzt Ronan gern hier und zählt sein Geld, dachte sie grinsend. Es war nur noch eine weitere Tür übrig, und sie wusste, dass die in Ronans Schlafzimmer führte. Die Verlockung flüsterte ihr ins Ohr, aber sie ignorierte sie. Sich ein wenig umzuschauen war in Ordnung, aber sie wollte ja nicht herumschnüffeln. Außerdem hatte sie vorhin schon einen kurzen Blick auf das Zimmer erhascht und wusste, wie es aussah, auch wenn sie gern noch mehr Zeit damit verbracht hätte, Ronans Mitbewohnerin, die Elfe, zu bewundern. Entschlossen, ein höflicher Gast zu sein, kehrte sie zum Eingangsbereich zurück, schnappte sich ihre Handtasche und ging in die Küche.

Am Tisch holte sie einen flachen Kunststoffbehälter aus ihrer Tasche, öffnete ihn und blätterte durch die verschiedenen bunten Papierbögen, bis sie einen in einem tiefen Grünton fand. Eine Sekunde musterte sie ihn, dann fing sie an, ihn zu falten.

Keine zwei Minuten später hatte sie einen Origami-Drachen vor sich stehen. In der Waschküche piepte die Waschmaschine und verriet ihr, dass sie fertig war. Natalie stand auf, packte ihre Sachen und die Bettlaken in den Trockner und ging dann in Ronans Büro, um den Drachen auf den Schreibtisch zu stellen.

Zurück in der Küche, fielen ihr zwei Türen ins Auge. Eine führte zur Garage, die andere in einen weiteren Flur. Nein, das stimmte nicht ganz. Es war ein überdachter Gang, doch anstelle von normalen Wänden waren diese aus Glas und gaben auf beiden Seiten den Blick auf die sturmgepeitschte Landschaft frei. Der Boden bestand aus Stein.

Während sie dem Weg folgte, fiel ihr auf, dass das Glas gebogen war. Am anderen Ende des Ganges gab es eine weitere Tür. Mit einem Schloss. Sie legte eine Hand auf die Klinke, die sich leicht nach unten drücken ließ, und öffnete die Tür zu einem kleineren Vorraum. Weitere Türen. Eine davon stand offen, die andere war geschlossen. Sie trat an die offene Tür und warf einen Blick in einen sakralen Raum.

Ronans Atelier war enorm groß – vermutlich mehrere hundert Quadratmeter – und hatte unglaublich hohe Decken. Es gab zwei Öfen, und überall lagen Werkzeuge herum. Drehbänke, Mülleimer, Materialien zur Glasherstellung. An der gegenüberliegenden Wand hing eine Zeichnung seines aktuellen Auftrags in Originalgröße.

Auf der linken Seite der Zeichnung befand sich ein wunderschöner Schwan, auf der rechten ein genauso faszinierender Drache. Die drei Meter dazwischen zeigten, wie die eine Kreatur sich in die andere verwandelte. Schon auf dem Papier sah das Kunstwerk höchst beeindruckend aus. Aber später, als Glasskulptur, würde es pure Magie sein, da war sie sich sicher.

Im Studio in der Stadt gab es eine ähnliche Zeichnung. Sie wusste, dass Teile des Kunstwerks schon fertig waren, aber nicht alle. Was daran lag, dass Ronan in letzter Zeit nicht mehr arbeitete. Und auch hier waren beide Öfen kalt und dunkel.

Eine Sekunde zu spät fiel ihr ein, dass es noch weitaus zudringlicher war, ungefragt in Ronans Atelier zu spazieren als in sein Schlafzimmer. Er war Künstler, und das hier war …

»Natalie?«

Sie zuckte zusammen und drehte sich um. Ronan trat aus den Schatten – attraktiv und düster.

»Ist alles in Ordnung?«, fragte er.

Zu ihrer Erleichterung wirkte er weder wütend noch besorgt darüber, dass sie in seinem Atelier war. Sie brachte ein Lächeln zustande.

»Ja. Ich habe die Wäsche gewaschen. Lief super.« *Autsch!* Das war ja wohl das Dümmste, was sie hätte sagen können. Aber er hatte sie erschreckt.

»Ich habe mit dem Leiter der Straßenwacht gesprochen. Der Weg den Berg hinunter ist gesperrt. Sie versuchen, ihn so schnell wie möglich frei zu räumen, aber erst muss der Sturm vorbeiziehen. Und außerdem haben die Hauptstraßen Priorität.«

Er hielt inne, als würde er auf eine Reaktion von ihr warten. Sie spielte seine Worte im Kopf noch einmal ab, bevor sie ihre Bedeutung erkannte: In nächster Zeit würde sie nirgendwo hingehen.

»Also hänge ich hier fest. Das tut mir leid. Du findest das bestimmt nervig.«

Seine Miene wandelte sich von besorgt zu fragend. »Du hast gerade dein Auto verloren und kannst jetzt nicht nach Hause. Ich denke, du solltest diejenige sein, die das nervig findet.«

»Mir geht es gut. Dein Haus ist toll, und wir haben Strom und was zu essen. Für mich ist das wirklich kein Problem.«

»Ich hätte mehr Ansprüche erwartet.«

Sie lachte. »Von mir? Ernsthaft?«

»Nein, wenn ich's mir genau überlege … Du scheinst die Dinge immer so zu nehmen, wie sie kommen. Ich habe oben ein Gästezimmer. Fühl dich wie zu Hause.« Er zögerte. »Es tut mir leid, dass ich mein Handy im Büro gelassen habe. Ich wollte nicht, dass du hier hochkommen musst, dann dein Auto verlierst und hier festhängst.«

»Lass das Auto los.« Sie grinste über ihren Wortwitz. »Du weißt, was ich meine. Das ist wirklich ein Glücksfall. Jetzt kann ich mir ein neues kaufen. Und das wird rot, so viel steht fest. Knallrot, wenn es das gibt. Wie auch immer, ich richte mich dann mal oben ein.«

»Wollen wir um sieben Uhr essen?«, fragte er, bevor sie ging.

»Klar.« Beinahe hätte sie angefügt: »Danke, dass du fragst«, hielt sich dann aber doch zurück. Er hatte sie nicht zu einem Date eingeladen – er bekochte einen uneingeladenen Gast. Sie war zwar keine Fremde, denn sie kannten sich über ihre Arbeit, aber dennoch bezweifelte sie, dass er sich wahnsinnig über ihre Anwesenheit freute. Das Einzige, was sie mit Sicherheit über Ronan wusste, war, dass er es liebte, allein zu sein.

Mit einem kleinen Winken wandte sie sich zum Gehen. Seit dem Verlust ihrer Mom vor sieben Jahren hatte sie ausreichend Zeit für sich allein gehabt. Und allein zu sein gefiel ihr überhaupt nicht. Menschen sollten zusammen sein, vorzugsweise umgeben von denen, die sie liebten. Natalie hatte keine Familie, aber sie gab ihr Bestes, um sich etwas Ähnliches aufzubauen. Ronan hatte seine Brüder so nahe bei sich leben, und doch verbrachte er so wenig Zeit mit ihnen. Was für eine Verschwendung.

Nicht mein Problem, sagte sie sich. Sie war hier nur ein vorübergehender Gast, mehr nicht. Er hatte kein Interesse an ihrer Meinung, also würde sie die für sich behalten. Wirklich. Großes Pfadfinderehrenwort.

Ronan fühlte sich in seinem eigenen Haus fehl am Platz. Es war ihm unbegreiflich, wie eine zierliche, anspruchslose Frau so eine Wirkung haben konnte, doch obwohl er Natalie weder sah noch hörte, wusste er, dass sie da war, und das verstörte ihn. Er war hin- und hergerissen zwischen dem Wunsch, ihr aus dem Weg zu gehen, und dem Drang, sie zu suchen und … und …

Diesen Weg schlägst du besser nicht ein, ermahnte er sich. Sie war sein Gast. Und einen Gast belästigte man nicht, das wusste er – wenn er im Moment auch sonst nicht viel wusste.

Wann war das passiert? Wann hatte er die Welt der normalen Menschen verlassen und war eine Art einsiedlerischer Sonderling geworden? Das war nicht geplant gewesen. Als er dieses Haus gekauft hatte, war er davon ausgegangen, dass seine Brüder ständig herkämen und sie gemeinsam hier abhängen würden. Er hatte gedacht, sie würden zum Arbeiten herkommen, als Abwechslung zur Arbeit in Atsukos Studio. Doch das war nicht passiert. Stattdessen hatte er sein Haus zu einer Art Zufluchtsort gemacht. Zumindest anfangs. Jetzt war es kaum mehr als ein selbstauferlegtes Gefängnis.

Das ist viel zu dramatisch, dachte er und holte einen Auflauf heraus, den seine Haushälterin ihm dagelassen hatte. Der würde für zwei Personen reichen und sah aus wie etwas, das Natalie mögen würde.

Er las das Etikett mit den Zutaten und der Backanweisung durch. Der Auflauf enthielt Hühnchen. Natalie aß doch Fleisch, oder nicht? Er war sich ziemlich sicher, mehr als einmal gesehen zu haben, wie sie herzhaft in einen Hamburger biss. Und mit der Suppe vorhin hatte sie auch keine Probleme gehabt. Wenn man bedachte, dass sie schon seit mehreren Jahren in der Galerie arbeitete, sollte er eigentlich mehr über sie wissen als nur, dass sie attraktiv und vielleicht ein kleines bisschen sexy war. Und ganz sicher sollte er keine Angst davor haben, mit ihr zu reden. Guter Gott, was stimmte nur nicht mit ihm? Wenn es um Frauen ging, war er stets beliebter als sein Zwillingsbruder gewesen. Er hatte Mathias in der Highschool gezeigt, wie man sich einem Mädchen nähern musste. Aber wie so viele andere Dinge war ihm auch diese Fähigkeit abhandengekommen. Er konnte nicht sagen, wann genau das passiert war – er hatte nicht darauf geachtet –, aber sein Selbstvertrauen war verschwunden.

Er schaltete einen der beiden Öfen ein, ging erneut zum Kühlschrank und holte die Zutaten für einen Salat heraus. Normalerweise aß er keinen Salat, aber seine Haushälterin ließ ihm trotzdem jede Woche Gemüse da. Frauen mochten doch Salat, oder? Frauen …

Er schluckte, als ihm wirklich bewusst wurde, dass Natalie ihr Auto verloren hatte, in seinem Haus festsaß und er es ihr überlassen hatte, sich um die Wäsche zu kümmern. Er hatte sie nicht gefragt, wie es ihr ging, hatte sich nicht mit ihr zusammengesetzt und eine Unterhaltung angefangen oder sonst etwas. Er war einfach gegangen, wie so eine düstere Figur aus einem Schauerroman.

Er fluchte. Was stimmte nur nicht mit ihm? Er hatte es doch nicht mit einer Außerirdischen zu tun. Und er wusste, wie eine Frau funktionierte – grundsätzlich jedenfalls. Kurz: Er musste sich zusammenreißen – oder zumindest so tun als ob.

Natalie rauschte in die Küche. Sie hatte wieder ihr Kleid an.

»Alles okay?«, fragte er und überlegte, ob sie sich wohl in seinem Haus umgesehen hatte, als sie vorhin allein gewesen war. Falls ja, wäre das nicht schlimm. Er hatte keine Geheimnisse. Zumindest keine, die er in Schubladen aufbewahrte. Es gab nicht mal ein anrüchiges Magazin, das sie finden könnte.

»Jetzt, wo ich wieder meine Sachen trage, geht es mir sehr viel besser. Auch wenn ich es zu schätzen weiß, dass du mir etwas zum Anziehen geliehen hast.« Sie rümpfte die Nase. »Was du wohl weiterhin tun musst, solange ich hier bin. Ich sollte mir wirklich mal angewöhnen, eine Übernachtungstasche einzupacken, wenn ich losfahre. Aber gut. Hinterher ist man immer schlauer.« Sie hob eine Hand. »Bitte entschuldige dich nicht wieder wegen des Autos. Das ist wirklich ein glücklicher Zufall für mich.«

Das würde er zwar nie verstehen, aber so oft, wie sie das inzwischen gesagt hatte, musste er es ihr wohl glauben. Das eigentliche Problem war vermutlich, dass er seit Jahren keine Geldsorgen mehr gehabt hatte, weil sich seine Kunstwerke so gut verkauften. Daher hatte er vergessen, wie es war, auf etwas wie ein neues Auto sparen zu müssen.

Er fragte sich, ob es in Ordnung war, ihr anzubieten, den Wagen zu ersetzen. Doch dann dachte er, dass er dieses Thema womöglich nicht ansprechen sollte, solange sie in seinem Haus gestrandet war. Vielleicht wusste er nicht mehr, wie man mit einer Frau redete, aber er wusste, dass man besser nichts sagte, was besagte Frau möglicherweise verstörte. Und ein »Hey, lass mich dir ein neues Auto kaufen« fiel definitiv in die Kategorie »seltsam und unangebracht«.

»Deine Haare gefallen mir«, sagte er stattdessen, denn jede Frau mochte Komplimente, oder?

Sie stöhnte. »Die Locken? Ehrlich? Ich hasse sie. Ich hasse sie aus vollem Herzen.« Sie ballte ein paar Strähnen in ihrer Faust zusammen. »Als Kind waren sie die reinste Folter. Was ist das nur mit Grundschuljungs und Mädchen mit Locken? Ich wurde ständig aufgezogen.«

»Du warst anders, und sie fanden dich hübsch.«

»Ach bitte.« Sie setzte sich auf einen der Hocker am Tresen. »Ich war als Kind nicht hübsch.«

»Warum sagst du das? Du bist jetzt hübsch. Es gibt keinen Grund zu der Annahme, dass das früher anders war.« Er hob die Augenbrauen. »Vertrau mir. Wenn ein Junge in der Grundschule ein Mädchen aufzieht, liegt das daran, dass es ihn nervös macht.«

»Ich weiß wirklich nicht, was ich dazu sagen soll«, gab sie zu.

»Das wäre das erste Mal.«

Natalie lachte. »Willst du damit sagen, dass ich viel rede?«

»Ja, aber es ist ein nettes Hintergrundgeräusch.«

»Hintergrundgeräusch? Das hast du nicht wirklich gesagt.« Sie schaute sich um. »Leider gibt es hier nichts, womit ich dich bewerfen kann. Jemand, der so nervtötend ist wie du, sollte überall Dekokissen herumliegen haben.«

»Doch, das habe ich gesagt. Aber ich meinte das so: Wenn ich im Studio in der Stadt bin und du mit Mathias oder Nick sprichst, erleichtert mir eure Unterhaltung das Arbeiten.«

»Oh. Das ist natürlich etwas anderes. Mir gefällt der Gedanke, dass ich dir die Arbeit erleichtere. Ich wusste nie, was du von mir denkst.« Sie sah ihn fragend an. »Ist das hier die weiche Seite von Ronan Mitchell?«

Ihm fiel auf, dass er sich nicht mehr so unbehaglich fühlte wie zuvor. Was eine Erleichterung war. Es wäre schlimm, wenn er wirklich alles verloren hätte, was er einst gewesen war. Um ehrlich zu sein, genoss er das Geplänkel mit ihr.

»Ich habe meine Tiefen.«

»Darauf wette ich.« Sie glitt vom Barhocker. »Was gibt es zum Abendessen?«

»Einen Auflauf, den die Haushälterin dagelassen hat. Und ich habe alle Zutaten für einen Salat da.«

»Nein danke. Ich bin kein großer Fan von Salat. Ich liebe das Dressing, aber außer zu besonderen Gelegenheiten versuche ich, dem Grünzeug aus dem Weg zu gehen.« Sie ging zum Kühlschrank, öffnete die Tür und schaute hinein. »Hey, sieh mal!« Sie hielt ihm eine Dose hin. »Biskuits zum Aufbacken. Okay, sie sind nicht wirklich selbstgemacht, aber trotzdem lecker.« Mit einem Blick auf den zweiten Ofen fügte sie an: »Du hast sogar einen zweiten Ofen, also kann ich sie gleichzeitig aufbacken. Das ist ein Zeichen.«

»Offensichtlich.«

Er holte das Backblech heraus und stellte sich dann auf die andere Seite der Kücheninsel, um Natalie bei der Arbeit zuzusehen. Abgesehen von der Haushälterin war sie die erste Frau, die sich länger in seinem Haus aufhielt. Ein weiterer Beweis dafür, was für eine jämmerliche Gestalt er inzwischen war.

Vor seinem Umzug nach Happily Inc hatte er geglaubt, hier könne er seine Vergangenheit hinter sich lassen und wieder er selber sein. Er hatte nicht erkannt, dass er diese Vergangenheit einfach mitgeschleppt hatte und sich seitdem damit beschäftigte – oder besser gesagt nicht beschäftigte. Seit beinahe vier Jahren hatte er keine feste Beziehung mehr gehabt. Er hatte sich von allen losgesagt, an denen ihm etwas lag, und noch dazu konnte er neuerdings nicht arbeiten.

Bei dieser inneren Aufzählung musste er trotz allem laut lachen.

Natalie schob sich ihre rote Brille auf der Nase hoch und sah ihn an. »Ich habe nichts gesagt, also weiß ich, dass ich keinen Witz gemacht habe. Hörst du Stimmen? Und sind die lustig? Wobei, lieber lustige Stimmen als welche, die dir zuflüstern, du sollst irgendwelche Leute umbringen.« Sie hielt inne. »Oh, kannst du etwa tote Menschen sehen?«

»Nur jeden zweiten Mittwoch.«

»Ich persönlich bin nicht so scharf darauf, Tote zu sehen, auch wenn ich gerne mit meiner Mom kommunizieren würde. Ich habe sie verloren, als ich zwanzig war.«

»Das tut mir leid.« Das hatte er nicht gewusst. Aber er wusste sowieso wenig über Natalie. Sie war Teilzeitkünstlerin, Teilzeitbüroleiterin … und damit endete sein Wissen auch schon.

»Mir auch.« Sie sah auf die Küchenuhr für den Auflauf und schob dann die Biskuits in den zweiten Ofen. »Das wird köstlich.« Sie hielt kurz inne. »Oder wolltest du einen Salat? Ich kann dir einen machen.«

»Nein danke.« Er öffnete die Tür des Weinschranks und holte eine Flasche heraus, die er ihr zeigte. »Interessiert?«

Ein Lächeln breitete sich auf ihrem Gesicht aus. »Ja bitte. Der sieht nobel aus. Ich liebe noble Weine.«

»Weil …«

»Weil ich sie mir nicht leisten kann, sie aber gerne trinke.« Abwehrend hob sie eine Hand. »Ich weiß, was du sagen willst. Dass ich Prioritäten setzen muss. Nicht, dass Wein eine Priorität ist, aber trotzdem.« Ihre Miene wurde ernst. »Meine Kunst ist mir sehr wichtig. Ich arbeite, so viel ich muss, um die Rechnungen zu bezahlen, aber meine ganze Freizeit geht für meine Kunst drauf. Vielleicht werde ich eines Tages in der Lage sein, mich komplett damit zu finanzieren, aber bisher klappt das noch nicht.« Das Lächeln kehrte zurück. »Ich habe Glück. Ich arbeite mit Papier. Das ist ein ziemlich billiges Medium. Es wäre wesentlich schwerer, wenn ich so viel Ausrüstung bräuchte wie du, um mit Glas oder Bronze zu arbeiten.« Sie hob einen Arm und spannte den Bizeps an. »Wobei mit Bronze zu arbeiten ein gutes Training wäre.«

Ronan wusste nicht, was er mit dieser Informationsflut anfangen sollte. Er verspürte eine ganze Reihe von Gefühlen, aber die Schuldgefühle dominierten. Schuldgefühle, weil er mit diesem Mistkerl von Vater gesegnet war, der ihm Talent vererbt hatte und, wichtiger noch, einen Namen, der alle Türen geöffnet hatte. Ronan hatte sich nie Gedanken über Geld machen müssen oder darüber, Leute zu finden, die seine Kunst zu schätzen wussten. Warum auch? Er war Ronan Mitchell – die Welt kam zu ihm. Zumindest wenn er sie ließ.

In ihm stieg der Wunsch auf, Natalie einen Jahresvorrat an Kunstbedarf zu schenken oder vielleicht ein Haus, damit sie nicht mehr in der Galerie arbeiten musste und sich ganz dem widmen könnte, was sie wollte. Womit er sofort wieder in der Kategorie »seltsam und unangebracht« landete.

Er fluchte innerlich. Sobald die Straßen wieder frei waren und er in die Stadt fahren konnte, würde er sich wieder öfter zeigen. Vielleicht würde er sich bei einer Partnervermittlung im Internet anmelden und sich ein Hobby suchen. Alles, was ihm half, wieder etwas menschlicher zu werden, denn in den letzten paar Stunden war ihm aufgefallen, dass er das verlernt hatte.

3. Kapitel

Während Ronan die Flasche Merlot öffnete, deckte Natalie den Tisch. Sie wedelte mit einem der Teller.

»Die hat dein Bruder gemacht.«

»Ich weiß.«

Sie verdrehte leicht die Augen. »Ich meinte, ich bin überrascht, dass du das Geschirr deines Bruders im Haus hast.«

Sie ist süß, wenn sie so frech ist, dachte er. Außerdem war sie eine Frau, die sich nicht die Laune verderben ließ – weder durch einen Sturm noch durch ein verlorenes Auto. Das nötigte ihm Respekt ab.

»Warum? Ich mag seine Arbeit, und ich brauche Geschirr.«

»Weiß er davon?«

»Ich glaube schon.« Wusste Mathias, dass Ronan ein Geschirr von ihm hatte? Hatte er es ihm gesagt? Vor Jahren hatten sie als Zwillinge alles voneinander gewusst. Jetzt war Ronan sich dessen nicht mehr so sicher.

»Ich werde es erwähnen, wenn ich wieder im Büro bin«, sagte Natalie. »Es wird ihn sicher interessieren.«

Das bezweifelte Ronan, doch wenn es sie glücklich machte … Er ging zu der eingebauten Anlage und schaltete sie ein. Sanfte Musik erfüllte den Raum. Natalie lauschte eine Minute, dann lächelte sie.

»Jazz. Das gefällt mir.«

»Gut.« Er schenkte den Wein ein, dann gingen sie zusammen in die Küche, um das Essen zu holen.

Kurz darauf setzten sie sich einander gegenüber an den großen Tisch im Esszimmer. Während Ronan versuchte, sich daran zu erinnern, wie man ein lockeres Gespräch mit einer Frau führte, sah Natalie ihn an.

»Du hast das Haus nicht selbst entworfen und eingerichtet, oder? Ich meine, Teile davon entsprechen dir total, und der Stil passt zu dir, aber ich bin nicht sicher, ob es wirklich *du* ist, wenn du verstehst, was ich meine.«

»Du hast dich umgesehen?«, sagte er leicht amüsiert.

»Äh, ja. Du hast mich stundenlang allein gelassen. Was hätte ich tun sollen?«

»Lesen?«

»Die einzigen Bücher befinden sich in deinem Büro, und ich würde niemals so in deine Privatsphäre eindringen.«

Er wies sie nicht darauf hin, dass sie rein logisch betrachtet in seinem Büro gewesen sein musste, um davon zu wissen. »Mir macht es nichts aus, wenn du dich umsiehst.«

»Was, wenn ich etwas finde, das ich nicht finden soll?«

»Das wirst du nicht. Ich habe keine Geheimnisse.«

»Jeder hat Geheimnisse.«

»Welche hast du?«

Die Frage schien sie zu überraschen. »Hm, da fällt mir gar nichts ein. Es gibt Dinge über mich, die du nicht weißt, aber das sind alles keine großen Sachen.«

»Was zum Beispiel?«

Sie hob ihr Glas. »Ich liebe guten Wein.«

Er grinste.

»Also, das Haus«, hakte sie nach. »Wie bist du da rangekommen?«

»Ich habe es gekauft. Als ich es zum ersten Mal gesehen habe, war es erst zum Teil fertiggestellt. Die Besitzer hatten einen seltsamen Baustil; sie haben ein Zimmer nach dem nächsten fertiggestellt und nicht das große Ganze.«

»Ich wusste es.« Sie zeigte mit der Gabel auf ihn. »Diesen Raum hier hast du nicht eingerichtet, oder? Denn auch wenn er echt nett ist, entspricht er überhaupt nicht deinem Stil. Ich sehe dich eher als Anhänger der Moderne – klarere Linien, Glas und Metall. Diese Möbel sind für dich zu schwer.«

»Darüber habe ich noch nicht viel nachgedacht.«

»Das liegt daran, dass du ein Kerl bist.«

Er schaute sich im Esszimmer um und merkte, dass ihm die großen Möbel nicht gefielen. Vor allem nicht die Anrichte.

»Die Stühle sind nicht bequem«, gab er zu.

»Sitzt du zum ersten Mal hier?«

Er nickte. »Ich habe aber das Wohnzimmer eingerichtet.«

Sie sah ihn fragend an. »Wirklich? Du ganz allein?«

Er lachte leise. »Okay, ich habe jemanden engagiert, der das Wohnzimmer und mein Schlafzimmer einrichtet. Aber das Atelier habe ich selbst entworfen.«

»Das glaube ich gerne. Du weißt am besten, wo was stehen muss. Ein Arbeitsplatz ist etwas sehr Intimes. Er muss sich richtig anfühlen.« Sie sah ihn an. »Womit ich dir nichts Neues erzähle.«

»Magst du das Studio bei der Galerie?«

Dort hatte sie eine kleine Ecke für ihre künstlerische Arbeit. Den Rest hatten Ronan und seine Brüder übernommen.

»Ja. Am liebsten mag ich es, wenn ihr alle drei dort arbeitet. Dann liegt so viel Kreativität in der Luft. Und es ist lustig, wie ihr miteinander redet.« Sie grinste. »Und du magst es, wenn ich mich mit Mathias und Nick unterhalte. Wie nanntest du es noch? Hintergrundgeräusch?«

»Das meinte ich auf nette Weise.«

»Aha.« Sie brach ihr Biskuit auf und bestrich beide Hälften mit Butter. »Ich liebe diese Dinger. Und den noblen Wein. Der Auflauf ist auch sehr gut.«

»In der Tiefkühltruhe sind noch Kekse. Die können wir nach dem Essen auftauen, wenn du magst.«

Sie zuckte zusammen. »Ich nehme ziemlich schnell zu. Deshalb sollte ich die Kekse besser weglassen.«

Er wollte gerade sagen, dass es seiner Ansicht nach gar keine

Probleme mit ihrem Körper gab. Doch dann unterließ er es. Unter den gegebenen Umständen blieb das besser ungesagt, auch wenn es stimmte.

Natalie war zierlich, aber dennoch kurvig. Sie hatte die Energie eines Menschen, der vier Mal so groß war wie sie, und sie lächelte oft. Was er zu ihr gesagt hatte, war ernst gemeint gewesen – er mochte es, wenn sie im Studio war. In ihrer Gegenwart fiel es ihm leichter, seine Dämonen in Schach zu halten.

»Du könntest hier ein paar Tage festsitzen«, sagte er. »Die Kekse können wir uns für einen anderen Anlass aufsparen.«

»Ich hätte nie gedacht, dass du mich mit leckerem Gebäck verführen willst.«

Ihre Augen waren groß, braun und halb hinter ihren Brillengläsern verborgen, aber dennoch beeindruckend. Wieder wurde im bewusst, dass er nichts über Natalie wusste, außer dass sie vor zwei Jahren angefangen hatte, in der Galerie zu arbeiten.

»Woher kommst du ursprünglich?«, fragte er.

»Ich bin aus Sacramento hergezogen.«

»Wieso?«

Sie sah ihn fragend an. »Das weißt du nicht?«

Er schüttelte den Kopf.

»Ich dachte, inzwischen hätte jeder meine traurige kleine Geschichte gehört.« Sie lächelte. »Ich bin quasi vor dem Altar stehen gelassen worden.«

Wie bitte? Damit hatte er nicht gerechnet. »Du wirkst deswegen nicht betrübt.«

»Es ist schon eine Weile her, und vermutlich war es besser so. Meine Mom hat mich gewarnt, dass ich von einer langen Reihe von Frauen abstamme, die kein Glück in der Liebe haben. Ich wollte es nicht glauben, aber ich schätze, es stimmt.« Sie nippte an ihrem Wein. »Damals in Sacramento habe ich versucht, mich von meiner Kunst zu ernähren, aber es hat nicht funktioniert. Also habe ich einen Bürojob angenommen, durch den ich diesen Mann kennengelernt habe – Quentin Jones.«

Sie legte eine dramatische Pause ein und seufzte. »Er war sehr attraktiv und weltgewandt. Einfach nur supercharmant.«

Ronan verspürte einen Stich in der Brustgegend. Er konnte das Gefühl nicht genau benennen, aber er wusste, dass es ihm nicht gefiel. »Und?«

»Und wir fingen an, miteinander auszugehen. Seiner Familie gehörten ein paar Autohäuser. Eines in Sacramento und eines in San Diego. Ich habe seine Eltern kennengelernt. Sie waren so nett.« Sie sah ihn an. »Nachdem ich meine Mom verloren hatte, genoss ich es, Teil einer Familie zu sein. Und als er mir einen Antrag machte, wusste ich, es würde einfach wundervoll werden. Wir hatten Pläne. Er wollte das Autohaus in San Diego übernehmen, und ich würde das Büro leiten. Wir wollten uns ein kleines Häuschen kaufen.«

Ihre Stimme klang reumütig.

»Was war mit deiner Kunst?«, wollte er wissen. Auf keinen Fall gehörte Natalie in ein Büro – zumindest nicht Vollzeit. Sie war dazu bestimmt, wild und kreativ zu sein und nicht hinter einem Computer zu versauern.

»Im Nachhinein würde ich sagen, dass ich es damals wichtiger fand, verliebt zu sein. Glaube ich zumindest. Auf jeden Fall schien meine Kunst in den Hintergrund zu rücken, wenn ich mit Quentin zusammen war.« Sie runzelte die Stirn. »Er hat mich auch nicht gerade ermutigt, was mir erst später aufgefallen ist. Wie auch immer, wir hatten vor, hier in Happily Inc zu heiraten. Eine Prinzessinnenhochzeit.« Sie lachte. »Ich weiß nicht, was ich mir dabei gedacht habe.«

»Du wärst eine sehr hübsche Prinzessin.«

»Danke. Das möchte ich auch gerne glauben. Aber ich werde es nie erfahren. Jedenfalls habe ich so ziemlich alles, was ich besaß, verkauft. Dann habe ich meine Klamotten gepackt und bin hierhergefahren, um alles für die Hochzeit vorzubereiten. Drei Tage vor dem großen Ereignis hat Quentin mich angerufen und am Telefon mit mir Schluss gemacht. Er meinte, er wäre sich nicht mehr sicher, seine Eltern hätten mich nie gemocht und es würde einfach nicht funktionieren.«

Ronan hatte zwar nicht mit einem Happy End der Geschichte gerechnet – immerhin wusste er, dass Natalie nicht verheiratet war –, aber das hier hatte er nicht erwartet.

»Er hat am Telefon Schluss gemacht? Was für ein Idiot. Hat er dir wenigstens geholfen, die Hochzeit abzusagen?« Er hob abwehrend eine Hand. »Vergiss es. Ich kenne die Antwort bereits.«

Um ihren Mund zuckte es. »Ja, sich um die Auswirkungen seiner Entscheidung zu kümmern war nicht so sein Ding. Ich musste alles erledigen und auch noch den Großteil der Kosten übernehmen. Ich habe einen ganzen Tag gebraucht, um zu kapieren, was passiert war. Und dann musste ich mich ranhalten. Womit ich nicht gerechnet hatte, war, wie nett alle waren. Ich musste Pallas nur bezahlen, was sie nicht mehr zurückgeben konnte. Und allen anderen auch. Letztendlich waren das vielleicht dreißig Prozent dessen, was veranschlagt war, doch das war immer noch ziemlich viel. Ich habe mein Sparkonto geplündert und Kreditkartenschulden angehäuft. Aber ich war so überrascht davon, wie sehr mich alle unterstützt haben, dass ich beschloss, einfach hierzubleiben, bis ich wusste, was ich als Nächstes tun wollte. Dann habe ich den Job bei Atsuko in der Galerie und die kleine Wohnung gefunden, und nun bin ich immer noch hier.«

Ronan verspürte einen seltsamen Anflug von Stolz darauf, dass seine neue Heimatstadt für Natalie eingetreten war. Dazu gesellte sich der Drang, diesen Exverlobten zu finden und ihm die Nase einzuschlagen. Vielleicht würde er einen seiner Brüder mitnehmen, damit sie dem Arschloch eine ordentliche Lektion erteilen konnten.

Natalie beugte sich zu ihm vor. »Mir geht es gut. Und es ist süß von dir, dass du mich beschützen willst …«

»Ich habe gar nichts gesagt.«

»Das musstest du auch nicht. Du siehst ganz böse und zähneknirschend aus. Danke.«

Zähneknirschend?

»Ich weiß«, fuhr sie fort. »Das ist kein normales Kompliment, aber ich meine es trotzdem so. Sobald ich mich in Happily Inc eingelebt hatte, merkte ich, dass ich hier alles gefunden habe, was ich mit Quentin gesucht hatte.« Sie senkte die Stimme. »Familie. Wenn man keine hat, macht man sich eine. Zumindest habe ich das gelernt. Ich habe Freundinnen und meine Kunst, und in dem Wildtierreservat vor der Stadt gibt es Giraffen, was du natürlich weißt, weil deine Schwägerin dort Kuratorin ist.« Sie schüttelte den Kopf. »Ist das das richtige Wort?«

»Ich bin mir nicht sicher, ob jemand Giraffen kuratieren kann. Zumindest nicht legal.«

Sie kicherte. »Oje, der Wein steigt mir ganz schön zu Kopf.«

Er hatte ihr das Glas noch nicht mal halbvoll eingeschenkt. »Ich bin froh, dass du nicht mehr fahren musst.«

»Dazu bedürfte es eines Autos.« Sie tanzte ein wenig auf ihrem Stuhl herum. »Ich bekomme ein rotes Auto. Ich kann es kaum erwarten.«

»Du hast aber noch andere Kriterien, oder? Also abgesehen von der Farbe.«

»Nein.« Sie seufzte. »Okay, ja, Sicherheit. Aber vor allem rot muss es sein. Rot, rot, rot.«

»Ich werde dich beim Kauf begleiten«, murmelte er. »Du darfst das Autohaus nicht allein betreten. Das ist strikt verboten, hörst du?«

»Mr. Oberbefehlshaber. Wie ich schon gesagt hatte. Hast du eigentlich Kinder?«

Beinahe hätte er sich an einem Stück Hühnchen verschluckt. »Nein. Warum fragst du?«

Sie trank noch einen Schluck Wein. »Kinder sind super. Diese Sache mit dem Pech in der Liebe ist zwar ätzend, aber nur weil ich keine romantische Liebe finde, bedeutet das nicht, dass ich keine Kinder haben kann, oder?«

Er räusperte sich und hatte das Gefühl, einen zu engen Kragen anzuhaben. Irgendwie nahm diese Unterhaltung eine äußerst unerwartete Richtung an. »Ähm, sicher.«

»Deine Familie ist ziemlich gesund. Es hat seit Generationen keine ernsthaften Krankheiten gegeben, richtig?«

Die Frage berührte einen wunden Punkt, aber Ronan bemühte sich, eine ausdruckslose Miene beizubehalten. »Soweit ich weiß, nicht.«

Woher sollte er das wissen?

»Du bist sehr sportlich, das ist mir schon aufgefallen. Warst du gut in der Schule?«

»Ich schätze schon. Mathe fiel mir leicht. Geschichte habe ich nicht so gemocht. Warum stellst du diese ganzen Fragen?«

»Übung.« Sie griff nach ihrem Weinglas, stellte es aber sogleich wieder ab. »Kannst du ein Geheimnis bewahren?«

Das konnte er, aber ihn beschlich das unangenehme Gefühl, dass er es in diesem Fall nicht wollte. Doch anstatt Nein zu sagen, wie es ein Mann mit funktionierendem Gehirn tun würde, nickte er nur.

»Ich habe eine neue App auf meinem Handy.«

Auch dieses Geheimnis hatte er nicht kommen sehen. »Herzlichen Glückwunsch.«

Sie kicherte. »Nein. Das ist nicht das Geheimnis. Sondern der Zweck der App. Sie heißt *Baby Daddy.*« Sie runzelte die Stirn. »Oder vielleicht *Daddy Baby*. Ich weiß es nicht mehr. Sie dient dazu, einen Samenspender zu finden. Du weißt schon, damit ich ein Baby bekommen kann.«

Er war aufgesprungen, bevor er überhaupt bemerkte, dass er sich bewegt hatte. »Willst du etwa …«

»Dich fragen?« Sie wackelte mit den Augenbrauen. »Nein. Du kannst dich wieder hinsetzen. Die App hat eine Liste an Fragen, und ich habe ein paar davon ausprobiert. Keine Panik.

Ich bin sicher, du hast tolles Sperma, aber das darfst du für dich behalten. Oder auch nicht. Ich meine, ich brauche keine Spende von dir.«

Langsam ließ er sich wieder auf seinen Stuhl sinken. »Keinen Wein mehr für dich.«

»MOB«, flüsterte sie.

Es dauerte eine Sekunde, bis ihm bewusst wurde, dass sie damit *Mr. Oberbefehlshaber* meinte.

Um Mitternacht war Natalie wieder nüchtern, etwas verdrossen – und hellwach. Es war logisch, dass ein halbes Glas Wein sich schnell abbaute, und sie war schon immer eine Nachteule gewesen. Einen Job mit normalen Arbeitszeiten war für sie eine Herausforderung. Wenn sie die Wahl hätte, würde sie immer die ganze Nacht aufbleiben. Sie liebte es, kreativ zu sein, wenn der Rest der Welt schlief. Die Stille, die Dunkelheit schienen ihre Kreativität anzufachen.

Und was ihre Verdrossenheit anging – tja, die hatte sie niemandem außer sich selbst zuzuschreiben.

Rückblickend musste sie zugeben, dass es vielleicht nicht die beste Idee gewesen war, die Fragen aus ihrer Samenspender-App an Ronan auszuprobieren. Aber sie hatte die App gerade erst am Vortag heruntergeladen und war neugierig gewesen, wie sie funktionierte. Es gab Unmengen an Fragen – bei Ronan hatte sie gerade erst angefangen, doch sie bezweifelte, dass er noch weitere beantworten würde.

Natürlich wollte sie nicht, dass er ihr sein Sperma spendete. Sicher, er sah gut aus, war klug und talentiert und manchmal sogar lustig – ehrlich gesagt war er alles, was sie sich vom Vater ihres Kindes wünschte. Aber er war auch jemand, mit dem sie zusammenarbeitete und den sie irgendwie kannte. Sein Baby zu bekommen wäre, milde ausgedrückt, seltsam. Nein, wenn sie den Weg mit der Samenspender-App einschlagen sollte, würde sie sich mit einem Fremden einlassen.

Auf dem Treppenabsatz vor ihrer Zimmertür blieb sie stehen. Nein, sie würde sich nicht auf ihn einlassen, korrigierte sie sich selbst. Sie würde ein medizinisch notwendiges Arrangement mit ihm treffen. An Sex mit einem Fremden hatte sie keinerlei Interesse.

Das Haus war dunkel und still. Sie hörte den Wind und Regen draußen, aber durch die dicken Steinwände fühlte sie sich sicher. Am liebsten hätte sie begonnen zu arbeiten, doch sie hatte keinerlei Material dabei. Nur ihren üblichen Vorrat an Origami-Papier, und sie hatte bereits überall im Haus kleine Blumen, Tiere und sonstige Formen hinterlassen. Nach Fernsehen war ihr auch nicht, aber sie könnte es mit einem Buch versuchen. In Ronans Büro gab es eine ganze Bibliothek. Sie würde nach unten schleichen, sich eines aussuchen und in ihr Bett zurückkehren, um dort auf den Schlaf zu warten, der nicht kommen würde.

Mit einer Hand hielt sie das Bündchen der viel zu großen Jogginghose fest – ihr Kleid hatte sie über Nacht aufgehängt – und ging dann auf Zehenspitzen die Treppe hinunter. Als sie den Eingangsbereich des Hauses erreicht hatte, hielt sie inne, um sich im Dunkeln zu orientieren, bevor sie sich in die Richtung drehte, in der sie den Flur vermutete – und mit etwas Großem, Solidem, Warmem zusammenstieß.

Sie schrie auf, und das große, solide, warme Ding packte ihre Arme.

»Ich bin's«, sagte Ronan im Dunkeln. Er ließ sie los und schaltete ein Licht ein. »Alles in Ordnung?«

Sie blinzelte in der plötzlichen Helligkeit. Ronan hatte sich umgezogen, er trug jetzt Jeans und ein Sweatshirt. Sie waren beide barfuß, was sich seltsam intim anfühlte – oder komisch, das kam auf die Perspektive an.

»Habe ich dich geweckt?«, fragte sie. »Ich habe mich bemüht, leise zu sein. Ich wollte mir ein Buch holen.«

»Kannst du nicht schlafen?«

»Ich bin eine Nachteule.«

»Ich auch.«

Er schenkte ihr ein träges Lächeln. Eines, wie sie es noch nie zuvor gesehen hatte – oder wenn doch, hatte sie nicht darauf geachtet. Vielleicht wirkte es auch nur anders, weil es mitten in der Nacht war. Wie auch immer, der Schwung seiner Lippen war unglaublich sexy und erwischte sie unvorbereitet. Mit einem Mal fühlte sie sich atemlos, jung. Und ihr war nur allzu bewusst, dass sie keinen BH trug.

Er zeigte den Flur hinunter. »Such dir ein Buch aus. Ich mache uns derweil einen heißen Kakao. Vielleicht hilft der dir einzuschlafen.«

»Ich ... äh ... danke. Ein heißer Kakao wäre nett.« Sie wollte etwas sagen, was dieses Lächeln zurückkehren ließe, aber ihr Gehirn war total leer, also ging sie den Flur hinunter und stolperte prompt über den Teppich, was so typisch für sie war.

Zehn Minuten später kehrte sie mit einem Buch in der Hand in die Küche zurück. Auf dem Herd befand sich ein kleiner Topf, und Ronan hatte zwei Becher auf die Kücheninsel gestellt. Auf der Arbeitsplatte sah sie eine blaue, ovale Dose mit Goldrand.

»Was hast du dir ausgesucht?«, fragte er, als sie sich auf einen der Hocker setzte.

Sie wedelte mit dem Hardcover-Thriller. »Nazis, ein verlorener Goldschatz und genetisch modifizierte Zwillinge. Ich bin mir sicher, besser geht es nicht.«

Er lachte leise. »Dein Lesegeschmack überrascht mich.«

»Hätte ich die Wahl, würde ich lieber in einer heißen Romanze versinken, aber davon scheinst du keine zu haben.«

»Ich entschuldige mich vielmals. Morgen früh werde ich sofort ein paar Liebesromane bestellen.«

»Das bezweifle ich, aber trotzdem: danke für das Angebot.« Sie deutete auf die Dose. »Ich bin übrigens schwer beeindruckt, dass du die Zutaten für heiße Schokolade im Haus hast.«

»Ich mache mir nicht oft eine, aber ab und zu muss man sich was gönnen.« Er gab mehrere Teelöffel des dunklen Pulvers in den Topf, dann reichte er ihr die Dose. »Das ist meine Lieblingssorte. Sie kommt aus einem kleinen Laden in Ostberlin.«

Sie las das Etikett und bemühte sich, nicht zu lachen. »Und die schicken dir den Kakao exklusiv zu?«

»Nicht nur mir. Sie schicken ihn an jeden, der ihn bestellt.«

»Aha. Kannst du nicht einfach das Zeug aus dem Supermarkt nehmen wie alle anderen auch?«

»Das ist mein Luxus. Warum sollte ich mir nicht das gönnen, was ich wirklich haben will?«

Eine Philosophie, die ich mir sofort zu eigen machen werde, sobald ich einen Cent übrig habe, versprach Natalie sich. Für sie war Luxus, Fleisch zu essen und die Stromrechnung bezahlen zu können.

Beinahe eine Minute lang verrührte Ronan das Pulver mit der Milch, dann goss er beide Becher voll. Aus dem Kühlschrank holte er eine Dose Sprühsahne und gab einen großzügigen Klecks auf jeden Becher, bevor er Natalie einen reichte. Sie atmete den süßen Duft der Schokolade ein und hätte beinahe gestöhnt.

»Du weißt wirklich, wie man ein Mädchen behandelt«, sagte sie, bevor sie einen Schluck probierte.

Nicht zu stöhnen fiel ihr jetzt noch schwerer. Das Getränk war süß, aber nicht zu süß. Der leicht herbe Schokoladengeschmack weckte ihre Sinne und vor allem ihre Geschmacksknospen.

»Das ist so gut, dass es schon gefährlich ist.«

Ronan setzte sich neben sie und grinste. »Frauen und Schokolade.«

»Das ist genetisch. Wir können nicht anders.« Sie nahm noch einen Schluck und seufzte. »Oh Mann, daran könnte ich mich gewöhnen. Ich wette, das hat eine Milliarde Kalorien.

Richtig?« Sie hob abwehrend eine Hand. »Egal. Ich will es gar nicht wissen.«

»Ich gebe dir die Dose mit.«

»Danke, aber wage es ja nicht. Ich bin klein und kurvig. Wie ich schon sagte: Die zusätzlichen Kilos sind mir immer dicht auf der Spur. Sie erwischen mich viel schneller als meine langbeinigen Freundinnen. Ich versuche, deswegen nicht verbittert zu sein, aber manchmal kann ich nicht anders. Und sag nicht, dass du das verstehst. Du bist ein Mann und hast einen Beruf, der körperlich anstrengend ist. Du kannst einen ganzen Supermarkt aufessen und nimmst nicht ein Gramm zu, was mich rasend macht. Und deshalb will ich nicht darüber reden.«

Er musterte sie kurz, dann lächelte er. »Ich sehe schon, die späte Stunde macht dich nicht weniger temperamentvoll.«

Temperamentvoll? Er hielt sie für temperamentvoll? Das ging doch schon in die Richtung von sexy, oder? Besser, wenn sie nicht an ihren fehlenden BH dachte. Sie trug ein weites Sweatshirt, es würde ihm nicht auffallen. Trotzdem war es nett, wenigstens für eine Sekunde so zu tun als ob. Obwohl er es nach der Unterhaltung beim Abendessen vermutlich mit der Angst zu tun bekam, wenn sie den ersten Schritt machte. Wo sie gerade daran dachte …

»Das mit der App tut mir übrigens leid.«

Er hob eine Augenbraue. »Dass du sie dir heruntergeladen hast oder dass du davon erzählt hast?«

»Dass ich darüber gesprochen habe. Ich habe nur die Fragen ausprobiert. Davon gibt es so viele, und einige sind wirklich interessant. Ich wollte dich nicht erschrecken.«

»*Erschrecken* ist ein wenig stark ausgedrückt.«

Sie verdrehte die Augen. »Du warst panisch.«

Er lachte leise. »Das hast du gesagt, nicht ich.« Er nahm seinen Becher in die Hand. »Was machst du normalerweise, wenn du nicht schlafen kannst?«

»Arbeiten. Das entspannt mich, und irgendwann bin ich

müde genug, um zu schlafen. Das hätte ich auch heute getan, aber außer ein paar Bögen Origami-Papier habe ich nichts dabei.«

»Malst du auch?«

»Manchmal. Aber ich bin darin nicht sonderlich gut. Früher habe ich immer gemalt. Einmal habe ich ein Aquarell fertiggestellt und musste einsehen, dass es grauenhaft war. Ich war so frustriert, dass ich es zerrissen habe. Als die Stücke auf meinen Tisch fielen, haben sie ein wunderschönes Muster ergeben, und das war der Anfang.«

»Scheitern als Erfolg.«

Sie lächelte. »Ganz genau. Ich mag das Unerwartete und arbeite seit diesem Tag mit verschiedenen Materialien.«

»Was den Müll erklärt.«

Ronan und seine Brüder zogen sie oft wegen der Fundstücke auf, die sie in ihren Werken verarbeitete. »Das ist kein Müll. Nur weil jemand etwas nicht mehr will, heißt das nicht, dass es Abfall ist.«

Er hob die Hand. »Reg dich nicht auf. Du sollst müde werden.«

»Müll«, grummelte sie. »Deine Unfähigkeit, das Potenzial in weggeworfenen Dingen zu erkennen, ist schon verblüffend. Besonders wenn man bedenkt, dass du Künstler bist.«

»Wie ich schon sagte: temperamentvoll.«

Da war dieser Tonfall in seiner Stimme … Vermutlich interpretierte sie viel zu viel hinein, und all das war bloßes Wunschdenken. Trotzdem, dieser leicht zärtliche, neckende Ton gefiel ihr. Womöglich lag es an der späten Stunde oder dem Sturm, der draußen tobte, aber sie mochte diesen privaten Ronan. Er war wesentlich zugänglicher und charmanter als der andere, den sie von der Arbeit kannte.

Er war schon immer anziehend gewesen, und das lag nicht nur an seinem Aussehen. Da war etwas … Verwundbares. Sie kannte die Gefahren, die von düsteren, beschädigten Männern ausgingen, und war ihnen immer aus dem Weg gegangen. Doch irgendetwas an Ronan zog sie magisch an.

»Würdest du jetzt gerne arbeiten?« Seine Frage holte sie aus ihren Gedanken zurück.

»Klar.«

»Dann komm mit.«

Sie hatte angenommen, er würde sie in sein Atelier hinter dem Haus führen. Doch stattdessen ging er nach oben, Richtung Gästezimmer.

Eine Sekunde lang fragte sie sich, was er vorhatte. Wenn er sie an sich ziehen und küssen würde ... Nun, sie hatte keine Ahnung, wie sie darauf reagieren würde. Der Gedanke daran, von Ronan berührt zu werden, war faszinierend. In ihrem Magen kribbelte es ein wenig.

Doch statt das Gästezimmer zu betreten – und dem Wort »arbeiten« eine neue Bedeutung zu verleihen –, blieb Ronan im Flur stehen. Er streckte die Hand aus und drückte auf eine Stelle an der Wand mit der Rundung. Es klickte, dann sprang eine Tür auf.

Natalie machte einen Satz zurück und hätte beinahe den Rest ihres Kakaos verschüttet. »Ich hatte ja keine Ahnung!«

»Ich glaube, das ist der Sinn der Sache. Auch wenn ich nicht weiß, warum der ursprüngliche Besitzer ein Geheimzimmer einbauen ließ. Da ich keine Ahnung hatte, was ich damit anstellen soll, habe ich es zu einem Atelier umgebaut.« Er ging hinein und schaltete das Licht an.

Natalie wollte gerade sagen, dass er doch bereits ein Atelier hatte, doch dann schaute sie sich um und sah, dass dieses hier ganz anders war. Es gab keine Öfen, keine Materialien zur Glasherstellung, sondern nur einen langen Tresen auf Schreibtischhöhe, einen Zeichentisch und verschiedene Staffeleien. Schränke säumten die Wände zu beiden Seiten der Tür.

Der Raum lag in einem Turm, wie ihr jetzt bewusst wurde. Die großen Fenster ließen tagsüber viel Licht herein. Heute

Nacht jedoch heulte der Sturm vor den Glasflächen. Beinahe konnte sie den Zorn des Windes spüren.

Ronan fing an, die Schranktüren zu öffnen, und zum Vorschein kamen dicke Packen Papier in allen Größen, Leinwände, Säcke mit Ton und Kästchen mit Pinseln. Ein weiterer Schrank enthielt Öl- und Acrylfarben, Bleistifte, bunte Filzstifte, Textmarker, Kleber und eine Heißklebepistole. Außerdem gab es Garne, Kordeln, Häkelnadeln, Scheren, Stempel, Tinte, Teppichmesser und Bänder.

Natalie drehte sich einmal langsam im Kreis und starrte Ronan dann an. »Aber du arbeitest mit Glas.«

»Meistens schon. Aber ab und zu muss ich mich inspirieren lassen.«

»Dieser Ort ist magisch.«

»Freut mich, dass du das so siehst. Betrachte es als dein Atelier, solange du hier bist.«

»Wie bitte? Nein, das könnte ich nicht.«

»Na klar kannst du das. Ich benutze diesen Raum nur selten. Lass deiner inneren Künstlerin freien Lauf. Arbeite, zu welcher Zeit du auch immer willst.«

Das ist ein Geschenk, das nicht mit Geld aufzuwiegen ist, dachte sie. Beim Gedanken an all die Möglichkeiten wurde ihr ein wenig schwindelig. »Bist du sicher, dass es dir nichts ausmacht?«

Wieder schenkte er ihr dieses bestimmte Lächeln. »Ja, bin ich. Hab Spaß, Natalie. Wir sehen uns morgen.«

Sie nickte und trat an die Schränke heran. Was sollte sie nur als Erstes machen? Eine Collage? Oder etwas malen? Sie war eine grauenhafte Malerin, aber manchmal inspirierten sie gerade ihre grauenhaften Gemälde zu einem Kunstwerk aus verschiedenen Materialien. Sie würde …

Das Geräusch einer zufallenden Tür riss sie aus ihren Überlegungen. Sie drehte sich um und sah, dass Ronan gegangen war. Von dort, wo sie stand, war die Tür zum Flur gut zu sehen.

Unglaublich, dachte sie und stellte ihren Becher auf die Arbeitsplatte. Die Energie floss nur so durch sie hindurch. Erst malen, dann verschiedene Materialien, beschloss sie und griff nach einer Leinwand. Und in wenigen Stunden würde sie den Sonnenaufgang mitten in einem Sturm verfolgen können. Ehrlich, besser konnte es gar nicht werden!

4. Kapitel

Ronan hatte keine Ahnung, wann Natalie schließlich ins Bett gegangen war. Als er nach einer Handvoll Stunden Schlaf aufstand, war es im Haus still. Obwohl der Sturm noch tobte, rief er bei der Straßenwacht an und war wenig überrascht, zu hören, dass sie sich frühestens in vierundzwanzig Stunden ans Räumen der Straßen machen konnten.

Er ging ins Büro, um seinem Bruder Mathias eine E-Mail zu schicken und ihn darüber zu informieren, was los war. Während sein Laptop hochfuhr, fiel ihm ein kleiner grüner Origami-Drache auf, der neben seinem Computer stand. Er hob ihn vorsichtig auf und setzte ihn sich auf die Handfläche.

Die Arbeit war präzise ausgeführt, die Linien waren perfekt. Diese winzige Kreatur hatte etwas unglaublich Einnehmendes. Schnell schrieb er die E-Mail und stellte den Papierdrachen dann in sein Bücherregal, bevor er in die Küche ging, um Kaffee aufzusetzen.

Während er darauf wartete, dass die Maschine ihr Wunder wirkte, tigerte er durch das Wohnzimmer und erblickte auf einem der Beistelltische eine winzige Papiermaus. Im Esszimmer fand er eine Schildkröte und einen Kranich im Eingangsbereich.

Sobald der Kaffee fertig war, holte Ronan den Drachen und nahm ihn mit in sein Atelier. Auf dem Weg durch den langen Gang spürte er die Macht des Sturms draußen. Laut Wetterbericht würde das Unwetter sich bis zum Ende des Tages ausgetobt haben. Dann konnte das große Aufräumen beginnen.

Er setzte den Drachen auf seinen Tisch und fing an zu zeichnen. Er war nicht sicher, ob Glas dazu geeignet war, die scharfen Kanten des Origami-Drachen nachzubilden. Er konnte ja schlecht einen Bogen Glas nehmen und ihn falten – das wäre zu dick. Also musste er einen Weg finden, die Illusion von Knicken und Linien zu erschaffen.

Stunden später betrachtete er das geschmolzene Chaos, das er angerichtet hatte. Vor ihm lag ein grüner Klumpen, der mehr nach fehlgeschlagenem Chemie-Experiment als nach Drache aussah, aber er hatte aus seinen Fehlern gelernt und konnte es kaum erwarten, es noch einmal zu versuchen. Sein Magen knurrte und erinnerte ihn daran, dass er seit dem Abendessen nichts mehr gegessen hatte, also kehrte er ins Haus zurück.

An der Kücheninsel saß Natalie mit einem Becher Kaffee. Sie trug wieder ihr Kleid, ihre Haare waren wieder wild gelockt, und ihre Augen wirkten noch ein wenig verschlafen. Sie sah so weich und zerzaust und verdammt sexy aus.

Für einen kurzen Moment gestattete er sich, sie einfach nur anzusehen. Den perfekten Schwung ihrer Wangenknochen in sich aufzunehmen, die großen Augen hinter der Brille.

In ihm regte sich etwas. Nicht der Drang, sie in Glas nachzubilden – nein, das Gefühl war grundlegender. Verlangen, dachte er überrascht. Er wollte wissen, ob ihre Haut so weich war, wie sie aussah, und ob ihr Duft ihn umfangen würde, wenn er näher trat. Er wollte sie küssen und den Kaffee auf ihren Lippen schmecken. Er wollte wissen, wie sie im Bett war – so temperamentvoll wie in allen anderen Bereichen ihres Lebens? Oder würde sie sich mit einem Seufzen ergeben, das einen Mann in den Wahnsinn trieb?

Sie schaute auf und lächelte ihn an. »Guten Morgen.«

Er verdrängte die Bilder in seinem Kopf und schaute auf die Uhr. »Gerade so eben noch«, zog er sie auf.

»Ich weiß, ich weiß. Meine innere Nachteule kam durch, und ich habe bis zum Sonnenaufgang gearbeitet. Es war großartig.«

»Die Arbeit oder der Sonnenaufgang?«

»Beides. Der Sturm war ziemlich heftig, aber ich konnte trotzdem das Licht am Horizont sehen. Die Natur ist wirklich unglaublich. Was hast du in deinem Atelier gemacht?«

»Hauptsächlich herumgespielt. Und du?«

»Ich habe gemalt.« Sie zog die Nase kraus. »Es ist fürchterlich geworden, aber das ist in Ordnung. Aus Mist kommt Inspiration. Irgendwie scheine ich oft mit einem schrecklichen Bild anzufangen. Vermutlich liegt das daran, dass meine Mom Malerin war, allerdings war sie im Gegensatz zu mir brillant.«

»Hast du schon etwas gegessen?«

Sie schüttelte den Kopf. »Ich war gerade dabei, mir zu überlegen, worauf ich Appetit habe. Auch wenn es vermutlich mehr Sinn ergeben würde, zu gucken, was du dahast, und mich dann für etwas zu entscheiden.«

»Frühstück oder Mittagessen?«

»Da bin ich nicht festgelegt.«

»Dann machen wir einen Brunch daraus. Ist ein Omelett okay?«

»Klar.«

Er ging zum Kühlschrank und fing an, die Zutaten herauszuholen. Eier, Käse, eine rote Paprika und Champignons landeten auf dem Tresen. Dann holte er eine Schachtel aus der Tiefkühltruhe und reichte sie Natalie. Angesichts ihrer Reaktion auf den heißen Kakao in der Nacht zuvor vermutete er, dass sie mit vollem Herzen dabei sein würde.

Sie las das Etikett und stöhnte laut auf. »Zimtbrötchen? Was machst du mit mir?«

»Willst du keins?«

»Ich will sie alle, aber eines muss reichen.«

Er schaltete den Ofen ein und holte ein Backblech hervor. Dann wusch er sich die Hände und begann, die Paprika zu schneiden.

»Ich hätte nicht gedacht, dass du dich in der Küche so gut auskennst«, sagte Natalie. »Woher hast du das?«

»Mathias und ich sind mit zweiundzwanzig von zu Hause ausgezogen. Keiner von uns hatte Lust darauf, jeden Tag Fertigpizzen zu essen, also haben wir einen Kochkurs besucht. Das war lustig, und wir haben die Grundlagen des Kochens gelernt.«

»Was euch zu wahren Frauenmagneten gemacht hat.«

»War das eine Frage oder eine Aussage?«

Sie grinste. »Eine Aussage.«

Die Antwort überraschte ihn. Auch wenn er bei Frauen immer Erfolg gehabt hatte, in den letzten Jahren hatte er aufgegeben, sich zu bemühen. Er zog es vor, allein zu sein. Woher wollte Natalie also wissen, ob er ein Frauenmagnet war oder nicht?

Als der Ofen piepte und anzeigte, dass er die gewünschte Temperatur erreicht hatte, war Ronan mit seinen Vorbereitungen fertig. Er schob die Zimtbrötchen in den Ofen und stellte die Uhr, dann schenkte er ihnen beiden Kaffee nach und setzte sich zu Natalie an den Tresen.

»Hast du überhaupt geschlafen?«, fragte er.

»Ungefähr fünf Stunden. Ich werde nachher ein Mittagsschläfchen machen und heute Nacht wieder aufbleiben.« Sie holte ihr Handy aus ihrer Tasche. »Du hast hier oben echt guten Empfang.«

»Am Rand des Grundstücks steht ein Sendemast, ganz in der Nähe der Wanderwege. Ich denke, der Staat hat ihn dort aufgestellt, damit es die Such- und Rettungsteams einfacher haben.«

»Klingt logisch.« Sie drückte auf ein paar Knöpfe an ihrem Handy. »Würdest du sagen, dass du einen moralischen Kompass hast?«

Die Frage überraschte ihn. »Haben den nicht die meisten Menschen? Aber um deine Frage zu beantworten: ja. Und ich versuche, ihm zu folgen.«

»Ich auch. Ich hasse es zum Beispiel zu lügen. Dann fühle ich mich komisch und kann mich außerdem nie erinnern, was ich gesagt habe. Es ist besser, einfach ehrlich zu sein.« Sie hielt inne. »Glaubst du, dass die Menschen an sich gut sind, nur manchmal fehlgeleitet werden, oder glaubst du, dass es wirklich böse Menschen gibt?«

Er zögerte. Die meisten Menschen waren im Grunde genommen gut, aber es gab auch welche, die anderen Regeln zu folgen schienen. Wie zum Beispiel sein Vater. Ceallach Mitchell war nicht böse, aber er zeigte selten Mitgefühl und fand, Freundlichkeit wäre etwas für Schwächlinge. Gleichzeitig erwartete er von den Menschen in seiner Umgebung, dass sie ihn umkreisten und dafür auch noch dankbar waren. Nein, sein Vater war nicht böse, aber er war auch nicht gut. Ronan war nicht sicher, ob …

Moment mal! Was lief hier eigentlich ab? Er schnappte sich Natalies Telefon und warf einen Blick auf das Display. Das Logo der App ließ ihn erschaudern. »Du hast gesagt, du würdest dieses Spiel nicht mehr spielen. Ich werde nicht dein Samenspender werden.«

»Oh, das weiß ich. Ich fand die Fragen nur interessant.« Sie lächelte. »Mir war nicht bewusst, dass du so zartbesaitet bist.«

»Ich bin ein typischer Mann, der nicht will, dass ungeplante Kinder von ihm herumlaufen.«

Ihr Lächeln wurde schelmisch. »Da ist dein moralischer Kompass am Werk.«

»Gut zu wissen, dass er funktioniert.« Er schaute auf die Uhr am Ofen, stand auf und begann, die Eier in eine Schüssel aufzuschlagen. »Ist es dir ernst damit, allein ein Baby zu bekommen?«

»Ich weiß es nicht. Vielleicht. Ich spiele mit der Idee, weil ich nicht sicher bin, ob ich mich jemals werde verlieben können.«

»Du glaubst nicht ernsthaft, dass dir das Pech in der Liebe vorherbestimmt ist, oder? Du kannst nicht alle deine Entscheidungen aufgrund der Art und Weise treffen, wie sich dieser Idiot verhalten hat.«

Ihr kleines Zögern verriet ihm, dass noch mehr hinter der Geschichte steckte. Etwas, das sie ihm nicht erzählt hatte.

»Er war ein Idiot, der gesagt hat, er will mich heiraten. Und dann hat er seine Meinung geändert.«

»Das ist sein Problem, nicht deines.«

Ronan beschloss, ein großes Omelett zu machen und es in zwei Teile zu schneiden. Er stellte die größte Pfanne auf den Herd. Dann warf er das Gemüse zum Anschwitzen hinein.

»Das war nur *ein* Kerl, Natalie.«

»Meine Highschool-Liebe hat auch ein schlechtes Ende genommen. Er hat mich betrogen.«

»Und wie viele Jahre ist das her? Außerdem: Hast du mal überlegt, dass das Problem vielleicht die Entscheidungen sind, die du triffst? Nicht irgendein kosmisch vorherbestimmtes Schicksal?«

Sie zuckte zusammen. »Es ist noch ein wenig früh, um so voreingenommen zu sein.« Sie nippte an ihrem Kaffee. »Du meinst also, ich habe eher einen schlechten Geschmack als Pech?«

»Ich schlage vor, dass du darüber mal nachdenkst, bevor du dich darauf stürzt, alleine ein Baby zu bekommen.«

»Ich stürze mich nicht darauf.«

»Du übst für die Bewerbungsgespräche.«

»Okay, vermutlich hast du recht. Ich habe mich auch schon nach einer Adoption erkundigt, aber das ist als Single nicht so leicht.«

Er rührte das Gemüse in der Pfanne um. Als es beinahe fertig war, schüttete er es auf das Schneidebrett und wischte die Pfanne aus. Der Ofen piepte. Er schaltete ihn aus, stellte das Backblech zum Abkühlen auf einen Untersetzer und gab Butter in die Pfanne.

»Was willst du wirklich?«, fragte er, während er die Butter in der Pfanne schwenkte.

»Was jeder will. Irgendwo dazugehören. Eine Familie haben. Mich sicher und geliebt fühlen und für jemand anderen der wichtigste Mensch auf der Welt sein.«

Er schaute gerade rechtzeitig auf, um zu sehen, wie es um ihre Mundwinkel zuckte. Der lächerliche Wunsch, zu ihr zu gehen und sie zu trösten, überfiel ihn, auch wenn er nicht wusste, wie er das anstellen sollte. Ihr Wünsche verlangten nach mehr als einer freundschaftlichen Umarmung.

»Du sprichst davon, einen Partner zu finden, nicht darüber, ein Kind zu haben. Kinder wachsen auf und verlassen einen. Außer, du hast vor, dein Kind im Keller einzusperren.«

»Ich habe keinen Keller, und ich bin auch keine Psychopathin. Ich will einfach nur …«

Geliebt werden.

Sie sprach die Worte nicht aus, aber das musste sie auch nicht. Er hörte sie trotzdem. Vermutlich wollte jeder geliebt werden. Auch er hatte diesen Wunsch einst gehabt. Damals, bevor sich alles verändert hatte, war er davon ausgegangen, sich eines Tages zu verlieben, zu heiraten und Kinder zu bekommen. Alle seine Brüder waren verheiratet.

»Du hast mir viel zum Nachdenken gegeben«, gab sie zu, als er die verquirlten Eier in die heiße Pfanne goss. »Ich bin mir allerdings nicht sicher, ob mir das gefällt.«

Er grinste. »Ach, komm, du findest es toll.«

»Das kommt darauf an. Wenn die Zimtbrötchen glasiert sind, würde das meine Stimmung deutlich heben.« Sie grinste und sah ihn fragend an.

»Ohne Glasur wären es keine Zimtbrötchen.«

»Du bist der beste Gastgeber von allen. Vielleicht gehe ich hier nie wieder weg.«

Diese Worte sollten ihm eine Heidenangst einjagen. Doch das taten sie nicht. Was war da los?

Mit leichter Anspannung beobachtete Natalie die Uhr. Es war beinahe Mitternacht. Sie hatte den ganzen Abend über gearbeitet und begonnen, ihr hässliches Bild in ein Kunstwerk aus verschiedenen Materialien zu verwandeln. Sie hatte sogar schon eine schnelle Skizze auf dem Bogen Papier gemacht, den sie auf eine Leinwand geheftet hatte. Jetzt kam die mühevolle Arbeit, die verschiedenen Elemente anzuordnen. Gegen elf Uhr hatte eine gewisse Rastlosigkeit sie überfallen, als würde sie auf etwas Wichtiges warten.

Sie wusste, worauf sie hoffte – darauf, dass sie und Ronan wieder ein wenig Zeit miteinander verbrachten. Obwohl sie beim Brunch und beim Abendessen zusammen gewesen waren, wollte sie ihn um Mitternacht noch einmal sehen. Als hätte diese Stunde eine Bedeutung oder magische Kräfte.

Vielleicht hatte auch Ronan selbst solche Kräfte. Bisher hatte sie nie viel Zeit mit ihm verbracht. Im Studio in der Stadt war er freundlich, aber nicht so gesprächig wie Nick oder Mathias. Natalie war sich seiner Anwesenheit immer bewusst, doch das hatte mehr mit seiner Arbeitsweise als mit seiner Persönlichkeit zu tun.

Jetzt hier bei ihm zu sein hatte alles verändert. Er war so … interessant – mit dem brütenden Ausdruck in seinen Augen und dem sexy Lächeln. Und er konnte kochen! Er war wesentlich offener, als sie erwartet hatte, auch wenn er seine Geheimnisse bewahrte. Als Gastgeber war er tadellos, und dazu gehörte, dass er ihr viel Raum ließ. Sie hatte nicht gewusst, dass er Humor besaß – einen sehr subtilen Humor, der aber immer stärker hervortrat. Sie spürte, dass Ronan ein Mensch war, der nur langsam Vertrauen aufbaute, sich nur vorsichtig öffnete. Aber sie hatte den Eindruck, dass er anfing, sie in seinen persönlichen Kreis hineinzulassen. Wobei das vielleicht bloßes Wunschdenken war.

Sie verließ das Atelier und ging in der Hoffnung nach unten, ihm über den Weg zu laufen. Aus seinem Büro fiel Licht in den Flur, also ging sie hinein und sah ihn an seinem Computer sitzen. In der Sekunde, bevor er aufschaute, entdeckte sie ihre Origami-Tiere auf dem Bücherregal – als hätte er sie extra an einem sicheren Ort versammelt.

»Wie läuft es mit deiner Arbeit?«, fragte er.

»Ganz gut. Ich mache Fortschritte und habe eine Idee.«

»Geht es um die App?«

»Nein.« Sie lachte. »Die Decke im Eingangsbereich ist hoch und hat einen thermischen Auftrieb. Wir sollten Papierflugzeuge fliegen lassen.«

»Das habe ich nicht mehr gemacht, seitdem ich ein Kind war.«

»Hast du je Wettbewerbe veranstaltet?«

Er grinste. »Du kennst meine Brüder. Musst du das wirklich fragen?«

»Hast du je gewonnen?«

»Klar.«

»Heute Nacht wirst du nicht gewinnen.«

Er sah sie ein wenig misstrauisch an. »Forderst du mich heraus?«

»Ich werde dich so was von besiegen. Jedes einzelne Mal. Nicht einmal Glück kann dir da helfen.«

»Okay.« Er erhob sich. »Was ist der Einsatz?«

Sie hätte schwören können, dass sein Blick, während er sprach, auf ihren Mund fiel. Einen Moment lang schien sie seinen heißen Kuss schon auf ihren Lippen zu spüren, doch dann richtete Ronan den Blick wieder auf ihre Augen. Plötzlich war sie nicht mehr sicher, ob das eben wirklich passiert war.

»Du willst nicht mit mir wetten, Ronan«, sagte sie spielerisch.

»Vor dir habe ich keine Angst.«

»Um es mit Yoda zu sagen: *Du wirst haben Angst.*« Sie grinste. »Wie wäre es damit? Wir machen beide einen Probeflug, und wenn du dann immer noch wetten willst, tun wir das.«

»Okay.«

Er folgte ihr nach oben in den Turm. Dort hatte sie schon Papier, Scheren und Lineale hingelegt, mit denen man die Kanten nachziehen konnte. Sie setzten sich an den langen Tisch und machten sich ans Werk. Innerhalb weniger Minuten hatte Ronan einen traditionellen Papierflieger gefaltet. Natalie benötigte einige Sekunden länger, um ihren Flieger fertigzustellen. Die zusätzlichen Faltungen würden den Auftrieb der Heizungsluft optimal nutzen.

Ronan betrachtete ihr Flugzeug und sah dann sein schnittiges Design an. »Du glaubst, damit kannst du gewinnen?«

Sie gingen zum Treppenabsatz. Natalie lächelte.

»In diesem beengten Raum bedeutet zu gewinnen, dass das Flugzeug länger in der Luft bleibt. Dein Flieger ist für die Entfernung gebaut. Er wird wunderbar in die Luft steigen und dann ziemlich schnell an Höhe verlieren. Meiner wird stundenlang in den Wolken verweilen.«

Ronans Augen funkelten amüsiert. »Du bist eine Spielerin, oder? Nur spielst du nicht am Billardtisch um Geld, sondern benutzt dafür Papierflieger. Du hast mich hereingelegt.«

Sie versuchte, nicht allzu selbstgefällig auszusehen. »Und du warst dir so sicher, dass du gewinnst. Komm schon, Mr. Oberbefehlshaber, zeig mir, was du kannst.«

Ronan drehte sich um und schickte seinen Flieger los. Wie Natalie vorhergesagt hatte, flog er anmutig und mit hoher Geschwindigkeit durch die Halle. Ronan hatte ihn so energisch geworfen, dass er sogar gegen die gegenüberliegende Wand prallte und dann zwei Etagen weiter unten zu Boden taumelte.

»Verdammt«, murmelte er. »Du hattest recht.«

»Ich weiß. Ist das nicht toll?«

Sie streckte ihren Arm aus und fühlte nach dem Luftzug, dann richtete sie die Nase ihres Fliegers Richtung Decke. Er flog los, drehte einen Kreis und flog dann immer weiter, während er ganz, ganz langsam von der Schwerkraft nach unten gezogen wurde.

»Zeig mir, wie man das macht«, bat Ronan, sobald ihr Flugzeug auf der Erde gelandet war. »Was für Flugzeuge kannst du noch?«

Die nächste Stunde verbrachten sie damit, verschiedene Papierflieger zu falten. Natalie zeigte ihm ein halbes Dutzend unterschiedlicher Designs, und sie übten mit allen von ihnen. Als der Boden der Eingangshalle mit ihren Versuchen übersät war, gingen sie für einen heißen Kakao nach unten. Während Ronan die Milch erhitzte, holte Natalie eine Tüte mit Marshmallows aus der Speisekammer.

»Die habe ich vorhin entdeckt.« Sie wedelte mit der Tüte. »Ich freu mich so.«

»Über ein paar Marshmallows?«

»Natürlich! Du nicht?«

Eine Sekunde lang musterte er sie, bevor er lächelte. »Jetzt schon. Erzähl mir, wie du gelernt hast, so gute Papierflieger zu bauen.«

Sie kletterte auf einen der Hocker am Tresen. »In der Straße, in der ich aufgewachsen bin, gab es keine Mädchen. Nur Jungs. Das war okay, solange ich klein war. Aber als ich etwas älter wurde, wollten die mich nicht mehr mitspielen lassen. Und wenn ich sie doch überredet habe, hatte es immer irgendetwas mit Sport zu tun, und sie haben mich besiegt. Irgendwann war ich es leid, ständig gedemütigt zu werden. Meine Mom hatte die Idee, Papierflieger zu basteln. Da ich damals schon Origami gemacht habe, war das für mich nicht schwer.«

Bei der Erinnerung grinste sie. »Die Jungs waren so was von nicht darauf vorbereitet, von einem Mädchen besiegt zu werden. Sie haben es nicht gut aufgenommen. Irgendwann haben sie die Hoffnung aufgegeben, gegen mich zu gewinnen, aber ich wurde immer noch ausgeschlossen.«

»Das hat bestimmt wehgetan.«

»Stimmt. Aber dann sind ein paar Mädchen in die Gegend gezogen, und es war mir nicht mehr so wichtig. Außerdem habe ich die Jungs jedes Mal, wenn sie mich geärgert haben, daran erinnert, dass sie von einem Mädchen besiegt worden sind. Dann waren sie sofort ruhig.«

»Du bist ein kleiner Raufbold.«

»Ich bemühe mich.«

Er rührte das Kakaopulver in die Milch. Der Geruch von Schokolade füllte die Küche, und Natalie lief das Wasser im Mund zusammen.

»Ich trinke deinen ganzen Vorrat weg«, sagte sie. »Ich sollte dir Nachschub bestellen.« Auch wenn sie keine Ahnung hatte, was es kosten würde, eine Dose Kakao aus dem Laden in Berlin zu kaufen und herschicken zu lassen. Vermutlich würde ihr Fleischbudget für diesen Monat dafür draufgehen.

»Das habe ich schon.« Er schenkte zwei Becher voll ein. »Er schmeckt besser, wenn man ihn in Gesellschaft trinkt.«

»Danke.«

Sie schaute auf und sah, dass Ronan sie beobachtete. Für eine Sekunde verhakten sich ihre Blicke und weigerten sich, einander loszulassen. Unwillkürlich lehnte Natalie sich ein wenig vor, als ob sie … Als ob …

Ronan drehte sich weg und stellte den Topf ab, dann reichte er ihr die Tüte mit den Marshmallows. Sie nahm sich zwei und ließ sie in den heißen Kakao fallen, wobei sie sich ermahnte, nicht albern zu sein. Was auch immer sie für Gefühle hatte, sie waren ganz klar einseitig. Ronan war weltgewandt und berühmt und reich. Sie war nur eine Frau, die niemanden fand, der sie liebte, und die Papier in Stücke riss und das Kunst nannte. Der wahre Künstler war er. Wo sie gerade beim Thema war …

»Wie lief es heute mit der Arbeit?«, fragte sie.

Auf einen Schlag schien die Temperatur im Raum zu fallen. Ronans Miene wirkte angespannt. Natalie hatte das Gefühl, dass er am liebsten aufgestanden und gegangen wäre, wenn er nicht bereits neben ihr gesessen hätte. Sie fragte sich, ob er das wohl trotzdem tun würde.

Über eine Minute lang herrschte Schweigen. Anfangs hielt Natalie ebenfalls den Mund, weil sie ihn reden lassen wollte, doch schlussendlich platzte es aus ihr heraus: »Weißt du, *warum* du nicht arbeitest?«

Sein Blick glitt von seinem Getränk zu ihr und zurück. »Ich nehme an, du hast eine Theorie.«

»Die habe ich. Sogar mehrere. Meine bevorzugte ist, dass du nicht arbeiten kannst, weil du dein Herz gegenüber deiner Familie verschlossen hast. Du bist wie Elsa in dem Film *Frozen*. Du musst wieder an die Liebe glauben.«

Mit fassungsloser Miene drehte er sich zu ihr um. »Wie Elsa?«

»Ja, aus dem Zeichentrickfilm. Hast du den gesehen?«

»Ich kenne das Lied.«

Sie lächelte. »Ist das nicht toll? Und ich liebe den Film. Du solltest ihn dir bei Gelegenheit mal ansehen. Dann verstehst du, was ich meine. Wenn du nur …«

Sie hielt inne, weil sie nicht wusste, was er tun sollte. Ein wenig zu spät fiel ihr ein, dass es Dinge in seinem Leben gab, von denen sie keine Ahnung hatte.

»Ich meine, nicht, dass ich eine Expertin bin«, fügte sie leise an.

»Was weißt du über meine Vergangenheit?«, fragte er. »Über meine Familie?«

Das war nicht als Herausforderung gemeint, sondern sie hatte eher das Gefühl, dass er wissen wollte, wie viel ihr erzählt worden war. Und was sie sich selber zusammengereimt hatte.

»Ich weiß, was dein Dad getan hat. Er hatte vor Jahren eine Affäre, und du warst das Ergebnis. Bis dahin habt ihr, also du und dein Bruder Mathias, geglaubt, Zwillinge zu sein. Zweieiige Zwillinge. Und dann habt ihr erfahren, dass das nicht stimmt. Ich weiß auch, dass euer Dad gesagt hat, ihr sollt niemandem davon erzählen, was passiert ist. Also musstet ihr beide damit allein klarkommen.«

»Das fasst es so ziemlich zusammen«, bestätigte er und nahm seinen Becher in beide Hände, um zuzusehen, wie der Marshmallow schmolz. »Mein Vater ist ein schwieriger Mann. Er ist begabt, grausam und extrem egoistisch. Alles dreht sich nur um ihn. Sonst zählt niemand. Weder wir noch seine Frau Elaine – nur er.«

Er warf ihr einen Blick zu. »Wie du gesagt hast, bin ich das Resultat einer Affäre. Ich wurde ein paar Wochen nach Mathias geboren. Aus Gründen, die ich weder erklären noch verstehen kann, hat Elaine eingewilligt, mich als ihren Sohn aufzuziehen, nachdem mich meine leibliche Mutter hatte weggeben wollen. Sie haben allen erzählt, Mathias und ich wären Zwillinge. In diesem Glauben sind wir aufgewachsen. Elaine hat nie auch nur eine Andeutung gemacht, dass es nicht so sein könnte.«

Er nannte sie durchgehend *Elaine*. »Du meinst deine Mom.«

Sein Blick verhärtete sich. »Sie ist nicht meine Mutter. Sie ist die Frau, die mich großgezogen hat.«

Soweit es Natalie betraf, war das das Gleiche. »Okay«, sagte sie langsam. »Also hat dein Dad euch einfach diese Bombe vor die Füße geworfen und euch dann damit alleingelassen.« Sie hasste es, schlecht von jemandem zu reden, den sie vor einem Jahr gerade mal für fünf Sekunden getroffen hatte, aber der Mann klang wie ein Idiot. Ja, als er mit der Wahrheit herausgeplatzt war, hatte er geglaubt, er würde an einem Herzinfarkt sterben, aber was war danach? Warum war er nicht zu seinen Söhnen gegangen und hatte die Sache besser erklärt? Allein darüber nachzudenken machte sie wütend.

»Es tut mir leid, dass das passiert ist, aber ich bin froh, dass du und Mathias hierhergezogen seid.«

»*Ich* bin hierhergezogen. Mathias hat sich entschieden mitzukommen. Ich dachte, irgendwo anders zu sein würde helfen.

Und eine Weile tat es das auch. Jetzt weiß ich es nicht mehr.« Er drehte sich zu ihr.

»Alles ist jetzt anders. Ich bin nicht derjenige, der ich zu sein glaubte. Ich weiß nicht, wo ich herkomme. Ceallach ist so viel schlimmer, als du dir vorstellen kannst. Aber früher dachte ich immer, dass ich wenigstens eine nette Mutter habe. Elaine ist blind in Bezug auf Ceallachs Fehler, aber ansonsten ist sie ein anständiger Mensch. Jetzt verbindet mich nichts mehr mit ihr und den anderen, ich bin nur noch Ceallachs Sohn – ausgerechnet.«

»Deine leibliche Mutter hast du nie kennengelernt?«

»Nein.«

»Willst du das denn nicht?«

»Nein. Sie hat mich fallengelassen und ist weggelaufen. Ich muss sie nicht kennenlernen, um zu wissen, wie sie ist.«

Natalie berührte seinen Arm. »Sag das nicht. Sie war jung und verängstigt. Du musst herausfinden, wer sie ist und warum sie das getan hat. Das könnte alles verändern.«

»Ich weiß genug.«

»Du bist stur. Genau wie Elsa.«

Um seinen Mundwinkel zuckte es. »Du lässt nicht zu, dass ich mich weiter darin suhle, oder?«

»Ich werde dich nicht zurückhalten. Ich genieße es genauso sehr wie jeder andere, mich ab und zu im Selbstmitleid zu suhlen. Nur möchte ich darauf hinweisen, dass es dir bisher nicht viel geholfen hat. Du solltest mal mit jemandem reden.«

Er zog sich zurück. »Und mit wem?«

»Du weißt schon. Einem Therapeuten. Jemandem, der dir eine andere Perspektive aufzeigen und dir helfen kann, Ideen zu entwickeln, um besser mit der Situation umzugehen. Du bist zu talentiert, um nicht zu arbeiten. Das Geld brauchst du vermutlich nicht, aber das ist auch nicht das Wichtige. Etwas zu erschaffen gehört zu deiner Persönlichkeit. Ohne das kannst du nicht glücklich sein. Ich weiß, dass ich es nicht könnte, und ich bin nicht ansatzweise so begabt wie du. Du musst lernen, dein Herz zu öffnen, Ronan. Sonst wirst du für immer im Reich der Kälte gefangen bleiben.«

Er stöhnte. »Das ist nicht noch ein Bezug auf *Frozen*, oder?«

Sie lächelte. »Gib's zu. Du findest mich unglaublich charmant.«

Weil sie ahnte, dass sie ihr Glück so weit ausgereizt hatte, wie es ging, gab sie Ronan einen leichten Kuss auf die Wange, stand auf und griff nach ihrer Tasse.

»Gute Nacht, Ronan.«

Ohne ein Wort zu sagen, schaute er ihr hinterher. Als sie an der Tür war, drehte sie sich noch einmal um und sah, dass er sie immer noch anschaute. Eine Sekunde lang hoffte sie, er würde ihr folgen, sie in die Arme nehmen und herzhaft küssen. Oder mehr. Doch er rührte sich nicht, und sie blieb mit dem unangenehmen Gefühl zurück, jemanden zu wollen, der sie vermutlich überhaupt nicht auf diese Weise sah.

5. Kapitel

Trotz seiner Unterhaltung mit Natalie schlief Ronan gut. Vielleicht lag es daran, dass er sich mal ein paar Dinge von der Seele geredet hatte. Er sprach inzwischen nicht mehr über seine Situation. Früher hatte er mit Mathias darüber diskutiert, aber in letzter Zeit unterhielten sie sich nur noch über die Arbeit.

Er wachte früh auf und ging, nachdem er Kaffee gemacht hatte, ins Atelier. Dort schaute er sich an, wie weit er mit seiner Auftragsarbeit bereits gekommen war. Ohne Hilfe konnte er an dem Kunstwerk nicht weiterarbeiten. Glas war ein Material, das einen großen Aufwand bei der Herstellung erforderte. Und er benötigte Helfer, um die vielen hundert Einzelteile der Skulptur zusammenzusetzen.

Er hatte zwar ein paar Praktikanten und Assistenten einbestellt, aber bei dem derzeitigen Wetter kamen sie nicht den Berg hinauf. Und er konnte auch nicht in die Stadt fahren. Vor ein paar Tagen hätte er diese Ausrede dankend angenommen. Jetzt hingegen verspürte er das erste Mal einen Anflug von Energie, was das Projekt betraf.

Während er durch sein Atelier schlenderte, erinnerte er sich daran, wie aufgeregt er gewesen war, als der Bau damals fertiggestellt war. Er hatte so viele Pläne gehabt, was er und Mathias hier anstellen konnten. Denn es hatte immer nur sie beide gegeben. Elaine hatte oft davon erzählt, wie sie sich eine Wiege geteilt hatten, bis sie im Krabbelalter waren. Damals waren er und sein Bruder davon ausgegangen, dass dies eine Geschichte war, die das unverbrüchliche Band zwischen ihnen demonstrieren sollte. Nachdem Ceallach ihnen die Wahrheit gesagt hatte, war ihnen bewusst geworden, dass sie sich eine Wiege geteilt hatten, weil Elaine nicht auf ein zweites Kind vorbereitet gewesen war.

Doch die Wahrheit zu wissen hatte nicht alle Erinnerungen an jene Zeiten ausgelöscht, in denen er und sein Bruder eine Einheit gewesen waren. Als sie beide alles geteilt und zusammen an ihren Kunstprojekten gearbeitet hatten. Verdammt, das fehlte ihm. Er wollte es nicht vermissen, doch er tat es. Er vermisste Mathias. Er vermisste es, zu wissen, was sein Bruder dachte, ohne dass er ihn danach fragen musste. Er vermisste ihre Verbindung.

Diese Verbindung war mit ein paar Worten zerschnitten worden. Anfangs hatte Ronan das nicht gesehen. Die Enthüllung seines Vaters hatte ihn schockiert. Er und sein Bruder hatten das Krankenhaus verlassen und waren über eine Stunde durch die Stadt gelaufen, bevor sie endlich normal miteinander hatten reden können. Nur hatten sie dann nichts zu sagen gewusst.

Nach ein paar Wochen hatte Ronan dann beschlossen, dass er Fool's Gold verlassen musste. Er hatte Happily Inc gefunden und Umzugspläne geschmiedet. Als Mathias davon erfuhr, hatte er gesagt, er würde mitkommen.

Ronan hatte gedacht, gemeinsam hier in Happily Inc zu leben würde alles wieder geraderücken. Doch das war nicht passiert. Das, was sie einst gehabt hatten, glitt ihnen mehr und mehr aus den Händen. Sicher, zum Teil lag das daran, dass sie erwachsen geworden waren. Mathias war jetzt verheiratet. Aber sie standen einander nicht mehr nahe, und das fehlte Ronan schrecklich.

Das Problem war: Er hatte keine Ahnung, wie er es zurückbekommen sollte.

Er stellte seinen Becher ab und musterte die katastrophale Origami-Imitation aus Glas, die er am Vortag hergestellt hatte. Jetzt erkannte er, was er falsch gemacht hatte, und beschloss, es noch mal zu versuchen. Er wollte es richtig machen, damit er es Natalie geben konnte. Warum, wusste er selber nicht. Sie war …

Er band sich die dicke Schürze um, setzte die Schutzbrille auf und griff nach einem Glasstab. Es war eine Sache, andere Leute anzulügen, aber wenigstens sich selber gegenüber sollte er ehrlich sein. Er wollte Natalie beeindrucken. So wie ein Sechzehnjähriger davon träumte, den alles entscheidenden Touchdown zu machen, um die Aufmerksamkeit eines angebeteten Mädchens zu erringen.

Diese Erkenntnis ließ ihn lächeln. Es war lange her, dass er an einer Frau interessiert gewesen war. Er hätte nicht damit gerechnet, dass Natalie diejenige sein könnte, die den Funken entzündete, aber das hatte sie. Und nun brannte die Flamme hell und heiß.

Was nicht bedeutete, dass er deswegen etwas unternehmen würde. Sie war sein Gast, und damit trug er die Verantwortung für sie. Während sie in seinem Haus festsaß, musste sie sich in seiner Gegenwart vollkommen sicher fühlen. Auf keinen Fall durfte sie sich Sorgen darüber machen, dass er sie anmachen könnte. Aber träumen durfte ein Mann ja wohl noch.

Während er die Materialien zusammensuchte, die er für sein Glasstück benötigte, dachte er über das nach, worüber sie in der Nacht zuvor gesprochen hatten. Wie sein Vater mal wieder ein Drama verursacht hatte. Ja, die Situation war kompliziert. Dem eigenen Sohn zu sagen, dass er das Ergebnis einer Affäre war, war sicher nicht einfach. Doch wie immer hatte Ceallach sich für die schlimmstmögliche Weise entschieden.

Ronan zwang sich, alles beiseitezuschieben – die wachsenden Gefühle für Natalie ebenso wie die Gedanken an seine Familie. Dann fing er an zu arbeiten. Ihm waren ein paar Ideen gekommen, wie er es schaffen konnte, dass dieses Stück mehr einer von Natalies Arbeiten ähnelte – einschließlich der Kanten und Linien.

Stunden später hatte er eine Serie von kleinen Drachen vor sich stehen. Sie waren größer als das Original von Natalie. Die ersten drei waren Mist, aber der letzte war nah dran. Verdammt nah dran.

Er hob den kleinen gläsernen Drachen an. Licht fiel durch die verschieden dicken Schichten und erschuf die Illusion von unterschiedlichen Grüntönen. Die Schuppen waren ihm noch nicht ganz so gut gelungen, aber beim nächsten Mal würde er es besser machen.

Auf dem Weg zurück ins Haus bemerkte er, dass das Licht sich verändert hatte. Der Sturm war vorüber. Der Himmel war blau, und laut Thermometer draußen am Fenster stiegen die Temperaturen langsam wieder auf Sommerniveau. Er war viel länger im Atelier gewesen, als er gedacht hatte.

In der Küche fand er Natalie auf ihrem üblichen Platz an der Kücheninsel vor. Sie hatte ihre langen, lockigen Haare auf dem Kopf zusammengenommen und trug ein anderes Sweatshirt zu seiner Jogginghose. In der Sekunde, in der sie ihn sah, lächelte sie.

»Du hast gearbeitet«, sagte sie glücklich.

Er presste den kleinen Drachen an seinen Oberschenkel, damit sie ihn nicht sah. »Woher weißt du das?«

»Du siehst entspannt und auch ein wenig selbstgefällig aus. Das ist dein Arbeitsgesicht.«

»Ich habe ein Arbeitsgesicht?«

»Wer hat das nicht? Meins ist ein wenig verträumter, aber ich bin ja auch nicht der große Ronan Mitchell.«

»Ich auch nicht.«

»Nun, einer von uns muss er sein, und ich bin ziemlich sicher, dass ich in der Rolle niemanden überzeugen könnte.« Sie zeigte zum Fenster. »Die Sonne scheint. Ich habe mit dem Leiter der Straßenwacht gesprochen, der übrigens ein sehr netter Mann ist. Er meinte, die Hauptstraßen werden heute Abend frei sein und dass er sicherstellen wird, dass deine

Straße morgen früh wieder befahrbar ist. Du kannst mich also am Vormittag in die Stadt bringen und bist mich dann endlich wieder los.«

Das Gefühl, einen Tritt in den Magen erhalten zu haben, kam unerwartet. »Du freust dich bestimmt, wieder in deine Wohnung zurückzukönnen«, sagte er.

Sie zögerte kurz, bevor sie antwortete. »Natürlich freue ich mich. Genauso wie du dich freust, dein Haus wieder für dich allein zu haben. Was nicht heißen soll, dass du nicht der perfekte Gastgeber warst. Ich habe die Zeit mit dir sehr genossen.«

»Danke.« Er stellte den Glasdrachen auf die Kücheninsel. »Du warst ein ganz ausgezeichneter Gast.«

Ihre Augen weiteten sich, als sie die winzige Glaskreatur in die Hand nahm. »Oh Ronan, der ist wunderschön.« Sie hob den Blick und sah ihn an. »Wie hast du die Faltkanten ins Glas bekommen?«

»Das war gar nicht so leicht. Zwei Tage lang bin ich daran gescheitert. An den Schuppen muss ich noch arbeiten, aber langsam wird's.«

»Ich liebe ihn. Danke.« Sie lächelte. »Endlich habe ich auch ein Ronan-Mitchell-Original.«

Richtig – weil sie sich seine normalen Kunstwerke nicht leisten konnte. Er war nicht sicher, ob sie ihn aufzog oder nicht. Denn wenn sie wirklich etwas haben wollte, was er erschaffen hatte – ein echtes Kunstwerk –, konnte sie sich jederzeit etwas aus dem Lager aussuchen. Er setzte an, ihr das zu sagen, doch dann fiel ihm auf, dass das Angebot auch falsch rüberkommen könnte.

»Ich bin froh, dass du glücklich bist.«

»Das bin ich. Sogar sehr.«

Eine höfliche Antwort, sagte er sich. Sie sagte, was erwartet wurde, mehr nicht. Und doch wünschte er sich, sie hätte die Zeit mit ihm wirklich genossen.

Natalie durchsuchte die Schubladen im Turmatelier. Was nicht so einfach war. Es gab hier Unmengen von Zubehör, das ungeordnet herumlag. Und sie konnte sich nicht mehr genau erinnern, wo sie das gesehen hatte, wonach sie suchte. Ronans Arbeitsplatz in Happily Inc war immer sehr ordentlich, daher überraschte es sie, im Turmzimmer ein solches Chaos vorzufinden. Sie fragte sich, ob Ronan einfach allen möglichen Künstlerbedarf bestellte und die Sachen dann irgendwo unterbrachte, ohne sich Gedanken darüber zu machen.

Die Suche machte ihr allerdings nichts aus. Als sie die Schranktüren und Schubladen öffnete, fand sie schwarzen Glitter und schimmernde Pailletten, die sie benutzen konnte. Ronan hatte sie auf die Idee mit dem Drachen gebracht, und dieses Thema würde sie definitiv in ihrem Kunstwerk fortführen.

Sie öffnete den kleinen Beutel mit den schillernden Pailletten und überprüfte, ob die Menge für die Schuppen des Drachen reichen würde. Vielleicht würde sie eine zweite Tüte brauchen, was bedeutete, sie musste sich noch einmal auf die Suche begeben. Den schwarzen Glitter würde sie für die Augen sowie die Spitze von Schwanz und Flügeln benutzen. In einer Schublade hatte sie ein Kästchen mit kleinen goldfarbenen Büroklammern gefunden. Wenn sie die zusätzlich zu den Pailletten einsetzte, könnte sie vielleicht etwas mehr Tiefe für die Schuppen erzielen und hätte ausreichend Material für den Körper. Außerdem hatte sie noch ein paar Glasperlen, die sie mit einbauen wollte, und …

Ihre Nackenhärchen richteten sich auf. Sie drehte sich um und sah Ronan ins Atelier kommen. Sofort beschleunigte sich ihr Herzschlag, und ihre Handflächen wurden feucht. Was, zum Teufel, war das? Hatte sie sich eine Erkältung eingefangen?

»Wie läuft's?«, fragte er.

»Gut. Ich komme langsam voran.«

»Darf ich mal?«

Sie nickte, und er kam näher, um ihre noch unfertige Arbeit zu betrachten.

Das fertige Werk würde für ihre Verhältnisse groß werden – ungefähr sechzig Zentimeter mal einen Meter zwanzig. Die Leinwand lag flach auf dem Tisch. Natalie hatte zwei Lagen weißer Farbe darauf gestrichen, um das Material zu versiegeln, bevor sie mit Bleistift den Umriss ihres Drachen gezeichnet hatte.

»Das wird eine Nachtszene«, sagte sie. »Ich habe nur noch nicht das richtige Material für den Himmel gefunden. Ich hätte gerne etwas mit Textur, so wie Perlen oder Kieselsteine. Das durchschimmernde Weiß werden die Sterne.«

Sie nahm ein paar der Papierfetzen auf, die sie auf dem Tisch liegen hatte. »Bei denen bin ich mir nicht so sicher. Vielleicht wären Stofffetzen besser.«

»Die würden das Licht anders absorbieren«, sagte er. »Soll ich dir für den Himmel ein paar schwarze Glasperlen machen?«

»Nein! Bist du verrückt, Ronan? Das geht nicht. Du hast eine millionenschwere Auftragsarbeit zu erledigen. Ich kann mir einfach ein paar Glasperlen kaufen.«

»Na, wenn da mal nicht jemand eine feste Meinung hat«, neckte er sie.

»Mir Glasperlen machen«, grummelte sie. »Also wirklich.«

Er zog sich einen Stuhl heran und setzte sich neben sie. »Wenn du arbeitest – wie ist dann der Prozess? Schaust du dir an, welche Materialien du hast, und dann entscheidest du, was sich daraus machen lässt? Oder überlegst du dir erst, was du machen möchtest, und suchst dann das entsprechende Material zusammen?«

»Beides. Als ich den Berg hochgefahren bin, habe ich an einen Drachen gedacht. Daher stammt die Idee. Dann habe ich das, was ich hier gefunden habe, benutzt.« Sie grinste. »Das ist ein ziemlich netter Raum. In meinem Atelier zu Hause habe ich großartiges Licht, aber es ist nur ein langweiliges Schlafzimmer, das ich umgebaut habe. Dieser Raum hier ist so viel besser. Die Fenster sind nach Süden ausgerichtet. Das muss fantastisch sein, wenn die Sonne richtig scheint. Diese Art von Licht weckt in mir immer den Wunsch, eine bessere Malerin zu sein.« Sie rümpfte die Nase. »Aber wir alle wissen, dass ich das niemals sein werde.«

»Du arbeitest doch gerne mit Papier.«

»Stimmt. Das macht Spaß. Nicht nur das Origami, sondern auch andere Sachen. Ich habe ein paar Mobiles für Babys gemacht. Das war interessant. Und manchmal bittet Pallas mich, ihr bei der Dekoration für eine Hochzeit zu helfen.«

»Pallas? Du meinst Nicks Freundin?« Er klang überrascht.

Sie nickte. »Du weißt doch, dass sie einen Hochzeitsservice betreibt, oder? Die Menschen kommen aus dem ganzen Land, um bei *Weddings Out of the Box* zu heiraten.«

»Ja, das habe ich gerüchteweise gehört.«

»Die meisten Hochzeiten kreisen um ähnliche Themen, aber ab und zu gibt es welche, die komplett auf das Brautpaar zugeschnitten sind. Wenn es dabei helfen kann, tue ich das. Mir bringt es Spaß, und mein Konto freut sich über das zusätzliche Einkommen. Bei einer Hochzeit am Valentinstag sollte mal alles herzförmig sein. Nicht sonderlich originell, aber egal. Ich habe Origami-Herzen als Halter für die Tischkarten gemacht und dazu ein paar größere Herzen als Deko. Im letzten Jahr habe ich für eine Unterwasserhochzeit kleine Schildkröten und Seesterne gefaltet, die auf den Tischen verteilt waren.« Das war viel Arbeit gewesen, aber sie hatte die Herausforderung genossen.

»Nick hilft Pallas oft mit der Dekoration«, sagte Ronan. »Es scheint ihm viel Spaß zu bringen.«

»Und du hast mal Himmelskörper aus Glas für eine Außerirdischen-Hochzeit gemacht«, erinnerte sie ihn. Sie sah noch vor sich, wie cool die ausgesehen hatten. »Es ist schön, Teil eines größeren Projekts zu sein, bei dem viele verschiedene Leute mitarbeiten. Vielleicht sollte ich lernen, Karikaturen anzufertigen.«

»Für Hochzeiten?«

»Ja, für die Feier. Als Erinnerung. Ich müsste dann allerdings ziemlich schnell sein, was vermutlich sehr viel Übung erfordert.«

»Du gibst dich nicht nur mit einer Sache zufrieden, oder?«

»Vielleicht würde ich das tun, wenn ich damit viel Geld verdienen könnte«, sagte sie lachend. »Ich liebe es, Künstlerin zu sein, aber ich bin auch gerne in der Lage, meine Rechnungen zu bezahlen. Für den richtigen Preis wäre ich aber durchaus käuflich.«

Ihr Rekordergebnis für einen Verkauf lag bei zweitausend Dollar, aber das war für eine gesamte Kollektion gewesen und auf einer Wohltätigkeitsveranstaltung erzielt worden. Bislang hatte sie nie mehr als dreihundert Dollar für ein einzelnes Kunstwerk erhalten, und ihre mageren Einkünfte musste sie auch noch mit der Galerie teilen. Ach, was gäbe sie darum, im vierstelligen Bereich mitzuspielen.

Sie warf Ronan einen Blick zu. Seine Kunstwerke verkauften sich für mehrere hunderttausend Dollar. Wie musste es sein, sich keine Gedanken über Geld machen zu müssen? Sie und ihre Mom hatten immer auf jeden Penny geachtet, aber ihre Mutter hatte daraus ein Spiel gemacht. Als Erwachsene kamen Natalie diese sparsamen Gewohnheiten zugute.

Ein Baby wäre auch in finanzieller Hinsicht eine große Verantwortung, dachte sie, als ihr die App wieder einfiel. Sie würde Ersparnisse und ein regelmäßigeres Einkommen benötigen. Und eine bessere Krankenversicherung.

Ronan runzelte die Stirn. »Was denkst du? Du siehst so grimmig aus.«

»Ich denke nur, dass ich vielleicht noch nicht bereit bin, allein ein Baby zu bekommen.«

»Überdenkst du die App?«

»Ich werde weiterhin damit spielen, aber momentan bin ich noch nicht bereit für einen Spender.« Doch wenn sie ernsthaft anfing zu planen, könnte sie es im nächsten Jahr sein.

Sie wusste, dass sie eine Familie wollte. Ihr Pech mit Männern nutzte sie als einfache Ausrede, weil es beinahe der Wahrheit entsprach. Die echte Geschichte war schwerer und schmerzhafter. Zuerst hatte sie ihre Mutter verloren, ihre *einzige* Verwandte. Später, als Quentin mir ihr Schluss gemacht hatte, hatte sie nicht nur den Mann verloren, den sie liebte, sondern auch die Hoffnung, irgendwo dazuzugehören. Bis dahin hatte sie geglaubt, dass seine Familie sie mochte und sie als eine der ihren betrachtete. Doch da hatte sie sich geirrt. Wieder mal war sie allein zurückgeblieben. Aber ein Baby … Ein Baby würde bedeuten, Teil von etwas zu sein.

Sie würde weiter darüber nachdenken und entscheiden müssen, was ihr wirklich wichtig war. War sie gewillt, für das Gefühl der Zugehörigkeit Vollzeit zu arbeiten und ihre Kunst hintanzustellen? Denn das würde bedeuten, dass sie wesentlich früher schwanger werden könnte. Wie es aussah, ging es im Leben immer darum, irgendeine Entscheidung zu treffen.

»Komm«, sagte sie und ging zur Tür. »Ich habe über Nacht Hühnchen und ein Brot aufgetaut. Ich dachte, wir könnten uns zum Abendessen Sandwiches mit Hühnchensalat machen.« An der Tür blieb sie stehen und wackelte mit den Augenbrauen. »Ich koche sogar.«

»Ich bin beeindruckt.«

»Ja, oder? Oh, und vielleicht könnten wir im Wohnzimmer essen anstatt im Esszimmer.«

Mitten im Schritt hielt er inne und sah sie an. »Warum?« Seine Stimme klang misstrauisch.

»Weil wir uns dann einen Film anschauen könnten.«

»Aha. Und welchen?«

»Was glaubst du wohl?«

»Nicht *Frozen*. Das meine ich ernst, Natalie. Wir werden uns beim Abendessen keinen Kinderfilm ansehen.«

Sie begann, die Treppe hinunterzugehen. »Das ist komisch. Ich weiß, dass du etwas sagst, aber ich höre nur ein Summen.«

Natalie wartete, bis der Abspann über den Fernseher rollte, bevor sie sich an Ronan wandte. »Gib's zu. Ich hatte recht. Du hast jede einzelne Minute genossen.«

Ronan lehnte sich auf dem großen Sofa zurück und schüttelte den Kopf. »Ich gebe gar nichts zu.« Dann schaute er sie an. Sein Mundwinkel hob sich auf eine unglaublich attraktive Weise. »Der Film war ganz okay.«

Sie warf ein Kissen nach ihm. »Du bist so ein Lügner. Er war wundervoll. Du hast gelacht, du hast dich gefürchtet, du hast total mitgefiebert.«

»Ich habe mich nicht gefürchtet.«

»Das Eismonster hat dir Angst eingejagt. Das habe ich gemerkt.« Sie stand auf und streckte sich. »Olaf und Sven sind die Besten. Und Elsa und Anna. Ich wünschte, ich hätte eine Schwester mit magischen Kräften. Oder einfach nur eine normale Schwester. Fandst du die Animation nicht auch toll? Dieses Disney-Team ist so talentiert. Und wie sie die Songs eingebaut haben. Wäre das nicht spannend, so etwas zu machen?« Sie atmete tief ein, hielt sich dann aber zurück. Singen war nicht ihr Ding. Zumindest nicht vor anderen Menschen. Unter der Dusche hingegen war sie gar nicht mal so schlecht.

Ronan erhob sich. »Du bist wie eine kleine Flipperkugel. Ständig schießt du in eine neue Richtung.«

»Bin ich gar nicht.« Dann dachte sie über seine Aussage nach. »Okay, vielleicht ein wenig. Das liegt nur daran, dass alles so interessant ist. Wir sollten Kekse backen. Später haben wir bestimmt Lust darauf. Du hast doch noch diesen fertigen Keksteig, den man nur aufbacken muss. Für unseren Mitternachtssnack.« Sie beugte sich vor und legte eine Hand auf seine

Brust. »Später, wenn du das Lied ›Let It Go‹ als Ohrwurm hast, wirst du dich an diesen Abend erinnern.«

Sie erwartete, dass er lachen, stöhnen oder irgendeinen witzigen Kommentar von sich geben würde. Aber das tat er nicht. Stattdessen legte er seine Hände an ihre Taille und zog sie an sich, bevor er seinen Mund auf ihren senkte.

Das kam so unerwartet, dass sie beinahe nicht reagiert hätte oder – besser gesagt – sich beinahe zurückgezogen hätte, um ihn zu fragen, was, zum Teufel, er sich dabei dachte. Doch es gelang ihr, sich gerade noch zurückzuhalten, was gut war, denn Ronans Kuss – ein leichter, beinahe keuscher Kuss – war ein Erlebnis, das sie nicht hätte verpassen wollen.

Sein Mund war warm und entschlossen, ohne zu fordernd zu sein. Sie spürte seine Hingabe, obwohl er nichts anderes tat, als seine Lippen an ihre zu schmiegen, bis ihr gesamter Körper brannte und sie einfach wusste, dass ab jetzt nichts mehr so sein würde wie zuvor.

Nach kurzer Zeit zog er sich zurück. Sein Blick war fest, seine Miene unlesbar. Natalie hatte keine Ahnung, was er dachte, aber wenn sie raten müsste, würde sie sagen, er war dabei, eine Entscheidung zu treffen. Wollte er weitermachen? Wollte er aufzuhören? Wollte …

»Es tut mir leid.«

»Neiiiin.« Sie zuckte zurück und stemmte die Hände in die Hüften. »Entschuldige dich ja nicht. Das ruiniert alles.«

»Du bist mein Gast.«

»Und?«

»Ich will, dass du dich sicher fühlst, solange du hier bist. Das hätte ich nicht tun sollen.«

Weil sie sein Gast war? »Glaubst du wirklich, ich habe Angst, dass du meine Schlafzimmertür aufbrichst, um dich an mir zu vergehen?« Die Frage war halb ernst gemeint, und Natalie wartete mit einem Hauch von Hoffnung auf die Antwort.

»Das würde ich niemals tun, aber ja. Du hängst hier im Haus fest. Ich möchte nicht, dass du dich unsicher fühlst.«

Da war er – der unerwartete Moment, in dem der nette Kerl zum Vorschein kam. Wenn so ein Moment direkt nach einem umwerfenden Kuss passierte, war er doppelt tödlich. »Ist dir je in den Sinn gekommen, dass du dir, wenn du dir diese Gedanken machst, keine Gedanken darüber machen musst?«

Als sie seinen verwirrten Blick sah, fügte sie hinzu: »Ronan, ich mache mir keine Sorgen, dass du etwas Unangebrachtes tun könntest. Ich vertraue dir. Der Kuss war sehr schön, also darfst du ihn nicht zurücknehmen. Das würde meine Gefühle verletzen.«

»Okay. Ich nehme ihn nicht zurück. Ich bin froh, dass er dir gefallen hat.«

Sie lächelte. »Dir hat er auch gefallen.«

»Stimmt. Und jetzt lass uns Kekse backen. Das wird die Spannung vertreiben.«

»Oh, du denkst, zwischen uns herrscht Spannung!«

Er stieß ein leises Knurren aus. »Bring das Thema mir gegenüber gar nicht erst auf.«

»Aber außer dir ist hier doch keiner.«

Er seufzte. »Na gut. Erzähl mir von der Baby-App. Du denkst immer noch ernsthaft darüber nach, oder?«

Lachend ging sie zum Kühlschrank. »Wow, du versuchst wirklich mit allen Mitteln, mich abzulenken. Du würdest lieber über die Baby-App als über den Kuss reden? Ich werde im Kopf behalten, wie leicht du durcheinanderzubringen bist. Wappne dich gut. Wenn du mir das nächste Mal auf die Nerven gehst, zwinge ich dich in die Knie.«

»Ich gehe dir nie auf die Nerven.«

»Du hast ja keine Ahnung.« Sie fand die Kekse und legte die Verpackung auf den Tresen, bevor sie ein paar Backbleche hervorholte.

»Wie sollte ich dir auf die Nerven gehen?«

Er klang ernsthaft verwirrt, was wirklich süß war, wie sie fand. Sie wusch sich die Hände, bevor sie die längliche Keksverpackung aufriss.

»Du hast alles, und du weißt es nicht zu schätzen.« Sie schnitt den Teig in Scheiben und viertelte diese. »Du hast eine tolle Karriere. Deine Arbeit ist auf der ganzen Welt gefragt. Du hast eine Familie – Brüder, denen etwas an dir liegt. Mathias ist dir sogar hierher gefolgt. Ist dir das eigentlich klar? Er hat alles hinter sich gelassen, damit er weiter dein Zwilling sein konnte. Ich habe das Gefühl, dass du das nicht ausreichend zu schätzen weißt.«

Sie dachte an das, womit er kämpfte – seine Familie, seine Unfähigkeit zu arbeiten –, und wünschte, sie könnte ihm ein paar weise Worte sagen. Aber sie war eher mit einem sonnigen Gemüt als mit dem Talent gesegnet, Menschen bei ihren Problemen zu helfen.

Aus dem Augenwinkel warf sie ihm einen Blick zu. Er beobachtete sie, doch sie hatte keine Ahnung, was er dachte.

»Und Nick«, fügte sie an. Wenn sie schon mal dabei war, konnte sie auch weitermachen. »Er ist auch hierhergezogen. Um bei dir und Mathias zu sein. Das ist eine große Sache. Ich weiß, du sagst, Ceallach war kein guter Vater, und nach allem, was ich gehört habe, hast du damit recht, aber trotzdem hast du da eine verdammt mächtige DNA geerbt.«

»Diese DNA hat ihren Preis.«

»Deine Mom ist dafür sehr nett.«

Sobald sie diesen Satz ausgesprochen hatte, hätte Natalie sich ohrfeigen können. Ronan wusste nicht, wer seine Mutter war, und die Frau, die diese Rolle übernommen hatte, akzeptierte er nicht.

Sie verteilte die Keksrohlinge auf dem Backblech und trat an die Spüle, um sich erneut die Hände zu waschen. Das Schweigen breitete sich in der Küche aus, bis es alle Luft aus dem Raum zu saugen drohte. Nachdem Natalie sich die Hände abgetrocknet hatte, ging sie zu Ronan und schaute in seine grünen Augen.

»Du weißt, was ich meine«, sagte sie leise.

»Elaine ist nicht meine Mutter.«

Elaine hatte ihn großgezogen – sie hatte ihn geliebt, sich um ihn gesorgt, ihr Bestes für ihn gegeben. Doch das sprach Natalie jetzt lieber nicht aus.

»Du bist so eine Nervensäge«, murmelte sie. »Ehrlich, ich würde dir einen Klaps auf den Hinterkopf geben, wenn ich glauben würde, dass das hilft.«

Die Situation hätte sich auf Tausende verschiedene Arten weiterentwickeln können. Beinahe erwartete Natalie, dass Ronan aus der Küche stapfen und nie wieder zurückkommen würde. Er hätte auch sauer werden und sie anschreien können. Oder sarkastisch sein und ihre Gefühle verletzen. Doch stattdessen zuckte es um seinen unglaublich attraktiven Mund, als versuche er, ein Lächeln zu unterdrücken.

»Du bist nicht so schlecht, wie die Leute denken«, flüsterte sie und erlaubte sich, einen Moment in seinen Augen zu versinken.

»Und du bist ungefähr zehn Mal schlimmer.«

Sie hob die Augenbrauen. »Das meinst du auf nette Art, oder?«

»Natürlich.«

Die Spannung kehrte zurück und war wesentlich intensiver als zuvor. Natalie musste an den kurzen, keuschen Kuss denken. Wie es wohl ist, wenn Ronan es ernsthaft darauf anlegt? fragte sie sich.

Ohne einen Plan zu haben, trat sie näher, legte ihre Hände auf seine Brust und sagte: »Auch wenn Sex nicht die Lösung ist, kann er manchmal eine nette Ablenkung sein.«

Emotionen blitzten in seinen Augen auf. Sie versuchte nicht, herauszufinden, welche es genau waren. Stattdessen hoffte sie darauf, dass er sie an sich zog und …

»Natalie, nein.« Ronan trat einen Schritt zurück. »Du bist mein Gast. Diese Unterhaltung hatten wir schon. Es tut mir leid, aber das geht nicht.«

Bevor sie reagieren konnte, verließ er die Küche und ließ sie allein mit den Keksen zurück.

Sie schaute ihm hinterher und konnte nicht fassen, dass er sie abgewiesen hatte. Wusste er denn nicht, dass sie so etwas noch nie zuvor in ihrem Leben getan hatte? Einfach offen um Sex bitten? Sie war davon ausgegangen, dass er Ja sagen würde, ansonsten hätte sie niemals gefragt.

Die Demütigung brannte heiß in ihr, trieb ihr Tränen in die Augen und ließ sie in die Sicherheit ihres Zimmers flüchten. Dort versuchte sie, ihre Atmung zu beruhigen, aber es gelang ihr nicht. Die Ablehnung schmerzte nicht nur – sie sorgte dafür, dass Natalie sich klein und unwichtig fühlte. Am liebsten hätte sie sich in Luft aufgelöst, aber leider ging das nicht. Ronan hatte versucht, sie zu warnen, doch sie hatte nicht zugehört. Und nun saß sie hier wirklich fest und konnte nirgendwo hin.

6. Kapitel

Ronan wusste nicht, was er tun sollte. Er wollte Natalie Raum geben und sich von ihr distanzieren, damit er ihre unglaubliche Einladung nicht doch noch annahm. In seinem Atelier schloss er die Tür hinter sich ab. Den Riegel schob er mehr für sich als für sie vor, damit er nicht vergaß, dass Natalie sein Gast war und deshalb beschützt werden musste.

Jetzt zu arbeiten war unmöglich, das wusste er. Sexueller Frust und geschmolzenes Glas waren keine gute Kombination. Deshalb tigerte er beinahe eine Stunde auf und ab, bevor er sich so weit beruhigt hatte, dass er sich mit der Planung der nächsten Schritte für sein monumentales Kunstwerk beschäftigen konnte. Es war beinahe acht Uhr, als er sich endlich erlaubte, wieder ins Haus zurückzukehren. In der Sekunde, in der er eintrat, wusste er, dass Natalie fort war. Er spürte es an der Stille in der Luft.

Er verspürte eine Mischung aus Panik und Sorge. Doch bevor er sich einen Plan zurechtlegen konnte, sah er neben einem Teller mit fertig gebackenen Keksen eine Nachricht liegen.

Der Straßenräumdienst hat sich gemeldet. Es ging schneller als erwartet. Die Straßen sind jetzt wieder frei. Die Arbeiter haben mich in die Stadt mitgenommen. Nochmals vielen Dank, dass du mir während des Sturms Obdach gewährt hast. N.

Langsam legte er den Zettel wieder auf den Küchentresen, denn er wusste, wenn er ihn in der Hand behielt, würde er ihn zerknüllen. Natalie war fort. Zurück in ihrer Wohnung, wo sie hingehörte. Sein Leben war wieder so wie vorher. Er sollte sich freuen. Erleichtert sein. Doch er konnte nur daran denken, wie sehr er sie vermisste. Er wünschte, sie würde zurückkommen. Aber er wusste, dass das nie passieren würde.

Nachdem sie geduscht und sich frische Sachen angezogen hatte, wanderte Natalie in ihrer Wohnung ruhelos auf und ab. Sie hatte die zweite Etage eines umgebauten Einfamilienhauses gemietet. Die Küche und das Bad waren erneuert worden. Aber der eigentliche Grund für ihren Einzug waren die großen Schlafzimmerfenster gewesen, die nach Süden ausgerichtet waren.

Das Licht war perfekt. Natürlich nicht so perfekt, wie es in Ronans Turmzimmer war, aber für sie trotzdem ausreichend. Sie hatte das eigentliche Gästezimmer, das wesentlich kleiner war, zu ihrem Schlafzimmer gemacht und das größere Zimmer als Atelier eingerichtet.

Zum Abendessen machte sie sich ein trauriges kleines Fertiggericht und einen Kräutertee, wobei sie sehnsüchtig an heiße Schokolade und Marshmallows und charmante Unterhaltungen und den Mann dachte, der solche Glücksgefühle in ihr ausgelöst hatte … bis er ihre Avancen abgelehnt hatte.

»Nein heißt nein«, murmelte sie und rührte in ihren gummiartigen Spaghetti. Sie versuchte vergeblich, ein wenig Humor in ihrem zerbeulten Herzen zu finden.

Nein, nicht verbeult, korrigierte sie sich. Peinlich berührt. Das war ein Unterschied. Ronan hatte nur getan, was er für richtig hielt, um sie zu beschützen, und das musste sie respektieren. Die verletzten Gefühle waren ihr Problem.

Nachdem sie aufgegessen hatte, nahm sie ihren Tee mit ins Atelier. Das Drachenbild hatte sie mitgenommen, aber ansonsten nichts von Ronans Vorräten, was bedeutete, dass sie auf halbem Weg ihre Richtung ändern musste.

Beinahe zärtlich berührte sie die schillernden Pailletten und die goldfarbenen Büroklammern, die einen Teil des linken Flügels und des Körpers bedeckten. Sollte sie sich einfach geschlagen geben und etwas Neues beginnen? Wenn sie jetzt die Richtung änderte, müsste sie …

Sie legte die Leinwand mitsamt Rahmen auf ihren Arbeitstisch. Dann ging sie zum Einbauschrank, den sie mit Regalen, Plastikkisten und Schubladen eingerichtet hatte, in denen sie alles Mögliche aufbewahrte, das sie gefunden, gekauft oder geschenkt bekommen hatte. Da waren die Knöpfe, die ihre Freundin Violet ihr für ein paar Cents überlassen hatte. Schimmerten die nicht auch? Farbe und Dicke waren anders, aber das machte nichts.

Sie fand die Knöpfe und einige dunkelgrüne Federn, messingfarbenen Draht und einen halben Meter mitternachtsblauen Samtstoff. Dazu schnappte sie sich eine Tüte mit zerstoßenem schwarzen Vulkanglas und ihre zuverlässige Klebepistole und kehrte an ihren Arbeitsplatz zurück.

Es gibt so viele Möglichkeiten, dachte sie glücklich, als sie ihre Materialien ausbreitete und anfing, verschiedene Kombinationen auszuprobieren. Und es war erst Mitternacht. Wenn sie sich konzentrierte, könnte sie das Werk am Morgen fertig haben, und dann würde sie es Ronan zeigen …

Sie presste die Lippen zusammen. Es waren nur drei Nächte gewesen. Etwas über zweiundsiebzig Stunden. Sie würde das Werk vollenden und dann entscheiden, ob sie es mit in die Galerie nahm, um zu sehen, ob Atsuko daran interessiert war, es auszustellen. Die Meinung der Galeriebesitzerin war die einzige, die zählte. Was gewisse andere Leute dachten, spielte überhaupt keine Rolle. Sie liebte ihr Leben genauso, wie es war, und nun hatte sie es zurück. Darüber freute sie sich. Wirklich.

Ronan fuhr wesentlich früher los, als er es geplant hatte. Die lange Nacht hatte ihn davon überzeugt, dass er auf keinen Fall in seinem Atelier zu Hause arbeiten konnte. Also hatte er seinen Praktikanten eine E-Mail geschickt und sie gebeten, sich in der Stadt mit ihm zu treffen, wo sie gemeinsam an seinem Auftrag weiterarbeiten würden. Er war bereit, er war ungeduldig, und vor allem vermisste er Natalie, aber verdammt, das konnte er niemandem gegenüber zugeben – nicht einmal sich selbst.

Der hintere Parkplatz der *Willow Gallery* war leer, als er ankam. Ronan ging hinein, schaltete das Licht an und machte sich daran, die großen Öfen auf die richtige Temperatur zu bringen. Danach musterte er die maßstabsgerechte Zeichnung an der Wand – es war genau die gleiche, die in seinem Atelier zu Hause hing. Sie zeigte jedes Detail des komplizierten Entwurfs. Die über hundert Einzelteile würden am Ende auf der Rückseite miteinander verbunden werden.

Um acht Uhr kamen Nick und Mathias. Mit ihren dunklen Haaren und braunen Augen sahen seine Brüder einander sehr ähnlich. Sie waren auch beinahe gleich groß. Del und Aidan glichen ihnen ebenfalls, nur Ronan sah anders aus. Er hatte helle Haare und grüne Augen. Sein ganzes Leben lang war er deswegen aufgezogen worden; seine Brüder hatten Witze darüber gemacht, dass er nicht wirklich einer von ihnen war. Keiner von ihnen hatte gewusst, dass das kein Witz gewesen war.

Mathias lachte, als er Ronan sah. »Du bist zurück! Schlauer Schachzug, sich einfach von einem Sturm die Straße sperren zu lassen. Ich wusste, es muss einen Grund geben, warum du oben in den Bergen wohnen willst.«

»Er hat versucht, dir zu entkommen«, sagte Nick zu Mathias und grinste. Dann wandte er sich Ronan zu. »Ich sehe, du hast den Sturm überlebt.«

Ronan nickte.

Mathias schaute sich um, als wolle er sichergehen, dass sie allein waren, dann fragte er: »Mit Natalie? Wie war das so?«

»Gut. Sie hat im Gästezimmer oben im Turm geschlafen und das Atelier dort genutzt.«

Innerlich wappnete er sich für weitere Fragen. Würden die anderen erraten, was beinahe passiert wäre? Was er hatte passieren lassen *wollen*?

»Du hast sie für dich kochen lassen, oder?«, fragte Nick und lachte leise. »Was ist mit ihrem Auto? Ist das wirklich weggespült worden?«

Bei der Erinnerung daran verzog Ronan das Gesicht. »Es ist direkt über eine Bergflanke gerutscht. Vorher sind einige Bäume umgestürzt. Der letzte ist direkt auf ihr Auto gefallen und hat es mit in den Abgrund gerissen. Ich weiß nicht, ob man es bergen kann. Aber selbst wenn, ist es ein Totalschaden.«

»Das wird sie glücklich machen«, erklärte Nick. »Natalie wünscht sich schon seit einer Weile ein neues Auto. Ich habe ihr gesagt, es wäre Schwachsinn, für den Schrotthaufen weiter die Kaskoversicherung zu zahlen, aber ich habe mich geirrt.«

Ronan gefiel es gar nicht, dass sein Bruder das über Natalie wusste. »Sie hat es dir erzählt?«

»Ungefähr fünf dutzend Mal«, erwiderte Mathias. »Bruder, du musst lernen, zuzuhören, wenn Menschen reden. Sie wurde doch nicht verletzt, oder?«

Ronan verspannte sich, bis ihm auffiel, dass sein Bruder über die Zerstörung des Wagens sprach und nicht über etwas anderes.

»Sie war im Haus, als es passiert ist.«

»Gut. Denn das hätte sie bestimmt nicht überlebt.« Mathias schlug ihm auf die Schulter. »Schön, dich wieder hierzuhaben.«

»Danke.«

Mathias und Nick zogen sich in ihre Bereiche des großen Studios zurück. Nick checkte seine E-Mails, bevor er nach draußen ging, um an der großen Holzskulptur weiterzuarbeiten. Sobald er die grobe Form mit der Kettensäge herausgearbeitet hatte, würde die vier Meter hohe Figur für die Detailarbeiten ins Studio gebracht werden.

Mathias verbrachte seine Tage damit, Glasgeschirr, Schüsseln und Anhänger mit verschiedenen Mustern herzustellen. Ab und zu erschuf er etwas, das man als »Kunst« bezeichnen konnte, aber meistens zog er seine Alltagskunst, wie er es nannte, vor.

Jahrelang hatte Ronan sich Sorgen gemacht, dass Mathias sich dem Urteil ihres Vaters ergeben hatte und sich nun zu billig verkaufte, indem er alltägliche Objekte herstellte. Doch in den letzten paar Monaten hatte er gesehen, dass diese Arbeit seinem Bruder Spaß machte. Für Mathias war der Akt des Erschaffens die eigentliche Belohnung, und er freute sich darüber, dass seine Stücke auf den Esstischen anderer Menschen standen.

Das war nichts, was ihr Vater gutheißen würde, aber vielleicht war das Teil der Freude.

Ronans Praktikanten trafen ein. Die beiden Jungen gingen auf das örtliche Community College und halfen ihm ein paar Stunden in der Woche aus. Der Vormittag verging schnell, und sie bauten die Installation Stück für Stück weiter aus.

Kurz vor Mittag gingen die beiden Praktikanten, und Ronan machte eine Pause. Er trank einen Schluck Wasser, loggte sich in sein E-Mail-Konto ein und las die neuesten Nachrichten – alles nur, um nicht das zu tun, was er eigentlich tun wollte. Als ihm die Ablenkungen ausgingen, ging er quer über den Parkplatz, betrat die Galerie durch die Hintertür und lief schnurstracks weiter in Natalies Büro.

Sie saß mit leicht gerunzelter Stirn hinter ihrem Schreibtisch, den Blick auf den Computer gerichtet. Die Locken waren verschwunden, sie hatte die Haare geglättet und zu einem Zopf geflochten. Über einer grünen Bluse trug sie ein tailliertes Jackett, und sie war ungeschminkt.

Das hier war die Arbeits-Natalie – ihm gefiel diese Seite an ihr, aber er zog die spielerische, lachende, entspannte Natalie bei ihm zu Hause vor.

Der Drang, zu ihr zu gehen, überwältigte ihn. Er wollte sie auf die Füße ziehen, ihr die Brille abnehmen und sie besinnungslos küssen. Vielleicht auch ihren Zopf und noch ein paar andere Dinge lösen. Das Verlangen brannte hell und heiß in ihm und machte ihn blind für seine Umgebung und die Tatsache, dass sie nicht mehr miteinander gesprochen hatten, seit …

»Oh!« Natalie zuckte auf ihrem Stuhl zusammen und presste sich eine Hand auf die Brust. »Du hast mich erschreckt. Seit wann schleichst du dich so an?«

»Sorry. Ich wollte nur gucken, ob es dir gut geht.«

Röte stieg ihr in die Wangen. »Ja, mir geht es gut. Die Jungs vom Räumdienst waren supernett und haben mich bis zu meiner Haustür gebracht. Da ich meine Handtasche dabeihatte, hatte ich auch meine Wohnungsschlüssel. Also alles gut.« Sie schenkte ihm ein fröhliches Lächeln. »Es ist wirklich gut, dass ich keine Katze habe. Die wäre verhungert. Na gut, vermutlich hätte ich einen Nachbarn oder eine meiner Freundinnen angerufen, damit die sie füttern, also wäre sie wohl doch nicht verhungert.« Sie räusperte sich. »Aber ich habe ja keine Katze, also …«

Sie war nervös – was für sie ungewöhnlich war. Machte sie sich Sorgen über das, was geschehen war? Er war nicht sicher, ob er klar rübergebracht hatte, dass er ihre verlockende Einladung durchaus zu schätzen wusste, auch wenn er sie nicht hatte annehmen können. Oder waren ihr inzwischen Zweifel gekommen, und sie sorgte sich, dass er womöglich doch noch auf ihr Angebot zurückkommen könnte?

Er unterdrückte einen Fluch. Es hatte mal eine Zeit gegeben, in der diese Sache zwischen Mann und Frau für ihn beinahe lächerlich einfach gewesen war. Traurigerweise war die Zeit vorbei.

»Ich hätte dir vermutlich Bescheid sagen sollen, dass ich gehe«, sagte sie.

»Ich weiß, warum du es nicht getan hast.«

»Wirklich?« Sie biss sich auf die Unterlippe. »Ich wollte dich nicht verärgern.«

»Mich? Warum hätte ich verärgert sein sollen? Ich dachte, *du* wärst verärgert.«

»Nein. Na ja, vielleicht. Ein wenig.« Sie starrte auf ihre Schreibtischplatte, dann sah sie ihn wieder an. »Ich schätze, ich bin nicht jedermanns Sache.«

»Doch, das bist du. Ich meine, du bist natürlich keine Sache, aber … Das war nur der falsche Zeitpunkt. Das war ehrlich gemeint.«

Guter Gott, was redete er denn da? Er schaute zur offen stehenden Tür, dann wieder zu Natalie. Sie waren hier beide bei der Arbeit, und das hier war nicht der Moment, um darüber zu reden, aber sie sollte trotzdem wissen, dass er nicht *sie* zurückgewiesen hatte.

Sie lächelte ihn an. »Ich glaube, ich verstehe, was du sagen willst. Hast du dein Handy wieder?«

Er brauchte eine Sekunde, um ihre Worte zu verstehen. »Oh ja. Ich habe es bei mir und verspreche, es immer angeschaltet zu lassen. Hast du deine Versicherung angerufen?«

Sie lachte. »Ja. Anfangs haben sie mir nicht geglaubt. Aber ich hatte Glück. Der Fahrer eines Abschleppwagens hat mein Auto gefunden, und er ist sich ziemlich sicher, dass er es von seinem letzten Ruheplatz bergen kann. Sobald er das gemacht hat, kann ich meinem Versicherungsmakler Fotos schicken und den Papierkrieg beginnen, damit sie mir den Restwert auszahlen.« Sie tanzte ein wenig auf ihrem Stuhl. »Dann heißt es: Hallo, neues Auto! Also zumindest für mich neu.«

»Aha. Bist du immer noch entschlossen, dir ein rotes Auto zu kaufen?«

»Na klar. Rot ist meine Farbe.«

»Dann komme ich mit dir. Du kannst nicht einzig aufgrund der Farbe ein Auto kaufen. Es darf nicht zu viele Meilen auf dem Tacho haben und muss außerdem zuverlässig, sicher und kein Unfallwagen sein.«

Sie winkte ab. »Da mache ich mir keine Sorgen. Ich werde ein wunderschönes rotes Auto finden, das perfekt ist. Du wirst schon sehen.«

»Ja. Das werde ich, weil ich dann direkt neben dir stehe. Versprich mir, dass du nicht ohne mich ein Auto kaufen gehst.«

»Ich bin sehr wohl in der Lage, das richtige Auto zu finden.«

»Nicht wenn die Farbe dein einziges Kriterium ist.«

Sie murmelte etwas, das er nicht ganz verstand. Es klang sehr nach »Mr. Oberbefehlshaber«, doch das war ihm egal. Natalies Wunsch nach einem roten Auto war das Gleiche, als würde sie ein T-Shirt mit der Aufschrift tragen: »Hey, zieh mich über den Tisch!« Das würde er nicht zulassen.

»Na gut«, grummelte sie. »Du kannst mitkommen. Aber wirklich gefallen tut mir das nicht.«

»Das ist mein Mädchen. Erwachsen und für alle Möglichkeiten offen.«

»Es ist mir egal, was du sagst. Ich will ein rotes Auto. Und nichts und niemand wird mich davon abhalten, eines zu bekommen. Nicht einmal du.«

»Du hast eine unerwartet sture Seite an dir.«

»Ich bin eins mit dem femininen Universum.«

»Und du bist ein kleines bisschen verrückt.«

Sie ließ ein Lächeln aufblitzen, das ihn beinahe in die Knie gezwungen hätte.

»Du hast ja keine Ahnung, Ronan.«

Das mochte sein, aber er würde es sehr gern herausfinden.

Vorsichtig trug Natalie ein in Klarsichtfolie verpacktes Tablett mit Cupcakes vor sich her. Eine Anzeige auf Facebook, die einen einfachen Weg versprach, aus Glasur kleine Blumen zu machen, hatte sie fasziniert. Als die entsprechende Spritztüte geliefert worden war, hatte sie die unbedingt ausprobieren müssen und festgestellt, dass sie wirklich bestens funktionierte. Zu ihrem Glück fand am nächsten Tag das vierzehntägige Lunchtreffen mit ihren Freundinnen statt, sodass sie die Cupcakes eingepackt und mitgenommen hatte. Die Alternative, sie alle selbst zu essen, war bei der Geschwindigkeit, mit der ihre Hüften und Oberschenkel sich ausdehnten, nicht optimal.

Die Gastgeberin des Treffens wechselte immer. Wer bestimmte, wo das Treffen stattfand, sorgte auch für die Hauptmahlzeit. Die anderen brachten jeweils einen zusätzlichen Gang mit. Manchmal hatten sie drei Nachtische und keinen Salat, was für Natalie mehr als in Ordnung war – solange es nicht andersherum lief, war sie glücklich.

Nach dem Ende des starken Regenfalls war die Wüstenhitze zurückgekehrt. Es war noch nicht einmal Mittag, und das Thermometer zeigte bereits über dreißig Grad an. Um vier Uhr am Nachmittag wären es bestimmt knapp vierzig.

Sie überquerte die Straße und ging zum Laden ihrer Freundin Silver. Das Haus mit dem weitläufigen Apartment im ersten Stock gehörte Violet Lund, die inzwischen die Duchess of Somerbrooke war. Ungefähr zu der Zeit, als Violet sich Hals über Kopf verliebt hatte und überlegte, nach England zu ziehen, hatte Silver neue Geschäftsräume gesucht. Ein langfristiger Mietvertrag zwischen den beiden Freundinnen hatte zwei Probleme auf einmal gelöst.

Violet hatte das Ladenlokal für ihr Knopfgeschäft genutzt. Sie hatte außerdem als Änderungsschneiderin gearbeitet. Letztes Jahr hatte sie ein bezauberndes Kleid für einen frechen kleinen Beagle namens Sophie geschneidert, der eine Rolle bei der Hochzeit von Ronans Bruder Del gespielt hatte. Nun nutzte Silver den Laden für ihre Firma.

Natalie öffnete die Tür und betrat den hellen Raum. Silver hatte die Auslagen für Violets Knöpfe und die Bilder von Designerkleidung entfernt. Mit ihrer Firma – AlcoHaul – bediente sie örtliche Hochzeiten. Da die Stadt sich auf das Ausrichten von Hochzeiten spezialisiert hatte, war sie auf die Idee gekommen, eine mobile Bar anzubieten, die zu jedem Hochzeitsthema passend umgestaltet werden konnte – eine mittelalterliche Taverne, ein Wild-West-Saloon oder eine Bar aus einer fernen Galaxie.

Im Showroom hingen Bilder vergangener Events sowie Detailaufnahmen von Gläsern, Flaschen und Karten mit speziell entwickelten Cocktails. Für den heutigen Lunch hatte Silver ein paar Tische zusammengestellt und mit einer Mischung aus Plastiktellern, Gläsern und Besteck von den verschiedenen Hochzeiten, auf denen sie gearbeitet hatte, gedeckt.

»Ich bin's!«, rief Natalie und stellte ihre Cupcakes neben eine große, abgedeckte Auflaufform. Sie konnte nicht sehen, was unter der Folie war, aber der Duft allein reichte, um ihr das Wasser im Mund zusammenlaufen zu lassen.

Käse, Speck und ein Hauch Jalapeño, vermutete sie, und ihr Magen fing an zu knurren.

»Hi.« Silver kam aus dem Hinterzimmer und lächelte. »Sag mir, dass du keinen Salat mitgebracht hast.«

»Ich habe keinen Salat mitgebracht.«

»Gut. Mir ist heute eher nach Zucker, Kohlenhydraten und Fett.«

Die beiden Frauen umarmten einander. Natalie schoss kurz der Gedanke durch den Kopf, dass jemand, der durch das Schaufenster schaute, sie für ein seltsames Paar halten musste. Silver war groß und dünn und hatte gerade ausreichend definierte Muskeln, um alle wissen zu lassen, dass sie viel Sport trieb. Ihre platinblonden Haare reichten ihr bis zur Mitte des Rückens. Sie trug eine enge schwarze Jeans und ein ebenfalls eng anliegendes schwarzes Top. Der dunkelblaue Pullover mit dem weiten Ausschnitt dazu war ihr über eine Schulter gerutscht.

Silver war … exotisch. Natalie schüttelte den Kopf. Nein, das war nicht richtig. Silver war das sexy Bad Girl, von dem man wusste, dass man mit ihm den meisten Spaß hatte. Das

Aufregendste, was man je über Natalie gesagt hatte, war, dass sie ein »künstlerischer Typ« sei. Sie war zu klein, zu kurvig und einfach zu überschwänglich, um je als »böses Mädchen« bezeichnet zu werden.

»Wie läuft es so?« Silver goss einen violetten Drink in zwei mit Eiswürfeln gefüllte Gläser.

»Gut. Ich habe viel zu tun. Ich arbeite gerade an einem neuen Werk. Irgendwie bin ich im Moment in Drachen-Stimmung und mir nicht sicher, ob das gut oder schlecht ist.«

»Es ist Kunst – was heißt da gut oder schlecht? Kann Kunst nicht einfach nur *sein*?«

»Guter Punkt, *Mom*«, zog Natalie sie auf. Sie nahm einen Schluck von dem Drink. Er hatte eine fruchtige Basis und war mit Soda gemischt, aber da war auch noch ein Geschmack, den sie nicht identifizieren konnte.

»Ist da Alkohol drin?«

»Würde ich das zum Lunch tun? Wir müssen alle nachher noch arbeiten. Ich könnte dir in drei Minuten eine Version davon machen, die dich aus den Socken haut, aber die hier ist alkoholfrei.«

Sie gingen zum Tisch und setzten sich. Natalie schaute sich im Laden um. »Du hast umdekoriert. Die großen Bilder an den Wänden sind super.«

»Die hat Wynn für mich gemacht.«

Wynn gehörte das örtliche Grafik- und Druckstudio. Sie hatte angefangen, einen Fotokurs zu belegen, damit sie für ihre Kunden auch Fotos machen konnte. Wynn witzelte immer, dass sie noch nicht ansatzweise so weit war, Hochzeiten zu fotografieren, und die örtlichen Fotografen keine Angst haben mussten, dass sie sie aus dem Geschäft drängte. Aber manchmal brauchte ein Kunde ein paar Werbefotos oder eine Porträtaufnahme oder – wie in Silvers Fall – Fotos von ihrer Bar.

Silver trank einen Schluck. »Ich brauche deinen Rat. Ich habe ein paar Anhänger gefunden, die zu verkaufen sind.«

Natalie beugte sich vor. »Wirklich? Willst du expandieren? Du hast ja mal gesagt, dass du darüber nachdenkst. Wow, das ist aufregend. Ich freue mich für dich.«

»Noch habe ich nichts unternommen. Ich weiß es nicht. Das ist ganz schön viel Arbeit. Und natürlich auch viel Geld. Ich habe Ersparnisse, aber wenn ich die Anhänger kaufe, muss ich sie umbauen und zusätzliches Personal einstellen.« Sie sah Natalie an. »Und ich kann nicht die Anhänger kaufen *und* sie umbauen *und* gleichzeitig neue Mitarbeiter bezahlen.«

»Du würdest doch bestimmt ein Geschäftsdarlehen bekommen.«

»Vermutlich. Aber so etwas habe ich noch nie gemacht. Irgendwie jagt mir der Gedanke zu expandieren Angst ein. Im Moment bin ich sozusagen eine Ein-Frau-Firma. Ich habe zwar ein Team, mit dem ich zusammenarbeite, aber ich treffe alle Entscheidungen. Wenn ich einen zweiten Anhänger habe, muss ich ihn ohne mich in die Welt hinausschicken. Ich muss darauf vertrauen, dass jemand anderes auf einer Feier alles zu meiner Zufriedenheit erledigt.«

»Willst du denn expandieren? Was wäre, wenn du alles so lässt, wie es ist?«

»Darüber habe ich auch nachgedacht, aber das kommt mir so feige vor.«

Denn bei Silver war alles immer überlebensgroß. »Und wenn du dir einen Geschäftspartner suchst?«

»Nein und nein. Ich komme nicht gut mit anderen zurecht.«

Silvers Pullover rutschte ihr von der linken Schulter und gab den Blick auf einen Teil des Tattoos auf dem Oberarm frei. Natalie wusste, dass ihre Freundin tätowiert war – ein weiterer Beweis dafür, wie unterschiedlich sie beide waren.

»Veränderungen sind unangenehm«, sagte Natalie. »Vielleicht kannst du den Blick eher auf das Ziel richten als auf den Weg dahin. Deinen Erfolg visualisieren.«

»Weil du dir nicht vorstellen kannst, dass ich scheitere?«

Natalie grinste. »Ganz genau. Du bist klug und entschlossen. Du erreichst alles, was du willst, das weiß ich.«

»Wenn du nicht der netteste Mensch bist, den ich kenne, bist du nah dran. Und das meine ich nicht als Kompliment.«

Natalie lachte immer noch, als ihre anderen Freundinnen eintrafen. Auch sie hatten etwas zu essen dabei.

Carol, eine hübsche Rothaarige, war mit Ronans Bruder Mathias verheiratet. Sie leitete das örtliche Wildtierreservat, das neben dem Recyclinghof lag. Die Verantwortung für mehrere Gazellen, Zebras, einen Wasserbüffel und eine neue Giraffenherde lag in ihren Händen. Wynn war die Besitzerin des besagten Grafik- und Druckstudios, und Pallas gehörte *Weddings Out of the Box*. Bethany, eine weitere Freundin, besuchte gerade ihre Familie in El Bahar.

Bethany war im letzten Dezember nach Happily Inc gezogen. Eigentlich hatte sie nur einen kurzen Besuch geplant, dann aber hatte sie sich in Cade Saunders verliebt, was an sich schon bemerkenswert, aber nicht das eigentlich Aufregende an der Geschichte war. Cade hatte einen Hengst aus dem königlichen Gestüt von El Bahar gekauft, und Bethany war der Stallbursche gewesen, der das Pferd begleitet hatte. Niemand hatte gewusst, dass Bethany die Stieftochter des Königs und somit eine echte Prinzessin war. Es hatte ganz schön viel Gerede gegeben, als die Wahrheit ans Licht gekommen war.

Natalie konnte verstehen, dass das Leben als Adlige schwierig sein musste. Cade und Bethany hatten sich verlobt, und Bethany war nach Happily Inc gezogen. Natalie glaubte, dass den beiden jetzt die Ranch gemeinsam gehörte, aber sie war sich nicht sicher.

Die Freundinnen begrüßten und umarmten einander, bevor sie sich an den Tisch setzten. Mit großer Erleichterung sah Natalie, dass es keine drei Salate gab, sondern nur den einen, den Pallas mitgebracht hatte. Carol und Wynn hatten sich für verschiedene Kekse entschieden.

Misstrauisch betrachtete Natalie den Salat. »Ist das Grünkohl?«

»Ja. Der ist wirklich lecker und gesund.«

Silver verteilte die Getränke, bevor sie sich zu Natalie beugte und flüsterte: »Wir sehen alle, was du denkst. ›Warum nur Salat?‹!«

»Stimmt gar nicht«, protestierte Natalie schwach. Sie wusste, dass Gemüse wichtig war. Wenn es doch nur nicht so … gemüsig wäre.

Innerhalb weniger Minuten war das Buffet aufgebaut, und die Frauen füllten ihre Teller, bevor sie sich wieder setzten. Natalie atmete den Duft des Makkaroni-Auflaufs mit Käse, Speck und Lauch ein. Lauch war zwar auch ein Gemüse, aber eines, das sie mochte. Sie machte sich eine mentale Notiz, Silver nach dem Rezept zu fragen.

Rund um sie herum floss die Unterhaltung, während Natalie es für einen Moment einfach nur genoss, mit ihren Freundinnen zusammen zu sein. Die Organisation des nächsten Lunchtreffens würde sie übernehmen. Montags und dienstags war die Galerie geschlossen, und Atsuko, Natalies Chefin, erlaubte ihr, sie für die Treffen mit ihren Freundinnen zu nutzen, solange Natalie danach aufräumte.

»Das war aber auch ein Sturm«, sagte Carol und reichte das Knoblauchbrot am Tisch herum. »An einem der Tage wollten die Tiere bei dem Regen gar nicht den Stall verlassen.«

»Ha, da hattest du danach mit dem Ausmisten aber einiges zu tun, oder?« Wynn rümpfte die Nase. »Hunter hat für seinen Biologieunterricht einen Bericht über die Zebras geschrieben und konnte es nicht fassen, wie viel die am Tag äppeln.« Sie wedelte mit ihrem Stück Knoblauchbrot. »Ich kann gerne ins Detail gehen, falls jemand interessiert ist.«

»Nein danke.« Silver warf Pallas einen Blick zu, die ein wenig blass aussah. »Geht es dir gut?«

»Ja, alles fein. Es ist nur die Kombination von Lunch und

Zebra-Kacke, die mir ein wenig auf den Magen schlägt.« Pallas wandte sich an Natalie. »Erzähl uns von deinem Abenteuer, junge Dame. Ich habe alle möglichen Gerüchte gehört.«

Eine Sekunde lang hatte Natalie keine Ahnung, was Pallas meinte, dann erinnerte sie sich an ihren Ausflug in die Berge und hüpfte förmlich auf ihrem Stuhl auf und ab.

»Ich bekomme ein neues Auto! Also ein gebrauchtes neues Auto. Ich bin so aufgeregt.«

»Wie schön für dich«, sagte Carol. »Hast du dein altes verkauft, oder tauschst du es ein?«

»Das hat einen Totalschaden. Es ist vom Berg gestürzt.«

»Wie bitte?«

»Geht es dir gut?«

»Was ist passiert?«

Ihre Freundinnen sprachen alle durcheinander. Pallas entschuldigte sich und ging ins Bad.

»Mir geht es gut«, erklärte Natalie. »Ich saß nicht drin.« Sie lächelte. »Als der Sturm anfing, fiel Mathias und Nick auf, dass sie Ronan seit mehreren Tagen nicht mehr gesehen hatten. Ans Handy ging er auch nicht, und da er kein Festnetz hat, musste jemand zu ihm fahren, um nach ihm zu sehen.«

Silvers Blick verdunkelte sich. »Sie haben dich bei dem Sturm in deinem Auto in die Berge geschickt? Was stimmt nicht mit denen?«

»Nick hat darauf bestanden, dass ich seinen Truck nehme, aber ich fühle mich nicht wohl, mit dem zu fahren. Wie auch immer, ich habe es ohne Probleme zu Ronan geschafft, dort aber zu nah am Abgrund geparkt. Ein paar Bäume sind umgefallen und haben mein Auto mit sich gerissen.«

Sie stieß einen glücklichen Seufzer aus. »Und jetzt bekomme ich einen Scheck von meiner Versicherung. Zusammen mit dem, was ich gespart habe, kann ich mir ein neues Auto kaufen. Und das wird rot sein.«

Wynn griff nach dem Salat. »Das ist ja auch das Wichtigste.«

»Jetzt klingst du wie Ronan.«

Pallas kehrte auf ihren Platz zurück. »Wo wir gerade von Ronan sprechen – wolltest du nicht von eurem kleinen Tête-à-Tête erzählen?«

Die Unterhaltung verstummte, und alle schauten Natalie an. Sie spürte, dass sie rot wurde.

»Was?«, fragten Carol und Silver gleichzeitig, während Wynn einfach nur ungläubig dreinblickte.

»Sorry, aber ich kann mich euch nicht zusammen vorstellen«, gab Wynn zu. »Er ist gar nicht dein Typ.«

»Das stimmt.« Carol sah besorgt aus. »Ich gebe zu, er sieht auf düstere Art wirklich gut aus, aber du bist so fröhlich und lustig und süß. Ich würde mir Sorgen machen, dass er dir das Leben aussaugt.«

»Das würde Ronan nie tun. Er ist charmant und hat einen tollen Humor. Ich habe ihn im Papierfliegerbasteln geschlagen, und er hat nur gelacht. Viele Männer wären da sauer geworden.«

Silver nahm ihr Glas zur Hand. »Bin ich die Einzige, die sich wünscht, hier wäre doch Alkohol drin?«

»Da sagst du was«, murmelte Wynn. »Natalie, Liebes, vielleicht solltest du noch mal ganz von vorne anfangen, denn deine Anspielung auf die Papierflieger ist ziemlich verwirrend.«

»Oh, stimmt.« Natalie dachte an ihr Abenteuer. Sie würde vorsichtig sein, damit niemand etwas von dem Kuss und Ronans Ablehnung ahnte.

»Die Bäume haben mein Auto in den Abgrund gerissen und ein Chaos auf den Straßen angerichtet. Ich musste also für ein paar Tage bei Ronan bleiben.« Und drei köstliche Nächte, aber es gab keinen Grund, ins Detail zu gehen.

»Du bist bei Ronan geblieben?« Carol riss die Augen auf. »In seinem Haus?«

»Hmhm.«

Silver lächelte leicht. »Stille Wasser sind tief, was? Also, erzähl, wo hast du geschlafen?«

»Im Gästezimmer. Das wirklich unglaublich ist. Es liegt oben im Turm. Oh, und da gibt es auch noch ein fabelhaftes Atelier. Ronan hat mich da oben arbeiten lassen. Er hat allen möglichen Künstlerbedarf, und wenn gerade kein Sturm ist, herrscht da ein wahnsinniges Licht.«

»Wie enttäuschend«, murmelte Silver.

»Wir hatten viel Spaß. Ich mag ihn, und das solltet ihr auch tun. Er ist nett.«

Carol und Pallas tauschten einen Blick.

»Nett?«, hakte Pallas nach. »Bist du sicher, das ist das richtige Wort? Ich meine, ich weiß, dass er nicht gemein oder mürrisch ist, aber er bemüht sich nicht darum, mehr Zeit mit Nick zu verbringen.«

»Und Mathias geht er aus dem Weg«, ergänzte Carol. »Dabei waren sie mal Zwillinge.«

»Das ist nicht seine Schuld, okay? Er hat ziemlich viel zu verarbeiten. Nick und Mathias haben erfahren, dass er ihr Halbbruder ist, aber für Ronan war das etwas schwerer. Er hat keine Ahnung mehr, wer er ist. Er hat nur noch Ceallach, und mal ehrlich, wolltet ihr den zum Vater haben?«

Natalie merkte, dass sie Ronan vielleicht ein wenig zu heftig verteidigte, denn ihre vier Freundinnen starrten sie mit einer Mischung aus Besorgnis und Neugierde an.

Oh, oh, das war nicht gut. Sie hatte ehrlich gesagt keine Ahnung, was sie für Ronan empfand. Aber auf keinen Fall war sie bereit, über das, was sie dachte oder nicht, mit ihren Freundinnen zu diskutieren. Sie brauchte eine Ablenkung, und zwar schnell.

Panisch suchte sie nach einem anderen Thema, da fiel ihr ein, dass sie das in ihrem Handy hatte.

»Was das Timing betrifft, war der Zwangsaufenthalt in seinem Haus super«, sagte sie schnell. »So konnte ich mit meiner neuen App herumspielen.« Sie holte ihr Handy heraus und wedelte damit durch die Luft. »Ich habe sie erst letzte Woche heruntergeladen und hatte noch keine Gelegenheit, sie gründlich auszuprobieren.«

»Deine neue App?«, fragte Wynn zweifelnd. »Was kann die?«

»Die hilft einem, einen Samenspender zu finden. Ihr wisst schon, für Frauen, die alleine ein Kind bekommen wollen.«

Die Ablenkung funktionierte. Nacheinander klappten die Unterkiefer ihrer Freundinnen auf. Carol, die gerade einen Schluck getrunken hatte, verschluckte sich und hustete.

»Du willst einen Samenspender, damit du allein ein Kind bekommen kannst?«, fragte Silver ungläubig. »Ernsthaft?«

»Vielleicht. Ich bin mir noch nicht sicher.« Natalie steckte ihr Handy zurück in die Tasche. »Ich liebe Kinder und wollte immer welche haben. Aber ich entstamme einer langen Reihe von Frauen, die kein Glück in der Liebe haben. Bedeutet das, dass ich niemals eine Familie haben werde?«

»Ich verstehe, dass du ein Baby haben möchtest«, sagte Pallas. »Natürlich willst du diese Erfahrung machen. Aber Natalie, wie wäre es, wenn du dich erst mal verliebst?«

»Abgesehen davon ist es nicht leicht, alleinerziehend zu sein.« Wynn nahm ihre Gabel zur Hand. »Versteht mich nicht falsch, ich liebe es, aber es ist auch viel Arbeit. Hunter ist das Beste, das mir je passiert ist. Wenn du das mit dem Baby ernst meinst, sollten wir uns mal in Ruhe unterhalten.«

»Ich weiß noch nicht, was ich unternehmen werde«, gab Natalie zu. »Erst müsste ich mein Leben auf die Reihe bringen – sowohl finanziell als auch sonst. Aber irgendwann möchte ich Mutter werden.«

»Was macht denn diese App?«, wollte Carol wissen.

»Sie hilft, den richtigen Spender zu finden. Es gibt unzählige Fragen sowie Links zu vertrauenswürdigen Samenbanken. Das ist alles ziemlich interessant.«

»Also suchst du nach einem Spender, nicht nach einem Vater«, fasste Silver zusammen. »Du willst, dass der Kerl unbeschadet davonkommt.«

»Ich schätze schon«, erwiderte Natalie langsam. »So weit bin ich mit meinen Überlegungen noch nicht. Warum?«

»Ich frage nur für den Fall, dass ich einen geeigneten Kandidaten treffe.«

Natalie verdrehte die Augen. »Woran auch immer du gerade denkst: nein. Habe ich Nein gesagt? Das meine ich auch so. Nein.«

Alle lachten.

»Wo wir gerade beim Thema Nachwuchs sind«, warf Carol ein. »Es ist offiziell. Wir bekommen einen Giraffenbullen.«

Ihre derzeitige Herde bestand nur aus weiblichen Giraffen. Natalie klatschte in die Hände. »Ihr bekommt Baby-Giraffen. So etwas Süßes kann ich mir gar nicht vorstellen. Wie lange dauert die Trächtigkeit? Werden sie sofort trächtig? Giraffensex muss irgendwie …«

»… ungelenk sein?«, schlug Wynn vor.

»Für sie nicht«, erklärte Carol. »Die Trächtigkeit dauert zwischen dreizehn und fünfzehn Monaten. Ob eine Befruchtung erfolgreich war, werden wir erst ziemlich spät erfahren, auch wenn wir ein paar Tests durchführen können. Aber wir wollen nicht sofort anfangen zu züchten, und wir wollen auch nicht, dass alle Weibchen gleichzeitig trächtig werden. Also kriegen sie ein Verhütungsmittel.«

»Ist das ein Pflaster?«, fragte Silver grinsend.

»Ich wünschte, es wäre so einfach. Es ist ein Medikament, das sie ins Futter gemischt bekommen, und ich muss darauf achten, dass sie alles auffressen, sonst haben wir unerwartete Baby-Giraffen.«

Was vermutlich keine gute Idee, aber dafür eine süße Vorstellung war, wie Natalie fand. Lauter kleine Millies im Park.

Pallas griff in ihre Handtasche und holte einen Zettel heraus.

»Beinahe hätte ich vergessen, dir das zu geben. Es ist beim letzten Treffen des Wirtschaftsverbands besprochen worden, aber es wird noch ein paar Wochen dauern, bis es offiziell verkündet wird.«

Natalie nahm den Zettel und überflog ihn. Die Hauptbrücke über den Rio de los Sueños, den Fluss der Träume, war kürzlich restauriert worden. Der örtliche Wirtschaftsverband wollte einheimische Künstler einladen, die Brücke zu verzieren und sie dadurch zu einer Touristenattraktion zu machen.

»Was für eine tolle Idee.« Natalie seufzte. »Ich werde mich auf jeden Fall für einen Abschnitt der Brücke bewerben.«

Vielleicht könnte Ronan ihr helfen, wenn sie die Zusage bekam. Oder besser noch, sie könnte sich für zwei Abschnitte bewerben und einen an Mathias vergeben, während sie und Ronan den anderen gemeinsam gestalteten. So könnten die Brüder Zeit miteinander verbringen und zusammen an einem Projekt arbeiten, denn es war wichtig, dass sie einander wieder näherkamen.

»Du solltest dein demoliertes Auto nutzen«, schlug Silver vor. »Den vorderen Teil abflexen oder so.«

Natalie stockte der Atem. »Das ist die beste Idee aller Zeiten.«

»Ja, ich bin mehr als nur ein hübsches Gesicht.«

»Das bist du. Wir könnten den vorderen und den hinteren Teil nutzen und es ›Kommen und Gehen‹ nennen.« Sie drehte den Zettel um und fing an, ein Konzept zu skizzieren.

»Und damit haben wir sie verloren.« Carol lachte.

»Zwei Minuten«, murmelte Natalie, während sie hektisch das aufmalte, was sie vor ihrem inneren Auge sah. »Maximal drei.«

Silver lachte leise. »Wir geben ihr drei, dann holen wir den Nachtisch. Das bringt sie schnurstracks in unsere Welt zurück.«

Meine Freundinnen kennen mich gut, dachte Natalie glücklich. Ihr Ex mochte ihr das Herz gebrochen haben, als er sie verließ, aber diese schöne Stadt und ihre Bewohner zu finden war den Preis wert gewesen. Und sie wusste, dass Ronan von ihrem gemeinsamen Projekt genauso begeistert sein würde wie sie. Das musste er einfach, oder?

7. Kapitel

Die Rastlosigkeit, die Ronan überfallen hatte, seitdem Natalie weg war, weigerte sich zu verschwinden. Es war beinahe eine Woche her, und noch immer fühlte er sich allein in seinem Haus. Was der Grund dafür war, dass er am Montagabend in die Stadt zurückfuhr.

In den meisten Städten, ob groß oder klein, war das Wochenende zum Ausgehen da. Aber nicht in Happily Inc. Da hier so viele Hochzeiten ausgerichtet wurden, lebten die Einwohner nach einem anderen Zeitplan. Die Wochenenden waren für die Hochzeiten und somit zum Arbeiten da, und Montag war der große Ausgehtag.

Er machte sich gar nicht erst die Mühe, bei einem seiner Brüder zu Hause vorbeizufahren. Da wäre sowieso niemand. An Montagen waren sie im *The Boardroom*, einem Pub, in dem es alles an Brettspielen gab, was man sich nur vorstellen konnte. Es gab ausreichend Tische, um zu spielen, und an Montagen fanden abends immer Turniere statt.

Ronan nahm daran nur selten teil, doch ein paar Mal hatte er sich dazu überreden lassen. Heute Abend hatte seine Rastlosigkeit ihn dazu getrieben, den Pub um kurz vor sechs zu betreten und zu entdecken, dass es im Gastraum nur so vor Pärchen und Freundesgruppen wimmelte.

Poster verkündeten, dass das Spiel des heutigen Abends »Latice« war, ein neues Brettspiel für zwei bis vier Spieler oder Teams. Außerdem wurde Werbung für ein anstehendes Wohltätigkeitsturnier für Teams aus drei bis fünf Spielern gemacht.

Ronan schaute sich um und suchte nach jemandem, den er gut genug kannte, um sich dazuzusetzen. Überall unterhielten sich die Leute und lachten, was ihn nur daran erinnerte, dass er offiziell ein Außenseiter war. Er erblickte Nick und Mathias, die mit ihren Frauen an einem Vierertisch saßen, und merkte, dass es ein Fehler gewesen war herzukommen. Er kannte niemanden gut genug, um sich dazuzugesellen, und …

Mathias sah ihn. Sein überraschter Gesichtsausdruck wäre komisch gewesen, wäre Ronan nicht in diesem Moment aufgegangen, dass er in der Falle saß. Da es zu spät war, um sich zurückzuziehen, winkte er kurz und ging zu ihnen hinüber.

»Was machst du denn hier?«, fragte Mathias, als Ronan an ihrem Tisch angekommen war. »Du hasst solche Veranstaltungen doch.«

Carol warf Mathias einen strengen Blick zu. »Was denn?«, fragte er. »Stimmt doch. Menschenmengen, Unterhaltungen. Diesen Dingen geht er aus dem Weg.«

Korrekt, dachte Ronan, auch wenn es nicht immer so war. Vor Jahren war er genauso gewesen wie alle anderen.

Bevor ihm etwas einfiel, was er sagen könnte, hörte er jemanden seinen Namen rufen. In der Sekunde, in der er die Stimme erkannte, entspannte er sich. Jetzt wusste er, dass alles gut werden würde.

Natalie stellte sich neben ihn. »Du bist da! Ich war mir nicht sicher, ob du kommen würdest.«

»Hattest du mich eingeladen?« Falls ja, erinnerte er sich nicht mehr daran.

Sie lachte. »Nein, aber ich habe daran gedacht, was beinahe das Gleiche ist. Aber das ist ja auch egal, weil du hier bist und wir Latice spielen.«

»Ist das hier wie mit den Papierfliegern?«, fragte er. Denn falls es so war, würde er sich darauf vorbereiten müssen, schmählich zu verlieren.

Sie legte eine Hand auf seine Schulter und lehnte sich gegen ihn. »Du kannst in meinem Team mitmachen.«

»Wir spielen nicht in Teams«, sagte Pallas lachend. »Viel Glück, Ronan. Natalie ist eine Mörderspielerin. Sie bekommt immer die Windkacheln und weiß, wie man Sonnensteine erhält, damit sie Extrarunden erhält.«

Natalie strahlte ihn an. »Da hat sie recht. Ich habe ein ausgezeichnetes Latice-Karma.«

Er wusste, dass er etwas sagen sollte, doch er konnte nur daran denken, wie gern er sie jetzt küssen würde. Mehr als nur küssen. Er wollte sie an sich ziehen und sie überall berühren. Er wollte mit ihr irgendwohin, wo sie allein wären, und ihr beweisen, dass er ihre Einladung wirklich nur ausgeschlagen hatte, weil sie sein Gast gewesen war.

Dann erinnerte er sich daran, wo er war, und atmete tief ein. »Okay, Natalie. Ich nehme die Herausforderung an. Aber zuerst gebe ich dir einen Drink aus. Leicht angeschickert bist du vielleicht weniger tödlich.«

»Ich glaube nicht, dass das funktioniert, aber nur zu.«

Natalie führte ihn zu einem Tisch, an dem noch zwei Plätze frei waren. Als sie sich setzten, glaubte Ronan, das andere Pärchen zu erkennen. Die Frau leitete eine Firma in der Stadt, und der Mann war …

»Jasper Dembenski«, sagte der Mann und streckte ihm seine Hand hin. »Du bist einer der Mitchell-Brüder, richtig?«

»Richtig. Ich bin Ronan.« Beinahe hätte er angefügt »Mathias' Zwilling«, hielt sich aber gerade noch rechtzeitig zurück. Sie waren keine Zwillinge, und er hatte immer noch keinen Weg gefunden, diese Wahrheit zu akzeptieren.

Der Name des Mannes kam ihm bekannt vor. Bevor Ronan ihn einordnen konnte, schaltete sich die Frau ein.

»Ich bin Wynn Beauchene.«

Sie war sehr schön – mit hohen Wangenknochen, schwarzen Locken und braunen Augen. Eine Sekunde lang wünschte Ronan sich, er würde zeichnen oder malen. Wynn wäre ein ausgezeichnetes Modell.

Er setzte sich. Natalie nahm neben ihm Platz und grinste Wynn an.

»Heute ist Latice-Abend.«

Jasper warf ihr einen fragenden Blick zu. »Was soll das heißen?«

»Warte nur ab, dann wirst du es sehen«, erklärte Wynn mit einem selbstgefälligen Lächeln.

»Ich habe hier ein Problem, oder?« Er schaute Ronan an. »Wynn liebt es, wenn ich von einer Frau geschlagen werde.«

»Das stimmt. Vielleicht ist das falsch, aber ich bin gewillt, mit diesem Makel zu leben.«

Die Spiele wurden ausgeteilt. Wynn und Natalie drehten die Spielkärtchen um und mischten sie gründlich.

»Ich glaube, ich bin die Jüngste am Tisch«, sagte Natalie und fing grinsend an, sich ihre Kärtchen zu nehmen.

Wynn stöhnte. »Den Teil hatte ich ganz vergessen. Ja, Natalie, du darfst anfangen.«

Natalie beugte sich zu Ronan und senkte die Stimme. »Wynn wird immer ein wenig unleidlich, wenn sie verliert.«

»Du weißt schon, dass ich dich hören kann, oder?«, sagte Wynn. »Und das stimmt überhaupt nicht.«

»Ein bisschen schon«, warf Jasper ein.

Wynn lachte. »Okay. Vielleicht. Ich werde versuchen, mich heute von meiner besten Seite zu zeigen.«

Einer der Kellner trat ans Mikrofon und erklärte die Regeln. Ronan hörte nur mit halbem Ohr zu. Er war mehr daran interessiert, dass Natalie mit ihrem Stuhl ein Stück näher an ihn heranrutschte.

Ihre Kellnerin kam mit einem Bier für ihn und einem Glas Weißwein für Natalie. Dann erklang auch schon die Glocke, und das Turnier begann.

Die Aufgabe war ziemlich einfach – man musste die quadratischen Spielkärtchen entweder nach Farbe oder nach Motiv passend zusammenlegen. Dazu gehörte ein strategisches

Element, das Natalie perfekt meisterte. Er wusste, dass Windkärtchen einem erlaubten, ein Stück vorwärts zu gehen, und die Sonnensteine – kleine Steine aus Acrylglas ... nun, er hatte keine Ahnung, was die bewirkten, aber nach fünfzehn Minuten hatte Natalie eine beeindruckende Sammlung beisammen. Außerdem schien sie jedes Mal, wenn er einmal ziehen durfte, dreimal zu ziehen.

Das erste Spiel gewann sie. »Wir spielen noch zwei Runden«, erklärte sie. »Die Gewinner kommen ins Finale.«

»Aha. Also werde ich heute früh nach Hause gehen können.«

»Das werden wir alle.« Wynn grinste, dann berührte sie Jaspers Arm. »Komm, holen wir uns was an der Bar. Auf dem Weg können wir Strategien besprechen, wie wir Natalies Terrorherrschaft ein Ende setzen.«

Grinsend sah Natalie ihnen nach. Als sie außer Hörweite waren, beugte sie sich näher zu Ronan.

»Also, was meinst du? Sind die beiden zusammen? Ich glaube, ja, aber Wynn sagt nic etwas, und ich will sie nicht fragen.«

»Seit wann bist du so schüchtern? Mir stellst du ständig persönliche Fragen.«

»Das ist etwas ganz anderes. Wynn ist meine Freundin. Ich muss ihre Privatsphäre respektieren.«

»Aber meine nicht?«

»Nicht wirklich.«

Sie war verlockend nah. Er wollte den letzten Zentimeter überbrücken und sie küssen. Aber sie waren hier in der Öffentlichkeit, und wenn er seinen Zug machte, wollte er mit ihr allein sein.

»Wer ist dieser Jasper? Er kommt mir irgendwie bekannt vor.«

Sie hob die Augenbrauen. »Sein Gesicht kennst du nicht, aber seinen Namen. Er ist Autor und schreibt Thriller, die du vermutlich gelesen hast.«

Endlich fiel der Groschen. »Das stimmt. Er ist super.«

»Wirst du jetzt zum Groupie? Ich bin nicht sicher, wie Jasper darauf reagiert. Vielleicht wird das ein ganz bezaubernder Moment für euch beide.«

»Sehr lustig.«

»So bin ich.«

Sie ist vieles, dachte er, als er ihr in die Augen schaute. Hübsch und süß und auf eine Weise sexy, die in einem Mann eine schmerzhafte Sehnsucht weckte.

»Störe ich gerade?« Wynn kehrte an den Tisch zurück. »Ihr seht sehr … eindringlich aus.«

Ronan richtete sich auf und wusste nicht, was er sagen sollte. Natalie grinste ihre Freundin an.

»Wir haben über dich und Jasper gesprochen und uns gefragt, ob ihr ein Paar seid.«

So viel dazu, die Privatsphäre ihrer Freundin zu respektieren, dachte Ronan amüsiert.

»Das ist eine interessante Frage«, sagte Wynn ernst. »Wenn es darauf nur eine Antwort gäbe.«

Natalie schaffte es ins Finale, nur um dann ein paar ganz schlechte Runden zu spielen. Sie hatte keine Ahnung, warum sie mit einem Mal so abgelenkt war. Vielleicht lag es am zweiten Glas Wein – das sie sich nur selten gönnte – oder daran, dass Ronan nicht mehr neben ihr saß.

Sie hatte gedacht, es wäre unmöglich, sich zu konzentrieren, wenn er direkt an ihrer Seite war – atmete, redete, lachte. Sie war sich seiner Anwesenheit sehr bewusst gewesen: die breiten Schultern; wie sie beinahe seine Körperwärme spüren konnte; wie er sie ab und zu ansah, als wäre sie der interessanteste Mensch im Raum. Das war eine schwindelig machende Mischung. Doch als sie in die Finalrunde einzogen war und er nicht, war er gegangen. Einfach so. Und sie war allein zurückgeblieben.

Der ganze Abend war verwirrend gewesen. Während sie gespielt hatten, hätte sie schwören können, dass er Interesse an ihr hatte. Sie hatte sich ermahnt, in seine Aufmerksamkeit nicht zu viel hineinzuinterpretieren. Immerhin hatte er sie schon einmal abgewiesen. Und doch konnte sie nicht anders, als zu hoffen, zu *wünschen*, dass er ein klein wenig an ihr interessiert war. Aber dann war er gegangen, und sie gestand sich ein, dass sie die Signale wohl mal wieder falsch gedeutet hatte.

Was war das nur mit diesem Mann? Warum er? Und warum berührte er sie so sehr?

Sie überquerte die Straße und ging zu ihrem Haus. Die Haustür öffnete sich zu einem kleinen Flur mit drei Briefkästen, einem Tisch für Pakete, den Türen für die beiden Wohnungen im Erdgeschoss und der Treppe, die zu ihrer Wohnung im ersten Stock führte. Kaum hatte sie den Fuß auf die erste Stufe gesetzt, merkte sie, dass sie trotz der späten Stunde nicht allein war. Doch bevor ihr der Atem stocken oder sie in Panik verfallen konnte, erkannte sie den Mann, der auf halber Höhe auf der Treppe saß. Sie sah seine hellbraunen Haare, die grünen Augen und das leichte Lächeln. Als ihr Herz anfing zu rasen, hatte das nichts mit Angst, sondern einzig und allein mit gespannter Erwartung zu tun.

»Ronan?«

Er stand auf. »Ich dachte, du würdest länger durchhalten.«

»Ich habe es nicht über die erste Finalrunde hinaus geschafft.«

Er wartete, bis sie seine Treppenstufe erreichte, dann nahm er ihre Hand und führte Natalie zu ihrer Wohnungstür. Sie schloss auf, und sie traten ein.

Natalie hatte keine Ahnung, was sie tun oder sagen sollte. Sollte sie ihm etwas zu trinken anbieten? Ihn fragen, was los war? Sich ihm an den Hals werfen und ihn anflehen, sie zu nehmen? Der letzte Gedanke war der verlockendste, aber sie konnte nicht vergessen, dass er sie beim letzten Mal abgewiesen hatte. Zwar sehr sanft und höflich, aber trotzdem.

»Äh, also, warum bist du hier?«, fragte sie.

Er vergrub seine Hände in den Taschen seiner Jeans. »Ich habe auf dich gewartet. Was ich gesagt habe vor ein paar Tagen, habe ich genau so gemeint. Während du bei mir im Haus gewohnt hast, konnte ich nichts unternehmen. Doch jetzt bist du nicht mehr mein Gast. Tatsache ist: Ich kann nicht aufhören, an dich zu denken. Daran, wie es war, als du bei mir warst. An unseren Kuss. Ich möchte dich wieder küssen, Natalie. Und noch viel mehr. Ich will dich. Ich sehne mich nach dir.«

Oh. Mein. Gott! So etwas hatte noch nie jemand zu ihr gesagt. Niemand war je so geradeheraus gewesen, hatte es einfach so in den Raum gestellt.

Tief in ihr begann ein Beben, das sich fortsetzte, bis sie förmlich am ganzen Körper zitterte. Sie war so erregt, noch bevor er sie berührt hatte, und sie wünschte, sie hätte eine clevere oder gewitzte Antwort für ihn. Aber das Einzige, was sie herausbrachte, war: »Ich will dich auch.«

Was, wie sich herausstellte, reichte.

Er streckte die Hände nach ihr aus und zog Natalie an sich. Bevor sie wusste, wie ihr geschah, eroberte sein Mund ihren mit einer köstlichen Begierde, die sie keuchend zurückließ. Seine Zunge neckte ihre, während seine Hände anfingen, über ihren Körper zu streichen.

Überall, wo er sie berührte, setzte er sie regelrecht in Flammen. Die Lust wogte in ihr und schockierte sie mit ihrer Intensität. Natalie war es in der Liebe immer langsam angegangen. Das Aufregendste, was sie jemals getan hatte, war, sich vor ein paar Nächten Ronan anzubieten – und was dabei herausgekommen war, hatte man ja gesehen. Doch jetzt küsste er sie, als könnte er nicht genug von ihr bekommen.

Er saugte an ihrer Unterlippe, bevor er den Kuss vertiefte. Gleichzeitig zupfte er am Saum ihres T-Shirts. Instinktiv hob sie die Arme, damit er es ihr ausziehen konnte. Sobald es zu Boden gefallen war, strich er mit seinen warmen Händen über ihren Rücken, öffnete ihren BH und ließ ihn ebenfalls fallen.

Sie hatte kaum Zeit, ihren halbnackten Zustand zu bemerken, da umfassten seine Hände auch schon ihre Brüste und fingen an, sie zu massieren. Verlangen schoss durch sie hindurch und ließ sie leise seufzen. Es war eine Milliarde Jahre her, dass sie mit einem Mann zusammen gewesen war. Dass es nun Ronan war, machte die Erfahrung noch intensiver.

Er zog sich so weit zurück, dass er ihre nackten Brüste bewundern konnte. Seine Pupillen weiteten sich, und er stieß einen leisen Fluch aus. Dann senkte er den Kopf, um eine ihrer aufgerichteten Brustwarzen mit seinen Lippen zu umschließen. Es gab kein vorsichtiges Lecken, nichts Zärtliches, sondern er saugte hart und biss sanft mit den Zähnen zu.

Die Reaktion ihres Körpers erfolgte sofort. Hitze schoss so heftig von ihren Brüsten in ihre Mitte, dass die Beine drohten, unter ihr nachzugeben. Stöhnend umfasste sie seinen Kopf und ermutigte Ronan, das Gleiche mit ihrer anderen Brust zu machen.

»Genau so«, flüsterte sie. »Genau so, Ronan. Fester!«

Er folgte ihren Anweisungen, wechselte zwischen ihren Brüsten hin und her, saugte und knabberte, bis sie spürte, wie sich das Drängen zwischen ihren Beinen aufbaute. Ein Drängen, das ihr verriet, dass sie gesund und lebendig war und kurz vor einem Orgasmus war.

Ohne Vorwarnung zog er sich zurück und ließ sich auf die Knie fallen. Er öffnete ihre Jeans, während sie aus ihren Schuhen schlüpfte. Sekunden später fielen Jeans und Slip auf den Boden, und Ronan drängte sie sanft gegen den Tisch im Eingangsbereich.

Die Lampe wackelte. Geistesgegenwärtig stellte Ronan sie auf den Boden, dann senkte er den Kopf, teilte ihre Lippen und berührte sie mit seiner Zunge. Einen Augenblick lang spürte sie nur den sanften Druck. Dann bewegte er die Zunge, ließ sie schnellen, verwöhnte sie mit seinem Mund wieder und wieder, bis sie nur noch ein zitterndes Nervenbündel war, das darum bat, erlöst zu werden.

Die Gefühle waren so intensiv, so wundervoll. Sie spreizte ihre Beine, so weit sie konnte, und hielt sich am Tisch fest, um nicht das Gleichgewicht zu verlieren. Ronan wurde nicht schneller, sondern verstärkte den Druck seiner Zunge und trieb sie damit immer näher an den Gipfel heran.

Wir sind hier im Flur, flüsterte eine Stimme in ihr. *Du bist nackt und er noch vollständig bekleidet. Du solltest dich schämen …*

»Aber ich will das hier«, sagte sie laut, um die Stimme zum Schweigen zu bringen.

Ronan lachte leise. »Ich auch«, sagte er, bevor er seine Zunge wieder auf ihre Klit presste. Er bewegte sie ein wenig schneller, übte noch etwas mehr Druck aus. Es war zu gut, als dass Natalie hätte widerstehen können. Sie versuchte, sich zurückzuhalten, es noch ein klein wenig länger hinauszuzögern, aber es war …

»Jetzt«, hauchte sie, als die erste Welle durch sie hindurchbrandete. »Genau so. Ganz genau so. Oh Ronan, ich kann nicht …« Sie atmete tief ein und stieß den Atem dann mit einem unterdrückten Schrei aus, als ihr Körper sich ergab und sie kam und kam und kam.

Der Orgasmus hielt stundenlang an. Oder vielleicht eine Minute, die sich auf bestmögliche Weise wie mehrere Stunden anfühlte. Ronan hielt sie, um sicherzugehen, dass sie es voll auskostete. Als sie schließlich ruhig dalag, richtete er sich auf, zog sie an sich und führte sie den Flur hinunter ins Schlafzimmer.

Natalie war wie benebelt und sich nur vage dessen bewusst, was er tat. Deshalb war es ein kleiner Schock, als sie sich umdrehte und sah, dass er bereits nackt war und in seiner Hosentasche nach einem Kondom suchte.

Sie wusste, dass sie beeindruckt sein sollte, weil er, nun ja, vorbereitet gekommen war. Aber sie war mehr daran interessiert, ihn nackt zu sehen. Er war männlich und muskulös, breitschultrig und sichtlich erregt. Beim Anblick seiner Erektion durchzuckte sie ein Blitz der Vorfreude.

Nachdem sie sich rücklings aufs Bett gelegt hatte, streckte sie die Arme nach ihm aus. »Du kannst einfach loslegen, wenn du willst.«

Sein Blick verfing sich in ihrem. Sie sah die Leidenschaft darin und wusste, dass sie genau das Richtige gesagt hatte.

»Ich meine es genau so, wie ich es sage«, fügte sie lächelnd hinzu.

»Gott sei Dank.«

Er rollte das Kondom über und kam zu ihr aufs Bett. Sehr vorsichtig drang er in sie ein. Sie hob ihm die Hüften entgegen, um ihn aufzunehmen. Als er begann, sich in ihr zu bewegen, seufzte sie leise.

Ja, dachte sie glücklich, genau so. Das vertraute Sehnen baute sich wieder auf. Allmählich und sanft, aber sie spürte es. Sie veränderte ihre Position ein wenig und hoffte, noch einmal zum Gipfel zu kommen.

»Natalie, berühr deine Brüste!«

Als sie die Augen öffnete, sah sie, dass er sie beobachtete. Wie bitte? Sie sollte ihre …

»Bitte.«

Ihre Brüste waren schon immer recht groß gewesen, und sie wusste, dass das vielen Männern gefiel, aber sie hatte nicht geahnt, dass Ronan dazugehörte. Ein wenig schüchtern und zögernd berührte sie sich, denn immerhin hatte er sie dazu gebracht, vor Lust zu schreien. Also konnte sie ihm diesen Gefallen tun.

Sie umschloss ihre Brüste mit den Händen und sah, wie sein Blick sich darauf heftete. Nun bewegte er sich ein wenig schneller in ihr. Vorsichtig fing sie an, sich die Brüste zu massieren, sich in die Nippel zu kneifen. Er stöhnte auf, was ihr gefiel, aber da war noch etwas ... Ein Zucken in ihrem Unterleib.

Sie kniff noch einmal etwas heftiger zu. Der Blitz verstärkte sich, und mit einem Mal war sie dem Höhepunkt ein ganzes Stück näher. Was als Show für ihn begonnen hatte, wurde mehr. Sie fuhr fort, ihre Brüste zu streicheln und mit ihren Brustwarzen zu spielen, und war wenig später an der Schwelle zum Höhepunkt.

»Du bringst mich um«, murmelte er.

Sie schlang die Beine um seine Hüften. »Ich komme, Ronan. Ehrlich, noch zwei Mal ...«

Er stöhnte, schien sich zusammenzureißen und drang erneut hart und schnell in sie ein, um sie zum Gipfel zu führen. Sie packte seine Hüften, zog ihn so fest an sich, wie sie nur konnte, und ergab sich ihrer Erlösung. Er stieß noch ein paar Mal zu, dann erreichte auch er seinen Höhepunkt.

Ronan hatte nicht gewagt, sich vorzustellen, wie es mit Natalie wohl wäre. Was gut war. Denn auf keinen Fall hätte seine Fantasie mit der Realität mithalten können. Sie war sexy und wunderschön und wohlgerundet und ungefähr die heißeste Frau, die er je gesehen – oder geliebt – hatte. Sie war neugierig und experimentierfreudig. Und wenn sie einen Orgasmus hatte, war es das Unglaublichste auf der Welt.

Als ihr Atem sich langsam beruhigte und ihr Herzschlag sich normalisierte, setzte allmählich sein Denken wieder ein. Und der erste Gedanke, der ihm durch den Kopf schoss, war, dass er sie noch einmal wollte. Er fragte sich, ob es überhaupt möglich war, genug von ihr zu bekommen.

Seufzend kuschelte sie sich an ihn. »Wow. Einfach nur wow.«

»Ach ja?«

»Also bitte. Du weißt, dass es gut war. Muss ich das extra aussprechen? Haben meine Schreie nicht gereicht?«

»Deine Schreie waren ziemlich gut. Und ein wenig überraschend.«

»Für mich auch.«

Er schlang seine Arme um sie. »Danke.«

»Und wow?«

Lächelnd beugte er sich vor und gab ihr einen Kuss auf die Nase. »Großes Wow.«

Sie sah ihn an. »Du bist also ein Brüstemann. Das hätte ich nie gedacht.«

Sein Blick fiel auf ihren Busen. »Bisher habe ich keine speziellen Vorlieben für bestimmte Körperteile gehabt, aber du hast die umwerfendsten Brüste, die ich je gesehen habe.«

Sie waren groß und hatten die perfekte Form. Vielleicht lag seine Obsession auch an ihren Brustwarzen oder daran, dass sie zu Natalie gehörten. Vor seinem geistigen Auge sah er vor sich, wie diese Brüste sich bewegen würden, wenn Natalie oben wäre. Sofort wurde er wieder hart. Zum Glück hatten sie das Laken über sich gezogen, sodass Natalie es nicht bemerkte. Enthusiastisch bei der Sache zu sein war eines, aber verzweifelt zu wirken, das war etwas ganz anderes.

Sie schaute auf die Uhr. »Okay. Ich hatte kein Abendessen und bin kurz vorm Verhungern. Der Chinese schließt in zwanzig Minuten. Soll ich dort anrufen und für uns beide etwas bestellen?«

Oder willst du gehen?

Diesen Teil der Frage sprach sie nicht aus, doch er sah ihn in der leichten Besorgnis in ihrem Blick. In den zwei Jahren, die er Natalie nun schon kannte, hatte er sie nie von einem Mann reden hören. Er hatte das Gefühl, dass sie sich nicht auf dem Dating-Feld tummelte und auch keine Frau für One-Night-Stands war. Daran hätte er vorher denken sollen, denn er hatte keine Ahnung, was er tun sollte – oder wollte. Er wusste nur, dass er keine Lust hatte, jetzt zu gehen.

»Chinese klingt super.«

Sie krabbelte aus dem Bett. »Ich habe die Nummer in meinem Handy. Gibt es etwas, das du nicht magst?«

Sie war nackt und machte keinerlei Anstalten, sich zu bedecken. Er musterte ihre Kurven, die vollen Brüste, den Bauch, die Beine und wusste, dass er sie noch einmal haben musste. Sie war üppig und weiblich und unglaublich sinnlich.

»Ronan?«

»Bestell deine beiden Lieblingsgerichte. Ich bin mir sicher, dass sie mir auch schmecken.«

»Okay.«

Sie verließ das Zimmer und gewährte ihm einen Blick auf ihren perfekten Po. Ronan unterdrückte einen Fluch und fing an, sich anzuziehen. Sobald sie gegessen hatten, würden sie es noch einmal tun, und dabei würde Natalie ganz sicher oben sein.

8. Kapitel

Auch die paar Schritte durch die kühle Nachtluft konnten Ronans Verlangen nicht mildern. Und Natalie im Truck neben sich sitzen zu haben reichte, um ihn sofort wieder hart werden zu lassen. Doch er war entschlossen, das Essen durchzustehen, ohne sich wie ein hormongetriebener Teenager zu benehmen, der seine Hose nicht anlassen konnte.

Nachdem sie bei dem chinesischen Imbiss angekommen waren und Natalie mit zwei großen Tüten wieder in den Wagen gestiegen war, grinste sie ihn an. »Ich bin am Verhungern.«

Ihr Lächeln war ansteckend und ihre sexuell befriedigte Ausstrahlung höchst erfreulich. Es gefiel ihm, zu wissen, dass er ihr Vergnügen bereitet hatte. Und zwar nicht nur einmal, dachte er selbstgefällig.

»Nur um das klarzustellen: Das war kein Baby-Sex«, sagte sie während der Rückfahrt zu ihrer Wohnung.

Vor Schock wäre er beinahe gegen einen Baum gefahren. »Wie bitte?«

»Wegen der App. Darum ging es nicht. Das solltest du wissen.«

Diese verdammte App. Die hatte er total vergessen. »Danke für die Info.«

»Sei nicht so grummelig. Irgendwann wäre es dir wieder eingefallen, und dann wärst du durchgedreht.«

»Ich drehe niemals durch.«

»Hast du dich mal beobachtet? Du drehst ständig durch. Aber das ist in Ordnung. Ich mag dich trotzdem.«

Ein Baby. Verdammt. Sie wusste wirklich, wie man die

Stimmung tötete. Er wollte sie zwar immer noch, aber das Verlangen war um ungefähr zwanzig Prozent gesunken.

Zurück bei ihrem Haus, trug er die Essenstüte hinein und wartete, bis Natalie die Wohnungstür aufschloss. Dieses Mal schaute er sich in ihrem Apartment um und grinste, als er die immer noch auf dem Boden stehende Lampe sah. Vorsichtig stellte er sie zurück und setzte mit den Blicken seine Erkundungstour fort.

Wohnzimmer, Essecke und Küche waren ein großer Raum, dessen Wände Natalie in unterschiedlichen Farben gestrichen hatte. Das hätte eigentlich chaotisch wirken müssen, war aber erstaunlicherweise ein angenehmer Anblick. Die Tür und die Fensterrahmen waren einheitlich in einem blassen Lavendelton gehalten. Das Sofa war mittelbraun und sehr groß, und der bunte Teppich fing alle Farben des Raums ein.

Bilder und Collagen aus verschiedenen Materialien hingen und standen überall. Einige erkannte er als ihre Werke, andere waren von ihm unbekannten Künstlern.

In der Küche stellte er das Essen auf die Arbeitsplatte.

»Im Regal im Flurschrank ist Wein«, sagte sie, während sie Teller und Besteck heraussuchte. »Keine Sorge, das sind alles Flaschen, die du und deine Brüder mir geschenkt haben.«

»Ich vertraue deinem Weingeschmack«, erwiderte er und öffnete den Schrank. Sein Blick fiel auf die vielen Flaschen, die Natalie im Laufe der Jahre erhalten hatte. Flaschen, die zur Feier eines Verkaufs oder ihres Geburtstages verschenkt worden waren.

»Du magst meinem Geschmack vertrauen, aber mein Weinbudget würde dich winseln lassen«, sagte sie lachend, als er wieder in die Küche kam. Sie zeigte ihm, wo er den Korkenzieher und die Weingläser finden konnte.

Nachdem er die Flasche geöffnet hatte, brachte er sie zusammen mit zwei Gläsern zu dem kleinen Esstisch am Fenster. Dort standen bereits mehrere Teller, die ganz offensichtlich sein Bruder gemacht hatte. Keiner der Teller passte zum anderen, sie waren schätzungsweise bei Mathias' jährlichem Sonderverkauf erstanden worden, wo er seine fehlerhafte Ware zu einem günstigeren Preis anbot.

Während Natalie die Kartons mit dem chinesischen Essen öffnete, schenkte Ronan Wein ein. Der Duft, der aus den Kartons aufstieg, ließ ihm das Wasser im Mund zusammenlaufen und erinnerte ihn daran, dass er noch nichts zu Abend gegessen hatte.

»Deine Auswahl gefällt mir jetzt schon«, sagte er.

Sie grinste. »Da sind Unmengen an Knoblauch drin, aber ich habe noch eine neue Zahnbürste, die ich dir überlassen würde.«

Er lachte leise. »Das Angebot nehme ich gerne an.«

Sie setzten sich einander gegenüber. Natalie schaute in Richtung Küche, er in Richtung Wohnzimmer. Erst da fiel ihm ein mundgeblasenes Stück auf einem Regal auf.

Es war ein Wirbel aus Farben – alle möglichen Blau- und Lavendeltöne mit einem Hauch von Gold. Was einst eine Vase hatte werden sollen, war zu einem Klumpen zusammengeschmolzen. Er versuchte, sich daran zu erinnern, wann das passiert war – vielleicht vor einem Jahr. Auf jeden Fall, bevor er den Auftrag für das Schwan-/Drachen-Kunstwerk erhalten hatte.

Er erinnerte sich daran, wie frustriert er gewesen war, weil ihm etwas so Einfaches misslungen war. Vermutlich hatte er die Katastrophe vor dem Wegwerfen zum Abkühlen irgendwo hingestellt. Natalie schien sie mitgenommen zu haben.

»Was guckst du …« Sie folgte seinem Blick, und ihre Miene wurde reumütig. Sie zog die Nase kraus. »Ja, ich muss gestehen, dass ich das eingesteckt habe. Aber du wolltest es wegwerfen, und ich fand es schön, so wie es ist. Ich dachte, es macht dir nichts aus. Oh, und ich habe zuerst Atsuko gefragt, und sie war einverstanden.«

»Es macht mir nichts aus. Aber warum gerade das?« Er hatte

ein ganzes Lager voller Kunstwerke. Davon hätte sie jedes haben können.

Sie sah ihn an. »Ist das eine ernst gemeinte Frage? Hmm, lass mich nachdenken. Weil ich keine *dreihunderttausend* Dollar habe, um mir eines der ›echten‹ Stücke zu kaufen?« Sie malte Gänsefüßchen in die Luft.

»Ich würde dir gerne eines schenken. Du kannst dir aussuchen, was du willst.«

Sein Angebot schien sie nicht im Mindesten zu beeindrucken. »Vielen Dank, aber nein. Ich wäre zu verlockt, es zu verkaufen und damit mein Leben für die nächsten sechzehn oder siebzehn Jahre zu finanzieren. Aber es wäre falsch, etwas zu verkaufen, was mir ein Freund geschenkt hat, also wäre ich hin und her gerissen, und so eine negative Energie kann ich in meinem Leben nicht gebrauchen.«

Sie war anders als alle Menschen, die er bisher kennengelernt hatte. Er wollte ihr anbieten, sein halbes Lager zu verkaufen und von dem Erlös zu leben – oder damit zu machen, was auch immer sie wollte. Er verspürte den Drang, einen Fonds einzurichten und damit heimlich ihre Kunst zu finanzieren.

Sein Blick glitt durch ihr bunt gestaltetes Apartment. Als er vorhin im Bad gewesen war, hatte er gesehen, dass sie das Schlafzimmer in ein Atelier verwandelt hatte und in dem kleineren Zimmer schlief. Sie kämpfte jeden Tag ums finanzielle Überleben. Nicht, dass sie hungern musste, aber er schätzte, dass es Monate gab, in denen es ihr schwerfiel, alle Rechnungen zu bezahlen. Und ja, sie könnte länger arbeiten und damit ein wenig mehr Geld verdienen, aber das würde bedeuten, dass sie ihre Kunst aufgeben müsste. Doch die Welt war ein besserer Ort, wenn Natalie kreativ sein durfte.

Sie füllten sich beide die Teller und begannen zu essen. Dabei sprachen sie darüber, was in der Stadt los war und wer wohl das Latice-Turnier gewonnen hatte. Als sie fertig waren, schenkte Ronan ihnen Wein nach.

»Ich würde gerne bleiben«, sagte er. »Also über Nacht. Wenn das für dich in Ordnung ist.«

Eine Sekunde lang musterte sie ihn. Gefühle huschten durch ihren Blick. Er hatte keine Ahnung, was sie dachte, aber das leichte Heben ihres Mundwinkels verriet ihm, dass es vermutlich nichts Schlimmes war.

Die Vorfreude packte ihn, als er sich vorstellte, wie sie oben war. Natalie war im Bett erstaunlich ungehemmt – oder vielleicht war es doch nicht so erstaunlich. Sie tat alles mit absoluter Begeisterung, warum dann nicht auch Sex?

»Dann sollten wir vermutlich über den Elefanten im Raum sprechen«, sagte sie.

Den … »Was für einen Elefanten?« Eine Sekunde zu spät fiel ihm die Baby-App ein, und er wäre beinahe aus dem Stuhl gesprungen.

»Du willst bestimmt ein paar Regeln festlegen. In deiner Kunst magst du die nicht, aber was dein Privatleben angeht, hast du die Dinge gerne geordnet.«

»Woher weißt du das?« Er fragte sich, ob er sich so erleichtert anhörte, wie er sich fühlte. Was die Regeln anging – darüber hatte er nie wirklich nachgedacht, aber Natalie hatte recht.

»Ich sehe so einiges.« Sie nahm ihr Weinglas in die Hand. »Okay, also dann: Ich stimme für Spaß, ohne allzu ernst zu werden. Du darfst mich nicht anlügen und mich nicht betrügen, aber wenn es vorbei ist, sag es mir einfach.«

»Okay. Das Gleiche gilt für dich.«

Sie lachte. »Ich bin noch nie fremdgegangen.«

»Ich auch nicht.«

»Aber du hast schon mal mit einer Frau Schluss gemacht. Das habe ich noch nie getan.«

Er grinste. »Du warst vermutlich auch nie mit einer Frau zusammen.«

Ihr Lachen kehrte zurück. »Guter Punkt. Ach ja, für mich ist es übrigens in Ordnung, wenn wir es niemandem erzählen.«

Das überraschte ihn. »Du willst nicht, dass jemand davon erfährt?«

»Mir ist es egal. *Du* bist derjenige, der sein Privatleben gerne privat hält.«

Bevor er auf diese sehr wahren Worte reagieren konnte, stand sie auf, zog sich T-Shirt und BH aus, kam zu ihm herüber und setzte sich rittlings auf seinen Schoß. Dann nahm sie seine Hände und legte sie auf ihre Brüste.

»Wir können weiterreden«, sagte sie und presste ihre Lippen an seinen Hals. »Oder nicht. Du entscheidest.«

»Ich entscheide mich für ›nicht‹.«

»Oh, sehr gut.«

Natalie fuhr zur Arbeit, denn dorthin zu schweben hätte vermutlich zu neugierigen Fragen der Leute geführt. Aber sie hätte schweben können oder tanzen oder sich einfach mit Hilfe des Glücksgefühls, das in ihr blubberte, dort hinbeamen können. Sie war glücklich, sie war zufrieden, sie war *erfüllt.*

Ronan hatte die Nacht bei ihr verbracht. Sie hatten sich noch zweimal geliebt, und kurz nach Anbruch der Morgendämmerung war er gefahren. Sie hatten gelacht, sie hatten geredet, sie hatten sich aneinander festgehalten, bis ihr Atem sich beruhigt hatte und ihre Körper aufgehört hatten zu zittern. Ihre gemeinsame Zeit war magisch und umwerfend gewesen.

Natalie hatte Sex schon immer genossen. Sie fand, dass er eine natürliche Weiterentwicklung in einer Beziehung war und Spaß brachte. Aber noch nie hatte sie so eine Begegnung von zwei Körpern erlebt, wo alles, was er mit ihr anstellte, noch intensiver, noch befriedigender war. Sie war froh, dass er sie weiterhin sehen wollte – denn das wollte sie auch. Wobei ihr klar war, dass das zwischen ihnen nicht mehr als eine kurze Affäre sein konnte. Es war sinnlos, sich irgendetwas anderes einzureden, auch wenn sie das gern wollte.

Sie wünschte sich eine Familie. Sie wollte irgendwo dazugehören. Ronan hatte all das gehabt und sich davon abgewendet. Es war ihr ein Rätsel, wie man so etwas tun konnte. Seine ganze Welt aufzugeben! Sie beide waren einfach zu unterschiedlich, um auf Dauer eine Beziehung führen zu können. Aber für den Moment … war es pure Magie.

Im Büro angekommen, erledigte sie schnell ihre Aufgaben für die Galerie, dann bewarb sie sich für das Projekt der Brückenverschönerung. Die Abschnitte waren jeweils zwei Meter breit, und man ermutigte die Künstler, in Teams zu arbeiten. Die eine Seite der Brücke würde von den Künstlern verziert, die andere bekäme einen Maschendrahtzaun, an den die Menschen Schlösser hängen konnten, wie sie es auf der Liebesbrücke in Köln taten. Die Brücke von Happily Inc war verstärkt worden, um die schwere Last der Schlösser und der Kunstwerke zu tragen.

Nachdem sie die Formulare ausgefüllt und per E-Mail abgeschickt hatte, schrieb sie eine E-Mail an Mathias. Ja, sie hätte auch ins Studio gehen und es ihm persönlich erzählen können, aber eine E-Mail war irgendwie lustiger. Sollte er sich ruhig wundern, was sie vorhatte.

Gegen zehn schickte sie Ronan eine Nachricht und fragte, ob er ihr bei etwas helfen könnte. Während sie auf seine Antwort wartete, spürte sie ein leichtes Flattern im Magen. Vorfreude, dachte sie. Aufregung. Auch wenn es nur vorübergehend war, sie hatte einen Mann im Leben und war entschlossen, jede einzelne Sekunde davon zu genießen.

Ein paar Minuten später betrat Ronan ihr Büro. Sie erlaubte sich, ihn ein paar Herzschläge lang anzusehen – das sexy Lächeln, die leicht zerzausten Haare, das frisch rasierte Kinn, das am Vorabend noch so aufregend stoppelig gewesen war.

»Du hast mir geschrieben?«

Seine Stimme war tief und klang ein wenig amüsiert. Natalie unterdrückte ein Seufzen.

»Kann ich dich für zwanzig Minuten entführen?«, fragte sie. »Ich will dir etwas zeigen.«

Als er die Augenbrauen hob, kicherte sie. »Nicht das. Etwas draußen. In der Öffentlichkeit.«

»Verdammt.«

Sie verließen die Galerie und gingen zur Brücke, die nur einen Straßenblock weit entfernt lag. Die Stadt hatte bereits die Markierungen für die verschiedenen Abschnitte angebracht. Natalie zählte die Flächen ab, bis sie zu den beiden kam, für die sie sich angemeldet hatte.

»Die Brücke ist verstärkt und verbreitert worden«, fing sie an.

»Das sehe ich.« Ronan schaute eher sie als die Brücke an.

»Die Stadt möchte daraus etwas Schönes machen, das die Touristen anzieht. Wir können uns nicht nur auf Hochzeiten verlassen. Was, wenn die Leute plötzlich aufhören zu heiraten?«

»Das ist eher unwahrscheinlich, aber ich verstehe, was du meinst. Erzähl weiter.«

Sie zeigte auf die andere Seite. »Dort an dem Gitter können die Leute später Liebesschlösser anbringen. Das machen sie in Europa häufig. Alle reden immer über die Brücke in Paris, aber ich mag die in Köln lieber. Nicht, dass ich eine von ihnen je live gesehen hätte, aber trotzdem. Angesichts deiner Liebe für Berliner Kakao dachte ich, dass du bestimmt mit mir einer Meinung bist.«

»Ich habe schon nachbestellt.«

Ihr wurde der Mund wässrig. »Das ist schön.«

»Ich sage dir Bescheid, wenn die Lieferung eingetroffen ist.«

»Das wäre sehr nett.« Vielleicht könnten sie die heiße Schokolade nackt trinken. Oder im Bett. Oder beides. Sie räusperte sich. »Auf der anderen Seite der Brücke möchte die Stadt gerne, dass einheimische Künstler etwas Lustiges oder Interessantes in diesen Zwei-Meter-Abschnitten erschaffen.« Sie berührte die Brüstung. »Ich habe mich für diesen Abschnitt angemeldet.«

Bevor Ronan etwas sagen konnte, erblickte Natalie seinen Bruder Mathias, der auf sie zukam.

»Ein seltsamer Ort für ein Treffen«, sagte er im Näherkommen. »Was gibt's?«

Ronan schaute zwischen den beiden hin und her. Er sah nicht wütend aus, was gut war, aber glücklich wirkte er auch nicht.

»Lass mich raten«, sagte er zu ihr. »Du willst, dass wir beide einen Abschnitt übernehmen und Mathias den daneben?«

»So in der Art«, erwiderte Natalie. Sie wandte sich an Mathias. »Du weißt von dem Brückenprojekt, oder?«

»Klar. Vier Meter ist eine Menge. Ich bin mir nicht sicher, was wir darauf tun sollen.«

»Ich habe schon ein paar Ideen«, warf sie schnell ein. »Ich will das Glas nutzen, das ihr Jungs wegwerft. Ich möchte es irgendwie einarbeiten. Doch das Herzstück soll mein Auto sein.«

Die beiden Männer starrten sie ungläubig an.

»Wie soll das gehen?«, fragt Ronan.

»Zuerst könnten wir es in zwei Teile schneiden. Vielleicht die Motorhaube verkürzen. Mir geht ständig der Satz ›Kommen und Gehen‹ durch den Kopf. Ein Teil des Autos könnte auf unserer Seite ein Stück hervorschauen oder auch an beiden Seiten. Ich bin mir nicht sicher, wie wir es befestigen können, und die Stadt will, dass alles supersicher ist und nichts herunterfallen kann. Außerdem müssen wir die Kinder davon abhalten, darauf herumzuklettern und sich möglicherweise zu verletzen.«

»Nicht nur Kinder«, murmelte Mathias und warf einen Blick über das Geländer der Brücke. »Das ist ganz schön tief.« Er wandte sich wieder Natalie zu. »Wann hast du uns hierfür angemeldet?«

»Das ist noch nicht lange her.«

»Ach, wirklich? Und wann hast du mit den Ingenieuren vom Bauamt darüber gesprochen, was nötig ist, um die Autoteile zu sichern?«

Sie bemühte sich, ehrlich auszusehen. »Nachdem ich vor ein paar Tagen mit meinen Freundinnen zu Mittag gegessen habe. Silver hat vorgeschlagen, das Auto zu benutzen. Ich will nicht die Lorbeeren für ihre Idee einheimsen.«

Während sie sprach, merkte sie, dass Ronan sich zwischen sie und Mathias gestellt hatte. Anfangs war sie nicht sicher, warum, doch dann sah sie, dass er sich als körperliche Barriere einsetzte ... um sie zu beschützen.

Wie süß, dachte sie und schmolz innerlich dahin. Aber wegen Mathias machte sie sich keine Sorgen. Er war ein wirklich gutmütiger Kerl – er würde ihr nie wehtun. Trotzdem gefiel es ihr, wie Ronan sich um sie kümmerte. Sie fragte sich, ob er sich dessen bewusst war oder ob er aus einem Instinkt heraus handelte.

Mathias wandte sich an seinen Bruder. »Das ist keine ganz schlechte Idee.«

»Es gibt Wege, wie es funktionieren könnte.«

»Ihr zwei kümmert euch um die Einzelheiten und sagt mir Bescheid, wann wir uns zusammensetzen wollen, um den Ablauf zu besprechen und die Aufgaben zu verteilen«, sagte sie und schlenderte davon. »Oh, und sprecht mit Nick darüber, wie man das Auto zerlegen kann. Mit schwerem Gerät kann er gut umgehen.«

Sie ging weiter bis zur anderen Seite der Brücke und in Richtung der Galerie. Mit angehaltenem Atem lauschte sie, ob einer der Männer ihr folgte. Würde einer von ihnen darauf bestehen, dass sie sich an der Planung beteiligte? Oder – schlimmer noch – würde einer der beiden sich weigern mitzumachen? Nach ein paar Sekunden hörte sie Männerstimmen. Sie war zu weit weg, um die Worte zu verstehen, aber sie wusste, dass die Brüder miteinander redeten. Den Ablauf besprachen.

Sie stieß den angehaltenen Atem aus und lächelte. Das Brückenprojekt würde den Exzwillingen die Chance geben, Zeit miteinander zu verbringen. Dann würden sie hoffentlich merken, wie sehr sie die Gesellschaft des jeweils anderen genossen. Von dort war es nur noch ein kurzer Weg, um sich wieder richtig nahezukommen. Denn Ronan besaß eine Familie, und Natalie war entschlossen, ihn dazu zu bringen, dass er dieses Geschenk wieder schätzen lernte.

»Hast du schon recherchiert?«, fragte Ronan, als er und Natalie gemeinsam zum Gebrauchtwagenhändler am Rande von Palm Desert fuhren, der nächstgrößeren Stadt neben Happily Inc.

»Ein wenig.« Sie saß auf dem Beifahrersitz seines Trucks und vibrierte förmlich vor Aufregung. Er hatte das ungute Gefühl, dass ihre Recherchen darin bestanden hatten, die verschiedenen Rottöne in ihrer Preisklasse auszukundschaften.

»Wonach suchst du?«, fragte er und fügte dann schnell hinzu: »Abgesehen davon, dass das Auto rot sein soll?«

»Du weißt schon, ich suche ein Auto, das sicher und zuverlässig ist. Und so neu, wie ich es mir eben leisten kann.«

Das waren die Worte, die er hören wollte, aber er fürchtete, dass sie keines davon wirklich meinte.

In den letzten Wochen hatte er Natalie besser kennengelernt. Sie war klug, talentiert, lustig und impulsiv. Wenn sie sich einmal eine Idee in den Kopf gesetzt hatte, war es unmöglich, sie wieder davon abzubringen. Für sie repräsentierte ein rotes Auto etwas Wichtiges. Ihre Rede von Sicherheit und Baujahr diente nur dazu, ihn zu beruhigen.

Er wusste, es hatte keinen Zweck, sich einzureden, dass es ihn nichts anging und allein ihre Entscheidung war. Denn er und Natalie sahen sich regelmäßig, und ihm lag etwas an ihr – soweit ihm das angesichts seiner Vergangenheit möglich war.

Er wollte, dass sie sicher und glücklich war, was bedeutete, sie mussten ein Auto finden, mit dem sie beide leben konnten. Und wenn sie keinen roten Wagen fanden, der zuverlässig war, stand ihm die unmögliche Aufgabe bevor, Natalie zum Kauf eines andersfarbigen Autos zu bewegen.

Er überlegte, sie darauf anzusprechen, wie sie ihn mit dem Brückenprojekt überrumpelt hatte. Aber um ehrlich zu sein, war er nicht böse darüber, mit Mathias zusammenzuarbeiten. Vielleicht würde es ihnen helfen, ihre brüderliche Beziehung neu zu entdecken. Er vermisste seinen Exzwilling und wollte, dass es wieder so wurde, wie es früher einmal gewesen war. Vielleicht konnte das Brückenprojekt ein Anfang sein.

Auf dem Parkplatz des Autohändlers stellte er seinen Truck ab. Bevor er noch ein paar letzte Instruktionen loswerden konnte, war Natalie schon ausgestiegen und ging auf ein rotes BMW Cabriolet zu, das in der Sonne glänzte. Ronan holte sie ein und unterdrückte ein Stöhnen. Ja, der Wagen war ein Hingucker, aber er kostete auch das Doppelte von dem, was Natalie ausgeben konnte.

»Er ist so schön.« Sie breitete die Arme aus, als wollte sie den BMW umarmen. »Siehst du die Farbe? Darin würde ich gut aussehen.«

»Ja, das würdest du. Aber wo fänden deine Kunstwerke Platz? Einige von ihnen sind groß. Das Dach verschwindet im Kofferraum, was bedeutet, dass da kein Platz ist, wenn du offen fährst.«

»Oh, da hast du recht. Okay. Den hätte ich mir sowieso nie leisten können.«

Sie wirbelte im Kreis herum und betrachtete die anderen Autos. »Was ist mit dem da?«

Ronan folgte ihrem Blick und sah einen heruntergekommenen Wagen. Die Lackierung war ganz in Ordnung, aber in der Motorhaube prangte eine Delle, als hätte jemand in Eile versucht, sie zu reparieren.

»Der ist rot.« Ihre Stimme klang zweifelnd. »Liegt das an mir, oder sieht der aus, als hätte er einen Unfall gehabt?«

Ronan betrachtete das große »Gekauft wie besehen«-Schild hinter der Windschutzscheibe. »Der ist es nicht.«

Natalie zögerte kurz, bevor sie nickte. »Ich glaube, du hast recht.«

Sie schlenderten zwischen den Wagen hindurch. Ein Verkäufer namens Greg gesellte sich zu ihnen. Er schien ganz nett zu sein. Weder bedrängte er sie, noch zuckte er zurück, als Ronan sagte, dass er bereits Vorkehrungen getroffen hatte, den Wagen, den Natalie sich aussuchte, vor dem Kauf von einem Mechaniker im Ort durchchecken zu lassen.

Sie fanden einen großartigen Corolla, der allen Anforderungen von Ronan entsprach. Nur leider war er silbern. Natalie stimmte zu, dass er in perfektem Zustand war und nur wenige Meilen auf dem Tacho hatte. Er hatte in der Vergangenheit keine Unfälle gehabt, und die Innenausstattung war wie neu.

Ronan beobachtete, wie sie um das Auto herumging, sah die Enttäuschung in den leicht zusammengesackten Schultern. Dann warf er einen Blick zu dem roten BMW Cabriolet.

»Haben Sie noch andere rote Wagen?«, fragte er und konnte selber kaum glauben, dass er diese lächerlichen Worte aussprach.

»Sicher.« Greg führte sie zu einem roten Honda Jazz. Er war erst ein paar Jahre alt mit wenigen Kilometern und ebenfalls in seinem sehr guten Zustand. Und er lag ungefähr viertausend Dollar über Natalies Budget.

»Der ist umwerfend«, hauchte sie, bis sie das Preisschild sah. »Oh nein. Das wird nicht passieren. Eine Finanzierung werde ich nicht eingehen.«

Ronan warf Greg einen Blick zu. »Geben Sie uns bitte eine Minute?«

»Gerne.«

Ronan wartete, bis Greg außer Hörweite war, dann berührte er Natalie am Arm. »Lass mich den Rest bezahlen. Das ist das Wenigste, das ich tun kann«, fügte er hinzu, bevor sie etwas erwidern konnte. »Ich bin der Grund, warum du dein Auto überhaupt verloren hast.«

»Wenn ich mein Auto nicht verloren hätte, könnte ich mir jetzt kein neues kaufen. Du wirst nicht einen Teil der Kosten übernehmen.«

Er wusste nicht, was er sagen oder tun sollte. Wenn er nur daran gedacht hätte, sich vorab mit dem Händler in Verbindung zu setzen und eine Anzahlung auf ein rotes Auto in gutem Zustand zu leisten. Wenn er Natalie nur davon überzeugen könnte, dass ihm dieses Geld nichts bedeutete.

»Ich bin dir aber die Selbstbeteiligung für deine Versicherung schuldig. Die lässt du mich doch bezahlen, oder?« Auch wenn die lange nicht der Differenz zwischen Natalies Budget und dem Preis für den Wagen entsprach.

Sie zögerte.

»Ich möchte es gerne, Natalie. Bitte. Ich würde mich wesentlich weniger schuldig fühlen, wenn ich wenigstens das für dich tun könnte.«

Sie nickte. »Danke. Das ist sehr großzügig von dir. Aber mehr nicht.« Sie schaute noch einmal den Jazz an, dann seufzte sie. »Den kann ich mir einfach nicht leisten. Wenn der Corolla doch nur eine andere Farbe hätte. Er gefällt mir, und ich weiß, dass er sehr gute Kritiken bekommen hat.«

Ronan hatte eine Idee. »Ich lasse ihn lackieren«, sagte er. »Das kostet nur ein paar hundert Dollar. Komm schon, Natalie. Das ist die Lösung. Du bekommst ein Auto, bei dem ich mir keine Sorgen machen muss, und es ist rot.« Er beugte sich zu ihr und senkte die Stimme zu einem verführerischen Flüstern. »Liebesapfelrot.«

Sie riss die Augen auf. »Ich könnte den Wagen lackieren lassen?«

»Nein. *Ich* könnte das. Ich stimme für das praktische Auto. Komm schon. Ich bin ein Künstler. Lass es mich lackieren.«

Er hoffte, sie würde ihn nicht darauf hinweisen, dass sie auch Künstlerin war.

»Bist du sicher, dass das nicht zu viel wird?«, fragte sie zweifelnd.

»Du hast doch sicher die Werbung im Fernsehen gesehen, oder? Ein Auto zu lackieren ist nicht teuer.«

Das war natürlich gelogen. Eine gute Lackierung würde ein paar Tausend Dollar kosten, aber er war gewillt, diese Notlüge auf sich zu nehmen, wenn Natalie dadurch ein sicheres Auto in der Farbe bekam, die sie sich so sehr wünschte.

»Ich werde das noch mal mit Greg besprechen.« Sie sah ihn an. »Ich traue dir durchaus zu, dass du versuchst, mir hintenrum doch etwas Teures zu schenken.«

»Und was wäre daran schlimm?«

Sie dachte einen Moment nach. »Ich bin mir nicht sicher, aber irgendwie fühlt sich das nicht richtig an.« Sie winkte Greg zu sich. »Wenn ich den Corolla nähme, könnte ich den dann umlackieren lassen?«

»Natürlich. Wir haben hier eine angeschlossene Lackiererei. Die leistet ausgezeichnete Arbeit, und Sie würden auch einen Rabatt bekommen.«

»Die Kosten dafür übernehme ich«, warf Ronan leichthin ein. Er stellte sich hinter Natalie, damit sie sein Gesicht nicht sehen konnte. »Es handelt sich ja nur um ein paar hundert Dollar, richtig?« Er sah den Verkäufer eindringlich an.

Einen Moment lang wirkte Greg überrascht, dann interpretierte er Ronans langsames Nicken richtig und lächelte. »Ganz genau. Mit dem Rabatt ist es so gut wie kostenlos.«

Natalie klatschte in die Hände. »Dann wird es der Corolla. Bringen wir ihn zum Mechaniker, und wenn der ihn für gut befindet, kaufe ich ihn. Ich hoffe, er ist in gutem Zustand, denn ich sehe ihn schon in glänzendem Rot vor mir.«

»Bevor Sie ihn mit zu Ihrer Werkstatt nehmen können, müssen wir noch ein paar Papiere ausfüllen«, sagte Greg. »Gehen wir doch in mein Büro.«

Natalie winkte in Richtung des Gebäudes. »Geht ihr schon mal vor. Ich brauche noch eine Minute mit dem Auto.«

»Lass dir Zeit«, sagte Ronan. »Du musst sicher sein, dass es das richtige ist.«

Als sie außer Hörweite waren, sagte Greg zu ihm: »Das Lackieren wird mehrere Tausend Dollar kosten.«

»Ich weiß. Sie will ihn in Liebesapfelrot. Das wird vermutlich noch teurer.«

Der Mann starrte ihn an. »Sie müssen sie wirklich gernhaben.«

»So was in der Art.« Ronan reichte ihm seine Kreditkarte. »Sorgen Sie aber dafür, dass sie das niemals herausfindet.«

»Verstanden.«

Ronan beobachtete Natalie, um sicherzugehen, dass sie sich immer noch mit ihrem neuen Wagen beschäftigte. Als Greg ihm die Abrechnung reichte, unterschrieb er sie, ohne auf die Endsumme zu gucken.

»Wenn der Wagen die Überprüfung durch den Mechaniker nicht besteht, bekommen Sie das Geld natürlich erstattet«, sagte Greg.

»Danke.«

Natalie kam auf das Büro zu. Ronan steckte den Beleg in seine Hosentasche und hoffte, dass seine gute Tat ihm nicht irgendwann zum Verhängnis würde. Aber falls doch, würde er das auch irgendwie regeln.

9. Kapitel

»Ich weiß nicht, was ich mir dabei gedacht habe«, murmelte Atsuko und musterte die Bronzestatue. »Hat es bei dem Treffen Wein gegeben?«

Natalie presste die Lippen zusammen, um sich jede Art von Kommentar zu verkneifen. Jedes Quartal ging Atsuko das Inventar der Galerie durch, um zu gucken, was sich verkaufte und was nicht. Die Buchhaltungssoftware lieferte eine Liste aller Werke, die darauf warteten, verkauft zu werden. Doch Atsuko zog es vor, sich die verschiedenen Kunstwerke selbst anzusehen. Sie meinte immer, die Zahlen wären zwar interessant, aber Kunst entstamme der Seele.

Als Natalie das erste Mal an diesem Prozess teilgenommen hatte, war sie zu Tode verängstigt gewesen. Damals war sie nicht nur neu in dem Job, sondern eines ihrer Werke hing auch an der Wand. Was, wenn Atsuko beschloss, dass es nichts wert war? Doch ihre Chefin war einfach nur daran vorbeigegangen, und zwei Tage später war es verkauft worden.

Atsuko hatte einen ausgezeichneten Geschmack und verstand die Wünsche ihrer Kunden. Aber ab und zu machte auch sie einen Fehler. Diese seltsame Bronzestatue – halb Mann, halb Bulle – fiel offenbar in diese Kategorie.

Mit dem Klemmbrett in der Hand wartete Natalie ab, während Atsuko um die knapp fünfzig Zentimeter hohe Statue herumging. Ab und zu erwischte Natalie sich bei dem Gedanken, dass sie später, wenn sie mal groß war, genauso sein wollte wie Atsuko. Die Besitzerin der Galerie war immer perfekt zurechtgemacht und trug mit Vorliebe maßgeschneiderte Kleidung mit einem leichten asiatischen Einschlag. Sie leitete eine erfolgreiche Firma, verkaufte unglaubliche Kunst für Hunderttausende von Dollar und schaffte es dabei, dass sich jeder in ihrer Nähe behaglich und glücklich fühlte.

Atsuko schüttelte den Kopf. »Die geht zurück. Ich bin sicher, dass wir sie irgendwann verkaufen könnten, aber ich mag sie nicht.«

Natalie machte sich eine Notiz neben dem kleinen Bild auf ihrer Liste.

Jeder Künstler hatte seine eigene Liste mit den Werken, die zum Verkauf standen. Die einzige Ausnahme war Mathias. Sein Geschirr, die Schüsseln, Waschbecken und Hängelampen wurden eher als Verkaufsgüter denn als individuelle Kunstwerke behandelt. Soweit Natalie es beurteilen konnte, verkaufte sich alles, was Mathias erschuf, beinahe sofort. Selbst seine Mängelexemplare wurden mit Rabatt angeboten und waren jedes Mal schnell ausverkauft.

Atsuko schaute aus dem Fenster. Natalie folgte ihrem Blick und sah zwei Autos, die auf den hinteren Parkplatz vor dem Studio fuhren.

»Ronan scheint wieder auf der Spur zu sein.« Atsuko drehte sich zu Natalie um. »Ich nehme an, das haben wir dir zu verdanken?«

»Wie bitte?« Natalie spürte, dass sie rot wurde. »Mir? Nein. Ich habe nur … Er …« Sie seufzte. »Es ist nicht so, wie du denkst. Ronan geht wieder öfter aus. Unter Menschen zu sein hilft ihm. Genau wie mit seinen Brüdern zusammenzuarbeiten. Ich glaube, er braucht diese Energie.«

»Ach, so nennen wir das also?«

Bevor Natalie etwas erwidern konnte, ging die Tür zur Galerie auf, und ein Mann trat ein. Er war mittelgroß, hatte hellbraune Haare und trug eine Brille. Sein hellblaues Buttondown-Hemd steckte im Bund einer Khakihose. Irgendwie kam er ihr bekannt vor, aber mehr wie jemand, den sie schon mal in der Stadt gesehen hatte. Ganz sicher wirkte er nicht wie der typische Kunde einer Galerie. Außerdem war es Mittwochmorgen. Niemand kaufte an einem Mittwochmorgen Kunst.

Er schaute zwischen Atsuko und Natalie hin und her. »Natalie Kaleta?«

Sie trat einen halben Schritt auf ihn zu. »Das bin ich. Wie kann ich Ihnen helfen?« Sie hatte keine Ahnung, wer der Kerl war oder was er hier wollte.

»Edgar Wooster.« Er schüttelte Natalie die Hand und reichte ihr dann einen Umschlag. »Ich bin Wissenschaftler im Schlaflabor im Norden der Stadt.« Er nickte in Richtung des Umschlags. »Darin sind mein Lebenslauf und die Krankengeschichte. Ich habe nie eigene Kinder oder eine Frau haben wollen. Das würde mich zu sehr ablenken. Für mich gibt es nur meine Arbeit.«

Natalie warf Atsuko einen Blick zu, die von Edgars Anwesenheit genauso verblüfft zu sein schien. »Okay«, sagte Natalie langsam. »Das ist zwar sehr interessant, aber ich bin mir nicht sicher, warum …«

Edgar runzelte ein wenig die Stirn. »Ich möchte den Genpool verbessern. Das war schon immer mein Ziel. Etwas zur Spezies beizutragen, aber ohne irgendwelche emotionalen Verwicklungen.«

Das klang ein wenig seltsam, aber jeder hatte seine eigene Vorstellung von den Dingen. Was sie nur nicht wusste, war, warum er hier war und was er ihr eigentlich sagen wollte.

Edgar sah sie ungeduldig an. »Ich bin hier, um mich als Samenspender zu bewerben. Ich habe gehört, Sie suchen nach einem.« Er ließ seinen Blick an ihrem Körper emporwandern, bis er ihr wieder in die Augen schaute und lächelte. »Sie sind nicht unattraktiv. Wir könnten uns das Geld sparen und Sie auf die altmodische Art schwängern.«

Atsuko lachte kurz auf, dann entschuldigte sie sich und ließ Natalie stotternd allein zurück.

»Ich … Sie …« Was, um alles in der Welt, war hier passiert? Wer war der Mann, und woher wusste er von der Baby-App? Ein Samenspender? *Nein. Nein!*

»Wollen Sie noch mal darüber nachdenken?«, fragte Edgar.

»Das muss ich nicht«, erwiderte Natalie entschlossen. »Auch wenn ich das Angebot sehr zu schätzen weiß, habe ich mich entschieden, einen anderen Weg zu wählen.«

»Das ist sehr enttäuschend.« Edgar nickte in Richtung des Umschlags. »Falls Sie Ihre Meinung ändern, finden Sie meine Kontaktinformationen da drin.«

Damit drehte er sich um und ging. Natalie stand in der Galerie und konnte nicht fassen, was gerade passiert war. Im Nebenraum hörte sie Atsuko immer noch laut lachen.

Feuer ist gut, dachte Ronan grinsend, als er seine Schutzbrille zurechtrückte. Oder in diesem Fall ein Schweißbrenner, was noch besser war. Er, Nick und Mathias waren in der Werkstatt, in die man Natalies zerstörtes Auto gebracht hatte. Die Schüler des Mechanikkurses an der örtlichen Highschool hatten alles mitnehmen dürfen, was sie von dem Wagen gebrauchen konnten, und so stand nun die nackte Karosserie vor ihnen. Mit Schutzbrillen, schweren Schürzen und Handschuhen ausgerüstet, waren die drei Brüder bereit, das Auto in zwei Teile zu zerlegen.

Ronan und Mathias waren mit dem »Kommen und Gehen«-Thema für das Brückenkunstwerk einverstanden, und Mathias hatte sich bereits mit dem Bauamt in Verbindung gesetzt, um einen Weg zu finden, wie die Autoteile gesichert werden konnten, ohne die Brücke in Gefahr zu bringen. Ronan hatte ein paar vorläufige Skizzen angefertigt und herausgefunden, dass sie die Motorhaube mindestens um zwei Drittel kürzen mussten. Nick war mitgekommen, weil er unbedingt dabei sein wollte, wenn ein Auto mit einem Schweißbrenner in zwei Teile zerlegt wurde.

Er hatte die erste Runde »Schere, Stein, Papier« gewonnen und durfte anfangen. Die Stellen, an denen sie den Wagen auseinandernehmen wollten, hatten sie bereits markiert. Einige Teile würden mit Säge und Drahtschere abgetrennt werden müssen, aber es gab auch mehrere Stellen, die auseinandergeflext werden konnten.

»Sind alle ausreichend geschützt?«, fragte Nick und überprüfte seine eigene Schutzmaske. »Ich lege los.«

Das Geräusch des Schweißbrenners ist unglaublich zufriedenstellend, fand Ronan, als er seinem Bruder zusah. Das Dach war so dünn, dass es schnell durchtrennt war. Ronan dachte an Natalies Kunstwerke aus verschiedenen Materialien und fragte sich, ob er wohl so etwas mit Metall und Glas herstellen könnte. Er wusste, dass es Menschen gab, die große und sehr detailreiche Metallstatuen herstellten. Aber was wäre, wenn man beide Materialien miteinander verband? Er würde ein paar Skizzen anfertigen und vermutlich einen Schweißkurs besuchen müssen. Letztes Jahr hatten Mathias und Nick mit Schweißarbeiten herumexperimentiert und sich dabei beinahe selbst in Brand gesetzt.

Sobald das Auto in zwei Teile zerlegt war, machte Mathias sich daran, das hintere Drittel abzutrennen, wozu der Kofferraum und ein Teil der hinteren Türen gehörten. Nick und Ronan besprachen, welche Stelle am besten wäre, um die Motorhaube abzuflexen.

»Was ist die maximale Länge, die wir nehmen können?«, wollte Nick wissen. »Vergiss nicht, dass ihr etwas über die Scheinwerfer legen müsst. So dünnes Glas kann man nicht einfach ungeschützt lassen. Vielleicht geht ein dünnes Drahtgitter oder so. Oder ihr müsst sie durch dickeres Glas ersetzen, das nicht so leicht kaputtgemacht werden kann.«

»Guter Punkt.« Das Letzte, was sie wollten, war Glas, das zersplittern würde, falls jemand zu heftig dagegen kam.

Er und Nick bestimmten die Maße und ließen sie von

Mathias noch einmal überprüfen. Die drei Brüder arbeiteten beinahe den ganzen Nachmittag zusammen. Am Ende waren sie verschwitzt und müde, hatten aber viel Spaß gehabt.

Ronan erinnerte sich an die Zeiten, in denen es immer so gewesen war. Sie zu dritt im Studio, wo sie entwickelten, experimentierten, die Besten sein wollten, um ihren Vater stolz zu machen.

Anfangs war Mathias der Talentierteste gewesen. Nick verfügte ebenfalls über großes Talent, zog es aber vor, verschiedene Sachen auszuprobieren. Wahre Größe bedeutete Perfektion, und Perfektion erforderte Disziplin. Nick experimentierte aber lieber mit hundert unterschiedlichen Techniken, als fünf von ihnen zu perfektionieren.

Mathias war gewillt zu lernen, und Ceallach hatte ihn immer am genauesten beobachtet. Ronan hatte versucht, seinen Bruder zu übertreffen. Seine Arbeit wurde stetig besser, aber Mathias hatte eine Gabe, die Ronan nicht nachahmen konnte.

Er erinnerte sich an die intensiven Unterhaltungen über Kunst und darüber, wie erfolgreich sie beide einmal sein würden. Sie waren Zwillinge, sie würden immer einander haben. Jeder hatte gewusst, dass sie ein Team waren.

Vielleicht war Nick deshalb seinen eigenen Weg gegangen. Del und Aidan hatten das künstlerische Talent nicht geerbt – sie waren »normal«, wie es in ihrer Familie hieß, also verbrachten sie auch ihre Zeit miteinander. Ronan und Mathias waren die besten Freunde, womit Nick der Außenseiter war. Ronan hatte immer gewusst, dass er auf Mathias zählen konnte, und umgekehrt galt das genauso.

Als Ceallach ein außergewöhnliches Kunstwerk von Mathias zerstört hatte – ohne Zweifel weil es seinen eigenen Ruhm in den Schatten stellte –, war Mathias dazu übergegangen, Alltagsgegenstände herzustellen. Ronan erinnerte sich noch genau daran, wie er seinen Bruder angefleht hatte, das nicht zu tun.

Auf keinen Fall durfte ihr Vater mit dieser miesen Nummer gewinnen. Aber Mathias hatte seinen Entschluss gefasst und ließ sich nicht mehr davon abbringen. Diese Sturheit war eine Charaktereigenschaft, die auch Ronan besaß.

Jetzt sah er seine beiden Brüder an und fragte sich, wie sich alles so hatte verändern können. Wenn er die Wahrheit auf eine andere Weise herausgefunden hätte … oder überhaupt nicht. Ein Teil von ihm wollte immer noch Mathias' Zwilling sein – dann würde er seinen Platz in der Welt wenigstens kennen. Jetzt war er nichts weiter als Ceallachs Bastard, und das war kein schönes Schicksal. Ohne seine Mutter gab es niemanden, der die Dunkelheit ausgleichen konnte, die immer am Rande seines Bewusstseins lauerte.

Natalie hätte ihm jetzt gesagt, dass er auch eine leibliche Mutter hatte, doch er war nicht sicher, ob die eine große Hilfe wäre. Die Frau hatte mit einem verheirateten Mann geschlafen, hatte sein Baby bekommen und war dann einfach gegangen. Sie war kein leuchtendes Beispiel für gutes Sozialverhalten. Nach allem, was er wusste, war sie genauso egoistisch und unmoralisch wie sein Vater. Also hatte Ronan gleich zweifach schlechte Gene mitbekommen. Das war einer der Gründe, warum er sich von Menschen fernhielt, die er liebte. Zum Beispiel von seinen Brüdern.

Nur hatten sie jetzt wieder eine Verbindung, und obwohl er wusste, dass er in sein einsames Leben zurückkehren sollte, schien ihm das nicht zu gelingen. Die Stadt zog ihn magisch an, die Gesellschaft seiner Brüder, die Sicherheit und das Licht in Natalies Umgebung. Sie hatte ihren Zauber an ihm gewirkt, und gegen ihre emotionale Macht hatte er keine Chance.

»Bereit?«, fragte Nick und schaltete den Schweißbrenner aus, bevor er ihn weitergab.

Ronan grinste. Das Gerät, das Metall durchschneiden konnte, verdrängte alle Grübeleien. »Immer.«

Um drei Uhr waren sie mit der Inventur fertig. Atsuko kicherte nicht länger über Edgar, den Samenspender, und Natalie hatte sich von der unerwarteten Begegnung mehr oder weniger erholt. Am Montag wäre sie die Gastgeberin des Mädelstreffens, und sie hatte vor, herauszufinden, wer ihre vorsichtigen Überlegungen über ein Baby einem vollkommen Fremden gegenüber erwähnt hatte. Sie war sicher, dass Edgar ein netter Kerl war, aber meine Güte …

Vermutlich konnte man sagen, wenn es ihr schon unangenehm war, mit Edgar über eine Samenspende zu sprechen, war sie wirklich noch nicht bereit dafür. Was keine große Überraschung war. So langsam hatte sie den Eindruck, dass ihr Wunsch nach einem eigenen Kind Teil eines größeren Problems war. Sie wollte mehr in ihrem Leben. Sie wollte das Gefühl der Zugehörigkeit. Sie wollte sich verlieben, heiraten und eine Familie haben.

Sie dachte immer noch über diese Fragen nach, als ein sehr verschwitzter, sehr glücklicher Ronan die Galerie betrat.

»Wir haben es geschafft«, sagte er. »Wir haben dein Auto zerlegt. Das war super. Die Jungs aus dem Mechanikkurs sind wie die Geier darüber hergefallen. Sie haben alles mitgenommen, was nicht niet- und nagelfest war. Mathias hat den Kofferraum und einen Teil der hinteren Türen abgetrennt. Nick und ich haben die Front bearbeitet. Ich glaube, wir haben alles, was wir brauchen. Ich muss nur noch mal die Maße überprüfen. Was die Farbe angeht, willst du bestimmt ein Wörtchen mitreden. Ich dachte an etwas, das zum Himmel passt. Außerdem haben wir darüber gesprochen, wie stilisiert das Kunstwerk am Ende werden soll.«

Er grinste. »Ich meine, wir könnten theoretisch auch Flügel dranbauen.« Sein Lächeln schwand, als sie nicht reagierte. »Was ist los? Was ist passiert? Bist du traurig wegen des Wagens?«

»Nein. Natürlich nicht. Ich bin froh, dass er einen neuen

Zweck gefunden hat. Und dass ihr dabei Spaß hattet und Fortschritte gemacht habt.«

»Das überzeugt mich nicht. Was ist wirklich los?«

Sie verschränkte die Arme vor der Brust. »Vorhin war ein Mann hier. Edgar. Er ist Wissenschaftler im Schlaflabor. Er hat mir seinen Lebenslauf vorbeigebracht.«

»Weswegen?«

Sie atmete tief ein. »Ich kann selbst nicht glauben, dass ich das jetzt sage, aber er hat sich als Samenspender beworben. Ich habe keine Ahnung, wer ihm von meiner Baby-App erzählt hat. Davon wissen nur du und meine Freundinnen. Bei unserem letzten Lunch hatte ich die App erwähnt, also muss es eine von ihnen gewesen sein. Außer du hast es Edgar erzählt.«

Ronan hob abwehrende beide Hände. »Ich kenne den Kerl nicht einmal. Ich war es nicht.«

»Das dachte ich auch nicht.« Sie bezweifelte, dass der Mann, mit dem sie schlief, sie einem anderen angeboten hätte.

»Was ist genau passiert?«

»Du wirst es nicht glauben. Er kam einfach hier hereinspaziert und fing an, darüber zu reden, dass er die menschliche Spezies verbessern wolle.«

Um Ronans Mundwinkel begann es zu zucken.

»Das ist nicht lustig«, protestierte sie.

»Irgendwie schon. Die Spezies zu verbessern. Als wäre er so toll.«

Das war nicht gerade die Antwort, auf die sie gehofft hatte. »Du bist nicht wütend?«

»Da ich davon ausgehe, dass du sein Angebot nicht annimmst, lautet die Antwort nein.«

Er ist viel zu ruhig, dachte sie genervt. Ein für sie ungewöhnlicher Zustand, aber da das Gefühl nun einmal da war, würde sie es ausnutzen.

»Interessant.« Sie musterte Ronan. »Er meinte, ich wäre attraktiv, also wäre er nur zur gerne bereit, mich auf die altmodische Art zu schwängern, falls ich meine Meinung ändern sollte.«

Ronans grüne Augen verdunkelten sich, sein Mund war nur noch eine gerade Linie, und er straffte die Schultern wie in einem unbewussten Versuch, sich größer zu machen.

»Was hast du darauf geantwortet?«

»Wieso?«, fragte sie lieblich. »Machst du dir Sorgen?«

»Darüber, dass ein Kerl, den du nie zuvor gesehen hast, mit dir Sex haben will? Ja, darüber mache ich mir Sorgen.«

»Gut. Denn für mich war das nicht lustig, aber du hast gelacht.«

Er kam zu ihr und zog sie an sich. »Du hast recht. Es tut mir leid. Ich hätte anders reagieren sollen. Willst du, dass ich ihn zusammenschlage?«

»Ich bin mir nicht sicher, ob das helfen würde, die menschliche Gattung zu verbessern.«

»Scheiß auf die menschliche Gattung«, sagte er, bevor er sie küsste. »Wie kann ich das wiedergutmachen?«

Sie lächelte ihn an. »Vielleicht könntest du mir das zerlegte Auto zeigen.«

»Sehr gerne.«

»Und mich mit der Flex arbeiten lassen.«

»Nicht einmal für Geld.«

Sie lachte immer noch, als er sie erneut küsste.

Natalie mochte es, wenn die Galerie geschlossen war. Sicher, es war ein Ort, der dazu gemacht war, dass Waren verkauft wurden. Aber an den Tagen, an denen sie allein hier war, überkam sie jedes Mal der Gedanke, dass die Galerie mit ihrem gedämpften Licht beinahe eine Art spiritueller Rückzugsort war.

Sie liebte es, durch die stillen Räume zu gehen und immer mal wieder kurz innezuhalten, um sich die verschiedenen Kunstwerke anzusehen. Dabei dachte sie darüber nach, was der jeweilige Künstler wohl gedacht hatte und wie nah er seiner Vision gekommen war. Sie ließ sich von den Wirbeln und Linien, den Farben und der Tiefe mitreißen. Sich die Kunst anzuschauen inspirierte sie und füllte sie mit neuer Energie.

An diesem speziellen Montag war sie allerdings mehr damit beschäftigt, alles für ihren Lunch vorzubereiten, als die sie umgebenden Kunstwerke zu bewundern. Doch sie hielt kurz inne, um eine Vase zu betrachten, die mit Blumen gefüllt war. Das Stück war ungefähr einen Meter hoch und anderthalb Meter breit und komplett aus Glas gefertigt. Das wirklich Geniale daran war, wie echt die eleganten Blumen wirkten – als könnte jederzeit ein Blütenblatt abfallen.

Ronan hatte die Blumen in der Vase hergestellt – jede davon repräsentierte eine andere Jahreszeit. Mathias hatte das Thema mit saisonbezogenem Geschirr aufgegriffen. Atsuko hatte eine Ausstellungsfläche geschaffen, auf der beide Werke gemeinsam ausgestellt waren. Das Alltägliche und das Unberührbare, dachte Natalie kurz, bevor sie ihre Aufmerksamkeit wieder auf den Tisch richtete.

Sie hatte ausreichend Stühle, einen Platz für ihr kleines Buffet und die richtige Menge an Besteck, Tellern und Gläsern. Den leckeren Salat mit Hühnchenbrust, Avocado, Tortillastreifen, Sesam und nur ganz wenig tatsächlichem Salat hatte sie von zu Hause mitgebracht.

Um Punkt zwölf Uhr klopfte Silver an die Eingangstür. Natalie schob das »Geschlossen«-Schild beiseite, um sie einzulassen. Als ihr der Duft von frisch gebackenem Brot in die Nase stieg, hätte sie beinahe gestöhnt. Ihr Blick fiel auf die beiden Baguettes, die ihre Freundin dabeihatte.

»Das hast du nicht gemacht«, hauchte sie.

Silver umarmte sie lachend. »Oh doch. Ich war bei der Bäckerei, da zogen sie gerade diese beiden Schönheiten aus dem Ofen. Wappne dich, es wird noch besser.« Sie hielt eine kleine Tüte hoch. »Irische Butter.«

»Nein. Keine irische Butter.«

Jeden Moment eines jeden Tages stand Natalie kurz davor, fünf oder zehn Pfund zuzunehmen. Ihr Körper liebte es einfach, rundlich zu sein, und auch wenn Natalie sich gern damit brüstete, eisern ihren Trainingsplan einzuhalten, machte sie in Wahrheit gar nicht so viel Sport.

»Ich habe die letzten drei Tage nur wie ein Kaninchen gegessen«, seufzte sie. »Und am Wochenende habe ich einen langen Spaziergang gemacht.«

Es war mehr ein Schlendern gewesen, aber immerhin Bewegung.

»Dann hast du dir ein wenig französisches Baguette und irische Butter redlich verdient«, zog Silver sie auf.

»Du hast leicht reden. Du warst schon immer dünn. Und trotzdem liebe ich dich.« Natalie zeigte zum Buffettisch. »Wie läuft es so?«

»Gut. Ich habe viel zu tun und musste ein paar Hochzeiten absagen, weil ich nicht an zwei Orten gleichzeitig sein kann und schon Buchungen hatte.« Silver holte ein Schneidebrett und ein Messer aus ihrer Tasche und legte die Baguettes auf das Brett und die Butter daneben.

»Was ist mit den beiden Anhängern, die du vielleicht kaufen willst? Hast du dich schon entschieden?«

Silver verzog das Gesicht. »Nein. Es ist sehr viel Geld. Ich fühle mich nicht wohl bei dem Gedanken, einen Kredit aufzunehmen.«

»Die Bank würde sich freuen, dich als Kundin zu haben. Du bist eine erfolgreiche Geschäftsfrau.«

»Vielleicht.«

Es klopfte erneut. Natalie ließ Bethany Archer ein.

»Ich liebe es, wenn unser Lunch hier stattfindet«, verkündete die zierliche Blondine und umarmte Natalie und Silver zur Begrüßung. »Von so viel Kunst umgeben fühle ich mich richtig weltgewandt.«

»Du bist eine Prinzessin«, erwiderte Silver trocken. »Solltest du dich nicht ständig weltgewandt fühlen?«

»Das würde man meinen, ist aber nicht so. Was gibt's Neues?«

Natalie zeigte zum Buffet. »Silver hat frisches Baguette aus der Bäckerei und irische Butter mitgebracht.«

Bethany zuckte zusammen. »Ich bin auf Diät. Wie soll ich stark bleiben, wenn ihr mich so in Versuchung führt?«

»Wenn jemand anderes es gekauft hat, zählen die Kalorien nicht«, erklärte Silver ihr.

»Super. Erzähl das meinen Oberschenkeln.«

Wynn, Carol und Pallas kamen gemeinsam und begrüßten alle. Pallas sah immer noch blass aus.

»Geht es dir gut?«, fragte Natalie.

»Ich hatte ein Magenvirus«, erklärte Pallas mit schwachem Lächeln. »Aber langsam wird es besser.«

»Was auch immer es war, ich will es nicht haben«, warf Wynn ein. »Du bist schon eine ganze Weile krank. Warst du mal bei deiner Ärztin?«

»Ja. Sie meinte, ich wäre bald wieder die Alte.«

Vor dem Essen wollten alle noch eine Runde durch die Galerie drehen.

Natalie hätte sich am liebsten irgendwo verkrochen, als ihre Freundinnen losgingen. Atsuko hatte ihr Drachenkunstwerk, das sie bei Ronan angefangen hatte, in die Ausstellung mit aufgenommen. Auf dem Preisschild standen erstaunliche eintausend Dollar. Das war mehr, als Natalie jemals für ein individuelles Stück erhalten hatte, und sie musste zugeben, dass sie nervös war. Was, wenn niemand es kaufte? Was, wenn alle glaubten, sie mache sich etwas vor, wenn sie glaubte, so viel wert zu sein? Was, wenn …

»Davon hast du noch gar nichts erzählt!«, rief Wynn aus und zeigte auf das gerahmte Werk. »Das ist unglaublich. Wann hast du das gemacht?«

»In den letzten paar Wochen.«

Ihre Freundinnen versammelten sich, um den Drachen zu betrachten.

»Sind das Büroklammern?«, fragte Carol. »Tatsächlich! Es wäre mir nie eingefallen, die zu benutzen. Ich liebe es. Und, hey, tausend Dollar! Das ist großartig.«

Natalie rang ihre Hände. »Ich fürchte, das ist zu viel«, gab sie zu, bevor sie sich zurückhalten konnte.

»Du musst deine Arbeit wertschätzen, sonst tut es keiner«, ermahnte Wynn sie ernst. »Die Leute versuchen ständig, mir Rabatte für meine Arbeit aus dem Kreuz zu leiern. Anfangs habe ich mich immer schlecht gefühlt, wenn ich Nein gesagt habe, aber inzwischen ist mir das egal. Ich muss meine Ausrüstung, die Miete, die Angestellten bezahlen. Ich leiste gute Arbeit, und die gibt es nicht umsonst.«

Silver hakte sich bei ihr unter. »Du bist so energisch und erwachsen.«

»Ich weiß. Es ist eine Bürde.« Wynn grinste, und alle lachten.

»Das klingt super«, sagte Carol. »Aber es ist nicht immer leicht, dem, was wir tun, einen Wert zuzuschreiben. Ich arbeite für ein Non-Profit-Unternehmen, weshalb es schwer ist, um eine Gehaltserhöhung zu bitten. Denn mir stellt sich dann immer die Frage: Bin ich realistisch, oder schade ich dem guten Zweck?«

»Das muss schwer sein«, pflichtete Natalie ihr bei. »Aber die Tiere lieben dich und wollen bestimmt, dass du glücklich bist.«

»Ich weiß es nicht. Ich denke, die Giraffen hätten lieber mehr von ihren Lieblingssnacks.«

Alle schauten Bethany an, die abwehrend die Hände hob. »Sorry, das ist keine Unterhaltung, in die ich mich einbringen werde. Ich kämpfe schon mein ganzes Leben damit, mich wertvoll zu finden. Lasst uns lieber essen.«

Sie gingen hinüber zum Buffet. Wynn und Carol hatten Nachtisch mitgebracht, Bethany wickelte eine Gemüseplatte aus, während Pallas einen kalten Kräutertee und Minestrone beisteuerte.

»Das sieht alles so gut aus«, sagte Silver, als sie sich auffüllten.

»Das Brot«, flüsterte Carol. »Das ist der Teufel.«

»Das habe ich auch gesagt«, erklärte Natalie ihr grinsend. »Und die irische Butter? Warum hasst Silver uns so?«

Sobald sie Platz genommen hatten, wartete Natalie, bis ihre Freundinnen mit dem Essen begonnen hatten. Dann nahm sie ihre Gabel in die Hand und sagte so locker wie möglich: »Also, wer von euch hat ausgeplaudert, dass ich ein Baby haben möchte und möglicherweise nach einem Samenspender suche?«

Bethany ließ ihren Löffel fallen. »Wovon, zum Teufel, redest du da? Kaum bin ich mal zwei Wochen weg, weil ich meine Familie in El Bahar besuche, schon suchst du einen Samenspender? Was habe ich sonst noch verpasst?«

»Nichts«, versicherte Silver ihr. »Keine Sorge, Natalie *glaubt* nur, dass sie einen Samenspender haben will.«

»Trotzdem. Einzelheiten, bitte.«

Natalie erzählte ihr von der Baby-App, dann richtete sie ihre Aufmerksamkeit wieder auf ihre anderen Freundinnen. »Nun? Ich warte. Eine – oder alle? – von euch hat etwas gesagt, und ich will wissen, wer.«

Pallas wirkte ein wenig schuldbewusst, als sie sagte: »Warum fragst du?«

»Hm, ich weiß nicht. Vielleicht weil hier ein Typ aufgetaucht ist und mir seinen Lebenslauf inklusive Krankengeschichte vorbeigebracht hat? Er ist daran interessiert, die menschliche Gattung zu verbessern, und will, dass ich ihn als Samenspender in Betracht ziehe.« Sie legte ihre Gabel neben den Teller. »Wer ist die Schuldige?«

Ihre Freunde sahen erst einander, dann wieder sie an.

Wynn räusperte sich.

»Es tut mir so leid. Ich habe neulich erwähnt, dass du überlegst, ein Baby zu bekommen. Aber nur in einem Nebensatz, wirklich. Ich meine, ich habe es nebenbei ein paar Leuten gegenüber erwähnt.«

Natalie hätte beinahe gewimmert. »Ein paar?«

»Ich habe vielleicht auch was gesagt«, erklärte Silver.

»Vielleicht?«

»Okay. Ich habe es erwähnt. Aber, wie Wynn schon sagte, auch nur ganz nebenbei.«

»Ich habe zu niemandem etwas gesagt«, warf Bethany deprimiert ein. »Weil ich nichts davon gewusst habe. Was mich so unglaublich enttäuscht.«

Natalie sah Carol und Pallas an. Letztere wirkte weiterhin schuldbewusst, während Carol eher einen selbstgefälligen Eindruck machte.

»Ich habe es Millie erzählt«, sagte Carol. Millie war ihre Lieblingsgiraffe. »Ich weiß nicht, wem sie es weitererzählt hat, aber bestimmt keinem Menschen.«

»Oh. Mein. Gott! Ich dachte, ich könnte euch vertrauen.« Natalie bemühte sich, jede ihrer Freundinnen düster anzufunkeln. »Ihr habt irgendwelchen Fremden erzählt, dass ich darüber nachdenke, ein Baby mit einer Samenspende zu bekommen?«

»Ich würde nicht sagen *irgendwelchen Fremden.*« Wynn schüttelte den Kopf. »Jetzt, wo du es ansprichst, erkenne ich aber, dass es womöglich ein Fehler gewesen sein könnte.«

»Ach, tatsächlich?«

Silver beugte sich zu Wynn. »Sie ist nicht so wütend, wie sie uns glauben machen will.«

»Oh doch, das bin ich«, erwiderte Natalie. »Ich bin fuchsteufelswild.«

Selbst Carol wirkte nicht überzeugt.

»Okay, vielleicht nicht fuchsteufelswild, aber kommt schon. Ich habe keine Ahnung, was ich jetzt tun soll.« Außerdem hatte sie ihnen nur von der Baby-App erzählt, um sie von weiteren Fragen bezüglich ihrer Zeit bei Ronan abzulenken. »Es ist ein Geheimnis.«

»Tut mir leid, dass ich es erzählt habe«, sagte Pallas. »Das meine ich ernst. Ich wusste nicht, dass es ein Geheimnis ist.«

»Vermutlich weil ich das nicht dazugesagt habe.« Mein Fehler, dachte sie. »Also von jetzt an keine Samenspender mehr.«

Silver grinste. »Wenn ich nur einen Nickel für jedes Mal hätte, wenn eine Freundin das zu mir gesagt hat.«

Sie alle lachten.

»Also, was ist sonst noch los?« Natalie war mehr als bereit, das Thema zu wechseln. Denn Edgar war keine passende Essensunterhaltung.

»Ich habe eine interessante Hochzeit anstehen«, erwiderte Pallas. »Sie soll auf dem Film *Batman und Robin* basieren. Er ist eine ältere Version unseres geliebten düsteren Helden«, fügte sie an. »Er kam 1997 raus.«

Natalie hatte zwar schon davon gehört, kannte den Film selber aber nicht. »Ich glaube nicht, dass ich den gesehen habe.«

»Oh, ich schon. Der ist lustig.« Silver grinste. »Das ist der mit George Clooney. Chris O'Donnell spielt seinen Partner, und Arnold Schwarzenegger ist der Bösewicht, aber ich mochte Uma Thurman lieber.«

Wynn seufzte. »Ich bete Chris O'Donnell in *Navy CIS: Los Angeles* an. Er ist so süß.«

»Jemand hat sich einen Film als Motto für die Hochzeit ausgesucht?«, fragte Carol nach. »Einen Film, der auf einem Comic basiert?«

»Viele Leute wollen Hochzeiten mit einem Comic-Thema«, erklärte Pallas. »Du wärst überrascht, was man über die verschiedenen Händler alles bestellen kann.« Sie wandte sich an Natalie. »Noch stehen nicht alle Einzelheiten fest, aber ich habe mit der Braut gesprochen und schon ein paar vorläufige Ideen. Und da kommst du ins Spiel.«

»Ich?«

Pallas nickte. »Du erinnerst dich doch noch an den Blumenstrauß aus Papier, den du vor ein paar Monaten für mich gemacht hast?«

»Natürlich.«

Die Braut hatte für die Probezeremonie etwas Besonderes haben wollen, und als Pallas gefragt hatte, ob es möglich wäre, einen Origami-Strauß zu machen, war Natalie sofort dabei gewesen. Sie hatte einen kompletten Brautstrauß aus Papier gefaltet. Dabei entsprachen die Farben der Blumen denen im echten Brautstrauß. Die Braut hatte sich wahnsinnig gefreut, ein Andenken an ihre Hochzeit zu haben, und Natalie hatte die Herausforderung genossen.

»Wie wäre es, wenn du kleine Blumenarrangements aus Comic-Heft-Seiten machst?«, fragte Pallas. »Die wären dann für die Tischdeko, nicht für den Strauß.«

Natalie lehnte sich auf ihrem Stuhl zurück. »Ich habe noch nie daran gedacht, die Seiten aus einem Comic-Heft zu benutzten. Aber ich verstehe, was du meinst – die Zeichnungen und Buchstaben bringen einen speziellen Kniff mit rein. Ich müsste mir die Textur des Papiers genauer anschauen. Vielleicht kann man auch Seiten auf anderem Papier nachdrucken, das weiß ich nicht. Aber die Idee ist lustig.«

»Die Vasen hat die Braut schon.« Pallas zögerte. »Wir sprechen hier von fünfzehn Tischen und drei Vasen pro Tisch, also insgesamt fünfundvierzig Bouquets. Und dafür hättest du nur knapp fünf Wochen Zeit.«

»Ich muss die Vasen sehen, um zu gucken, ob es möglich ist. Und falls ja, mache ich ein Angebot«, sagte Natalie. »Die Größe der Vasen bestimmt die Größe und Anzahl der Blumen.«

»Ich bringe dir nachher ein paar vorbei.«

»Danke. Ich sag dir gleich morgen früh Bescheid, ob ich das hinbekommen und wie viel es kosten würde.«

»Danke. Ich hoffe, es klappt. Ich weiß, dass meine Braut deine Arbeit lieben würde.«

Und Natalie würde es lieben, mal wieder etwas Neues auszuprobieren. Also etwas künstlerisch Neues. Edgar wäre auch neu, aber den wollte sie definitiv *nicht* ausprobieren!

10. Kapitel

Ronan sortierte sein Werkzeug wieder ein. Es war beinahe sechs Uhr abends, und Natalie saß immer noch an ihrer kleinen Werkbank, umgeben von offenen Kartons. Er nahm seinen Rucksack in die Hand und ging zu ihr.

»Du arbeitest heute aber lang.«

Sie schaute auf. Ihre Brille war ihr auf der Nase heruntergerutscht, und so war ihr Blick einen Moment lang verschwommen. Natalie wirkte ein wenig zerzaust, gehetzt und unglaublich sexy.

»Was? Wie spät ist es denn?« Sie schaute auf die große Uhr an der Wand. »Schon sechs? Wie konnte das passieren? Als ich das letzte Mal nachgeschaut habe, war es gerade einmal drei.«

Er lächelte, dann beugte er sich vor, um ihr einen Kuss zu geben. »Das nennt man wohl Berufsrisiko, meine Schöne. Wollen wir irgendwo essen gehen?«

Sie lächelte. »Hast du mich gerade deine Schöne genannt?«

»Ja.«

»Das ist so nett. Ich bin kurz vor dem Verhungern, also wäre essen zu gehen …« Sie atmete tief durch und straffte die Schultern. »Trotzdem kann ich leider nicht. Bitte ein andermal.«

»Klar. Aber warum nicht heute?«

»Ich muss noch arbeiten.« Sie runzelte die Stirn. »Ich muss für jede dieser Vasen acht Blumen herstellen. Das sind fünfundvierzig Vasen à acht Blumen.« Sie zog die Augenbrauen zusammen. »Insgesamt macht das …«

»Dreihundertundsechzig Blumen.«

»Aaaah! Wie hast du das denn so schnell im Kopf gerechnet?«

»Das ist so eine Penis-Sache.«

Sie verdrehte die Augen. »Das hat nichts mit deinem Penis zu tun. Du hast einfach ein Talent für Mathe. Mädchen können in Mathe genauso gut sein wie Jungs, und sie sind in ihren ersten Lebensjahren verbal wesentlich weiter entwickelt. Komm mir also nicht mit Mädchen und Mathe, Freundchen.«

Er lachte und hob beide Hände. »Tut mir leid. Das war nur ein Scherz. Frauen sind genauso gut wie Männer, was Mathe und Naturwissenschaften und Computer angeht. Das glaube ich ganz fest. Ich werde zu diesem Thema keine Witze mehr machen. Versprochen.«

Natalie war also eine kleine Feministin. Gut so. Er mochte ihren Esprit und ihre Einstellung. Sie war zäh und ließ sich von ihm nichts gefallen. Damals, als er noch geglaubt hatte, er wäre wie alle anderen, hatte er eine Frau und Kinder haben wollen. Wenn er immer noch dieser Mann wäre, würde es ihm schwerfallen, Natalie zu widerstehen. Er konnte sich vorstellen, Kinder mit ihr zu haben. Nein, nicht Kinder. *Töchter.* Lauter Mädchen, die genauso bezaubernd wären wie ihre Mom.

»Du hast mich gerade Freundchen genannt«, sagte er.

»Ich weiß. Tut mir leid.«

Er setzte sich auf die Kante ihres Werktischs und nahm ein Einmachglas in die Hand, das darauf stand. Es hatte ein aufgemaltes schwarzes Herz. Auf dem daneben prangte das Batman-Logo.

»Diese Hochzeit hat also ein Comic-Thema?«, fragte er.

»Nein, ein Film-Thema. *Batman und Robin.* Der kam in den Neunzigern raus. Ich habe ihn noch nicht gesehen.«

»Ich lade ihn für uns herunter, wenn du magst.«

»Das wäre toll. Vielleicht morgen?« Sie nahm das Glas mit dem Batman-Logo in die Hand. »Ich muss einen Zeitplan erstellen, damit alles rechtzeitig fertig wird. Ich will nicht am Ende total in Stress geraten. Also wird es in den nächsten Tagen viele, viele Blumen geben.«

»Was zieht dich an diesem Projekt so an? Ich dachte, du genießt es, deine eigene Kunst zu machen. Gehst du jetzt in eine andere Richtung?«

Kurz musterte sie ihn, dann stand sie auf und gab ihm einen Kuss. »Du bist so süß. Und so naiv.« Sie berührte eine fertige Blume. »Ich werde hierfür bezahlt.«

»Du hast doch einen Job in der Galerie.«

»Ich habe einen *Teilzeitjob* in der Galerie. Das war meine Entscheidung, und Atsuko lässt mir freie Hand bei der Wahl meiner Arbeitszeiten. Es gibt nur eine Woche im Monat, in der ich durchgehend im Büro sein muss, weil wir dann die Künstler bezahlen, die Rechnungen stellen und Inventur machen. Den Rest der Zeit arbeite ich vielleicht zwanzig Stunden die Woche. Damit kann ich mir gerade mal Makkaroni und Käse leisten.«

Der Gedanke, dass sie finanziell zu kämpfen hatte, gefiel ihm nicht, doch er spürte, dass er das besser nicht aussprechen sollte.

»Und den Rest deiner Zeit widmest du dich deiner Kunst«, sagte er stattdessen.

»Ja.« Sie gab ihm noch einen leichten Kuss, der ihn mehr erregte, als sie vermutlich erwartete.

»Es macht mir nichts aus, für meine Kunst kämpfen zu müssen, um es mal so auszudrücken«, fuhr sie fort. »Mir geht es besser als den meisten. Meine Werke verkaufen sich ziemlich konstant in der Galerie. Meine Preise steigen langsam. Also alles gut. Diese Blumen kommen in mein Portfolio, und sie werden mir helfen, die Miete für die nächsten zwei Monate zu zahlen. Das macht mich glücklich.«

Er schlang seine Arme um sie und hielt sie ganz fest. Unerwartete Gefühle wallten in ihm auf. Wenn er eines davon benennen müsste, würde er es wohl als Scham bezeichnen.

Nicht ein einziges Mal hatte er in seinem Leben kämpfen müssen. Zumindest nicht finanziell. Er war ein Mitchell, Sohn des großen Ceallach. Schon vor seiner Geburt waren ihm Türen geöffnet worden. Man ging einfach davon aus, dass das, was er erschuf, brillant war. Er musste nur darauf achten, es nicht allzu sehr zu vermasseln.

Aber was war mit Natalie? Er wollte ihr einen Scheck über hunderttausend Dollar ausstellen und ihr Leben verändern. Er wollte Atsuko bitten, ihre Kunst für das Zwanzigfache zu verkaufen. Er wollte das Problem lösen. Nur konnte er das nicht. Es stand ihm nicht zu, und sie würde es auch nicht wollen.

»Ich freue mich, dass du glücklich bist«, sagte er mit bemüht fröhlicher Stimme. Dann küsste er sie ein letztes Mal, bevor er sie losließ. »Arbeite nicht mehr zu lang.«

»Okay.« Sie lächelte. »Aber morgen sehen wir uns definitiv.«

»Abgemacht.«

»Werden wir Sex haben?«

Sein Blut stockte kurz, bevor es in seinen Schwanz schoss. »Das wäre schön.«

»Finde ich auch. Dinner, Sex und ein Film.«

Musste sie weiter darüber reden? Er wurde mit jeder Sekunde härter. Die nächsten vierundzwanzig Stunden würden die Hölle werden.

»Ich bin dabei«, sagte er und machte sich auf den Weg zur Tür. »Wir sehen uns morgen.«

»Ich freu mich drauf.«

Als Ronan später an seinem Haus in den Bergen ankam, war er nur unwesentlich weniger erregt. Solange er nicht zu viel an Natalie dachte, würde er die Nacht ohne allzu große Schmerzen überstehen. Er trat ein, doch statt in die Küche oder in sein Atelier zu gehen, ging er durch den gläsernen Gang und betrat das Lager, das er sich hatte bauen lassen.

Nachdem er das Licht angeschaltet hatte, schaute er sich in den Regalen und auf den Tischen um, auf denen seine fertigen

Arbeiten standen. Es waren Dutzende. Vielleicht mehr als hundert. Einige waren so klein, dass sie auf seine Handfläche passten, andere erstreckten sich beinahe bis zur Decke. Es gab abstrakte Kunstwerke, Tiere, Menschen, Pflanzen und Kreaturen, die außerhalb seiner Fantasie nicht existierten.

Einige der Werke hatte er Atsuko versprochen. Die Veröffentlichung seiner verschiedenen Kollektionen war genau geplant, um weiter Interesse zu erzeugen, während er mit seinen größeren Auftragsarbeiten beschäftigt war. Doch es gab auch viele Dinge, die einfach nur entstanden waren, weil er sie vor seinem inneren Auge gesehen hatte und nicht wieder losgeworden war.

Er ging den einen Gang hinunter und den anderen wieder hinauf. Bisher hatte er noch nicht sonderlich viel über seine private Sammlung nachgedacht – was sie alles beinhaltete und was er damit anstellen wollte.

Bei einem Blumenarrangement blieb er stehen und dachte daran, wie Natalie ihren Abend verbrachte – nämlich damit, dass sie sehr hart arbeitete, um ihre Miete bezahlen zu können. Er nahm eine der Glasblüten in die Hand. Hierfür könnte er locker zehntausend Dollar bekommen. Das war nicht fair. Im Gegenteil, es war sogar lächerlich.

Er zögerte und dachte, er könnte sie auch fallen lassen, sodass sie in tausend Teile zersplitterte. Und niemandem würde es etwas ausmachen.

So etwas würde Natalie nie tun, sagte er sich. Sie würde sie verkaufen oder für irgendetwas benutzen, aber sie würde sie niemals zerstören. Was das anging, konnte er noch von ihr lernen.

Langsam drehte er sich im Kreis, während er die Sammlung seiner Werke betrachtete. Mehr und mehr wurde ihm dabei klar, dass er sie nicht einfach hierlassen konnte, wo sie nur Staub ansammelten. Er musste etwas damit anstellen. Irgendetwas, das Natalie respektieren würde.

Wieder ging er auf und ab, aber dieses Mal machte er Fotos mit seinem Handy. Nachdem er ein Dutzend Stücke ausgewählt hatte, schickte er Atsuko eine E-Mail und sagte ihr, er wolle mit ihr reden. Ein Dutzend Stücke für ein Dutzend Wohltätigkeitsvereine, dachte er. Sie konnten eine Auktion veranstalten und das Geld benutzen, um etwas Gutes damit zu tun.

Bevor er das Lager verließ, kehrte er zu den Blumen zurück und wählte zu Ehren von Natalies Hochzeitsprojekt eine schwarze aus. Die würde er seinem Mädchen schenken.

Vorsichtig heftete Natalie die Quittungen ab. Sie musste sich heute besonders konzentrieren, weil sie nach ihrem Abend mit Ronan ein wenig müde war. Wie versprochen hatten sie gemeinsam gegessen, dann Sex gehabt, einen Film angeschaut und noch mehr Sex gehabt. Zum Schlafen war sie kaum gekommen, aber darüber wollte sie sich nicht beschweren. Nicht wenn Ronan diese unglaublichen Dinge mit ihrem Körper anstellte.

Sie nahm eine Rechnung für eines seiner Werke zur Hand und öffnete die Aktenschublade, die ihm und seiner Arbeit gewidmet war. Auch wenn Atsuko alle Daten digital aufbewahrte, mochte sie es, eine Kopie auf Papier zu haben. Natalie prüfte, um welches Kunstwerk es ging, dann suchte sie die richtige Akte. Sie fand sie ganz vorne und zog sie heraus, um die Rechnung hineinzulegen. Erst als eine andere Mappe zu Boden fiel, merkte sie, dass sie aus Versehen zwei Akten herausgezogen hatte. In der zweiten Mappe befanden sich Ronans persönliche Informationen, darunter seine Adresse, seine Steueridentifikationsnummer und sein Geburtsdatum.

Schnell klappte sie die Mappe zu. Sie wollte nicht spionieren. Doch dann schlug sie sie wieder auf und warf noch einmal einen Blick auf sein Geburtsdatum. Das konnte nicht stimmen, sie musste sich verlesen haben. Aber nein. Er hatte tatsächlich nächste Woche Geburtstag. Wieso hatte sie das nicht gewusst?

Sie steckte die Mappe in die Schublade zurück und fuhr mit ihrer Arbeit fort, wobei sie die ganze Zeit überlegte, wieso diese Information nicht allgemein bekannt war. Sie wusste, wann Nick und Mathias Geburtstag hatten. Normalerweise wurde darum kein großes Aufheben gemacht, aber Natalie machte ihnen immer eine Karte und brachte einen Cupcake an ihren Tisch. Für Ronan hatte sie das nie getan, weil sie das Datum bisher nicht gekannt hatte.

Als sie mit der Ablage fertig war, kehrte sie ins Studio zurück. Sie wusste zufällig, dass Ronan eine Videokonferenz mit einem Galeriebesitzer aus London hatte. So etwas erledigte er normalerweise von zu Hause aus, was bedeutete, sie konnte mit seinen Brüdern reden, ohne dass er es mitbekam.

Sie fand Nick zeichnend an seinem Tisch vor. Mathias polierte gerade die Kanten einer neuen Hängelampe, die er am Vortag gemacht hatte. Sie schauten beide auf, als Natalie ins Studio kam und sagte: »Wir müssen reden.«

»Okay«, erwiderte Nick leichthin. »Worum geht's?«

»Um Ronans Geburtstag. Der ist nächste Woche. Ich wusste das Datum bisher nicht, deshalb habe ich ihm nie eine Karte gebastelt oder so. Dieses Jahr sollten wir etwas machen.«

Nick und Mathias tauschten einen Blick. Natalie versuchte zu ergründen, was die beiden dachten, aber die stumme Kommunikation zwischen den Brüdern war zu eingespielt, als dass sie auch nur etwas hätte erraten können.

»Wir kennen seinen Geburtstag«, sagte Nick. »Aber was deinen Vorschlag angeht: Ronan ist nicht gerade ein Freund von Partys.«

Da ist etwas an der Art, wie er das sagt, dachte sie. Nicht so sehr die Worte als vielmehr der Tonfall. Als versuche er, sie davor zu warnen, zu weit in den emotionalen Ozean hinauszuwaten.

Da Mathias und Ronan bis vor ein paar Jahren noch geglaubt hatten, sie wären Zwillinge, mussten sie den gleichen Geburtstag gehabt haben. Nur war es nicht ihr *echter* Geburtstag gewesen – zumindest nicht für Ronan.

»Ihr habt sonst immer gemeinsam gefeiert«, sagte sie atemlos zu Mathias. »Vermutlich habt ihr zusammen eine Party geplant oder zumindest eurer Mom gesagt, was ihr euch wünscht. Aber das ist mit allem anderen zusammen nun verloren gegangen, und ihr wisst nicht, wie ihr damit umgehen sollt.«

Mathias stellte die Hängelampe ab und setzte sich auf einen Hocker. »Kann sein.«

»Habt ihr über euren Geburtstag gesprochen?«, wollte Natalie wissen.

»Gesprochen?«, fragte Nick. »Ja, klar. Du hast unseren Bruder doch schon kennengelernt, oder? Ronan ist nicht gerade der gesprächige Typ.«

Sie zog sich einen dritten Hocker heran, setzte sich und sah Mathias an. »Was ist passiert, als er erfahren hat, wer er ist? Ist er sofort weggezogen? Habt ihr euch einen gemeinsamen Plan überlegt?«

»Es gab keinen Plan«, erklärte Mathias. »Er hat wochenlang nichts gesagt. Ich meine, gar nichts. Er hat nicht gearbeitet und auch sonst nicht viel gemacht. Dann kam er eines Tages zu mir und sagte, er würde wegziehen. Er habe eine Stadt gefunden, in der er gerne leben wolle. Happily Inc. Wir haben zu dem Zeitpunkt schon viele unserer Werke über Atsuko verkauft. Es ist zwar keine so große Galerie wie die in New York oder Chicago, aber Atsuko hat viele Kontakte.«

Natalie nickte. Sie verschiffte ständig Kunstwerke in der ganzen Welt und sammelte die Zahlungen der internationalen Kunden ein.

»Hat er dich gebeten mitzukommen?«, wollte sie wissen.

»Nein. Er hat mich nur informiert. Was ich mit dieser Info anstellte, blieb mir überlassen. Aber er war mein Zwilling, egal, was unser Vater gesagt hat, also bin ich mitgegangen.«

Er zögerte. »Anfangs war alles in Ordnung. Wir haben uns zusammen ein Haus gemietet, und Atsuko hat uns das Studio überlassen, damit wir arbeiten konnten. Ich dachte, alles würde wieder so, wie es vorher war.«

Doch das war es nicht, dachte sie traurig. Ronan hatte angefangen, sich zurückzuziehen. Das hatte sie gesehen, als sie angefangen hatte, hier zu arbeiten. Woche um Woche war er weniger kommunikativ geworden. Hatte nicht gearbeitet oder wenn doch, dann von zu Hause aus.

»Wenn er wieder wegzieht, verlieren wir ihn«, sagte Nick geradeheraus. »Mathias kann dieses Mal nicht mitgehen. Sein ganzes Leben und Carol sind hier.«

Natürlich, dachte Natalie. Mathias liebte seine Frau, und Carol war an Happily Inc gebunden. Hier hatte sie ihre Arbeit, und ein Wildtierreservat konnte man nicht einfach so zusammenpacken und mitnehmen.

»Er geht nirgendwohin«, warf sie schnell ein. »Warum sollte er? Hier hat er seine Arbeit, seine Familie.«

Mich. Das konnte sie jedoch nicht sagen. Sie und Ronan waren nicht ernsthaft zusammen. Sie hatten einfach nur Spaß. Und selbst wenn sie mehr wollen würde, war das ausgeschlossen. Sie konnte ihr Herz nicht jemandem schenken, der eine Beziehung nicht genauso sehr schätzte wie sie. Ronan hatte seinen Brüdern und seiner Mutter den Rücken zugekehrt. Was, wenn er beschloss, das Gleiche bei ihr zu machen? Oder bei ihren Kindern? Sie gab es nicht gern zu, aber sie und Ronan hatten keine Zukunft zusammen. Deshalb würde sie das, was sie jetzt hatten, genießen und darauf achten, sich emotional nicht zu sehr auf ihn einzulassen.

Sobald dieser höchst vernünftige Entschluss getroffen war, richtete sie ihre Aufmerksamkeit wieder auf die laufende Unterhaltung. »Ob Ronan geht oder nicht, ist hier nicht das Thema. Was ist mit seinem Geburtstag? Seinem *tatsächlichen* Geburtstag? Habt ihr den je gefeiert?«

Nick und Mathias sahen einander an.

»Ich glaube nicht«, sagte Nick, bevor Mathias ihn unterbrach.

»Nein. Er hat ihn nie anerkennen wollen.«

»Dann wird sich das jetzt ändern. Wir werden eine Party schmeißen.«

Mathias sah zweifelnd aus. »Das wird ihm nicht gefallen.«

»Er wird zwar *sagen*, dass es ihm nicht gefällt, aber bis er auf die Party kommt, wird er ja gar nichts davon wissen, richtig? Wir können alle seine Freunde einladen. Es gibt etwas zu essen und Kuchen und alberne Geschenke. Das wird super, ihr werdet schon sehen.«

Mathias wirkte nicht überzeugt.

Natalie stand auf und ging zu ihm. Dann stieß sie ihm gegen den Arm. »Du bist mir was schuldig. Als du letztes Jahr auf den Hund deiner Mom aufpassen musstest, habe ich mich jeden Tag um ihn gekümmert. Jeden. Einzelnen. Tag. Du hast gesagt, dafür dürfe ich mir alles wünschen, was ich will. Tja, und ich will diese Party.«

Mathias murmelte etwas, das sie nicht verstand. »Du hast recht«, sagte er dann. »Wir geben eine Party.«

Sie lächelte. »Ich wusste, dass du zur Vernunft kommst.« Sie wandte sich an Nick. »Und du hilfst uns.«

»Glaubst du, das weiß ich nicht? Ist doch logisch.«

»Ausgezeichnet. Wir feiern Ronans Geburtstag und stärken gleichzeitig die Familienbande, damit er nicht wegziehen will.«

Die Brüder tauschten erneut einen dieser geheimen Blicke.

»Was?«, wollte sie wissen. »Ihr wisst doch was. Raus mit der Sprache.«

Mathias nickte, und Nick sprach.

»Wir sind dir schon weit voraus, Natalie. Also an der Brüderfront. Erinnerst du dich an das Poster im Boardroom Pub, mit dem das Wohltätigkeitsturnier angekündigt wurde?«

»Ja, das habe ich gesehen. Die Aktivitäten finden alle draußen statt, und die Einnahmen gehen an ein Sommercamp für Kinder.«

»Nick hat uns alle angemeldet«, erklärte Mathias. »Die Mitchell-Brüder. Alle fünf. Del und Aidan fliegen dafür ein.«

Sie klatschte in die Hände. »Das ist so toll! Ihr werdet einen Riesenspaß haben. Weiß Ronan schon davon?«

»Eher nicht«, murmelte Mathias. »Er würde nur Nein sagen.«

Sie winkte ab. »Erzählt es ihm auf der Party. Da sind so viele Menschen, dass er sich nicht trauen wird abzusagen.«

Nick lachte leise. »Dein Stil gefällt mir.«

»Danke. Okay, was die Party angeht …« Sie überlegte kurz. »Wir brauchen einen Veranstaltungsort. Sein Geburtstag ist mitten in der Woche, also müssen wir nicht mit Hochzeiten konkurrieren. Wie wäre es mit *Weddings Out of the Box*? Ich könnte alles organisieren, sodass Pallas keine Arbeit damit hat.«

Nick schüttelte den Kopf. »Nein, nicht da. Ich rufe im Boardroom Pub an und frage, ob wir das große Hinterzimmer mieten können.«

Bevor Natalie etwas erwidern konnte, hatte Nick schon sein Handy herausgeholt und suchte nach der Nummer. Ein paar Sekunden später hatte er gewählt und erklärte seinen Wunsch.

»Erledigt«, sagte er nach dem Auflegen. »Der Raum ist reserviert. Nun zum Essen.«

»Ich werde das Menü zusammenstellen«, bot Natalie an. »Teilen wir uns die Kosten?«

»Nick und ich übernehmen das Finanzielle«, sagte Mathias. »Du darfst dir alles zum Essen aussuchen, was du willst. Wir kümmern uns um Bier und Wein.«

»Ihr lasst mich einfach ohne ein Budget loslegen?«, fragte sie überrascht.

Mathias grinste. »Natalie, wir haben gesehen, wie du jeden Penny zehn Mal umdrehst. Ja, wir vertrauen dir.«

»Mathias und ich stellen die Gästeliste zusammen«, sagte Nick.

»Perfekt.« Sie überlegte, was sie noch brauchten. Ronan würde keinen Tischschmuck haben wollen, da war sie sich sicher. »Was ist mit einem Banner?«

»Ich spreche mal mit Wynn«, bot Mathias an. »Ich habe ein paar Ideen, was darauf stehen könnte.«

»Gut. Dann ist alles klar.« Sie schaute auf ihre Uhr. »Es ist beinahe Lunchzeit. Ich warte, bis der Mittagsansturm vorbei ist, bevor ich das Essen bestelle.« Sie lächelte. »Oh, das wird so ein Spaß.«

»Tja, zumindest wird es interessant.« Mathias warf Nick einen Blick zu. »Oder eine verdammt heiße Party.«

»Da hast du recht.«

Natalie war nicht sicher, ob die Brüder das nett oder böse meinten, aber sie wollte nicht fragen. Ronan sollte einfach nur wissen, dass sie seinen Geburtstag nicht vergessen hatten. Alles andere wäre ein Bonus.

Natalie platzte ins Studio herein. Ronan saß an seinem Tisch und musterte die Skizzen für das nächste Segment seiner Skulptur. Er hatte nach der Mittagspause noch nicht wieder angefangen zu arbeiten, war aber trotzdem überrascht, als Natalie seine Hand packte und ihn auf die Füße zog.

»Beeil dich! Es ist so weit. Er ist hier! Wir müssen jetzt los. Ich fahre.« Sie lachte. »Ich fahre mein neues rotes Auto. Komm schon!«

»Ich habe keine Ahnung, wovon du sprichst. Wer ist ›er‹?«

Sie zog ihn mit sich aus dem Studio und zu ihrem neuen Wagen. »Der Giraffenbulle. Carol sagte, wir könnten zuschauen, wenn er ankommt. Wir müssen vor ihm da sein und sehr, sehr leise sein. Das wird magisch. Ich wünschte, es wäre Juni und nicht September. Der 23. Juni ist nämlich Welt-Giraffen-Tag. Aber egal. Komm jetzt.«

Ronan überlegte, ob er sie darauf hinweisen sollte, dass ihn besagter Giraffenbulle nicht wirklich interessierte, aber er wusste, das würde Natalie nur enttäuschen. Außerdem musste er zugeben, dass er doch ein wenig neugierig war. Wie genau transportierte man eine Giraffe?

Bevor er auf der Beifahrerseite von Natalies Wagen einstieg, betrachtete er noch kurz die neue Lackierung. Die Arbeit war fachmännisch ausgeführt worden, und die Farbe machte Natalie glücklich. Alles war genau so, wie er es sich gewünscht hatte: Natalie hatte ein sicheres Auto in der richtigen Farbe. Er musste sich weder Sorgen um sie machen noch sich schuldig fühlen, weil ihr Auto vor seinem Haus in den Abgrund gerissen worden war. Also eine klassische Win-win-Situation.

»Ist das der erste Giraffenbulle für das Reservat?«, fragte er, als sie die Stadt in südlicher Richtung durchquerten.

»Ja. Millies Herde besteht bisher nur aus Weibchen. Männliche Giraffen sind normalerweise Einzelgänger, während weibliche Giraffen in einem Herdenverband leben. Mit dem Geld, das Carol gesammelt hat, kann sie das Programm jetzt ausweiten und anfangen, Giraffen zu züchten.« Natalie warf ihm einen Blick zu. »In freier Wildbahn gibt es nur noch knapp achthundertfünfzig Exemplare von Millies Rasse, was echt traurig ist.«

»Das stimmt.«

»Der Bulle ist mit allen außer einer der Giraffen genetisch kompatibel. Am Anfang werden die Weibchen alle ein Verhütungsmittel bekommen, aber das wird nach und nach abgesetzt, und der Bulle kann seine Arbeit tun.«

»Interessante Berufswahl.«

Sie verdrehte die Augen. »Oh bitte. Du bist ein Mann. Willst du mir etwa sagen, dass du das Schwängern einer ganzen Herde als schwere Arbeit ansiehst?«

»Wenn ich eine männliche Giraffe wäre, vermutlich nicht. Aber als Mann muss ich sagen, dass ich noch nie ein Freund von Gruppensex gewesen bin.«

Sie bog auf den Parkplatz des Wildtierreservats ein. »Darauf stehst du also nicht, was?«

Er lachte. »So kann man es sagen. Ich stehe mehr auf Qualität als auf Quantität.«

»Gut zu wissen. Wie auch immer, unser junger Mann muss noch ein wenig auf seine Chance bei den Damen warten. Erst muss er sich einleben.«

Es stand bereits eine Reihe von Autos auf dem Parkplatz, und Natalie stellte ihres daneben ab. Am Zaun hatte sich eine kleine Menschenmenge versammelt. Offensichtlich waren sie und Ronan nicht die Einzigen, die den Neuankömmling bewundern wollten.

Gemeinsam gesellten sie sich zu der Gruppe. Es war ein warmer Nachmittag mit gut siebenunddreißig Grad, also genau die richtige Temperatur für eine Giraffe. Ronan erkannte mehrere Leute aus der Stadt. Nick und Pallas waren auch schon da, genau wie Mathias.

Nick hob eine Augenbraue. »Ich hätte nicht gedacht, dass das hier was für dich ist.«

Ronan sah zu Natalie, dann wieder zu seinem Bruder. »Ich habe gehört, dass es sich um ein einmaliges Erlebnis handelt, das man nicht verpassen sollte.«

Nick schaute zwischen ihnen beiden hin und her und fügte die Puzzleteile zusammen. Ronan war es zwar egal, ob die Leute wussten, dass er und Natalie sich regelmäßig trafen, aber Natalie wollte die Sache lieber für sich behalten, also hatte er bisher zu niemandem etwas gesagt. Doch in einer so kleinen Stadt wie Happily Inc würde das bald die Runde machen. Er wusste, seine Brüder würden zu anderen nichts sagen, aber ihn würden sie vermutlich gnadenlos aufziehen.

Kein Problem, dachte er. Natalie war das mehr als wert.

Eine ältere Frau, die er nicht kannte, kam auf ihn zu. »Sie sind Ronan Mitchell«, sagte sie.

Das hatte nicht wie eine Frage geklungen, aber er nickte dennoch. »Ja, Ma'am.«

»Aha. Ich habe Ihre Arbeiten in Atsukos Galerie gesehen. Die Stücke sind sehr teuer.«

»Das stimmt.«

Sie hatte graumelierte Haare und stechende schwarze Augen. »Glauben Sie, so viel wert zu sein?«

»An einigen Tagen schon. An anderen eher nicht.«

Ihre Miene veränderte sich für mindestens drei Sekunden nicht, dann lachte sie und knuffte ihm gegen den Arm. »Das gefällt mir. Wir alle haben solche Tage. Ich habe gehört, Sie werden bei dem Brückenprojekt ein altes Auto benutzen. Also Sie, Ihr Bruder und Natalie. Ich finde das eine großartige Idee. Sehr interessant. Die Stadt kann es gebrauchen, ein wenig aufgerüttelt zu werden.«

Damit kehrte sie zu ihren Freunden zurück. Ronan wandte sich an Natalie. »Weißt du, wer das ist?«

»Ich habe keine Ahnung.«

Ein dumpfes Grollen unterbrach sie. Sie drehten sich um und sahen einen eigens umgebauten LKW auf sie zukommen. Die Fahrerkabine war normal, aber der hintere Teil war wesentlich höher als üblich. An den Seiten war der Gitteraufbau mit Leinenplanen verhängt.

Der Truck hielt an, und Carol und einige ihrer Mitarbeiter gingen zum Fahrer hinüber. Nach einer kurzen Unterhaltung wendete er den Truck und fuhr rückwärts auf das Gelände. Als der Laster näher kam, sah Ronan, dass hinten eine Luke geöffnet war und eine Giraffe neugierig die Anfahrt auf ihr neues Zuhause beobachtete.

»Gott, ist der hübsch«, sagte Natalie und drückte Ronans Hand. »Ich frage mich, ob er schon einen Namen hat oder ob wir ihm einen geben dürfen. Das wäre toll.«

Ihre Lebenslust beeindruckte Ronan immer wieder. Verglichen mit ihr war er nahezu sauertöpfisch – auch wenn das früher anders gewesen war.

Carol verschob ein paar Gatter und tragbare Zaunelemente, um eine Gasse für den Giraffenbullen zu schaffen. Als alles an Ort und Stelle war, öffnete sie die Laderampe des Trucks. Der Giraffenbulle schaute in Richtung des Stalls, dann ließ er seinen Blick über die umstehenden Menschen gleiten. Er schnüffelte ein oder zwei Mal, bevor er auf die Rampe trat. Sobald er festen Boden unter den Hufen hatte, steuerte er zielsicher sein Gehege an. Carol schloss das Tor hinter ihm.

»Er bleibt nur die ersten paar Wochen allein«, erklärte Natalie. »Sobald er sich eingelebt hat, werden die anderen Giraffen in die umliegenden Gehege gebracht, damit sie sich alle aneinander gewöhnen können. Und dann können sie bald zusammen über die Ebene ziehen.«

»Und Sex haben.«

Sie verdrehte die Augen. »Typisch Mann. Ja, sie werden Sex haben, und irgendwann wird es Giraffen-Babys geben. Die sind so süß. Hast du mal Videos von ihnen gesehen? Ganz bezaubernd und herrlich ungelenk mit ihren langen Beinen.« Seufzend ließ sie seine Hand los. »Okay. Zurück an die Arbeit.«

Er lachte leise. »Du weißt, wie man die Stimmung tötet.«

»Soll ich dich in den Arm nehmen?«, zog sie ihn auf.

»Ich weiß nicht. Das wäre vermutlich netter gewesen, aber nun ist es zu spät.«

Sie lehnte sich kurz an ihn. »Ich mache es später wieder gut. Versprochen.«

Mehr Inspiration benötigte er nicht.

11. Kapitel

Happily Inc war ein Ort für Hochzeitsfeiern. Es gab verschiedene Anbieter, die jedem die wildesten Hochzeitsträume erfüllten – zumindest was die Zeremonie und die Feier anging. In den Hotels gab es Themenzimmer, es gab Schneider, die für den Notfall bereitstanden, genau wie Floristen und Standesbeamte, die jederzeit auf Abruf waren. Das Brautpaar konnte sich entscheiden, als Piraten, Cowboys oder im mittelalterlichen Ambiente zu heiraten oder sich das Jawort in einem Heißluftballon zu geben.

Natalie hatte den einzigartigen Rhythmus der Stadt kennengelernt, als sie sich damals entschied, sich hier niederzulassen. Die Einheimischen wussten, dass man am Wochenende besser nicht zum Abendessen ausging und um das Stadtzentrum einen großen Bogen machte, wenn man nicht hinter einer von Pferden gezogenen Hochzeitskutsche stecken bleiben wollte.

Am Vorabend hatte Pallas ihr eine Nachricht geschickt und sie gefragt, ob Natalie an einem Planungsmeeting zu der *Batman und Robin*-Hochzeit teilnehmen könnte. Natalie hatte sofort zugesagt. Als sie nun vor *Weddings Out of the Box* einparkte, fragte sie sich, was, um alles in der Welt, sie zu dem Thema beitragen sollte. Aber ihre Freundin hatte gefragt, also war sie da.

Sie fand Pallas im großen Konferenzraum. Hier gab es einen langen Tisch für Gespräche mit den Kunden sowie einen großen Bildschirm und einen Computer, der als Projektor diente. Regale und ein Buffettisch an den Wänden boten Platz für verschiedene kleine Tortenmuster, ungeöffnete Kartons in verschiedenen Größen sowie Stapel von Tischdecken und Servietten.

»Hi.« Natalie betrat mit zwei Vasen, die mit Papierblumen gefüllt waren, den Raum. »Betreibst du wirklich bei jeder Hochzeit so einen Aufwand? Ich hatte ja keine Ahnung, dass das so viel Arbeit ist.«

Pallas lächelte schwach. »Einige Hochzeiten werden aus der Ferne geplant, dann halten wir Videokonferenzen ab, aber Ellen und Barry wohnen in der Nähe und wollten hier vor Ort sein.« Sie zeigte auf den Bildschirm. »Ihre Eltern werden sich via Skype dazuschalten. Es wird also voll.«

Trotz ihres sorgfältig aufgetragenen Make-ups wirkte Pallas blass. Natalie zog besorgt die Stirn kraus. »Geht es dir gut?«

Pallas zögerte einen Moment. Dann wollte sie etwas sagen, doch mehr als »Ich möchte …« bekam sie nicht heraus, bevor sie jemanden rufen hörten.

Silver rauschte in den Konferenzraum und zog eine Kühlbox auf Rollen hinter sich her. »Hast du mal auf Pinterest nach unserem Comic-Helden gesucht? Ich fasse es nicht, wie viele tolle Ideen es da gibt. Die Leute sind extrem kreativ. Für meinen Spezialcocktail habe ich schon viel zu viele Ideen. Ehrlich, wir brauchen zwei, nicht zwanzig, aber ich habe echt Probleme, mich zu entscheiden.«

Sie wuchtete die Kühlbox auf das Ende des Tisches. »Ich dachte, es ist am einfachsten, wenn wir alle probieren.«

Natalie schaute auf die Uhr. Es war zehn vor eins am Mittag. »Ich schätze, irgendwo auf der Welt ist es schon fünf.«

Silver grinste. »Du darfst an jedem Cocktail nur nippen, sonst bist du am Ende blau.«

»Für mich nicht.« Pallas legte eine Hand auf ihren Magen »Ich fühle mich nicht so gut, also verzichte ich lieber auf den Alkohol.«

Silver warf ihr einen besorgten Blick zu. »Ich habe Ginger Ale dabei. Willst du ein Glas?«

»Das wäre toll.«

Silver verengte den Blick. »Pallas«, setzte sie an.

Pallas schüttelte den Kopf. »Ellen und Barry werden jede Sekunde hier sein. Konzentrieren wir uns darauf.«

Natalie hatte das Gefühl, irgendetwas nicht mitzubekommen, aber bevor sie nachhaken konnte, tauchte das glückliche Paar auf.

Sie waren beide Mitte dreißig, groß und ein wenig mollig. Außerdem waren sie offensichtlich total ineinander verknallt und freuten sich auf ihre Hochzeit.

»Meine Mutter schickt mir vierhundert Nachrichten pro Tag«, sagte Ellen, als sie Pallas umarmte. »Ich glaube, sie hat befürchtet, dass ich niemals heiraten werde.«

Barry gab seiner Braut einen Kuss auf die Wange. »Das liegt daran, dass du auf mich gewartet hast.«

»Das habe ich.«

Sie schauten einander an, als wären sie die einzigen Menschen im Raum. Natalie verspürte einen leichten Stich der Eifersucht – oh, einmal so verliebt zu sein!

Pallas stellte sie alle einander vor. Dann nahmen sie Platz, und Pallas schaltete die Eltern über Skype dazu.

Natalie war beeindruckt, wie gekonnt ihre Freundin mit der Technik umging. Der geteilte Bildschirm ermöglichte es, zu sehen, wer gerade sprach. Wenn Pallas ein Foto von ihrem Computer hochlud, teilte sich der Bildschirm in drei Flächen, sodass alle immer auf dem gleichen Stand waren.

»Wir sind hier zusammengekommen, um ein paar Entscheidungen zu treffen.« Pallas öffnete ihr Tablet und warf einen Blick auf die lange Liste. »Die Tortenproben sind hier, und Silver möchte gerne eine Auswahl an speziellen Cocktails vorstellen. Außerdem sind einige der möglichen Gastgeschenke eingetroffen, und Natalie hat ein paar Blumen mitgebracht, die Sie sich alle anschauen sollen. Außerdem werden wir die restlichen Einzelheiten der Hochzeit durchgehen und sicherstellen, dass wir noch im Zeitplan liegen.«

Ellen seufzte. »Die Blumen … Kann ich sie sehen?«

Natalie reichte ihr die Einmachgläser mit den Blumen aus Comic-Heft-Seiten. Vorsichtig betasteten Ellen und Barry die Papierblüten. Dann schaute Ellen strahlend auf.

»Die sind unglaublich. Können Sie Blumen für drei Vasen pro Tisch machen, oder ist das zu viel?«

»Ich bin meinem Zeitplan bereits voraus. Es freut mich, dass es Ihnen gefällt.«

»Es gefällt uns nicht nur«, warf Barry ein. »Wir lieben es. Sie sind eine sehr talentierte Künstlerin.«

Silver beugte sich vor und flüsterte: »Wie süß sind die beiden denn bitte?«

Natalie lächelte.

Pallas ging die restlichen Punkte ihrer Liste durch. »Nur um das noch einmal klarzustellen: Das Thema der Hochzeit ist ein spezieller Film – nicht die Comics, nicht die anderen Verfilmungen, die später entstanden sind. Wir halten uns also an die entsprechenden Bösewichte und die Hauptcharaktere.« Sie schaute auf ihr Tablet. »Der Standesbeamte, der euch vermählt, wird als Alfred kostümiert sein, richtig?«

Barry lachte leise. »Ja. Und er freut sich schon wahnsinnig darauf.«

Pallas bestätigte, dass die Eheringe bestellt waren und pünktlich geliefert würden. Es handelte sich um Platinringe mit eingesetzten runden Diamanten und einem schwarzen Onyxstein in der Form einer Fledermaus. Ellen würde eine weiße Maske tragen, und auf den Absätzen ihrer Schuhe waren winzige Fledermäuse. Barry hatte sich für einen schwarzen Smoking mit gelber Weste und Krawatte entschieden. Die Kleider der Brautjungfern waren schwarz mit gelben Schärpen um die Taille.

»Sie dürfen sich die Kleider selbst auswählen«, sagte Ellen. »Dann können sie sie später noch mal tragen. Ich habe nur darum gebeten, dass sie so geschnitten sind, dass man für die Zeremonie eine gelbe Schleife drumbinden kann.«

»Das ist eine tolle Idee«, sagte Natalie. »Ich wette, die Schärpen werden auf der Feier der Hit sein. Bestimmt will jeder zum Tanzen mal eine umbinden.«

»Stimmt.« Ellen strahlte sie an. »Daran hatte ich noch gar nicht gedacht, aber sicher haben Sie recht. Die männlichen Trauzeugen werden unter ihren Oberhemden T-Shirts mit dem Aufdruck der Bösewichte tragen.«

Okay, Natalie musste zugeben, dass sie sich nicht für solch eine Hochzeit entschieden hätte, aber wenn Ellen und Barry es so wollten, sollten sie es auch bekommen.

»Wir müssen noch ein paar Ideen für die Feier zusammentragen«, warf Pallas ein. »Bisher lag die ganze Aufmerksamkeit auf der Zeremonie.«

»Ich habe den Film erst vor ein paar Wochen gesehen«, erklärte Natalie. »Ich wette, es wäre leicht, ein großes Plakat mit der Skyline von Gotham City drucken zu lassen und es an eine Wand zu hängen.« Sie schaute Pallas an. »So etwas bekommt Wynn doch hin, oder?«

Pallas tippte etwas in den Computer, und kurz darauf tauchte ein Bild der Stadt auf. »Das ist eine Möglichkeit. Es gibt noch Dutzende andere. Ellen, soll ich dir ein paar Vorschläge schicken?«

»Lasst es uns umgekehrt machen. Barry und ich suchen die Bilder heraus, die uns am besten gefallen, und die schicken wir dir.« Ellen holte einen Zettel aus ihrer Handtasche. »Die Idee gefällt mir.«

»Ich werde ziemlich viele Papierschnipsel von den Blumen übrig haben.« Natalie befühlte das Blatt einer Blume. »Ich habe mich gefragt, ob wir daraus Tischnummern machen können. Das wäre nicht sonderlich schwierig und passt zum Thema. Ich könnte auch die Ränder des Gästebuchs damit bekleben.«

»Perfekt«, sagte Barry. »Die Bräutigam-Torte wird doch in Form des Batmobils gemacht, oder?«

»Ja. Und heute dürft ihr die Geschmacksrichtungen für die beiden Torten aussuchen.« Pallas rief Bilder der möglichen Dekorationen auf. Natürlich war eine in Schwarz und Gelb dabei, eine andere Torte war mit Efeu dekoriert, doch die, die Natalie am besten gefiel, war subtiler – drei runde Lagen mit cremefarbener Glasur und dem klassischen Batman-Logo in dunklerem Elfenbein drauf.

»Die da«, sagten Barry und Ellen gleichzeitig und lachten.

Das Brainstorming ging weiter. Ellens Mutter wollte einen Fotoautomaten mit Comic-Sprüchen wie *Rums!* und *Peng!* als Hintergrund. Natalie und Ellen sprachen ausgiebig über die Blumen, und die Braut entschied sich für schwarze und weiße Callas mit Efeu. Sobald alle Entscheidungen getroffen waren, verabschiedeten sich die Eltern, und Braut und Bräutigam probierten die Torten und die Cocktails.

Drei Stunden vergingen wie im Flug. Schließlich begleitete Silver Barry und Ellen hinaus; die drei waren immer noch in ihr Gespräch über Drinks vertieft. Natalie blieb noch, um Pallas beim Aufräumen zu helfen.

»Das war unglaublich«, sagte Natalie. »So viel Arbeit, aber lustig. Ich verstehe, warum du deine Arbeit liebst.«

Pallas überraschte sie, indem sie sich auf einen Stuhl sinken ließ und den Kopf auf den Tisch legte. »Ich kann das nicht. Ich kann das einfach nicht.«

»Was ist los?« Natalie setzte sich neben sie. »Sag mir, was es ist, und ich richte es.«

Pallas sah sie an. In ihren Augen schwammen Tränen. »Es ist nichts Schlimmes, das schwöre ich. Ich freue mich. Aber ich kann das hier nicht weitermachen.« Sie atmete zitternd ein. »Ich bin schwanger.«

»Was? Das ist doch super!« Natalie umarmte sie. »Wir bekommen ein Baby. Warum weinst du denn?«

»Weil ich so erschöpft bin. Vom ersten Tag an ist mir übel. Ich kann nicht schlafen. Meine Ärztin sagt, bei mir wäre alles in Ordnung, mein Körper würde nur etwas heftig auf die Hormonumstellung reagieren. Sie schwört, dass es besser wird, aber bislang tut es das nicht, und ich gehe hier unter.« Sie versuchte zu lächeln. »Meine Mutter freut sich so sehr, was auf ganz eigene Art seltsam ist, aber darüber müssen wir jetzt nicht reden.«

Sie schniefte. »Die Hochzeiten sind zu viel. Vor allem diese hier. Es sind tausend Dinge zu bedenken. Ich bin dabei, eine Assistentin zu suchen, aber das wird ein Weilchen dauern. Glaubst du, du könntest mit ein paar Wochen helfen, bis ich jemanden gefunden habe?«

»Was? Natürlich. Das mache ich doch gerne.« Natalie zögerte. »Aber Pallas … Ich weiß gar nichts über Hochzeiten.«

»Du hast das heute super gemacht. Du hast einen ausgezeichneten Geschmack, und die Menschen mögen dich. Das ist wichtig. Also wenn du bereit bist, dann stelle ich dich an. Und das meine ich so, wie ich es sage. Ich werde dich für deine Zeit bezahlen. Im Moment habe ich einfach nur so viel zu tun, und dabei fühle ich mich jede Sekunde eines jeden Tages einfach nur schrecklich.«

Natalie umarmte ihre Freundin erneut. »Ich stehe dir zur vollen Verfügung. Das meine ich ernst. Ich rede mal mit Atsuko und gucke, ob ich meine Arbeitszeiten verschieben kann, damit ich für dich da sein kann, wenn du mich brauchst. Die Blumen für die Feier kann ich abends oder früh am Morgen machen. Ehrlich, ich schaff das.«

»Ist es wirklich nicht zu viel?«

»Nein, alles gut. Ich möchte dir helfen.«

Natalie freute sich, dass sie für ihre Freundin da sein konnte. Doch genauso aufregend war der Gedanken an ein zusätzliches Einkommen. Wenn sie das Geld von Pallas zu dem legte, was sie für die Blumen bekam, könnte es reichen, um mal eine zwei- oder dreiwöchige Auszeit von ihrem Job zu nehmen und trotzdem noch genug für drei Monatsmieten zu haben. Damit könnte sie sich auf eines oder zwei größere Kunstprojekte konzentrieren. Wie großartig wäre das denn bitte?

»Du bist die Beste«, sagte Pallas. »Ich weiß gar nicht, wie ich dir danken soll.«

»Wir sind beide die Besten. Und wir werden sehr viel Spaß zusammen haben.«

Ronan wusste nicht, wieso auf einmal alle so ein Aufheben um seinen Geburtstag machten. Als Mathias ihm von der Party erzählt hatte, war seine instinktive Reaktion gewesen, »Auf keinen Fall« zu sagen. Das Problem damit war, dass Natalie direkt neben ihm gestanden und so glücklich und aufgeregt ausgesehen hatte. Er hatte es einfach nicht übers Herz gebracht, sie zu enttäuschen. Weshalb er nun auf dem Weg zum Boardroom Pub und einer lächerlichen Party war, bei der er auf keinen Fall Spaß haben würde.

Tagsüber hatte er zu Hause gearbeitet, damit er noch duschen und sich umziehen konnte, bevor er in die Stadt fuhr. Er würde sich mit Natalie in der Galerie treffen und gemeinsam mit ihr zum Boardroom gehen. Wenigstens ist sie eine nette Ablenkung, dachte er. Und noch dazu sehr sexy. Aber trotzdem. Eine Party?

Er hatte keine Ahnung, wer alles da sein würde. Sollte es mit seinen Brüdern zu unbehaglich werden, könnte er immer noch Pallas' Schwangerschaft erwähnen; das würde sicher für einen Themenwechsel sorgen.

Er stieg in seinen Truck und fuhr den Berg hinunter. So ganz konnte er immer noch nicht begreifen, dass Nick Vater wurde. Elaine war bei der Aussicht auf ein Enkelkind bestimmt ganz aufgeregt. Er bezweifelte, dass Ceallach sich groß dafür interessierte – außer sein Enkelkind würde künstlerisches Talent zeigen. Was Nick anging, so glaubte Ronan, dass er zu zwei Dritteln verängstigt und zu einem Drittel aufgeregt war.

Früher war Ronan davon ausgegangen, dass er selbst irgendwann mal Kinder haben würde. Er hatte sich als traditionellen

Vater gesehen. Als jemanden, der im Haushalt nicht allzu viel tun musste und die Kinder verwöhnte, wenn die Mutter gerade nicht hinsah. Weiter hatte er nie gedacht – er hatte sich weder überlegt, wer die Frau sein könnte, noch, wie viele Kinder er haben wollte. Für solche Überlegungen war immer noch genügend Zeit gewesen. Doch mit der Enthüllung seines Vaters hatte sich das alles geändert. Er wusste nicht mehr, wer er war. Und er vertraute sich nicht mehr ausreichend, um sich vorstellen zu können, einmal Kinder zu haben.

Natalie wartete vor der Galerie auf ihn. Sie vibrierte förmlich vor Aufregung in der warmen Frühlingsluft. Sie ist immer so glücklich, dachte er und spürte, wie seine Anspannung nachließ. So positiv und sicher. Und wunderschön. Sie trug ein locker geschnittenes wadenlanges Kleid. Die Farben reichten von Gelb über Orange bis Rot. Die Haare trug sie offen und lockig, und sie lächelte, lange bevor er aus dem Truck stieg.

»Du bist da!« Sie eilte auf ihn zu. »Ich habe befürchtet, dass du eine Ausrede findest, um nicht zu der Party zu gehen.«

»Würde ich so etwas tun?«, fragte er, bevor er ihr einen Kuss gab.

»Ohne mit der Wimper zu zucken.« Sie schaute in seine Augen. »Herzlichen Glückwunsch zum Geburtstag. Dein Geschenk ist schon im Boardroom Pub. Ich hoffe, das Essen gefällt dir. Ich habe es ausgesucht und hoffe, dass all deine Lieblingsgerichte dabei sind.« Sie stellte sich auf die Zehenspitzen und gab ihm einen Kuss auf den Mund. »Du bist nicht böse, oder?«

»Weil du mich küsst? Nein. Das mag ich irgendwie.«

»Wegen der Party! Du hast niemandem gesagt, dass du heute Geburtstag hast.«

»Vielleicht hat mich nie jemand gefragt.«

Sie seufzte. »Okay, du wirst heute Abend schwierig sein, oder?«

»Vielleicht ein bisschen.«

Sie hakte sich bei ihm unter. »Das ist in Ordnung. Wir feiern deine Geburt. Da darf man schwierig sein. Komm. Gehen wir. Ich habe gehört, es gibt eine Torte.«

Die Genervtheit, die er den ganzen Tag über empfunden hatte, war in der Sekunde verschwunden, in der Natalie angefangen hatte zu reden. Er hatte keine Ahnung, wie sie das machte, aber es war ein beeindruckendes Talent. Mit Natalie in der Nähe war die Dunkelheit nicht so düster, und die guten Momente waren sogar noch besser.

»Wo bist du in Fool's Gold hingegangen, um Spaß zu haben?«, wollte sie wissen. »Gab es da so etwas wie den Boardroom Pub?«

»Es gibt dort eine Bar namens *The Man Cave*, aber die wurde erst eröffnet, nachdem Mathias und ich schon weggezogen waren. Trotz dieses Namens sind Frauen auch willkommen. Nick hat dort eine Zeit als Barkeeper gearbeitet.«

»Was? Wieso das denn?«

»Er wollte eine Weile nichts mit Kunst zu tun haben. Es war kompliziert.«

»Mit eurem Vater.« Sie lehnte sich an ihn. »Ich weiß, das ist falsch, aber ich mag ihn wirklich nicht.«

»Ich auch nicht. Er hat viel zu verantworten.«

Ceallach war es gelungen, alle seine Söhne zu verkorksen. Trotzdem hatte jeder von ihnen sein Glück gefunden. Ronan nicht, aber die anderen.

»Hast du den Ort gemocht, in dem du aufgewachsen bist?«, fragte sie. »Dumme Frage. Natürlich. Schließlich bist du von einer Kleinstadt in die nächste gezogen.«

»Fool's Gold ist interessant. Das Jahr wird in der Stadt von den verschiedenen Festivals bestimmt. Es gibt Kochwettbewerbe und Umzüge und Märkte. Und sogar eine Elefantendame. Priscilla.« Er runzelte die Stirn. »Ich weiß nicht genau, wie sie in die Stadt kam, aber sie wird sehr geliebt. Ihre beste Freundin ist ein Pony.«

»Wir haben Giraffen«, hielt Natalie dagegen. »Das ist besser.«

Er lachte. »Das ist doch kein Wettbewerb.«

»Für mich schon. Ich bin Team Happily Inc.«

»Du würdest Fool's Gold mögen. Wir haben die am längsten regierende Bürgermeisterin in der Geschichte Kaliforniens. Bürgermeisterin Marsha weiß alles. Das ist ein wenig unheimlich, aber irgendwie auch tröstlich. Unser Haus lag direkt außerhalb des Stadtkerns am Wald. Meine Brüder und ich hatten die ganze Natur als Spielplatz für uns. Im Sommer haben wir kaum eine Sekunde im Haus verbracht. Einmal haben Mathias, Nick und ich ein Fort in einigen Bäumen gebaut. Vor ein paar Jahren, als ich zu Besuch war, habe ich es mir angeschaut. Es ist ein ganz schön wackliges Ding. Wir hatten Glück, dass es nicht zusammengebrochen ist und uns in die Tiefe gerissen hat. Wann immer unser Vater eine seiner Launen hatte, sind wir einfach verschwunden. Es gab ein paar Orte, an denen wir was zu essen bekommen haben.«

»Wo zum Beispiel?«

»Bei den Nachbarn. In einigen der Restaurants in der Stadt, die sich um uns gekümmert haben. Ich bin sicher, sie haben danach eine Rechnung an Elaine und meinen Dad geschickt.«

Natalie gab ein kleines Geräusch von sich.

»Was ist?«, fragte er.

»Du nennst deine Mom Elaine.«

»Sie ist nicht meine Mutter.«

»Sie hat dich nicht zur Welt gebracht, aber sie hat dich aufgezogen. Natürlich ist sie deine Mutter.«

Sie hat mich angelogen. Ronan sprach die Worte nicht aus, aber er dachte sie. Ceallachs Verrat war wenig verwunderlich gewesen. Sein Vater war ein Narzisst, der nur an sich dachte. Aber Elaine hätte anders sein sollen. Er hatte ihr vertraut – bis zu diesem Moment.

Natalie seufzte. »Sorry. Es ist dein Geburtstag. Du darfst ein Idiot sein, wenn du willst.«

»Danke.«

»Du bist nicht böse, weil ich dich Idiot genannt habe?«

»Nö.«

Sie kuschelte sich an ihn. »Du bist der beste Freund aller Zeiten.«

»Danke.«

Sie erreichten den Boardroom Pub. Alle Lichter waren an, die Türen standen weit offen, und der Klang von Musik schallte hinaus. Ronan wusste, dass die Party für ihn im Hinterzimmer stattfand. Kurz überlegte er zu flüchten, doch das würde Natalie enttäuschen. Also wappnete er sich, bevor er ihr durch den Hauptraum und einen kurzen Flur hinunterfolgte. Dort stand eine weitere Tür offen, und er sah ungefähr dreißig Leute in dem Raum dahinter.

»Ronan! Herzlichen Glückwunsch zum Geburtstag.«

Die Gäste jubelten und riefen ihm Glückwünsche entgegen, als er eintrat. Nick kam zu ihm und schlug ihm auf die Schulter. Mathias tat es ihm gleich. Ronan wollte gerade etwas sagen, als er das Banner an der Wand erblickte.

Happy Birthday, Ronan und Mathias!

Er sah seinen ehemaligen Zwilling an. »Was soll das denn?«

Mathias nippte an seinem Bier. »Die letzten vierundzwanzig Jahre haben wir an meinem Geburtstag gefeiert. Ich dachte, die nächsten vierundzwanzig feiern wir an deinem und dann immer abwechselnd, bis einer von uns tot ist.«

Ihre Blicke trafen sich. Ronan gestattete sich für einen Moment die Erinnerung an das Leben als Zwilling. Wie es sich angefühlt hatte, die Hälfte eines Ganzen zu sein. Damals hatte er gewusst, was er wollte und wer er war. Das Leben war weit weniger kompliziert gewesen.

»Guter Plan«, sagte er schließlich grinsend. »Außerdem werde ich dich überleben.«

»Davon träumst du wohl.«

Weitere Menschen gesellten sich zu ihnen. Ronan holte sich ein Bier und sah, dass Atsuko eine Begleitung mitgebracht hatte – einen sehr viel jüngeren, blonden Mann, der sie anschaute, als wäre sie die einzige Frau auf der Welt. Carols Vater und ihr Onkel – Ed und Ted – waren da, ebenso einige von Ronans Praktikanten. In einer Ecke stand ein Tisch mit Geschenken, und an der Wand war ein langes Buffet aufgebaut.

Ronan entschuldigte sich, um Natalie zu suchen. Sie unterhielt sich gerade mit einer sehr blassen Pallas.

»Wie geht es dir?«, fragte er seine Schwägerin.

Sie wedelte mit dem Glas. »Ich lebe von Ginger Ale und Crackern. Die Nahrung der Champions. Oder in meinem Fall der schwangeren Frauen. Herzlichen Glückwunsch.« Sie trank einen Schluck. »Wusste ich, dass ihr beide euch datet?«

Natalie zuckte mit den Schultern. »Ich bin mir nicht sicher. Wusstest du es?«

Pallas stöhnte. »Ich bin bereits geschwächt. Bitte spiel in meinem verwirrten Zustand nicht mit mir herum.«

Natalie sah Ronan an, dann wandte sie sich wieder ihrer Freundin zu. »Es ist ganz locker. Wir wollten es nicht erwähnen, aber die Leute scheinen es sowieso mitbekommen zu haben.«

Ronan war nicht sicher, ob ihm die Beschreibung »ganz locker« gefiel, aber er war nicht in der Position, sie zu korrigieren.

»Ihr seid ein süßes Paar«, sagte Pallas. »Unerwartet, aber süß.«

Er fragte sich, was genau an ihnen unerwartet war. Sie waren beide Künstler und hatten auch sonst ähnliche Interessen. Vermutlich beruhte Pallas' Überraschung darauf, dass Natalie so fröhlich war und im Gegensatz zu ihm immer das Positive in allem sah.

Nick und Mathias gesellten sich zu ihnen. »Na, wie gefällt dir die Party?«, fragte Nick.

»Super«, erwiderte er. Was eine Lüge war. Allerdings musste er zugeben, dass er mehr Spaß hatte als erwartet. Was vermutlich daran lag, dass er mit Natalie zusammen hier war.

»Wir haben uns für die Outdoor-Challenge nächsten Monat angemeldet. Du hast bestimmt die Plakate draußen gesehen. Wir machen alle fünf mit.«

Die Information sackte nur langsam. Ronan hatte die Ankündigungen tatsächlich gesehen: Die Outdoor-Challenge war eine Wohltätigkeitsveranstaltung, bei der es allerhand sportliche Wettkämpfe gab – von einem Fünf-Kilometer-Lauf bis zu Tauziehen. Mit den einzelnen Wettbewerben hatte er kein Problem. Es war mehr diese Bemerkung über das Team, die ihn aufhorchen ließ.

Die offensichtliche Frage wäre gewesen, welche fünf das Team bildeten. Nur hatte er das Gefühl, die Antwort bereits zu kennen.

»Del und Aidan fliegen dafür ein?«, fragte er also.

»Jupp. Die Mitchell-Brüder werden sie alle in die Tasche stecken.«

Nicks Blick war so fest wie sein Ton, als wollte er sichergehen, dass Ronan wusste, es gab kein Entkommen; dass er einer der Brüder war und von ihm erwartet wurde mitzumachen.

Ronan schaute zur Tür und dachte sehnsüchtig an sein einsames Haus in den Bergen. Daran, dass er dort allein sein konnte. Allerdings war allein zu sein für ihn bisher nicht sonderlich gut gelaufen. Er hatte aufgehört zu arbeiten und war einsam gewesen. Er erinnerte sich daran, dass die besten Zeiten seines Lebens diejenigen gewesen waren, die er mit seinen Brüdern verbracht hatte. Also sollte er dankbar sein, dass Nick so hartnäckig war.

»Ich bin dabei«, sagte er schnell, bevor er seine Meinung ändern konnte.

Sein Bruder entspannte sich. »Super. Ich sage den anderen Bescheid.«

Natalie stellte sich neben ihn und lächelte. »In ein paar Minuten startet der Darts-Wettbewerb. Willst du in meinem Team sein?«

Er schaute in ihre braunen Augen und sah einen Anflug von Selbstgefälligkeit darin. »Lass mich raten. Du bist beim Darts so gut wie darin, Papierflugzeuge fliegen zu lassen.«

»Es ist irgendwie das Gleiche. Zielen und werfen.«

Er legte einen Arm um sie. »Du hast ungeahnte Talente.«

»Ich weiß. Die machen mich ziemlich unwiderstehlich.«

Sie zog ihn nur auf, aber er wusste, dass in ihren Worten eine gewisse Wahrheit lag. Sie war eine Versuchung – der er widerstehen musste. Wie das im Moment zwischen ihnen lief, war gut. Aber alles andere würde eine Grenze überschreiten. Und zwar für sie beide.

12. Kapitel

Natalie spürte den Wein. Sie hatte auf Ronans Geburtstagsparty viel Spaß gehabt, aber wichtiger war, dass *er* die Party auch genossen hatte. Beim Darts hatte sie ihn haushoch geschlagen, sie hatte gesehen, wie er mit seinen Brüdern gesprochen und gelacht hatte, und später am Abend hatte Ronan sie an sich gezogen, und sie hatten getanzt. Sie war ein wenig angeheitert, müde und total glücklich.

Hand in Hand gingen Ronan und sie zur Galerie zurück, wo ihre Autos standen. Sie würde ihn bitten, sie nach Hause zu fahren, denn sie wollte auf keinen Fall mehr selbst hinter dem Steuer sitzen, und es war ein wenig zu weit, um zu Fuß zu gehen. Sie wusste, dass die körperliche Betätigung gut für sie wäre, aber der Gedanke daran, nach Hause gefahren zu werden und einfach ins Bett zu kriechen, war wesentlich ansprechender.

»Was ist?«, fragte er, als sie die Straße überquerten. »Wieso lächelst du so?«

»Du hattest Spaß.«

»Stimmt. Du hattest recht, was die Party anging.«

»Ha!«

Leise lachend sagte er: »Ich wollte nicht hingehen, aber du hast gesagt, ich müsste, und du hattest recht.«

»Doppelt ha! Siehst du? Du magst es, mit anderen Menschen zusammen zu sein. Du bist quasi normal.«

»Quasi.«

Sie lachte. »Es liegt noch ein wenig Arbeit vor uns, aber du hast definitiv Fortschritte gemacht.«

»Du hältst dich für besonders klug, oder?«

»Oh ja. Ich bin klug. Und du hast eine tolle Familie. Nick und Mathias sind die Besten. Del und Aidan kenne ich nicht, aber ich bin mir sicher, sie sind genauso super. Du hast wirklich Glück.«

Ein Gefühl, das Natalie nicht benennen konnte, huschte über sein Gesicht, und das amüsierte Funkeln verschwand aus seinen Augen.

»Woran denkst du?«, wollte sie wissen.

Er zuckte mit den Schultern. »Als Kind habe ich immer gedacht, ich komme nach Elaine.«

»Du meinst, nach *deiner Mutter*?«

Er ignorierte ihren Einwurf. »Ich dachte, ich hätte ihren Sinn für Humor und dass wir auf die gleiche Weise denken. Aber ich habe mich geirrt.«

»Hast du nicht.«

Sie erreichten die Galerie. Natalie drehte sich zu ihm um. Trotz der späten Stunde erleuchteten Laternen den Parkplatz.

»Du hast dich nicht geirrt«, betonte sie. »Das musst du doch erkennen. Was du in dir gesehen hast, war das Spiegelbild der Frau, die dich aufgezogen hat. Du hast ihre Liebe gesehen und darauf reagiert.«

»Sie hat mich angelogen.«

»Sie hat getan, was sie unter den schwierigen Umständen für das Richtige hielt. Ehrlich, du musst darüber hinwegkommen. Dein Verhalten ist lächerlich. Schlimmer noch, du tust ihr weh. Elaines großes Verbrechen ist, dass sie dich aufgenommen und wie ihren eigenen Sohn geliebt hat. Bu-hu, wie schlimm.«

Seine Miene verhärtete sich. »Sie hat mich jeden Tag angelogen, was mich und unsere Beziehung anging. Ich habe keine Ahnung, wer ich wirklich bin. Ich habe nur meinen Vater, und glaub mir, man will nicht, dass ein Mann wie Ceallach Mitchell alles ist, was man ist.«

»Du bist überhaupt nicht wie dein Vater.« Sie stemmte die Hände in die Hüften und funkelte ihn an. Ihre Genervtheit verwandelte sich langsam in echte Verärgerung – was bei ihr nur selten vorkam.

»Ich sehe dich jeden Tag, Ronan. Du bist ein guter Kerl. Du liebst deine Brüder, du leistest hervorragende Arbeit. Du bist weder gemein noch grausam oder irgendetwas in der Art. Reiß dich endlich zusammen. Okay, deine Vergangenheit ist ein wenig geheimnisvoll. Aber das ist nicht das Ende der Welt.«

Sie verengte den Blick. »Der Grund für deine ganzen Probleme ist, dass du dich von dem Menschen distanziert hast, der dich auf der Welt am meisten liebt. Du hast dich von der Frau distanziert, die dich aufgezogen hat. Du hast diese alberne Vorstellung, dass sie, nur weil sie dich nicht aus ihrem Körper herausgepresst hat, nicht deine Mutter ist. Tja, ich habe Neuigkeiten für dich: Eine Adoption ist eine vollkommen praktikable Art, ein Kind aufzuziehen.«

Energisch wandte sie sich von ihm ab und ging drei Schritte. Dann drehte sie sich wieder zu ihm um. »Weißt du was? Du hast Glück gehabt. Elaine hätte auch sagen können: ›Auf keinen Fall!‹, als sie von der Affäre ihres Ehemannes und dem daraus resultierenden Kind erfahren hat. Das hätten die meisten Frauen getan. Dann wärst du in ein Heim gekommen oder zu Pflegeeltern, und wer weiß, was dir dort passiert wäre. Doch du wurdest aufgenommen und als einer der ihren aufgezogen. Laut Nick und Mathias dachten alle, du wärst ihr Lieblingssohn. Wie kann das schlecht sein? Erklär es mir.«

Ihre Stimme war ein wenig lauter geworden, aber das war ihr egal.

Ronan wandte den Blick ab. »Du verstehst das nicht.«

»Da hast du recht.« Sie ging wieder zu ihm und stieß ihm den Zeigefinger gegen die Brust. »Ich verstehe es nicht. Und das werde ich auch nie tun. Weißt du, warum? Weil du immer noch eine Familie hast. Du hast Menschen, die dich lieben. Du hast immer noch eine Mutter.«

Tränen brannten in ihren Augen. »Ich habe meine Mutter verloren. Sie war meine beste Freundin, meine einzige Familie, und ich habe sie verloren. Mein Dad ist gestorben, bevor ich auf die Welt kam, also hatte ich nur sie. Und dann war sie fort. Du hast keine Ahnung, wie das war. Ich dachte, wir hätten noch weitere fünfzig Jahre zusammen, aber sie ist krank geworden und gestorben, und ich war komplett allein. Als ich Quentin traf, dachte ich, ich würde wieder Teil einer Familie werden. Ehrlich gesagt war das zu verlieren genauso schwer, wie ihn zu verlieren, als er Schluss mit mir gemacht hat. Ich dachte, all meine Wünsche werden wahr, nur um dann am Ende mit nichts dazustehen. Ich habe keine Familie, und glaub mir, das ist kein schönes Gefühl. Du hingegen hast alles.«

Sie wischte sich die Tränen ab. »Über Quentin bin ich hinweggekommen, aber über den Verlust meiner Mom werde ich nie hinwegkommen. Weißt du, was ich dafür geben würde, noch mal einen einzigen Tag mit ihr zu haben? Ich würde alles dafür geben. Zehn Jahre meines Lebens. Zwanzig. Den Rest. Nur einen Tag, um mit ihr zu reden und sie zu halten und zu sehen, wie sie mich anlächelt.«

Schluchzer stiegen in ihr auf, aber sie hielt sie zurück. »Verdammt sollst du sein, Ronan. Wie kannst du es wagen, nicht zu schätzen, was du hast? Du bist nicht der Einzige, der etwas verloren hat. Das hat jeder. Es gehört zum Menschsein dazu. Du könntest das wieder geraderücken. Du könntest sie anrufen und dafür sorgen, dass alles wieder gut wird, aber du schmollst lieber und bemitleidest dich. Die Welt dreht sich nicht um dich. Also hör auf, dich so zu benehmen, als täte sie es.«

Während sie sich die Tränen abwischte, starrte Ronan sie an. Ihr Ausbruch hatte ihn offensichtlich schockiert. Tja, gut so. Sie war wütend, und er hatte verdient, was sie zu ihm gesagt hatte.

»Jedes Wort, das ich gesagt habe, ist wahr, und das weißt du.« Sie atmete zitternd ein. »Ich kann im Moment nicht mit dir zusammen sein. Ich werde nach Hause laufen. Lass mich einfach in Ruhe.«

»Natalie, nein. Es ist schon spät. Ich fahre dich.«

Sie verdrehte die Augen. »Das hier ist Happily Inc. Hier wird mir nichts passieren. Geh einfach.«

Sie drehte sich um und ging los. Die Müdigkeit war verschwunden, und die Wut verlieh ihr Energie. Vermutlich sollte sie sich wegen der Dinge, die sie gesagt hatte, schlecht fühlen, aber das tat sie nicht. Ronan hatte das und noch viel mehr verdient. Als sie an den Verlust ihrer Mutter gedacht hatte, daran, wie schlimm es gewesen war, hätte sie ihn am liebsten geohrfeigt. Er war egoistisch und kurzsichtig. Er wusste nicht, wie viel Glück er hatte.

Auf halbem Weg zu ihrer Wohnung bemerkte sie, dass er sie mit einigem Abstand in seinem Truck verfolgte. Weil er sichergehen wollte, dass sie gut zu Hause ankam.

Sie überlegte, stehen zu bleiben und ihm zu sagen, dass er sie in Ruhe lassen und stattdessen lieber seine Mutter anrufen sollte. Doch dann entschied sie sich dagegen. Sie ging einfach weiter, und als sie ihr Haus erreicht hatte, trat sie durch die Tür, ohne noch mal einen Blick zurückzuwerfen.

Nachdem sie sich das Gesicht gewaschen und ihren Schlafanzug angezogen hatte, ging sie in ihr kleines Schlafzimmer und setzte sich auf den Boden. Unter dem Bett holte sie eine Kiste hervor und öffnete sie.

Darin befanden sich Fotos von ihr mit ihrer Mutter oder von ihrer Mom allein, darunter ein Hochzeitsfoto. Ihre Mom stand im Brautkleid neben dem Vater, den Natalie nie kennengelernt hatte.

Er war für sie ein Rätsel. Ein Mensch, von dem sie immer nur gehört hatte. Vermutlich sollte sie ihn genauso sehr vermissen wie ihre Mom, aber für sie war er kaum mehr als ein Konzept. Ihre Mutter hingegen war real gewesen.

Natalie richtete ihre Aufmerksamkeit wieder auf die Kiste.

Zwischen einigen Schmuckstücken, ihren Lieblingspinseln und der Kaleta-Familien-Bibel lag eine wunderschön bestickte Stola, die ihre Mutter immer übergeworfen hatte, wenn sie sich »schick« fühlen wollte. Außerdem ihr bevorzugter Lippenstift. Alberne Dinge, die für niemand anderen einen Wert hatten. Natalie nahm weitere Fotos in die Hand und schaute sie an, bis die Tränen es ihr unmöglich machten, noch irgendetwas zu erkennen. Weinend legte sie die Fotos in die Kiste zurück, bevor sie sich auf dem Boden zusammenrollte und um ihre Mutter weinte, die nicht mehr bei ihr sein konnte.

Ronan machte die ganze Nacht kein Auge zu. Er versuchte es für eine gute Stunde, dann gab er auf und ging in sein Studio. Allein konnte er zwar nicht arbeiten, denn alles, was er für die Auftragsarbeit zu tun hatte, verlangte mehrere Hände. Und ja, er war vielleicht ein Arschloch. Aber nicht mal er war fies genug, um seine Assistenten um zwei Uhr morgens anzurufen und herzubeordern.

Eine Weile tigerte er auf und ab, dann ging er in die Küche und machte sich einen Kaffee. Doch das half auch nicht. Er erinnerte sich daran, wie es gewesen war, Natalie in seinem Haus zu haben. Wie leicht alles mit ihr war. Wie er sie selbst jetzt überall sah.

Nie hatte er sie als jemanden betrachtet, der eine Tragödie erlebt hatte. Deshalb hatte ihre Geschichte ihn schockiert. Er hatte gewusst, dass sie ihre Mutter verloren hatte, sich aber nie vorgestellt, wie traumatisch das für sie gewesen war. Sie sprach nie darüber, dass sie ihre Mutter vermisste – zumindest nicht so, wie sie es heute Abend getan hatte. Er hatte keine Ahnung gehabt, wie sehr sie gelitten hatte. Sie war immer so fröhlich und glücklich, doch darunter lag auch bei ihr Schmerz. Warum hatte er das nicht kapiert?

Ich habe sie verletzt, dachte er, als er mit dem Kaffee ins Atelier zurückkehrte. Indirekt, aber das änderte nichts an ihrem Schmerz. Sie dachte, dass er sich irrte, und hielt ihn für undankbar. Mit beidem könnte sie recht haben – er wusste es nicht. Doch er verstand, dass er etwas in seinem Leben verändern musste, auch wenn er keine Ahnung hatte, wie.

Während er darauf wartete, dass der Ofen heiß wurde, sammelte er seine Materialien zusammen. Auf seinem Schreibtisch stand noch eine von Natalies Origami-Figuren – ein winziger Löwe, den er ausgiebig studierte, bevor er sich daranmachte, ihn aus Glas nachzubilden. Die Sonne stand schon am Himmel, als er schließlich etwas halbwegs Vernünftiges zustande gebracht hatte. Er stellte die Figur zum Abkühlen weg und ging ins Haus, um zu duschen.

Gegen Mittag fuhr er ins Studio in der Stadt und parkte direkt neben Natalies rotem Wagen. Erst nachdem er ausgestiegen war, wurde ihm bewusst, dass Natalie – falls sie keine Mitfahrgelegenheit bekommen hatte – gezwungen gewesen war, zur Arbeit zu laufen. Das geht auch auf mein Konto, dachte er grimmig.

Er fand sie an ihrem Schreibtisch. Sie sah blass aus, und ihre Augen waren geschwollen, als hätte sie den Großteil der Nacht geweint. Als sie aufschaute, hoffte er, dass sie sich nicht entschuldigen würde. Denn sie hatte nichts falsch gemacht.

Was Elaine anging, so stimmte er nicht mit Natalie überein, aber er verstand, dass die Situation bestimmte Knöpfe bei ihr drückte. Und sie hatte recht: Er sollte seine Brüder viel mehr zu schätzen wissen. Nick, Aidan, Mathias und Del waren immer für ihn da gewesen, während er sich die letzten paar Jahre wie ein Arschloch verhalten hatte. Sie waren alle fünf angelogen worden, und auch Mathias hatte mit Ceallachs Geständnis schwer zu kämpfen gehabt. Ronan war nicht der einzige der Mitchell-Brüder, der mit diesem Chaos zurechtkommen musste, das ihr Vater angerichtet hatte.

»Du kommst spät«, sagte sie anstelle einer Begrüßung. »Es ist beinahe Mittag. Glaubst du wirklich, du kannst kommen und gehen, wie es dir gefällt?«

Ihr Blick war ruhig, und Ronan hatte keine Ahnung, was sie dachte.

»Ja«, sagte er. »Ich bin schließlich kein Angestellter.«

»Was für ein Glückspilz du doch bist.«

Er stellte den kleinen Glaslöwen vor ihr auf dem Tisch ab. »Ich werde immer besser. Es ist eine interessante Herausforderung. Das hier ist der Beste, den ich für dich habe. Bist du immer noch sauer auf mich?«

Sie nahm den kleinen Löwen und setzte ihn sich auf die Handfläche. »Ich war nie sauer.«

»Du hast dich aber so verhalten.«

Sie stand auf und ging zu dem Regal hinter ihrem Schreibtisch. Dort standen über ein Dutzend kleiner Origami-Figuren und das andere kleine Glaskunstwerk, das er für sie gemacht hatte. Sie stellte den Löwen daneben, bevor sie sich wieder zu Ronan umdrehte.

»Wir werden uns wohl darauf einigen müssen, dass wir uns nicht einig sind.«

»Kannst du das?«, fragte er.

»Ja. Meistens schon. Ich bin wegen meiner Mom traurig.«

»Ich weiß. Es tut mir leid, was du durchmachen musstest. Und es tut mir leid, dass sie nicht mehr da ist. Ich verstehe, dass sie dir fehlt.«

»Es ist mehr als das.«

Er nickte, unsicher, was er darauf erwidern sollte. »Es tut mir leid, dass ich dich aufgeregt habe. Und es tut mir leid, dass du das Gefühl hast, ich wüsste nicht zu schätzen, was ich deiner Meinung nach habe.«

»Was du meiner Meinung nach hast? Soll das heißen, du siehst das anders?«

»Elaine ist nicht meine Mutter.«

»Du bist ein solcher Sturkopf.« Sie seufzte. »Aber das ist nicht meine Schlacht, also lege ich mein Schwert nieder. Ich bin überzeugt davon, dass du so falschliegst, wie man nur falschliegen kann. Du irrst dich, was deine Mom angeht. Du suhlst dich förmlich darin. Aber es ist deine Entscheidung.«

»Selbst wenn sie falsch ist?«

Ihr Blick war immer noch ruhig, ihre Miene ernst. »Ja. Selbst wenn sie falsch ist.«

»Also magst du mich noch?«

»Ein bisschen.«

»Sind wir noch ... zusammen?«

Er hatte nicht vorgehabt, diese Frage zu stellen, aber als er die Worte aussprach, verspürte er ein Ziehen in seinem Magen. Er wollte Natalie nicht verlieren. Er war gern mit ihr zusammen. Er mochte sie. Und er mochte, wie es zwischen ihnen beiden war. Es war so viel besser als zu der Zeit, bevor sie in sein Leben gestolpert war.

Sie kam um den Schreibtisch herum, schlang ihre Arme um seine Taille und legte den Kopf an seine Brust. Er hielt sie fest und atmete ihren Duft ein.

»Du bist nicht einfach«, flüsterte sie.

»Ich weiß.«

»Ich bin immer noch aufgewühlt.«

»Ich weiß.«

»Aber ich werde nirgendwo hingehen.«

Die Erleichterung schlug wie eine kühle, belebende Welle über ihm zusammen. Der Druck in seiner Brust ließ nach, und er nahm den ersten tiefen Atemzug seit Stunden.

»Danke.«

Die Blumen wurden gegen drei Uhr am Nachmittag geliefert. Natalie starrte das riesige Bouquet aus Rosen, Lilien, Orchideen und Hortensien an, das über einen halben Meter hoch war. Die Blumen waren einfach wunderschön, aber was ihre Aufmerksamkeit am meisten erregte, war die Vase. Sie war ein Wirbel aus klarem und silbernem Glas und hatte bestimmt nicht auf dem Regal des Blumenhändlers gestanden. Natalie vermutete eher, dass es ein handgemachtes Stück von einem berühmten Glaskünstler war und mehr wert als ihr Auto!

Als ihre Atmung sich wieder beruhigt hatte, sank Natalie auf ihren Stuhl und berührte eine der zarten Blüten. Noch nie hatte jemand ihr Blumen geschickt. Weder Quentin noch einer ihrer anderen Freunde. Sie hatte immer angenommen, dass sie eine Frau war, die Männer nicht zum Verschenken von Blumen animierte. Doch das schien sich geändert zu haben. Jetzt gab es einen Mann, der ihr Blumen schenkte. Und diese Geste erfüllte sie mit unglaublicher Freude.

Zwischen den Blüten steckte eine kleine Karte. Sie öffnete den Umschlag und las die beiden Worte, die darauf standen. *Heute Abend?* Die Handschrift erkannte sie sofort. Ronan hatte die Karte selbst geschrieben. Vermutlich als er die Vase zum Floristen gebracht hatte.

Sie wusste, dass sich nichts geändert hatte. Ronan konnte das, was er hatte, immer noch nicht schätzen, und sie verstand es immer noch nicht. Die Frage war, ob sie darüber hinwegsehen konnte. Auf gewisse Weise hatte sie das bereits getan. Sie verstand, dass sie beide einen anderen Weg gingen. Seine Unfähigkeit, zu sehen, wem und was er den Rücken zuwendete, machte ihn zu demjenigen, der er war. Und auch wenn sie ihn ändern wollte, konnte sie das nicht – das konnte er nur selbst.

Andererseits hatte er schon Fortschritte gemacht. Er war weniger isoliert als zuvor, und er arbeitete wieder. Nur zu gern hätte sie die Lorbeeren dafür eingeheimst, aber in Wahrheit hatte *er* die Entscheidung getroffen, sie in sein Leben zu lassen. Er hätte ihr während des Sturms einfach kurz Unterschlupf gewähren können, ohne sich groß mit ihr zu beschäftigen. Aber das hatte er nicht getan. Und inzwischen schottete er sich auch nicht mehr von seinen Brüdern ab.

Sie dachte an die letzte Nacht und daran, wie traurig sie gewesen war. Sie dachte daran, wie viel ihr an Ronan lag, und wünschte sich für eine Sekunde, dass eine gemeinsame Zukunft möglich wäre. Wünschte sich, einer dieser glücklichen Menschen zu sein, die sich verliebten und wussten, dass es für immer halten würde. Dann riss sie sich zusammen und ging ins Studio, wo sie die drei Brüder gemeinsam an einem großen Glasstück arbeiten sah.

Sie wartete, bis sie das Stück zum Abkühlen beiseitegestellt hatten, bevor sie zu Ronan hinüberging. Als er sie sah, nahm er seine Schutzbrille ab.

»Danke für die Blumen«, sagte sie so leise, dass seine Brüder es nicht hören konnten.

»Gern geschehen.«

»Soll ich heute Abend rüberkommen?«

Leidenschaft und Erleichterung flammten in seinen Augen auf. »Ja.«

»Soll ich über Nacht bleiben?«

»Ja.«

»Wollen wir zusammen kochen?«

Er grinste. »Allein traue ich dir in der Küche nicht.«

»Du verurteilst mich.«

»Oh ja.«

Sie stellte sich auf die Zehenspitzen und gab ihm einen Kuss. »Wir sehen uns gegen sechs.«

»Ich werde da sein.«

Natalie fuhr den Berg hinauf. Ihr schnittiger kleiner Wagen nahm die Steigung ohne Probleme. Sie fühlte sich besser, als sie es seit ihrem Streit mit Ronan getan hatte. Und glücklicher. Ja, es hatte Verluste gegeben, aber sie wusste, wie sie ihre Mutter vermissen und ihr Leben trotzdem leben konnte.

Als sie in die Einfahrt einbog, summte die Vorfreude durch ihren Körper. Sie genoss es, Zeit mit Ronan zu verbringen. Ihnen schienen nie die Gesprächsthemen auszugehen. Und dann war da noch die Vorfreude auf das, was sie nach dem Dinner tun würden. Ronan war sehr gewissenhaft, wenn es darum ging, ihr Vergnügen zu bereiten.

Immer noch lächelnd stieg sie aus dem Wagen und griff nach ihrer kleinen Tasche auf dem Rücksitz. Sie hatte ein Nachthemd und ein paar Hautpflegeprodukte eingepackt und ihre Arbeitskleidung für den nächsten Tag auf einem Bügel dabei. Es war einfacher, sich bei Ronan fertig zu machen und direkt ins Büro zu fahren.

Kaum hatten sich ihre Finger um den Griff der Tasche geschlossen, spürte sie eine starke Hand an ihrer Taille. Natalie drehte sich um, und schon presste Ronan seinen warmen Mund zärtlich auf ihren.

»Hey.« Er küsste sich an ihrem Kiefer entlang zu ihrem Schlüsselbein. »Ich dachte an Steaks und gebackene Kartoffeln und Wein, danach vielleicht ein Brandy an der Feuerstelle.«

»Ein Mann mit einem Plan. Das muss man einfach mögen.«

Er küsste sie erneut, länger dieses Mal, bevor er ihr den Kleiderbügel und die Tasche abnahm und sie ins Haus geleitete.

Im Eingangsbereich blieb Natalie stehen und nahm die Atmosphäre in sich auf. Sie liebte dieses Haus. Seine Linien, das verborgene Atelier, das Licht. Er hat das Haus gut ausgewählt, dachte sie und folgte ihm ins Schlafzimmer.

Im begehbaren Kleiderschrank wartete eine Überraschung auf sie. Ronan hatte einen Teil der Kleiderstangen freigeräumt.

»Ich dachte, falls du ein paar deiner Sachen hierlassen willst«, sagte er und klang gleichzeitig stolz und verlegen. »Es gibt auch ein paar freie Schubladen.«

In dem großen Raum standen zwei Kommoden. Die linke war mit Boxershorts und Socken gefüllt, aber die rechte war leer.

Im Badezimmer war ebenfalls Platz für sie gemacht worden. Die beiden Waschbecken wurden von der Dusche getrennt. Ronan hatte seine Sachen auf der Seite mit weniger Platz angeordnet, womit die andere Seite für sie blieb.

Natalie wusste nicht genau, was er ihr damit sagen wollte. Sie waren sich einig gewesen, dass das hier nur eine Affäre war, nichts Dauerhaftes. Trotzdem hatte Ronan sich die Mühe gemacht, ihr Platz einzuräumen und ihr so zu zeigen, dass sie willkommen war. Und das wusste sie zu schätzen.

»Nächstes Mal bringe ich mehr Sachen mit«, sagte sie und stellte ihre Tasche auf das Waschbecken. »Danke. Ich wäre aber auch mit einer einzelnen Schublade glücklich gewesen.«

»Jetzt kannst du noch glücklicher sein.«

Sie gingen in die Küche. Ronan hatte die Steaks schon aus dem Kühlschrank genommen und einen Salat zubereitet. Ein köstlich aussehender Kartoffelauflauf wartete nur darauf, in den Ofen geschoben zu werden, und auf der Kücheninsel stand eine geöffnete Flasche Rotwein.

»Wie läuft es mit Pallas?«, fragte er und schenkte Wein ein. »Es wirkt, als hätte sie alles im Griff.«

»Das hat sie. Ihr spezielles Computerprogramm bricht die verschiedenen Teile der Hochzeit bis ins kleinste Detail herunter. Von der Weinauswahl bis zu den Farben der Servietten kann man alles jederzeit abrufen. Außerdem gibt es einen ganzen Programmteil für die Sitzanordnung während der Feier, damit niemand neben dem oder der Falschen sitzt. Das alles läuft auf einem Tablet-Programm, das ich nicht einmal ansatzweise verstehe. Ich finde das sehr beeindruckend und ein wenig beängstigend.«

»Vielleicht kann sie dir mit deiner Baby-App helfen«, zog er sie auf. »Damit scheinst du keine großen Fortschritte zu machen.«

»Haha. Das kommt, weil du nicht willst, dass ich Bewerbungsgespräche mit potenziellen Samenspendern führe.«

»Das würde mir nichts ausmachen, wenn ich dabei sein und auch ein paar Fragen stellen könnte.«

Sie grinste. »Ich kann mir gut vorstellen, was du fragen würdest. Aber ich habe das Projekt für den Moment fallen gelassen. Wir haben viel Spaß zusammen, und wenn ich jetzt schwanger würde, würde das alles verderben.«

Er sah sie eine Sekunde lang an und grinste dann. »Das ist vermutlich eine gute Entscheidung.«

Der Abend verging schnell. Nach dem Essen setzten sie sich hinaus an die Feuerstelle, bevor sie später nach oben gingen und sich liebten. Danach lag Natalie in der Dunkelheit und genoss das Kribbeln, das der Beweis für die Dinge war, die dieser Mann mit ihrem Körper anstellen konnte.

Das hier ist gut, dachte sie und lauschte seinem steten Atem. Ronan war so liebevoll und zärtlich. Er kümmerte sich um sie. Sie liebte sein künstlerisches Talent und dass er sich seinen Brüdern wieder annäherte. Alles war perfekt. Alles, bis auf …

Sie wollte mehr. Okay, sie hatte den Gedanken zugelassen. Sie wollte, was alle anderen hatten: Liebe und Hoffnung und eine Zukunft. Sie wollte, dass er sich Hals über Kopf in sie verliebte und es ihr genauso ging. Sie wollte glauben, dass es für immer sein konnte – dass er immer da sein würde. Sie wollte wissen, dass es eine Zukunft für sie gab. Nur gab es die nicht. Ronan hatte nach wie vor Zweifel daran, wer er war. Er schien zu befürchten, dass er eines Morgens aufwachen und genau wie Ceallach sein könnte. Und solange er diese Befürchtung hatte, würde er sein Herz vielleicht öffnen, aber er würde es niemals verschenken. Was bedeutete, dass sie ihm nicht vollständig vertrauen konnte. Denn jeden Moment konnte alles zwischen ihnen vorbei sein.

Wenn es nur anders sein könnte. Wenn *sie beide* nur anders sein könnten. Es gab so viel, was sie mit ihm zusammen erleben wollte. Kurz berührte sie ihren Bauch und wünschte sich, es gäbe keine Baby-App, sondern stattdessen das Versprechen auf eine eigene Familie in ein paar Jahren. Nicht, dass sie sich darüber Gedanken machen musste, denn Ronan hatte immer ein Kondom benutzt, und sie nahm …

Natalie setzte sich in der Dunkelheit auf. Ronan rührte sich zwar, schlief aber zum Glück weiter, denn auf keinen Fall würde es ihr jetzt gelingen, sich normal zu benehmen. Jetzt nicht und vielleicht niemals. Denn sie nahm weder die Pille noch sonst ein Verhütungsmittel.

Seit ihrer geplatzten Verlobung war sie mit niemandem mehr zusammen gewesen, also hatte es keinen Grund gegeben, etwas zu nehmen. Und seitdem sie und Ronan angefangen hatten, Zeit miteinander zu verbringen, hatte sie nicht ein einziges Mal an die Pille gedacht, obwohl sie das hätte tun sollen.

Sie stieg aus dem Bett und ging in die Küche, wo sie ihr Handy herausholte und den Kalender aufrief. Wann hatte sie ihre letzte Periode gehabt? Vor vier Wochen? Vor fünf? Vor sechs?

Panik packte sie. Panik und Angst und Grauen und ein dumpfes Gefühl, bei dem ihr ein wenig schlecht wurde. Sie war überfällig. Sogar schon zwei Wochen. Dabei kamen ihre Tage immer pünktlich. Immer, immer, immer. Sie umklammerte ihr Handy, schloss die Augen und wiederholte die Worte, die Frauen seit Anbeginn der Zeiten als Stoßgebet zum Himmel schickten.

»Bitte, Gott, lass mich nicht schwanger sein.«

13. Kapitel

Drei Tage lang bestimmte die Angst Natalies Leben. Sie wusste, sie könnte sich aus dem Elend befreien, indem sie einen Schwangerschaftstest machte, aber das wollte sie nicht. Die Antwort zu sehen – vor allem wenn sie positiv ausfiel – würde alles verändern. Lieber war sie unwissend und verängstigt, als die Wahrheit bestätigt zu bekommen. Denn wenn sie schwanger war ...

»Denk nicht daran«, murmelte sie vor sich hin, während sie ein paar neue Kunstwerke in das Verzeichnis der Galerie eintrug.

Sie schaute auf die Uhr und sah, dass es kurz vor Mittag war. Schnell schnappte sie sich ihr Handy und schickte Silver eine Nachricht.

Bist du da? Kann ich mit dir reden?

Silvers Antwort kam sofort.

Klar. Ich bin zu Hause. Willst du vorbeikommen?

Natalie antwortete, dass sie in fünf Minuten da wäre. Dann nahm sie ihre Tasche und ging zur Tür.

»Hi.« Silver ließ sie herein. »Alles in Ordnung bei dir?«

»Nein. Wir müssen reden. Können wir nach oben gehen?«

»Klar.«

Silver schloss die Ladentür ab, und sie gingen zusammen die Treppe hinauf in das Loft im zweiten Stock. Dort setzten sie sich an den Tisch am Fenster. Silver wirkte eher neugierig als besorgt.

»Willst du was trinken? Wasser? Tee? Wodka?«

Natalie versuchte zu lächeln, doch es gelang ihr nicht. Bis zu dieser Sekunde hatte sie sich zusammengerissen, doch mit einem Mal fehlte ihr ihre Mutter ganz schrecklich, und sie wollte in Tränen ausbrechen.

»Nein danke«, murmelte sie, um Kontrolle bemüht. »Es tut mir leid, dass ich so hereinplatze, aber ich wusste nicht, was ich sonst tun soll. Ich bin ein Wrack.«

»Das sehe ich. Was ist los?«

»Erinnerst du dich, als ich zu Ronan in die Berge gefahren bin und wegen des Sturms dort ein paar Tage festhing?«

»Unnnd?«

»Ronan und ich haben einander wirklich gut kennengelernt. Er ist toll, weißt du? Ein wenig der brütende Künstler, aber nicht so schlimm, wie man denkt. Und er kann kochen. Richtig gut kochen. Was er hinzaubert, ist besser als alles, was ich jemals hinbekommen habe. Und irgendwie …«

»Natalie, Liebes, komm zum Punkt. Und wenn der Punkt ist, dass du mit Ronan zusammen bist, dann ist das bereits in der ganzen Stadt bekannt.«

Natalie schluckte. »Nein, darum geht es nicht.«

»Worum dann?«

»Wir schlafen zusammen, und ich habe diese dumme Baby-App, und er weiß davon und benutzt Kondome, aber ich nehme nichts, weil es für mich seit Ewigkeiten keinen Mann mehr gegeben hat. Weil ich ja diese Pechsträhne hatte, verstehst du? Doch irgendwie ist alles anders gekommen, aber ich habe nicht an die Pille gedacht, und nun habe ich Panik, dass es zu spät ist, weil ich überfällig bin, und das macht mir Angst, weil es alles kaputtmachen wird.«

Es gab noch mehr, was sie sagen wollte, aber ihr war die Luft ausgegangen, und sie musste innehalten, um tief durchzuatmen.

Silvers Miene war unglaublich mitfühlend. »Das ist eine ganze Menge.«

»Ich weiß.«

»Die Baby-App ist eine Komplikation. Trotzdem glaube ich nicht, dass Ronan denken wird, du bist absichtlich schwanger geworden. Was allerdings nichts daran ändert, dass eine Schwangerschaft dein Leben komplett auf den Kopf stellen wird.« Sie hielt kurz inne, ihr Blick verschärfte sich. »Warte mal. Deine Periode ist überfällig, aber du weißt noch gar nicht, ob du schwanger bist?«

»Ich habe keinen Test gemacht.«

»Warum nicht?«

»Ich will es nicht wissen.«

Silver lächelte. »Sehr erwachsen. Du weißt schon, dass der Test nichts an der Realität ändert? Entweder bist du schwanger, oder du bist es nicht. Den Kopf in den Sand zu stecken hilft da gar nichts.«

»Ich weiß. Aber sobald ich die Information habe, muss ich mich damit auseinandersetzen. Dazu bin ich nicht bereit. Ich genieße es, in seliger Ignoranz zu leben.«

»Da möchte ich dir liebevoll widersprechen. Wenn du es genießen würdest, wärst du nicht völlig panisch hier.«

Natalie wollte protestieren, dass sie überhaupt nicht panisch war, verstand aber, was ihre Freundin sagen wollte. »Ich habe Angst. Ich mag Ronan wirklich sehr, und mit seinem Baby schwanger zu sein wird alles kaputtmachen. Ich weiß nicht, ob er annehmen wird, ich hätte ihn in die Falle gelockt. Aber ich weiß, dass er darüber definitiv nicht glücklich wäre. Wie kann es bitte sein, dass ich mich nicht um die Pille gekümmert habe?«

»Wie kann es sein, dass er dich nicht danach gefragt hat?«

Natalies Miene erhellte sich. »Du hast recht. Er hätte fragen sollen. Das kann ich ihm im Fall der Fälle also vorhalten, aber trotzdem. Am Ende des Tages bin ich diejenige mit dem Baby, nicht er.«

»Wie lange hast du vor, das Problem zu ignorieren?«

»Ich weiß es nicht. Noch ein paar Tage?« Sie grinste. »Wenn meine Periode bis Samstag nicht eingesetzt hat, werde ich einen Schwangerschaftstest machen.«

»Heute ist Dienstag. Das ist eine ziemlich lange Zeit, um in Unsicherheit zu leben. Ich würde es sofort wissen wollen.«

Irgendetwas an der Art, wie Silver das sagte, ließ Natalie überlegen, ob ihre Freundin wohl einmal etwas Ähnliches durchgemacht hatte.

Nein, sagte sie sich. Silver war stark und eigenständig. So ein Fehler würde ihr niemals unterlaufen. Silver hatte eine eigene Firma und bestimmte selbst über ihr Schicksal. Natalie war die einzige Idiotin im Raum.

»Ich kann warten.«

»Dann hast du deine Antwort.« Silver musterte sie. »Du wirst das Baby doch behalten, oder?«

»Falls ich schwanger bin? Natürlich. Ich würde es niemals aufgeben. Ich bin in der Lage, alleinerziehende Mutter zu sein.«

Sie wusste zwar nicht genau, wie das funktionieren sollte, aber sie hatte die Erinnerungen daran, wie großartig ihre Mutter das gemacht hatte. Ganz sicher konnte sie von diesem ausgezeichneten Vorbild lernen. Außerdem hatte sie Freundinnen. Pallas war selbst schwanger. Sie könnten die Zeit gemeinsam durchstehen. Allerdings war Pallas die ganze Zeit über übel. Natalie hoffte sehr, dass es ihr nicht genauso gehen würde.

»Ist Ronan auch in der Lage, Vater zu sein?«, wollte Silver wissen. »Wie du gesagt hast, er hat etwas von einem düsteren Künstler. Ehrlich, ich verstehe nicht, was daran so anziehend sein soll. Gib mir einen normalen Kerl, der Sport mag, und ich bin sofort dabei.«

»Das ist so was von gelogen. Du lässt dich niemals auf etwas Ernstes ein.«

Silver lachte leise. »Du hast recht. Das tue ich nicht. Also, was ist mit Ronan? Du meintest, schwanger zu werden würde alles kaputtmachen.«

»Das würde es auch. Ich weiß nicht einmal, wie ich es ihm sagen sollte. Er ist überzeugt davon, wegen der Sache mit seiner Familie schlechte Samen zu haben oder so ähnlich.«

Silver nickte. »Ich kenne die Geschichte. Sein Dad ist ein totaler Armleuchter. Erinnerst du dich noch, wie er sich auf der Spendenveranstaltung für die Giraffen letztes Jahr benommen hat? Er wollte alle Aufmerksamkeit für sich. Mit so einem Vater wäre jeder Mann besorgt, selbst kein guter …« Sie gab einen erstickten Laut von sich. »Jetzt hast du mich dazu gebracht, es zu tun.«

»Was zu tun?«

»Über eine Zukunft zu sprechen, die es nicht gibt.« Sie zeigte auf Natalie. »Wir wissen nicht, ob du schwanger bist. Es könnte auch einfach eine Stressreaktion sein. Ihr benutzt Kondome, also ist es nicht so, als hättet ihr euch gar nicht geschützt. Die Chancen stehen gut, dass alles in Ordnung ist.«

»Du bist so rational. Das verstört mich.«

»Wäre es dir lieber, ich würde panisch werden?«

»Ein wenig. Dann hätte ich das Gefühl, du wärst mir ähnlich.«

»Okay. Nehmen wir einmal an, du bist schwanger. Was würdest du dann wirklich wollen?«

Darüber musste Natalie nicht lange nachdenken. Die Antwort schoss ohne Vorwarnung durch ihren Kopf. *Ronan.* Das Bild war so lebendig, so real, dass sie beinahe aufgekeucht hätte. Nein, nicht ihn, sagte sie sich. Denn von einer Zukunft mit ihm zu träumen würde bedeuten, dass sie sich in ihn verliebt hatte.

Panisch suchte sie nach etwas anderem, was sie sagen konnte, doch Silver verdrehte bereits die Augen.

»Du hast offensichtlich an etwas gedacht, das dich blass werden lässt. Was war es?«

»Nichts. Ich, äh, ich vermisse meine Mom.«

»Wirklich? Ich glaube dir ja, dass du sie vermisst, aber trotzdem lügst du. Es geht um Ronan, oder? Du wünschst dir, es wäre real.«

Natalie öffnete den Mund und schloss ihn gleich wieder. »Nein. Vielleicht. Okay, wäre möglich. Aber könnte das gehen? Ich, äh …« Sie suchte nach einer plausiblen Lüge, weil die Wahrheit zu peinlich war. »Ich habe kein Glück in der Liebe.« Das sollte reichen.

»Das ist totaler Unsinn.«

So viel dazu. »Ist es nicht. Mein Verlobter hat in der Woche vor der Hochzeit mit mir Schluss gemacht. Und ich war diejenige, die es allen erzählen und die alles bezahlen musste. Das war schrecklich.«

»Ja, das war es, und es tut mir leid, dass du das durchmachen musstest. Aber das heißt nicht …«

»Das ist noch nicht alles. Meine Mutter war eine wundervolle Frau. So schön und so liebevoll. Mein Dad ist vor meiner Geburt gestorben, und mein Großvater ist verschwunden, als meine Mutter noch ein Kind war.«

»Also entstammst du einer langen Reihe von Frauen, die einfach Pech hatten. Glaub mir, das verstehe ich. In meiner Vergangenheit gibt es Ähnliches. Aber das bedeutet nicht, dass du dich nicht irgendwann Hals über Kopf verlieben und bis an dein Lebensende glücklich sein wirst.«

»Das kannst du nicht wissen.«

Silver seufzte. »Das hier ist nicht der Film *Zauberhafte Schwestern*. Es gibt keinen Fluch.«

»Den Film habe ich geliebt. Ihre Haare!«

»Und erst Aidan Quinn. Was hier aber nichts zur Sache tut. Du versteckst dich hinter dieser Geschichte mit der Pechsträhne. Weil du Angst davor hast, ein Risiko einzugehen.

Angst vor einer festen Beziehung und Angst davor, möglicherweise schwanger zu sein. Vielleicht solltest du mal darüber nachdenken, wieso du das tust und was du dagegen unternehmen willst.«

Von all ihren Freundinnen war Silver am ehrlichsten und unverblümtesten. Natalie vermutete, dass sie sich tief im Inneren gewünscht hatte, die Wahrheit zu hören. Denn sonst hätte sie jemandem mit einer sanfteren Persönlichkeit eine Nachricht geschickt.

»Ich habe Angst«, gab sie zu. »Angst vor allem.«

»Das weiß ich. Aber was auch immer passiert, du hast hier viele Menschen, denen viel an dir liegt. Sicher, du hast keine leibliche Familie um dich, aber du hast dir eine Familie der Herzen erschaffen. Schwanger oder nicht, wir sind für dich da. In Zeiten wie diesen ist es wichtig, Unterstützung zu haben.« Silver zögerte. »Das ist einfach so.«

»Danke.«

»Und jetzt mach den verdammten Test.«

»Am Samstag. Ich schwöre es.«

»Sehe ich überzeugt aus?« Silver klang mehr als nur ein wenig skeptisch.

»Nein. Aber wenn ich es nicht tue, darfst du mich ohrfeigen.«

»Ich zähle schon die Minuten. Komm. Ich lade dich zum Mittagessen ein. Ich bestelle sogar Pommes frites, damit du sie von meinem Teller klauen und so tun kannst, als hättest du keine gehabt.«

»Du bist die beste Freundin aller Zeiten.«

»Wem sagst du das.«

Ronan beobachtete Nick, der im Studio auf und ab tigerte. Sein Bruder war schon den ganzen Morgen rastlos gewesen. Mathias war gar nicht erst aufgetaucht, also waren sie beide allein. Nick hatte mindestens ein halbes Dutzend Mal versucht, sich an die Arbeit zu machen, aber jedes Mal wieder aufgegeben und angefangen, hin und her zu laufen.

»Du machst es einem schwer, sich zu konzentrieren«, sagte Ronan sanft und drehte seinen Stuhl so, dass er seinen Bruder weiter beobachten konnte. Eigentlich sollte er den Produktionsplan für die Skulptur fertigstellen. Aber er konnte dafür kein Interesse aufbringen. Er wusste, er lag im Zeitplan, und das war alles, was zählte.

»Tut mir leid.« Nick wanderte weiter. »Ich habe viel im Kopf.«

»Pallas?«

Nick nickte. Dann ging er zu seinem Tisch, packte seinen Stuhl und zog ihn zu Ronan hinüber.

»Es geht ihr so schlecht. Die Ärztin schwört, dass alles in Ordnung ist, und Pallas will mich überzeugen, dass es nicht mehr so schlimm ist, wie es war, aber ich glaube ihr nicht. Es ist fürchterlich, sie so zu sehen.«

»Müsste das nicht bald aufhören?«

»Innerhalb des nächsten Monats sollten sich ihre Hormone beruhigt haben. Jeder sagt mir, dass das normal ist, aber für mich sieht es nicht normal aus.«

Ronan konnte sich die Angst seines Bruders nicht einmal ansatzweise vorstellen. Jemanden so sehr zu lieben, wie Nick seine Frau liebte, und dann zusehen zu müssen, wie sie die Hölle durchlebte, ohne dass man ihr helfen konnte, musste grauenhaft sein.

»Ich hätte nie gedacht, dass es so sein wird«, gab Nick zu. »Ich kann mir ein Leben ohne sie nicht vorstellen. Wir beide wollten Kinder. Und jetzt habe ich die ganze Zeit Angst. Was, wenn ihr etwas passiert?«

»Das wird es nicht.«

»Das kannst du nicht wissen.«

»Und du kannst nicht wissen, ob es ihr nicht bald wieder wunderbar gehen wird.«

»Das stimmt. Es ist nur so schwer, sich keine Sorgen zu machen. Pallas ist eine tolle Frau, und sie ist stärker, als ich es je sein könnte. Sie ist zwar ein wenig nervös, aber nicht ängstlich.«

Ronan musterte seinen Bruder. »Sie hat auch nicht die Erfahrung gemacht, mit Ceallach aufzuwachsen.«

Nick verzog das Gesicht. »Glaub mir, daran denke ich ständig. Wenn ich mir Sorgen mache, ob ich ein guter Vater sein kann, sage ich mir immer: kein Problem. Ich muss mir einfach nur überlegen, was Ceallach getan hätte. Und dann werde ich genau das Gegenteil davon tun.«

»Das ist ein super Plan.«

Nick sah ihn an. »Manchmal frage ich mich, ob er gar nicht anders konnte, als ein Arschloch zu werden. Du weißt, wie seine Kindheit war.«

Ronan wusste zumindest, was man ihm erzählt hatte. Sein Vater war das einzige Kind eines Anwalts und einer nicht arbeitenden Mutter. Soweit man wusste, gab es in der Familie keine Künstler, aber als Ceallach drei war, hatten seine Eltern erkannt, dass in ihm etwas schlummerte. Sofort waren Lehrer herbeigerufen worden, und als er sieben war, hatte man ihn auf ein Elite-Internat in Frankreich geschickt.

»Zieh mir gegenüber nicht die ›Er hat nie mitbekommen, wie sich gute Eltern benehmen‹-Karte«, sagte Ronan. »Elaine hat das ständig gesagt, wenn sie ihn und sein absurdes Verhalten entschuldigt hat.«

»Es ist nicht seine Schuld«, widersprach Nick. »Seine Eltern und Lehrer haben ihn angetrieben. Er hatte nie eine normale Kindheit.«

»Das könnte sein mangelndes Wissen darüber, wie man ein guter Vater ist, entschuldigen, aber nicht die Tatsache, dass er ein grauenhafter Mensch ist.«

»Stimmt. Ich werde mal darüber nachdenken, wie viel von ihm in mir steckt und was ich an mein Kind weitergebe. Pallas sagt, es wird alles gut, aber ich mache mir Sorgen.«

Das konnte Ronan verstehen. Doch Nick hatte mit Elaines Genen wenigstens ein Gegengewicht zu Ceallach.

»Wenn es schlimm wird«, fuhr Nick fort, »sagt Pallas mir immer, dass ich ein ganz guter Kerl bin und ihr anderen vier auch gut geraten seid, sodass der Einfluss von Dad wohl verwässert worden ist.«

»Keine schlechte Art, die Dinge zu betrachten.« Verwässert. So hatte er die Sache mit Ceallachs Genpool noch nie betrachtet. Das Problem war, dass er seine andere Hälfte nicht kannte. Was, wenn seine leibliche Mutter noch schlimmer war? Er konnte sich nicht vorstellen, dass eine normale Frau Ceallach attraktiv genug fand, um ein Kind mit ihm zu bekommen. Er nahm an, dass sie jung gewesen war, vermutlich ein Partymädchen, das es liebte, berühmten Männern nachzustellen. Womit sie nicht gerade eine Frau war, die er gern einmal kennenlernen würde. Aber er würde es sowieso nie erfahren. Er wusste gar nichts über seine biologische Mutter – weder ihren Namen noch, woher sie stammte. Natalie würde ihm vermutlich raten, einmal mit Elaine zu reden (oder, wie sie es ausdrücken würde, mit »deiner Mutter«), um Antworten zu bekommen. Es musste ein Treffen gegeben haben, bei dem er übergeben worden war. Vielleicht aber auch nicht. Vielleicht war er einfach auf der Türschwelle abgelegt worden.

Es gab nur einen Weg, an diese Informationen zu kommen, nämlich danach zu fragen. Doch das war etwas, das Ronan niemals tun würde.

Natalie überprüfte die Liste noch einmal, die sie mit Hilfe von Pallas' Notizen erstellt hatte. Normalerweise hatte sie kein Problem damit, Dinge abzuarbeiten, aber in den letzten Tagen schien sie sich nicht länger als zwei Sekunden am Stück konzentrieren zu können. Der Grund dafür war einfach: Sie befürchtete, schwanger zu sein. Die Lösung für dieses Problem war ebenso einfach. Wie Silver gesagt hatte, musste sie nur den verdammten Test machen, um die Antwort herauszufinden.

Samstag, versprach sie sich. Heute war Mittwoch. Wenn sie bis Samstag nicht ihre Periode hatte, würde sie sich einen Test kaufen. Oder drei. Dann würde sie es mit Sicherheit wissen. Bis dahin würde sie ihr Bestes geben, sich nicht allzu große Sorgen zu machen. Was allerdings wesentlich leichter klang, als es war.

Sie richtete ihre Aufmerksamkeit wieder auf die Blumen für den Tischschmuck. Das war für sie Entspannung – eine Art Zen-Meditation. Sie bemühte sich um einen ruhigen, gleichmäßigen Atem und konzentrierte sich. Das funktionierte ungefähr acht Sekunden, dann machte sie sich wieder Gedanken darüber, wie sich alles verändern würde, sollte sie wirklich schwanger sein.

»Ich brauche eine Therapie«, murmelte sie. »Bei einem Psychotherapeuten.« Oder vielleicht benötigte sie auch nur den Mut, in die Apotheke zu gehen.

Wenn meine Mom nur hier wäre, dachte sie. Sie würde wissen, was zu tun war. Natalie lächelte. Ihre Mutter würde den Test vermutlich selbst kaufen und ihrer Tochter geben, um dann vor der Badezimmertür zu warten, bis Natalie gepinkelt hatte. Dann würde ihre Mutter sie festhalten und ihr sagen, dass alles gut werden würde. Das Beste daran war, dass Natalie ihr glauben würde.

Seltsam, dass sie so häufig an ihre Mutter dachte. Natalie hatte angenommen, mit den Jahren würden die Erinnerungen weniger werden. Doch Zeit mit Ronan zu verbringen schien den gegenteiligen Effekt zu haben.

Sie wusste, es gab Frauen, die ihren Müttern nicht sonderlich nahestanden. Das musste schrecklich sein. Sie konnte es sich nicht einmal vorstellen, wie es war, ohne die liebevollen Ratschläge, die gemeinsamen Witze zu leben. Ihre Mom war immer ihre beste Freundin gewesen. Sie hatten alles zusammen gemacht.

Ihr Handy vibrierte. Sie schaute auf das Display und sah, dass sie eine Nachricht von Ronan erhalten hatte.

Hast du heute Abend Zeit? Ich kann etwas kochen.

Ihr Magen zog sich zusammen. Natürlich wollte sie ihn sehen und mit ihm zusammen sein und den Abend genießen, aber das würde sie nicht schaffen, ohne mit irgendetwas herauszuplatzen, das sie später bereuen würde. Eine Sekunde lang zögerte sie, dann antwortete sie, dass sie leider immer noch mit den Blumen für die Hochzeit beschäftigt sei. Danach wandte sie sich wieder dem Stapel Papier zu und bemühte sich, ihren Worten Taten folgen zu lassen.

Eine halbe Stunde später klopfte es an ihrer Wohnungstür. Als Natalie öffnete, stand Ronan auf der Treppe.

»Hi«, sagte sie und trat zurück, um ihn hereinzulassen. »Was ist los?«

Sein Blick ruhte auf ihrem Gesicht, als suche er nach etwas. »Ich wollte nur sicherstellen, dass es dir gut geht. Deine Nachricht klang irgendwie anders als sonst.«

»Es war eine schriftliche Nachricht. Wie kann die anders klingen?«

Er zuckte mit den Schultern. »Ich hatte so ein Gefühl.«

Mist! Hatten Männer nicht die emotionale Intelligenz einer Pflanze? Warum musste ausgerechnet Ronan in der Nahrungskette weiter oben stehen?

Eine Sekunde lang wünschte sie sich sehnsüchtig, ihm die Wahrheit sagen zu können. Dass sie Angst hatte. Nicht nur, weil ein Baby alles zwischen ihnen ändern würde, sondern auch, weil ein Kind mit Sicherheit alles auf den Kopf stellte. Sie war noch nicht bereit, sie hatte ihr Leben noch nicht auf der Spur. Ein Baby wäre ... kompliziert.

Aber das zu sagen hieße, einen Weg einzuschlagen, den sie nicht wieder zurückgehen könnte.

»Natalie?«

»Was? Oh, tut mir leid.« Sie ging voran in ihr Atelier. »Mir geht es gut. Ich habe nur unglaublich viel zu tun.« Sie zeigte auf die Papierstapel, die Kisten mit Vasen und fertigen Blumen. »Das mit der Arbeit war kein Scherz. Ich habe Schwierigkeiten, meine tägliche Blumenanzahl zu erreichen. Als ich meinen Zeitplan erstellt habe, wusste ich noch nicht, dass ich Pallas mit anderen Aspekten der Hochzeit helfen werde. Und das ist mehr, als ich gedacht hatte. Damit und mit den Blumen und meiner Arbeit und dem Versuch, wenigstens ein kleines eigenes Projekt zustande zu bringen, läuft mir die Zeit davon.«

Er legte eine Hand auf ihren Rücken. »Du hast recht. Das ist verdammt viel. Und dann ist da noch unser Brückenprojekt.«

»Was?«, schrie sie auf. »Das habe ich ja total vergessen.«

»Keine Sorge. Mathias und ich kümmern uns darum.«

»Aber wir wollten das doch zusammen machen. Ich muss euch helfen.«

»Wann willst du das noch tun?«

»Ich weiß es nicht, aber ich sollte …«

Sie sollte etwas tun, doch es war schwer, darüber nachzudenken, wenn Ronan sich vorbeugte und sie küsste. Sein Mund war fest und doch verlockend, als ob er sie einfach nur küsste, weil es Spaß machte, und nicht, weil er mehr erwartete.

»Prioritäten«, erklärte er, als er sich von ihr löste. »Hochzeit und Arbeit gehen vor. Dann deine Kunst. Dann die Brücke.«

»Schreibst du mir etwa vor, was ich tun soll?«

»Nein, ich mache nur Vorschläge.«

Und es war ein guter Vorschlag. Einer, der Sinn ergab. »Es ist nur …«

Erneut küsste er sie, dann drehte er sie so herum, dass sie beide auf ihren großen Werktisch schauten. »Lass mich dir helfen. Ich kann dir das Papier anreichen oder Sachen ausschneiden oder zusammenkleben oder durchzählen. Aber falls ich dir nur im Weg wäre, sag es mir, und ich verschwinde.«

Es war nicht fair … Er war so nett! Sie wollte wirklich den Abend mit ihm verbringen, und Hilfe zu haben wäre super. Aber was, wenn ihr etwas herausrutschte?

Natalie hätte sich am liebsten geohrfeigt. War es so schwer, sich einen einzigen Abend lang unter Kontrolle zu haben? War sie so unverantwortlich? Dass sie nicht wusste, ob sie schwanger war, lag ganz allein an ihr. An ihrer lächerlichen Weigerung, den Test vor Samstag durchzuführen. Bevor sie das getan hatte, würde sie Ronan nichts davon sagen. Das wäre nicht fair – weder ihm gegenüber noch in Bezug auf ihre Beziehung. Verdammt, sie musste sich endlich zusammenreißen und anfangen, sich wie eine Erwachsene zu benehmen.

»Wenn du mir helfen könntest, wäre das toll«, sagte sie. »Danke.«

»Soll ich damit anfangen, dass ich uns etwas zu essen bestelle?«

Sie lachte. »Ja, bitte. Und dann kannst du die kleinen Perlen auf die Blumen kleben.«

»Ich lebe, um zu dienen. Wie klingt Pizza für dich?«

»Ausgezeichnet. Mit allem?«

»Ich hätte dich eher für ein Gegrilltes-Gemüse-Mädchen gehalten.«

Sie verdrehte die Augen. »Haha. Warum sollte man eine perfekte Pizza mit so etwas ruinieren? Lass uns etwas mit Fleisch nehmen.«

»Du wirst immer besser und besser.« Er holte sein Handy heraus und suchte die Nummer der örtlichen Pizzeria. Sekunden später hatte er bestellt. »Ich bin in einer Viertelstunde zurück. Dann essen wir und machen uns danach an die Arbeit.«

»Danke. Ich weiß deine Hilfe wirklich sehr zu schätzen.«

»Ich freue mich, hier zu sein, Natalie. Ich hoffe, das weißt du.«

Sie nickte, weil sie befürchtete, in Tränen auszubrechen, wenn sie versuchte, etwas zu sagen. Was lächerlich war. Ihr ging es gut. Er war ein toller Kerl, und sie hatten eine wunderbare Zeit zusammen und mehr nicht. Wirklich. Sie hatte ihre Gefühle unter Kontrolle. Ernsthaft. Alles war prima.

14. Kapitel

Der Freitagmorgen begann verdammt früh. Ronan war um fünf Uhr auf, damit er sich noch einen schnellen Protein-Shake mixen konnte, bevor er sich um sechs mit seinen Brüdern im Park traf. Danach würde er ins Studio gehen. Die ganze Woche über stand ihm ein Team von Praktikanten zur Verfügung, und sie machten gute Fortschritte mit seiner Auftragsarbeit. Heute wollte er noch ein paar andere Dinge fertig bekommen. Deswegen der frühe Start in den Tag. So konnte er trotz des Treffens mit seinen Brüdern eher als sonst im Studio anfangen.

Auf dem Weg in die Stadt trank er seinen Shake und merkte erst fünf Meilen zu spät, dass er sich auch einen Kaffee hätte machen sollen. Jetzt würde es mindestens anderthalb Stunden dauern, bevor er seinen ersten Koffeinkick bekam. An eine Wasserflasche hatte er zum Glück gedacht, sodass er sich nach dem Training erfrischen konnte. Am Park angekommen, sah er, dass Nick und Mathias bereits auf ihn warteten. Sie sahen beide wesentlich wacher aus, als er sich fühlte.

»Guten Morgen!«, rief Nick. »Ist das nicht super? Wir hätten schon vor Jahren anfangen sollen, gemeinsam Sport zu machen.«

»Warum?«, fragte Ronan. »Es ist noch viel zu früh.«

Mathias wirkte etwas selbstgefällig. »Ach, stimmt ja, du bist eine Nachteule. Schade für dich. Ich liebe den Morgen. Je früher, desto besser.«

»Hmpf.«

Wie seine Brüder trug auch Ronan Shorts und ein T-Shirt, dazu Laufschuhe. Nick hatte etwas von Joggen und ein paar anderen Dingen gesagt. Die Morgenluft war noch kühl, aber Ronan wusste, dass er nur allzu bald ins Schwitzen geraten würde.

»Also, der Plan sieht wie folgt aus«, sagte Mathias. »Wir fangen mit einem Vier-Meilen-Lauf an.«

»Ich dachte, der Lauf beim Wettbewerb ist nur fünf Kilometer«, protestierte Ronan.

»Das ist er, aber auf diese Weise sind wir perfekt darauf vorbereitet.«

»Oder übertrainiert«, grummelte Ronan. »Du weißt schon, dass ich zu Hause ein Fitnessstudio habe, oder? Das Laufen hätte ich auch da absolvieren können.«

»Wir vertrauen dir aber nicht«, warf Nick fröhlich ein.

»Willst du damit sagen, ich würde lügen, was mein Training angeht?«

»Jupp.«

Ronan lachte. »Okay. Wir laufen also. Und dann?«

»Liegestütze und Klimmzüge, bis sich einer von uns übergibt.«

Mathias stöhnte. »Super. Ich kann es kaum erwarten.«

Sie legten in einem langsamen Joggingtempo los. Der Weg um den Park herum war eine Meile lang, was bedeutete, sie würden vier Runden drehen. Ronan wusste, dass draußen zu laufen anstrengender war, als auf dem Laufband zu laufen, und er freute sich darauf, an diesem Morgen an seine Grenzen zu gehen. Auf keinen Fall wäre er derjenige, der sich heute als Erster übergab.

»Wie geht es Pallas?«, fragte Mathias an Nick gewandt, als sie ihr Tempo gefunden hatten.

»Besser. Genau, wie ihre Ärztin gesagt hat. Ihre Hormone beruhigen sich, und es vergeht mehr Zeit zwischen den Übelkeitsanfällen.« Er fluchte kurz, bevor er fortfuhr: »Ich weiß nicht, wie sie das durchsteht. Ich musste ihr nur zur Seite stehen und war schon völlig erschöpft. Sie hingegen muss auch noch die körperlichen Symptome ertragen. Ihre Mom meinte, sie hätte bei ihren Schwangerschaften das Gleiche durchgemacht.«

Mathias schüttelte den Kopf. »Lass mich raten. Libby war – getreu ihrer Art – beinahe froh, dass Pallas auch leiden muss.«

»Du sagst es. Mütter und Töchter sind komplizierte Kreaturen.«

»Aber Pallas geht es definitiv besser?«, hakte Mathias noch einmal nach.

»Ja. Die Ärztin hat die Hoffnung, dass es ihr wieder richtig gut geht, wenn sie diese Phase hier überwunden hat. Wobei es sein könnte, dass sie am Ende der Schwangerschaft noch einmal von Übelkeit geplagt wird, wenn die Hormone sich erneut umstellen. Das müssen wir einfach abwarten.«

Sie unterhielten sich weiter über die Schwangerschaft, aber Ronan hörte nicht mehr zu. Er wollte nicht an Kinder denken – denn er war sich ziemlich sicher, nie eigene zu haben. Wie sollte er auch? Das Risiko war zu groß. Und doch war der Gedanke, ohne Familie durchs Leben zu gehen, mehr als düster. Er mochte es, mit jemand Besonderem zusammen zu sein. Zum Beispiel mit Natalie. Sie war super. Süß und klug und lustig und sexy. Allein die Art, wie sie ihre Brille auf der Nase hochschob, weckte in ihm jedes Mal den Wunsch, ihr die Kleider vom Leib zu reißen.

»Das hier ist wie im Laufteam der Schule«, sagte Mathias, als sie das Tempo ein wenig anzogen. »Erinnert ihr euch noch?«

Ronan nickte. Er und seine Brüder waren alle im Laufteam gewesen. Bis zu ihrem Schulabschluss hatten sie mit Nick zusammen trainiert. Keiner von ihnen hatte es bis zu irgendeiner Meisterschaft gebracht, aber auf der Fool's Gold Highschool waren sie Stars gewesen, und das hatte ihnen gereicht.

»Wir waren Götter«, sagte er lachend.

»*Ich* war ein Gott«, korrigierte Nick ihn. »Ihr beide wart nur Möchtegerns.«

»Das hättest du wohl gerne.« Mathias lief voran um die letzte Kurve ihrer ersten Runde. »Ronan und ich sind mit Zwillingsschwestern ausgegangen.«

»Was eine Katastrophe war.«

Ronan musste Nick zustimmen. Es war nicht sonderlich gut gegangen. Mathias und er hatten beschlossen, die Schwestern auf ein Date einzuladen, um zu gucken, wie das so ist. Unglücklicherweise waren es eineiige Zwillinge, und sie hatten die beiden nicht auseinanderhalten können. Sie hatten sie ständig verwechselt, was vermutlich eine großartige Geschichte für eine Sommerkomödie war, aber im echten Leben zu verletzten Gefühlen und Unmengen an Tränen geführt hatte.

»Du hast meinem Date an die Brüste gefasst«, erinnerte Ronan seinen Bruder. »Was war da eigentlich los?«

»Ich dachte, sie wäre mein Date, und wir waren definitiv schon weiter. Ich weiß es nicht. Damals kam es mir wie eine gute Idee vor.«

»Aber nicht sehr lange. Cindy und Mindy haben uns nie verziehen.«

»Was vermutlich verständlich ist«, sagte Mathias. »Vielleicht hätten wir sie ein paar Jahre später anrufen sollen. Sieh dir nur Maya und Del an. Auf der Highschool waren sie total ineinander verknallt, dann haben sie Schluss gemacht, sind zehn Jahre später wieder zusammengekommen, und jetzt sind sie verheiratet.«

»Du willst entweder Cindy oder Mindy heiraten?«

»Nein. Ich habe Carol. Und ich liebe sie. Aber soll ich die beiden für dich mal googeln?«

»Nein danke. Ich bezweifle, dass ich sie heute besser auseinanderhalten könnte als damals, und das würde nur zu Problemen führen.« Außerdem gab es derzeit nur eine Frau, die ihn interessierte.

Um kurz nach sieben wachte Natalie von einem schrecklichen Krampf im Unterleib auf. Kurz blieb sie im Bett liegen und fragte sich, was, zum Teufel, mit ihr los war, dann sprang sie mit einem Jubelschrei auf und rannte ins Bad. Sekunden später war ihre Freude komplett, und die Krämpfe waren eine fröhliche Erinnerung daran, dass sie sehr, sehr viel Glück gehabt hatte.

Sie duschte, zog sich für die Arbeit an und war dabei unendlich dankbar, dass sie sich nicht mit lebensverändernden Schwangerschaften herumschlagen musste. Sobald sie an ihrem Schreibtisch saß, würde sie ihre Ärztin anrufen und einen Termin vereinbaren, um sich ein Verhütungsmittel verschreiben zu lassen. Etwas Einfaches wie ein Verhütungspflaster oder eine Spritze wäre für sie besser, denn sie war nicht sicher, ob sie die richtige Person dafür war, jeden Tag pünktlich eine Pille einzunehmen. Wie auch immer, sie würde sich so schnell wie möglich etwas besorgen.

Auf dem Weg zum Auto dachte sie an all die Entscheidungen, die sie nun *nicht* treffen musste. Obwohl sie wusste, dass sie das Baby behalten und allein aufgezogen hätte, war sie froh, es nicht tun zu müssen. Es gab kein Bedauern, kein »Was wäre wenn«. Tief im Inneren wusste sie, dass sie noch nicht bereit dazu war, Mutter zu sein. Es gab noch so viele Entscheidungen bezüglich ihres Lebens, die sie treffen musste. Sie wollte herausfinden, was sie wirklich tun wollte. Derzeit standen ihr eine Menge Optionen offen. Wenn sie etwas hätte verändern müssen, hätte sie es getan, aber zum Glück musste sie das nicht.

Gott sei Dank hatte sie Ronan gegenüber nichts erwähnt. Das wäre viel Drama um nichts gewesen. Selbst ihm zu sagen, dass sie nicht schwanger war, hätte ihre Beziehung nicht wieder zu dem zurückgebracht, was sie bisher gewesen war.

Die Lektion aus alldem lautete vermutlich nicht, dass es vorteilhaft war, einen Schwangerschaftstest endlos aufzuschieben. Vielmehr sollte sie endlich anfangen, Verantwortung für ihr

Tun zu übernehmen. Die erwachsene Entscheidung wäre gewesen, nicht tagelang zu leiden. Sie war nicht stolz darauf, den Kopf so lange in den Sand gesteckt zu haben.

Natalie startete den Motor und schüttelte den Kopf, als sie erkannte, dass das die Lektion war: Verantwortung zu übernehmen – für sich und ihren Körper, indem sie auf Verhütung achtete, wenn sie sexuell aktiv war; für ihre Seele, indem sie sich sofort um das Problem kümmerte und es nicht ignorierte, weil es unangenehm oder furchteinflößend war. Das war ziemlich viel für einen Freitagmorgen, aber trotzdem täte sie gut daran, es nicht zu vergessen. Beim nächsten Mal mache ich es besser, versprach sie sich.

Auf dem Weg zur Arbeit fuhr sie an der Bäckerei vorbei und kaufte zwei Dutzend Donuts. Die Jungs waren um diese Zeit mit ihrer ersten Trainingseinheit fertig und vermutlich kurz vorm Verhungern. Für Atsuko nahm sie ein paar Scones mit, dann fuhr sie direkt zur Galerie. Gerade hatte sie die Donuts im Studio auf den Tisch gestellt, als Ronan aus dem rückwärtigen Badezimmer kam.

Er sieht gut aus, dachte sie, und ihr Magen flatterte bei seinem Anblick. Frisch geduscht und fit von seinem Training.

»Guten Morgen«, begrüßte sie ihn. »Wie war es?«

»Wir sind vier Meilen gelaufen und haben ein paar Liegestütze und Klimmzüge gemacht. Keine große Sache. Mathias und Nick sind zum Duschen nach Hause gefahren, ich habe die Dusche hier benutzt. Das geht schneller, als erst zu mir zurückzufahren.«

»Klingt logisch.« Sein Haus lag immerhin auf halbem Weg den Berg hinauf. Sie zeigte auf die Donuts. »Ich habe euch etwas mitgebracht.«

»Wir befinden uns doch gerade im Training.«

Sie lachte. »Oh bitte. Das ist eine Wohltätigkeitsveranstaltung, und keiner von euch muss abnehmen. Willst du mir etwa sagen, ein bisschen Zucker klingt gerade nicht verlockend?«

Er strich mit dem Finger über ihre Wange, dann gab er ihr einen Kuss auf den Mund. »Über was für Zucker reden wir hier?«

»Den vom Bäcker. Immerhin sind wir hier auf der Arbeit.«

»Das stimmt, aber deine Wohnung liegt ganz in der Nähe.« Er zog die Augenbrauen hoch. »Was meinst du?«

»Einige von uns haben eine Chefin, der sie Bericht erstatten müssen.«

»Stimmt. Ich will kein schlechter Einfluss für dich sein.« Eine Sekunde lang musterte er sie. »Du wirkst heute entspannter.«

»Das bin ich auch. Es ist im Moment viel los, aber ich hatte auch ein paar hormonelle Probleme. Das ist so eine Mädchensache.«

»Wie kommt es, dass du das sagen darfst, ich aber eine Ohrfeige bekäme, sollte ich jemals deine Hormone erwähnen?«

»Ich weiß es nicht. Es ist unfair, oder? Armer Hase.« Sie nahm sich einen Donut und biss hinein. »Ich werde dich jetzt mit deinem emotionalen Schmerz allein lassen.«

Er zog sie an sich und küsste sie noch einmal. »Ich bin froh, dass es dir besser geht.«

»Ich auch.«

Sie kehrte in die Galerie zurück, wobei sie sich fragte, wie Ronan wohl reagiert hätte, wenn sie wirklich schwanger gewesen wäre. Nicht gut, dachte sie. Er hatte mit seinem Vater und seiner leiblichen Mutter so viel zu tun – oder besser nicht zu tun. Sie wünschte, es gäbe einen Weg, um ihm zu helfen. Einen Weg, um …

»Tu das nicht«, murmelte sie auf dem Weg zu ihrem Schreibtisch. »Du kannst nichts erzwingen.« Natürlich wünschte sie sich, dass Ronan endlich darüber hinwegkam. Aber das Problem war komplex. Und wenn sie sich einmischte, würde sie alles nur noch komplizierter machen. Ihre Aufgabe war es, ihn zu unterstützen, fürsorglich zu sein und ihn die Lösung selbst herausfinden zu lassen. Wobei, wenn sich die Gelegenheit ergab …

Am Montag war Natalie nicht mehr zu bremsen. Dank eines Wochenendes, das sie mit dem Herstellen von Blumen zugebracht hatte, war sie ihrem Zeitplan weit voraus und hatte nur noch einen Tisch zu bestücken. Sie hatte sich mit Pallas zusammengetan und war mit ihr eine ähnliche Hochzeit durchgegangen, um zu wissen, wie so eine Veranstaltung ablief. Ihre Büroarbeit für den Tag war getan, und am Nachmittag würde sie an einem eigenen Projekt arbeiten.

Das große Kunstwerk aus verschiedenen Materialien befand sich noch in den Anfängen, aber sie wusste schon, dass Schmetterlinge und Stechpalmen eine Rolle spielen sollten. Eine seltsame Kombination, doch die Bilder gingen ihr nicht aus dem Kopf, und Natalie hatte gelernt, das zu respektieren, wenn es ihre Kunst betraf. Sie machte eine Skizze und ging dann den kleinen Schrank an ihrem Arbeitsplatz durch. Darin befanden sich alle möglichen Objekte. Dinge, die sie hier und da gefunden oder geschenkt bekommen hatte. Es gab Kristalle, Steine, Korken, Knöpfe, Bänder, Glasscherben, Radiergummis, getrocknete Blüten und Blätter, Stoffreste, Flaschen mit Glitzer, Garn, Zwirn, Schmuckdraht und Dutzende andere Optionen.

Die Flügel des Schmetterlings müssen spektakulär werden, dachte sie, als sie ein Stück Papier auf ihrem Schreibtisch zusammenknüllte und es in den Papierkorb warf, um sich ein neues Blatt zu nehmen. Sie rückte ihre Kopfhörer zurecht, suchte auf ihrem iPod nach einem inspirierenden Song und drückte auf Play.

Der Auftakt von »Eye of the Tiger« begann. Sie summte mit und wiegte sich im Takt auf ihrem Stuhl, während sie den ersten von drei Schmetterlingen zeichnete. Vielleicht liegt das Problem in der Anordnung, dachte sie und bewegte den Stift immer schneller. Ja, das war es. Sie musste …

Die Musik ging aus. Natalie schaute auf und sah Nick neben sich stehen.

»Was ist?«, wollte sie wissen.

»Dein halbes Gesumme, halbes Gesinge nervt.«

»Ich habe nicht gesummt oder gesungen.«

Sie sah Ronan an, der mit den Schultern zuckte. »Hast du doch.«

»Wie könnt ihr so gemein sein? Na gut. Wenn ihr es so wollt.«

Sie stand auf und ging zur Anlage, wo sie ihren iPod in die Dockingstation stellte. Sekunden später hallte der Auftakt des Liedes durch den großen Raum. Mathias schaute von dem Stück auf, das er gerade polierte.

»Warst du in den Achtzigern überhaupt schon auf der Welt?«, fragte er.

»Ich ignoriere dich!«, rief sie ihm über die Musik hinweg zu.

Ronan grinste. Nick schüttelte den Kopf und kehrte zu dem kleinen Holzstück zurück, an dem er gerade schnitzte. Doch als der Refrain erklang, sangen sie alle mit. Danach wollte Natalie ihren iPod gerade wieder herausnehmen, als sie Atsuko an der Anlage stehen sah. Ihre Chefin hob beide Augenbrauen.

»Interessant«, murmelte sie, »was ihr so inspirierend findet.«

»Solange es funktioniert«, erklärte Natalie. »Brauchst du mich?«

»Nur ein kurzes Gespräch, wenn du Zeit hast.«

»Na klar.«

Natalie legte ihren iPod in die Schreibtischschublade und folgte Atsuko in die Galerie. Als sie einander in Atsuko Büro gegenübersaßen, lächelte ihre Chefin sie an.

»Gestern ist dein Drachenbild verkauft worden.«

Natalie bemühte sich, ganz ruhig zu bleiben. Am liebsten hätte sie auf ihrem Stuhl einen kleinen Tanz eingelegt. »Das ist toll. Danke, dass du es mir sagst.«

»Gern geschehen. Die Kunden haben nach weiteren Stücken von dir gefragt. Ich musste ihnen sagen, dass es da im Moment nichts gibt.« Atsukos Blick wurde eindringlicher. »Sie haben darauf bestanden, dass ich mir ihre Telefonnummer notiere und sie anrufe, sobald etwas Neues von dir zum Verkauf steht.«

Noch nie hatte jemand ausdrücklich nach Natalies Arbeiten gefragt. Sie hatte zwar immer alles verkauft, was Atsuko von ihr angeboten hatte, aber das hier war anders. Dieses Mal ging es wirklich um *sie*!

»Ich weiß nicht, was ich sagen soll«, gab sie zu. »Das ist aufregend.«

»Das ist es.« Atsuko zog eine Schublade an ihrem Schreibtisch auf und holte eine der Comic-Heft-Blumen hervor, die Natalie für die Hochzeit gemacht hatte. »Ich hoffe, es macht dir nichts aus, aber ich habe mir die vor Kurzem ausgeliehen. Ich habe lange darüber nachgedacht.«

Sie reichte sie Natalie. »Gefällt es dir, Blumen zu machen?«

»Es bringt Spaß. Ich spiele gerne mit verschiedenen Techniken.« Sie zog die Nase kraus. »Ich glaube nicht, dass ich das für jede Hochzeit in der Stadt machen will, aber ab und zu finde ich es interessant.«

»Hast du je darüber nachgedacht, etwas in dieser Art in größerem Format zu machen?«

»Nein«, sagte sie und fing sofort an, über die Idee nachzudenken. »Das wäre natürlich möglich. Wenn die Blumen jedoch sehr viel größer werden, müssen sie verstärkt werden. Oder ich muss dickeres Papier benutzen. Ich habe schon darüber nachgedacht, ob es nicht interessant wäre, Papier aus Modemagazinen zu benutzen. Die Farben und die Struktur könnten für mehr optische Tiefe sorgen. Dann bräuchte es allerdings stärkere Stiele. Vielleicht irgendetwas aus Bambus. Ich arbeite gerne mit Bambus.« Ihre Stimme verebbte. »Tut mir leid. Du wolltest nur ein einfaches Ja oder Nein hören, oder?«

»Überhaupt nicht. Ich mag es, wenn du mir von deinem kreativen Prozess erzählst. Deine Arbeit ist einzigartig. Du fängst langsam an, einen eigenen Stil zu entwickeln. Wobei du dich nie auf eine einzige Technik festlegen wirst. Da bist du anders als die meisten Künstler. Nick ist aber auch jemand, der gerne verschiedene Sachen ausprobiert.« Sie seufzte. »Ich gebe mir die Schuld daran, dass er wieder darüber nachdenkt, mit Metall zu arbeiten.«

Natalie versuchte, nicht schuldbewusst auszusehen. Im vorigen Jahr hatte Atsuko gebrauchtes Schweißzubehör gekauft und den Jungs angeboten, damit zu experimentieren. Schnell hatten sie erkannt, dass ihnen die nötige Ausbildung fehlte, um damit etwas zu erschaffen. Bei ihren Versuchen hätten sie zweimal beinahe das Studio in Flammen gesetzt. Alle waren erleichtert gewesen, als sie die Ausrüstung im Lagerraum verstaut hatten.

»Ich frage mich, was ihn wohl dazu inspiriert hat«, murmelte sie und wich Atsukos wissendem Blick aus.

»Ich habe da so eine Vermutung, dass es das Zerlegen deines Autos war, aber darüber sprechen wir ein andermal. Zurück zu deinen Blumen. Vor Kurzem ist mir das Regal hinter deinem Schreibtisch aufgefallen, auf dem deine Origami-Figuren stehen. Dabei habe ich auch ein paar Glasfiguren gesehen. Ich nehme an, die sind von Ronan?«

Natalie nickte.

»Papier und Glas sind eine ungewöhnliche Kombination, aber es funktioniert. Du kennst seine Blumenvasen?«

Das war zwar keine wirkliche Frage, aber Natalie antwortete trotzdem. »Natürlich. Die sind wunderschön.«

»Das sehe ich auch so. Und sie verkaufen sich gut.«

Trotz eines Preisschilds in mittlerer sechsstelliger Höhe, dachte Natalie und überlegte, wie es wohl war, so talentiert und erfolgreich und, nun ja, reich zu sein.

»Ich hätte gerne, dass du etwas Blumiges in einer ähnlichen

Größe herstellst.« Atsuko zeigte auf eine Zinnvase in der Ecke ihres Büros, die mindestens neunzig Zentimeter hoch war. Sie war ein wenig angeschlagen, aber elegant, und hatte eine wunderschöne Patina.

»Glaubst du, du könntest Blumen erschaffen, die dafür groß genug sind?«

Natalie öffnete den Mund. Und schloss ihn wieder. Es gibt keinen Grund, warum ich das nicht hinbekommen sollte, dachte sie und beäugte die Vase. Was das Papier anging, so wuchs ihr die Idee mit den Magazinseiten immer mehr ans Herz. Vielleicht konnte sie das ungebundene, unbeschnittene Papier direkt beim Drucker kaufen. Es musste nicht einmal ein Modemagazin sein. Alles mit bunten Bildern wäre toll. Oh, ein Reisemagazin. Darin gab es immer wunderschöne Fotos.

»Ja, das kann ich auf jeden Fall«, sagte sie begeistert. »Du hast nicht zufällig Kontakte zu Druckereien, oder?«

»Die habe ich tatsächlich. Soll ich ein paar Anrufe tätigen und gucken, ob du unbeschnittene Restposten bekommen kannst?«

»Das wäre super. Danke.«

»Ich mache mich gleich mal ran.« Atsuko lächelte sie an. »Ich bin froh, dass du dich auf das Projekt freust.« Sie berührte die Blume, die Natalie auf den Schreibtisch gelegt hatte. »Das hier hat echtes Potenzial, Natalie. Ich verspreche nichts, aber wenn es so gut wird, wie ich denke, will ich es irgendwo im fünfstelligen Bereich anbieten.«

F…fünfstellig? »Das ist sowohl inspirierend als auch furchteinflößend«, gab sie zu. »Ich überlege mal, was ich machen will, und warte darauf, von dir etwas wegen des Papiers zu hören.« Falls Atsuko kein Glück haben sollte, würde Natalie mit ihrer Freundin Wynn sprechen und gucken, ob die etwas arrangieren konnte.

»Ausgezeichnet. Ich freue mich schon darauf, das fertige Projekt zu sehen.«

»Ich mich auch.«

Natalie bemühte sich, ruhig durch den Flur zurückzugehen. Sobald sie aus der Galerie raus war, rannte sie jedoch über den Parkplatz und schwebte förmlich ins Studio.

Die Jungs hatten die Anlage voll aufgedreht, und Countrymusic dröhnte aus den Lautsprechern. Natalie ging zu ihrem Tisch, doch Ronan fing sie ab. Er war heiß und verschwitzt, hatte aber die befriedigte Ausstrahlung eines Mannes, der gut und hart gearbeitet hatte.

»Alles in Ordnung?«, fragte er. »Du warst ganz schön lange weg.«

»Mir geht es gut.« Sie zeigte ihm die Blume, die sie mitgenommen hatte. »Atsuko hat sich eine davon ausgeliehen und mich gebeten, so etwas in größerem Format für die Galerie zu machen.«

Sie erzählte ihm von der Vase und ihrer Idee, Magazinpapier für die Blüten zu nehmen. »Ich werde ein paar Übungsblumen herstellen, um zu gucken, ob sie verstärkt werden müssen. Sie sollen nicht nur ein paar Wochen gut aussehen und dann in sich zusammenfallen. Oh mein Gott, das ist so aufregend.« Sie schaute sich um, um sicherzugehen, dass niemand in Hörweite war, dann senkte sie ihre Stimme.

»Du musst mir schwören, es niemandem zu erzählen.«

»Ich schwöre.« Seine Augen funkelten humorvoll auf. »Aber was genau?«

»Sie meinte, sie könnte eine fünfstellige Summe dafür bekommen.« Natalie wirbelte im Kreis herum und drückte sich die Papierblume an die Brust. »Weißt du, was das bedeutet? Wenn sie zehntausend Dollar dafür bekommt, kriege ich fünftausend. Das ist unglaublich. Das sind mehrere Monate Miete. Ich hatte gehofft, wenn meine Arbeit für Pallas vorbei ist, eine winzige Auszeit zu nehmen, so zwei oder drei Wochen. Aber wenn ich etwas für so viel Geld verkaufen könnte, könnte ich zwei Auszeiten nehmen. Oder eine längere.«

Er lächelte sie weiterhin an. Sie wusste, dass er irgendetwas dachte, hatte aber keine Ahnung, was.

»Spuck es schon aus«, knurrte sie. »Was immer es ist. Du weißt, du willst es.«

»Sie hat ›fünfstellig‹ gesagt.«

»Ich weiß. Deswegen komme ich ja auf die zehntausend Dollar.« Sie verdrehte die Augen. »Du weißt, dass sie die Hälfte als Kommission bekommt. Ich bin nicht wie du. Ich kann keinen besonderen Vertrag aushandeln.«

»Das wollte ich gar nicht sagen. Mir geht es um etwas anderes: Du gehst davon aus, dass fünfstellig gleichbedeutend mit zehntausend ist. Dabei gibt es wesentlich mehr Zahlen, die du noch gar nicht in Erwägung gezogen hast.«

»Was? Nein. Wirklich?«

Natalie starrte ihn an. Natürlich hatte er recht. Es gab da noch all die Zahlen zwischen zehntausend und neunundneunzigtausend.

»Aber ich bin davon ausgegangen ...«

»... dass sie von zehntausend gesprochen hat?«, ergänzte er den Satz für sie und berührte sanft ihre Wange. »Vielleicht hat sie das. Vielleicht meinte sie aber auch fünfundzwanzig oder fünfzig. Du könntest sie fragen.«

Fünfundzwanzigtausend Dollar? dachte Natalie. Das würde bedeuten, sie würde zwölfeinhalbtausend bekommen. Alles, was darüber hinausging, war für sie unvorstellbar. Alles darüber hinaus würde bedeuten, sie könnte ... Sie könnte ...

Der Gedanke wollte nicht kommen.

»Du könntest deinen Job aufgeben«, sagte Ronan leise. »Und Vollzeitkünstlerin sein.«

Ja, genau das!

Sie wusste, es würde kompliziert werden. Ihr Job sicherte ihr ein regelmäßiges Einkommen. Wenn sie auf sich allein gestellt wäre, würde sie Geld für die Zeiten zurücklegen müssen, in denen sich ihre Kunstwerke nicht verkauften. Es war furchteinflößend, daran zu denken, aber irgendwie auch aufregend.

»Ich habe Angst«, gab sie zu. »Und ich bin aufgeregt. Und ich will mir keine zu großen Hoffnungen machen, aber, wow. Da gibt es eine Menge, worüber ich nachdenken muss. Sparpläne und Steuern …«

»Das stimmt. Aber ich helfe dir.«

»Das ist zwar ein sehr nettes Angebot, aber du kümmerst dich nicht selbst um dein Geld. Dafür hast du Atsuko und einen Steuerberater.«

Er lachte. »Das stimmt, aber ich beherrsche die Grundlagen. Es ist nicht schwer, ein Budget für deine täglichen Ausgaben festzulegen und einen Sparplan zu erstellen. So könntest du ausrechnen, wie viel du brauchst, bevor du deinen Job aufgibst.«

Sie wollte gerade zustimmen, als ihr die Bedeutung dieses Schrittes klar wurde. »Ich könnte die Galerie nie verlassen. Was für eine schreckliche Art, Atsuko für ihren Glauben an mich zu danken.«

»Es tut mir leid, dich enttäuschen zu müssen – du machst einen super Job im Büro, aber dort bist du bestimmt nicht unersetzlich. Atsuko ist klug. Sie weiß, was passieren wird. Ich würde sagen, sie ist mehr an dir als Künstlerin als an dir als Teilzeit-Büromanagerin interessiert. Vergiss nicht, sie bekommt die Hälfte. Da draußen bist du für sie wesentlich mehr wert als im Büro.«

»Meinst du wirklich?«

»Ich meine es nicht nur, ich weiß es.« Er küsste sie und drehte sie dann in Richtung ihres Arbeitsplatzes. »Du willst vermutlich mit dem weitermachen, womit du vorhin angefangen hast.«

»Das stimmt. Ich will die Blumen für die Hochzeit fertig machen und dann anfangen, das Kunstwerk für Atsuko zu planen. Das wird so toll!«

Sie umarmte Ronan und gönnte sich genau eine Minute, um über all die wundervollen Möglichkeiten nachzudenken. Dann riss sie sich zusammen und konzentrierte sich auf die vor ihr liegende Aufgabe. Eine Sache zur Zeit, ermahnte sie sich. Eine magische Sache zur Zeit.

15. Kapitel

Carol war Gastgeberin des nächsten Mädelslunchs, was bedeutete, er wurde in der Savanne abgehalten. Natalie liebte es, auf dem Boden zu sitzen und zu picknicken, während sie das Licht und die Hitze der Sonne genoss. In der Ferne grasten die Tiere, und sie war dankbar, Freundinnen zu haben, mit denen sie regelmäßig Zeit verbrachte.

In der Schule hatte sie natürlich auch Freundinnen gehabt, aber nach dem Tod ihrer Mutter hatte sich alles verändert. Sie hatte ihre Kunst aufgegeben und sich einen »richtigen« Job in einem Büro gesucht. Dort hatte sie Quentin kennengelernt – und der Rest war, wie man so schön sagt, Geschichte. Nach ihrem Umzug nach Happily Inc, wo sie neue Freundinnen gefunden hatte, erkannte sie, dass sie zwischen dem Dahinscheiden ihrer Mom und der Verlobung mit Quentin alle ihre anderen Freundschaften hatte versanden lassen. Vielleicht hatte es daran gelegen, dass sie so traurig war. Oder daran, dass sie sich selber verloren hatte. Sie wusste es nicht genau, schwor sich aber, dass ihr so etwas nie wieder passieren würde.

»Wie lebt sich der Giraffenbulle bisher ein?«, fragte Bethany, als sie die Sandwiches verteilte, die Carol vorbereitet hatte.

»Ganz gut. Er hat sich schon mit den Mädchen angefreundet. Aber wir werden noch bis nächstes Jahr warten, bevor wir bei einer der Damen das Verhütungsmittel absetzen.«

»Millie sollte die Erste sein«, sagte Silver. »Sie ist am längsten hier.«

»Das finde ich auch«, warf Wynn ein.

»Ich werde das im Kopf behalten.« Carol lächelte sie an. »Also, was gibt es bei euch Neues?«

»Wynn, ich habe dich vor Kurzem mit Jasper rummachen sehen«, sagte Bethany lachend. »Ihr beiden seid mal ein heißes Paar.«

»Wir sind kein Paar«, widersprach Wynn. »Wir sind nur …«

»Zwei Leute, die viel Sex miteinander haben?«, fragte Pallas.

»Ja, aber mehr ist es auch nicht.« Wynn steckte sich eine Locke hinter das Ohr. »Ernsthaft. Als Jasper und ich das erste Mal zusammen waren, habe ich ihm gesagt, dass Hunter bei mir an erster Stelle steht. Daher muss es etwas Lockeres sein, sodass ich meinen Sohn da raushalten kann.«

In Natalies Ohren klang das nicht sonderlich ansprechend.

»Und Jasper war damit einverstanden?«, fragte Bethany zweifelnd.

»Er meinte, mit der Regel könne er leben«, erklärte Wynn. »Ich will mir keine Sorgen darüber machen müssen, dass Hunter sich zu sehr an ihn gewöhnt, bevor wir wissen, wo das mit uns hinführt. Wenn Jasper also gewillt ist, es ruhig anzugehen, bin ich dabei.«

Das Konzept ist durchaus sinnvoll, dachte Natalie. Auf gewisse Weise war es das Gleiche, was sie und Ronan taten. Einfach nur Zeit miteinander verbringen, ohne Erwartungen an die Zukunft zu haben. Als sie diese Beschreibung nun allerdings aus dem Mund ihrer Freundin hörte, kam sie ihr gar nicht mehr so erstrebenswert vor.

»Du denkst so praktisch«, sagte Pallas. »Das bewundere ich.«

Bethany beugte sich zu Natalie. »Wenn ich mal groß bin, will ich wie sie sein.«

»Ich auch.«

»Nächstes Thema.« Wynn warf ihnen allen einen strengen Blick zu. »Also, Silver, wie läuft es mit deinen Anhängern?«

Silver nippte an ihrem Wasser, dann lachte sie. »Das war zwar nicht sonderlich subtil, aber gut. Reden wir über mich. Ich sabbere immer noch, wenn ich an die beiden Airstreams denke, die ich gefunden habe. Ich habe zwei Anträge für ein Darlehen von der Bank ausgefüllt, nun warte ich darauf, was sie sagen.« Sie sah Bethany an. »Wie ist das Leben in El Bahar?«

Bethany sah einen Moment schuldbewusst aus, bevor sie sich rücklings auf der Decke ausstreckte und in den Himmel schaute. »Meine Eltern treiben mich in den Wahnsinn«, stieß sie dramatisch hervor. »Es geht um die Hochzeit.«

»Die normalerweise nach einer Verlobung folgt«, warf Natalie ein.

»Ich weiß, ich weiß. Ich verstehe es ja. Das Komplizierte ist nur, dass mein Dad ist, wer er ist.«

»Der König von El Bahar?«, fragte Silver. »Das ist ein Problem?«

»Ja.« Bethany setzte sich wieder auf. »Wo soll die Hochzeit stattfinden? Wie viele Millionen Diplomaten und so weiter werden eingeladen? Wie formell muss es sein, bevor meine Mutter anfängt, sich Sorgen zu machen, dass wir es falsch angehen? Ich bin nicht nur seine einzige Tochter, sondern meine Brüder sind auch noch so viel jünger. Es wird Jahre dauern, bis wir eine weitere königliche Hochzeit feiern. Ich denke ständig, dass es so viel leichter wäre, einfach durchzubrennen und irgendwo auf einer einsamen Insel zu heiraten.«

»Dazu wird es nicht kommen«, warf Pallas leichthin ein. »Sogar mein Bruder hat akzeptiert, wer du bist. Vielleicht ist es an der Zeit, dass du das auch tust.«

»Bekommt Cade einen Titel, wenn ihr verheiratet seid?«, wollte Natalie wissen. »Ist er dann ein Prinz oder Herzog oder so?«

»Ein Prinz. Zumindest ist das der Plan. Die Verhandlungen sind ziemlich diffizil.«

Pallas seufzte. »Ich bin so froh, dass Nick und ich nach Italien geflogen sind, um zu heiraten. Das war wunderschön, und ich werde die Erinnerungen für immer in meinem Herzen bewahren.«

Bethany seufzte. »Musst du noch Salz in die Wunde streuen?«

»Das ist das Vorrecht einer zukünftigen Schwägerin.«

»Und wie geht es dir inzwischen?«, fragte Natalie an Pallas gewandt. »Mir ist aufgefallen, dass du wieder mehr isst.«

»Oh, mir geht es so viel besser. Danke, dass du fragst. Mein Körper hat die Schwangerschaft zumindest für den Moment akzeptiert, und ich verbringe wesentlich weniger Zeit damit, mir die Seele aus dem Leib zu kotzen. Drück die Daumen, dass es so bleibt.«

»Was für eine appetitliche Einführung«, murmelte Wynn, und alle lachten.

Als es eine gute Stunde später an der Zeit war zu gehen, packten alle Frauen mit an, um die Sachen ins Büro des Wildtierreservats zurückzubringen. Natalie ließ sich ein wenig zurückfallen, um kurz allein mit Silver zu reden.

»Ich wollte dir nur sagen, dass ich nicht schwanger bin«, sagte sie, als alle anderen außer Hörweite waren. »Außerdem war ich bei meiner Ärztin und habe mir ein Verhütungsmittel verschreiben lassen. Danke noch mal für deine Unterstützung. Du warst toll.«

»Danke, dass du es mir erzählst. Ich hatte mich schon gefragt, aber als ich nichts von dir gehört habe, dachte ich, dass alles in Ordnung ist.«

»Das ist es jetzt.« Natalie schüttelte den Kopf. »Ich habe Glück gehabt, das weiß ich. Diesen Fehler werde ich nicht noch einmal begehen.«

»Gut.« Silver umarmte sie. »Ein Baby zu bekommen verändert alles. Es ist eine schwerwiegende Entscheidung, die nur nach reiflicher Überlegung getroffen werden sollte.«

Die Art, wie sie das sagte, ließ Natalie aufmerken. Aber dann sagte sie sich, dass sie sich das bestimmt nur einbildete.

Ronan trat aus der Dusche im Studio. Er hatte heute lange gearbeitet und war zufrieden mit dem Fortschritt seiner Skulptur. Es lief sogar so gut, dass er seinem Zeitplan ein wenig voraus war.

Meine Arbeit hat sich verändert, dachte er, als er sich abtrocknete und anzog. Er war konzentrierter. Er sah jetzt sehr klar vor sich, was getan werden musste. Es war lange her, dass er so inspiriert gewesen war.

Dafür hatte er Natalie zu danken, das wusste er. Sie war ein so offener, fröhlicher Mensch. Sie sah immer das Beste in den Menschen, und irgendwie war es ihr gelungen, ein wenig dieser Einstellung auf ihn abfärben zu lassen. Dank ihr sah er nun, dass er mit seinen Brüdern zusammen sein musste, dass er ihre Energie benötigte, um seine eigenen kreativen Kräfte zu entfesseln. Was viel zu spirituell klang, aber dennoch stimmte.

Er hatte Mathias und Nick vermisst. Es hatte ihm gefehlt, mit ihnen zu arbeiten. Wenn sie in der Nähe waren, war er weniger in seinem Kopf, was vermutlich für alle besser war.

Er hängte sein Handtuch auf und ging ins Studio, wo Natalie auf ihn wartete. Ungeduldig verlagerte sie ihr Gewicht von einem Fuß auf den anderen.

»Endlich!« Sie packte seine Hand und zog ihn in Richtung Tür. »Das hat ja ewig gedauert.«

»Das waren keine fünf Minuten.«

»Wirklich? Es hat sich wie mindestens zehn angefühlt.« Sie ging zu seinem Truck und wartete darauf, dass Ronan ihr die Beifahrertür öffnete.

»Ich nehme an, wir wollen irgendwohin?«

»Ach was.« Sie grinste. »Ja. Zum Recycling-Center. Wir müssen uns langsam um die Teile für unser Brückenprojekt kümmern.«

»Das haben Nick, Mathias und ich im Griff. Wir nehmen dein Auto als Basis und halten uns an das Thema ›Kommen und Gehen‹. Du musst dir keine Gedanken machen. Du hast mit deinen Sachen genug zu tun.«

»Mit den Blumen für die Hochzeit bin ich fertig, und im Moment arbeite ich an einem anderen Werk, um meinen Kopf frei zu kriegen, bevor ich mit den Blumen für Atsuko anfange, also habe ich Zeit. Ich will ja nicht zu kritisch sein; das, was ihr Jungs gemacht habt, ist ganz okay, aber es braucht noch ein wenig Pepp.«

»In anderen Worten: Müll?«

»Keinen Müll.« Sie setzte sich auf den Beifahrersitz. »Glanz.«

»Aha. Ich habe deinen Glanz schon mal gesehen und bin mir nicht sicher, dass wir den in der Öffentlichkeit zeigen sollten.«

Sie errötete und lachte. Er ging um den Wagen herum zur Fahrerseite und setzte sich hinter das Lenkrad. Dann fuhren sie zum Recycling-Center auf der anderen Seite des Wildtierreservats.

Happily Inc hatte eines der erfolgreichsten Recycling-Programme des Landes. Sämtlicher Müll wurde sortiert, und fast alles wurde aufbereitet und wiederverwendet, verkauft oder kompostiert. Nur ein kleiner Bruchteil landete auf der Deponie.

Die Abfälle aus den Biotonnen wurden mit den Hinterlassenschaften der Tiere aus dem Wildtierreservat zu einem ausgezeichneten Dünger gemischt, der zum Selbstkostenpreis verkauft wurde. Eine Reihe von Farmern in Zentralkalifornien hatte sich zusammengetan, um einen Transporter zu mieten, der diesen Dünger direkt zu ihren Feldern brachte. Das Material war biologisch und von wesentlich höherer Qualität als der Dünger, den man im Laden kaufen konnte. Und indem sich die Farmer zusammengeschlossen hatten, hielten sie die Kosten niedrig.

Sie fuhren an der Düngerhalle vorbei zum Hauptparkplatz der Mülldeponie. Hier war immer viel los. Ed und Ted Lund, zwei Brüder, die das Interesse für Müllmanagement und für den Schutz von Tieren teilten, hatten Verträge mit den beiden größten kalifornischen Gefängnissen geschlossen. Ausgewählte Insassen lernten hier alles, was es über Recycling zu lernen gab, einschließlich der Reparatur von kleineren Elektrogeräten und Möbeln. Das unterstützte ihre Wiedereingliederung in die Gesellschaft. Die reparierten Stücke wurden in einem kleinen Laden verkauft, und die Gewinne flossen in die Verbesserung der gesamten Anlage zurück.

Natalie durchquerte den Laden, ohne sich etwas anzuschauen, und ging weiter durch eine offene Tür, über der »Zu verschenken« stand.

Natürlich, dachte Ronan. Er hätte nicht überrascht sein sollen. Vermutlich war Natalie auch ein großer Fan von privaten Flohmärkten und Sperrmüll.

Bei ihrer Suche ging sie äußerst methodisch vor. Sie nahm sich einen Einkaufskorb und begann auf der linken Seite des Raums, von wo aus sie sich langsam die Gänge entlangarbeitete. Bei etwas, das aussah wie Räder von alten Schubkarren, blieb sie stehen. Dann hob sie eines auf.

»Das passt zum Thema ›Kommen und Gehen‹«, sagte sie.

»Vielleicht«, erwiderte Ronan.

»Ich hatte auf ein paar Türgriffe oder Türangeln gehofft.«

»Warum?«

Sie sah ihn an. »Weil ich so ein Gefühl habe. Ich glaube, das würde gut funktionieren, und das Material hält dem Wetter stand. Wirklich, Ronan, du musst schon gewillt sein, deine Fantasie zu bemühen.«

»Okay. Türangeln und Griffe. Verstanden.«

Sie beäugte ihn. »Aber nicht einfach loslaufen und kaufen. Das wäre nicht das Gleiche.«

»Hey, würde ich so etwas tun?«

»Sofort.«

Natürlich hatte sie damit recht, aber das würde er nicht zugeben. Sie fanden das Zifferblatt einer Uhr, dem mehrere Zahlen fehlten. Natalie nahm es in die Hand und drückte es sich an die Brust, als handle es sich um einen Goldschatz.

»Das passt perfekt«, verkündete sie. »Ein guter Anfang.«

»Du magst das hier, oder?«

»Klar. Es macht Spaß. Man weiß nie, was man findet. Selbst wenn es nicht viele Sachen für das Brückenprojekt geben sollte, werde ich bestimmt etwas für mein nächstes Kunstwerk finden. Im Moment bin ich zwar im Blumenmodus, aber das kann sich jederzeit ändern.«

Sie nahm eine alte Kuchendose in die Hand, und es überraschte Ronan nicht im Mindesten, als sie sie in den Korb legte. Er nahm ihr den Korb ab.

»Lass mich den tragen, schöne Frau.«

Sie ließ ein Lächeln aufblitzen. »Danke. Bringt das nicht unglaublichen Spaß? Meine Mom und ich habe das immer gemacht, als ich noch ein Kind war. Wir sind auf Flohmärkte und Kirchenbasare gegangen. Oh, und zu Büchereiverkäufen. Die Lehrer in der Schule sind immer durchgedreht, wenn meine Mom anfing, für Kunstprojekte Bücher zu zerreißen. Am Ende musste sie das zu Hause machen, um die Lehrer nicht zu sehr aufzuregen.«

»Ich wusste gar nicht, dass deine Mom Lehrerin war.«

Natalie sah ihn verwirrt an. »Wie kommst du darauf? Sie war keine Lehrerin, sondern Künstlerin.«

Jetzt war es an ihm, verwirrt zu gucken. »Du hast gesagt, die Lehrer sind durchgedreht, wenn sie anfing, die Bücher für ihre Kunst zu zerreißen. Warum war sie in der Schule, wenn sie nicht Lehrerin war?«

Natalies Miene hellte sich auf. »Oh, tut mir leid. Das habe ich wohl nicht gut erklärt. Meine Mom war in unserer kleinen Gemeinde ziemlich bekannt. Sie hat als Freiwillige an der Grundschule ausgeholfen. Einmal im Monat hat sie eine Stunde Kunstunterricht gegeben. Sie hat es geliebt.«

»Und du hast es genossen, sie an deiner Schule zu haben«, riet er.

»Richtig. Ich konnte mit ihr angeben, und alle meine Freunde waren sehr beeindruckt. Meine Mom meinte immer, die Kunst wäre eine wichtige Möglichkeit, den Geist zu strecken. Es gehe nicht um das Talent, sondern darum, andere Wege im Denken einzuschlagen. Darum, einen greifbaren Beweis dafür zu haben, dass es Dutzende Möglichkeiten gibt, ein Problem zu lösen.«

Sie stürmte voran. »Guck mal! Gabeln!«

Vor einem Stapel zerbeulter Gabeln blieb sie stehen. Jeder fehlte mindestens ein Zinken. Ronan wäre achtlos an ihnen vorbeigegangen, aber Natalie ging sie gründlich durch und wählte fünf aus, die sie in ihren Korb legte.

»Ich fasse es nicht, was für tolle Sachen die hier haben«, seufzte sie glücklich.

»Ich auch nicht.«

Sie stieß ihm gegen den Arm. »Du lügst, das wissen wir alle, aber es ist mir egal, was du denkst. Ich habe Spaß.«

Er sah sie an. »Den habe ich auch.«

Er hatte Spaß, mit ihr hier zu sein, ihr zuzuhören. Die Sachen, die es hier gab, interessierten ihn nur insofern, als dass Natalie sie haben wollte. Aber was sie über die Kunst gesagt hatte, war interessant. Er fragte sich, ob die Schulen so einen Unterricht immer noch anboten. Gab es immer noch Kunstlehrer? Er war jetzt Teil einer Gemeinde. Sollte er so etwas nicht wissen?

Sie fuhren fort, jedes Objekt einer genauen Betrachtung zu unterziehen. Besser gesagt, Natalie tat es, und er trug pflichtbewusst den Korb. Sie fand drei zerbrochene Autokennzeichen, die sie haben musste, die Rückenlehne eines Metallstuhls und zwei Sprinklerköpfe.

»Jedes Einzelne ein Schatz«, sagte er, als sie zum Ausgang gingen.

»Mach dich nur über mich lustig. Du wirst schon sehen.«

Sie hielt inne, um fünf Dollar in die Dose am Ausgang zu werfen, über der ein Schild um Spenden bat.

Natalie sah ihn an. »Ich kann die Sachen nicht einfach so mitnehmen. Also gebe ich jedes Mal eine Kleinigkeit.«

Natürlich tut sie das, dachte er und zog einen Zwanziger aus seiner Tasche, um ihn im Vorbeigehen unauffällig in die Dose fallen zu lassen. Natalie könnte niemals etwas nehmen, ohne etwas zurückzugeben. Auch nicht aus einem Raum, in dem alles umsonst war.

Der Gedanke an den Kunstunterricht an Schulen ging ihm nicht aus dem Kopf. Er sagte sich, dass er überhaupt keine Zeit dafür hatte, einem Haufen Kinder Kunst näherzubringen. Und selbst wenn er die Zeit hätte, wusste er nicht, ob irgendjemand daran überhaupt Interesse hatte. Und falls doch, fehlten ihm sowohl die Fähigkeiten als auch die Erfahrung, um ein Kunstprojekt auf die Beine zu stellen, auf das eine Gruppe Achtjähriger Lust hatte. Trotzdem hatte er das dumpfe Gefühl, dass einen Scheck auszustellen nicht immer die Antwort auf alles war.

»Ich bin Renee.«

Natalie schüttelte die Hand der zierlichen Rothaarigen und gab sich Mühe, nicht eingeschüchtert zu sein. Pallas' neue Assistentin hatte etwas an sich, bei dem sie sich sofort unzulänglich fühlte – und dazu fehl am Platz und schlecht angezogen.

Vielleicht lag es daran, dass Renee, nun ja, perfekt war. Ihr dunkelrotes Haar hing glatt und glänzend über ihren Rücken, ihr dichter Pony war schnurgerade. Der schwarze Anzug wirkte professionell, zugleich maßgeschneidert und konservativ, als wäre er dazu gemacht, keine Aufmerksamkeit auf sich zu ziehen. Selbst ihre Glattleder-Pumps waren poliert, modern und hatten einen mörderischen Absatz von mindestens zwölf Zentimetern. In einem Wort: perfekt.

»Pallas hat mir erzählt, dass du spontan eingesprungen bist, um bei der Film-Hochzeit zu helfen.« Renee konsultierte ihr Tablet, bevor sie Natalie anlächelte. »Das war viel zu viel für eine Frau, die mit ihrer Schwangerschaft und der morgendlichen Übelkeit zu kämpfen hatte. Ich weiß, dass sie deine Hilfe sehr zu schätzen weiß. Und ich freue mich darauf, mit dir zusammenzuarbeiten, während ich mich in meine neue Position einarbeite.«

Ihre Sprache hatte etwas leicht Formelles. Natalie konnte nicht sagen, ob es daher kam, dass Englisch nicht ihre Muttersprache war, oder ob sie auf eine sehr anspruchsvolle Highschool gegangen war. Vielleicht auf eine Privatschule, wo von den Schülern verlangt wurde, mehrsilbige Wörter zu benutzen, wenn sie nicht riskieren wollten, rausgeworfen zu werden.

»Es hat Spaß gemacht«, sagte Natalie und hätte danach am liebsten gestöhnt. Hätte sie sich nicht etwas Originelleres einfallen lassen können?

»Ich arbeite schon seit mehreren Jahren im Bereich Hochzeitsplanung«, erklärte Renee. »Bisher war ich in Beverly Hills tätig. Die Hochzeiten dort waren eher formal und sehr traditionell. Ich freue mich auf die Gelegenheit, Veranstaltungen mitzuerleben, die entspannter und lustiger sind. Die Idee einer Hochzeit, die auf einem Film basiert, finde ich großartig. Auf diese Weise wird das Paar einzigartige Erinnerungen haben. Ich selbst kannte den Film bisher nicht, habe ihn mir aber am letzten Wochenende angeschaut.«

»Und, was hältst du davon?«

Renee zögerte, bevor sie lächelte. »Sagen wir es so: Ich bin froh, dass er für das Brautpaar eine so große Bedeutung hat.«

Natalie lachte. »Das ist sehr diplomatisch ausgedrückt. Er hat dir also nicht gefallen.«

»Ich bin eher jemand für ausländische Filme.«

»Wirklich? Absichtlich?« Natalie versuchte, eine gemeinsame Basis zu finden. »Der Mann, mit dem ich ausgehe, liebt Actionfilme, aber ich versuche, darüber hinwegzusehen.«

Pallas gesellte sich zu ihnen. »Toll, ihr habt euch schon kennengelernt. Tut mir leid, dass ich ein wenig zu spät bin. Ich habe tatsächlich Hunger bekommen und mir ein Sandwich gemacht. Yeah, ein Fortschritt.«

»Du siehst super aus«, sagte Natalie. Ihre Freundin hatte wieder etwas Farbe in den Wangen und wirkte nicht mehr so müde. »Ich freue mich, dass es dir besser geht.«

»Ich mich auch. Okay. Braut und Bräutigam sind gerade vorgefahren. Silver hat mir geschrieben, dass sie in ein paar Minuten hier sein wird, und die Eltern warten auf dem Bildschirm im Konferenzraum. Sollen wir loslegen?«

Auf dem Weg zum Konferenzraum ließ Natalie sich ein wenig zurückfallen, damit Renee vorgehen konnte. Pallas wartete auf sie und senkte die Stimme.

»Was hältst du von Renee?«

Natalie sah die zierliche Rothaarige an. »Sie schüchtert mich ein wenig ein, aber sie scheint nett zu sein. Ist sie so vollkommen, wie sie wirkt?«

»Noch wesentlich vollkommener. Ich weiß, was du mit einschüchternd meinst, aber sie kennt sich wirklich aus. Manchmal glaube ich, sie weiß mehr als ich, dabei ist sie was? Zwei Jahre jünger? Argh.«

Sie erreichten den Konferenzraum und begrüßten das Brautpaar. Silver kam dazu, und Pallas stellte die Verbindung zu den Eltern her.

»Alle bereit?«, fragte sie, nachdem alle sich gesetzt hatten.

Ellen drückte Barrys Hand. »Ich bin so aufgeregt«, sagte sie glücklich. »Heute reden wir über das Essen und die letzten Details. Langsam wird es real.«

»Sehr real«, versicherte Pallas ihr lächelnd. »Renee, erzähl dem Brautpaar mal, woran du gearbeitet hast!«

Renee nickte und warf Silver einen Blick zu. »Ich habe mich mit unserer Barkeepermeisterin beraten, und wir haben noch ein paar weitere aufregende Cocktailalternativen, über die wir nachdenken können. Der Spezialcocktail sollte natürlich offensichtlich grün sein, was sowohl für den Joker als auch für

Poison Ivy steht – zwei ausgezeichnete und gut entwickelte Charaktere. Silver und ich haben darüber gesprochen, Wodka mit verschiedenen Aromen zu versehen und ihn dann mit biologischer Lebensmittelfarbe einzufärben, um den gewünschten Grünton zu erzielen.«

»Ich habe ein paar Ideen ausprobiert«, fuhr Silver fort. »Es ist ganz leicht, und wir können mit unterschiedlichen Zutaten arbeiten.«

»Das klingt toll.« Ellen strahlte. »Ich freue mich schon darauf, alles zu probieren.«

»Direkt nach dem Meeting werden wir eine kleine Cocktailprobe abhalten.«

»Aber probiert nicht zu viel«, sagte Ellens Mutter vom Bildschirm. »Es ist noch mitten am Tag.«

Ellen verdrehte die Augen. »Ja, Mom.«

Natalie unterdrückte ein Lächeln.

Renee sah auf ihr Tablet. »Ich habe einen Händler gefunden, der Tortillas nach Kundenwunsch anfertigt. Er sagt, die Fledermausform wäre kein Problem. Damit können wir über eine Chips-and-Dips-Station nachdenken. Dort gäbe es natürlich die traditionelle Salsa und Guacamole, aber auch zum Beispiel einen Krabben- oder Artischocken-Dip. Ich habe mal einige Ideen aufgeschrieben.«

Sie reichte ein paar Blätter herum. Natalie erbleichte, als sie die ordentliche Tabelle mitsamt dem Grundriss für den Raum, in dem die Feier stattfinden sollte, sah. Sogar die Bewegungsmuster der Gäste waren eingezeichnet. Pallas fing ihren Blick auf und sagte stumm: »Ich weiß!«

Renee wandte sich an Natalie. »Ich bewundere deine Blumen. Sie sind bezaubernd, und ich finde es wunderbar, dass du die Seiten aus Comic-Heften dafür verwendet hast. Um dieses Konzept noch einen Schritt weiterzuführen: Heutzutage ist es in, Fingerfood in zusammengerolltem Papier zu servieren.« Nun wandte sie sich an Ellen. »In den Protokollen der letzten

Meetings wird erwähnt, dass ihr gerne viel Fingerfood servieren möchtet. Wie wäre es, wenn wir dafür auch Comic-Seiten benutzen? Das wäre meiner Meinung nach sehr charmant.«

Renee war nicht mehr zu bremsen. Sie unterbreitete ihnen ein halbes Dutzend anderer Ideen, bei denen das Brautpaar vor Vorfreude ganz hibbelig wurde. Pallas wirkte erleichtert, und Silver schrieb jedes Mal hektisch mit, sobald ein Getränk erwähnt wurde.

Natalie erkannte, dass ihre Rolle als Pallas' Helferin vorbei war. Die leicht geheimnisvolle und sehr strukturierte Renee würde sich um alles kümmern, und sie selbst war frei, sich wieder ihren Kunstprojekten zu widmen. Vor allem jenem, das Atsuko ihr gegenüber erwähnt hatte. Und das würde sie auch tun – sobald sie nicht mehr so neugierig darauf war, wer Renee war und warum sie sich entschieden hatte, nach Happily Inc zu ziehen.

16. Kapitel

Die *Sally Ride Elementary School*, die Grundschule von Happily Inc, lag ungefähr zwei Blocks vom Rio de los Sueños und zehn Minuten von der Galerie entfernt. Ronan schätzte, dass er schon Hunderte Mal daran vorbeigefahren war, ohne je darauf zu achten. Heute jedoch bog er auf den Parkplatz ein und sagte sich, dass diese Idee idiotisch war. Wer war er denn, dass er glaubte, Schülern helfen zu können, die er noch nie getroffen hatte? Oder Schülern, die er sehr wohl schon getroffen hatte. Er war dafür weder ausgebildet noch geeignet. Seine einzigen Erfahrungen mit Kindern bestanden darin, dass er selber mal ein Kind gewesen war. Er sollte das Treffen absagen und an die Arbeit zurückkehren. Aber irgendwie konnte er das nicht.

Natalies Erzählungen über ihre Mutter hatten sich in seinem Gehirn festgesetzt und weigerten sich, wieder zu gehen. Im Internet hatte er ein wenig recherchiert und Studien gefunden, die zeigten, dass Kunst in der mentalen Entwicklung eines Kindes tatsächlich einen Unterschied machte. Sie stärkte das Selbstbewusstsein, die motorischen Fähigkeiten und die Konzentration. Kreativ zu sein beanspruchte beide Gehirnhälften und zeigte, dass es mehr als einen Weg gab, um ein Problem zu lösen – genau wie Natalie gesagt hatte.

Entschlossen schnappte er sich seinen Rucksack und betrat die Schule. Nachdem er sich dem Mann am Empfang vorgestellt hatte, wurde er zum Büro der Rektorin geleitet.

Dr. Anthony war Mitte fünfzig. Sie bedeutete Ronan, auf einem abgenutzten Sofa Platz zu nehmen, während sie sich auf einen ähnlich abgenutzten Sessel setzte.

»Hier sitze ich normalerweise mit nervösen Eltern«, lachte sie. »Ich nenne es meine Tränenecke. Aber ich würde vorschlagen, dass wir beide versuchen, während dieses Treffens nicht zu weinen. Das wäre Ihnen nur peinlich und mir unangenehm.«

Ronan lachte leise. »Abgemacht.«

Sie musterte ihn. »Als ich Ihren Namen in meinem Kalender sah, kam er mir so bekannt vor. Daher habe ich ein wenig im Internet recherchiert. Sie haben einen interessanten Ruf, Mr. Mitchell.«

»Ronan, bitte. Und was meinen Ruf angeht: Ich hoffe, es ging dabei um meine Arbeit.«

»Das ging es. Ihr Privatleben ist ein wenig mysteriös. Was heutzutage selten ist. Die meisten Menschen, die ihre fünfzehn Minuten Ruhm bekommen, scheinen gewillt zu sein, dafür alles zu tun.«

»Ich ziehe es vor, meine Arbeit für mich sprechen zu lassen.«

»Wie kann ich Ihnen dann helfen?«

Er war nicht sicher, was er sagen sollte. »Ich habe gehört, dass die Budgets der Schulen im Moment ziemlich eng sind. Mehr Schüler und mehr Anforderungen bei weniger Geld. Und dass deswegen Programme geschlossen werden.«

»Sie sprechen über Kunstprogramme, richtig?«

Er nickte.

»Ja, das stimmt«, seufzte sie. »Wir versuchen, sie so gut wie möglich am Leben zu halten. Unsere normalen Lehrer springen gemäß ihren Fähigkeiten ein, aber wir haben keinen speziellen Kunstlehrer mehr.«

»Ich würde gerne ein monatliches Programm für Ihre Schüler anbieten. Die Einzelheiten habe ich mir noch nicht alle überlegt, und ich würde Ihre Hilfe dabei sehr zu schätzen wissen, falls Sie interessiert sind. Ich dachte, ich könnte einen Tag im Monat herkommen und mit jeder Klasse etwa eine Stunde verbringen. Wir würden gemeinsam etwas erschaffen. Wenn Sie den Raum stellen, bringe ich die Materialien mit.«

Ihr Blick blieb ganz ruhig. »Und warum sollten Sie so etwas tun wollen? Das ist eine große zeitliche Verpflichtung. Haben Sie denn nichts Besseres zu tun?«

Das war nicht die Antwort, die er erwartet hatte. »Mir hat es nie an etwas gefehlt. Mein Vater ist berühmt, und sobald er gemerkt hatte, dass ich sein Talent geerbt habe, ging er davon aus, dass ich in seine Fußstapfen trete.«

»Was Sie ja auch getan haben.«

»Richtig. Ich bin gemäß den allgemeinen Maßstäben relativ erfolgreich, und dafür bin ich dankbar. Aber es ist nicht so toll, wie man immer denkt. Einmal im Monat Kindern zu helfen, die Freude am Malen oder Töpfern zu entdecken, wäre bestimmt nicht zu viel von mir verlangt.«

Er hielt inne. »Um ganz offen zu sein: Ich habe keinerlei Erfahrung als Lehrer. Ich arbeite häufig mit Praktikanten vom College, aber ich bin auch dafür bekannt, sie ab und zu anzubrüllen. Sie würden sicher wollen, dass mich jemand beaufsichtigt.«

Ungefähr fünfzehn Sekunden zu spät bemerkte er, dass er das besser nicht gesagt hätte.

»Also nicht, dass ich Kinder anschreien würde. Ich meine nur, dass ich kein Lehrer bin und auch nicht behaupte, einer zu sein. Ich bin nur ein Kerl, der Kunst kennt und mag und das gerne teilen würde.«

»Möchten Sie, dass die Presse dabei ist, wenn Sie unterrichten? Arbeiten Sie an einer Dokumentation?«

»Was? Nein. Keine Presse, keine Eltern, niemand. Es geht mir nicht um Publicity. Ich ziehe es vor, anonym zu bleiben.«

Ihre Miene wurde weicher. »Interessant. Aber dieses Projekt können Sie unmöglich alleine umsetzen. Dazu sind zu viele Kinder in den einzelnen Klassen. Das würde Sie überwältigen.«

»Ich bringe Praktikanten mit.« Und er würde Natalie fragen. Er hatte das Gefühl, dass sie ihm gerne helfen würde.

»Kein Anbrüllen von Praktikanten vor den Kindern, Ronan. Darauf muss ich bestehen.«

Er grinste. »Ich gebe Ihnen mein Wort.«

»Dann denke ich, wir sollten uns ernsthaft über Ihren Vorschlag unterhalten. Ihr Angebot ist sehr großzügig, und ich möchte einen Weg finden, wie das alles funktionieren kann.«

»Ich auch.«

Eine Stunde später war Ronan wieder im Studio. Gemeinsam mit Dr. Anthony hatte er einen Plan entworfen. Die Rektorin würde den Vorschlag noch vor dem Schulausschuss präsentieren müssen, war aber guter Dinge, dass es dort keine Probleme gäbe. Ronan war in der Gemeinde sehr bekannt, und sein skandalfreies Privatleben war natürlich ein Vorteil. Einige Lehrer würden als Aufpasser dabei sein. Sobald sie die Zustimmung des Schulrats hatte, würde sie sich bei ihm melden.

Er fand Natalie, die gerade an einem riesigen Blumen-Schmetterling-Werk arbeitete. Sie hatte bereits Dutzende von Schmetterlingen skizziert und angefangen, Papierschnipsel aufzukleben. Auf einem Tablett neben ihrem Werktisch lag das kaputte Zifferblatt, das sie aus dem Recycling-Center mitgenommen hatten.

»Uhren und Blumen und Schmetterlinge?«, fragte er.

»Der Wandel der Jahreszeiten. Wobei ich mir damit noch nicht ganz sicher bin. Vielleicht mache ich doch alles aus Papier. Ich habe mich noch nicht entschieden.« Sie lächelte. »Atsuko hat von ihrer Freundin gehört: Das Magazinpapier, oder wie auch immer man das nennt, wird nächste Woche geliefert. Ich kann es kaum erwarten anzufangen. Und in der Zwischenzeit mache ich das hier.«

Sie warf einen Blick über ihre Schulter, als wolle sie sichergehen, dass seine Brüder nicht in der Nähe waren. Dann senkte sie die Stimme. »Wie war das Treffen?«

»Gut. Meine Idee hat der Rektorin gefallen. Sie wird sie dem Schulausschuss vorstellen.«

»Super!« Natalie tanzte auf der Stelle. »Ich habe dir doch gesagt, dass es gut laufen wird. Du lässt mich dir doch helfen, oder? Ich hatte überlegt, dass wir für jeden Monat ein Thema wählen sollten. Einmal Malen nach Zeit, einmal was mit Holz oder Glas.«

»Und Papier«, sagte er und berührte sanft ihre Wange. »Sie sollen lernen, mit Papier zu arbeiten.«

»Das werden sie. Bist du glücklich? Fühlt es sich nicht gut an, so etwas anzubieten? Du wirst das mit den Kindern so großartig machen, Ronan. Du bist geduldig und verstehst, wie die Dinge funktionieren.«

»Ich habe Dr. Anthony gewarnt, dass ich manchmal meine Praktikanten anbrülle.«

»Das tust du nicht. Okay, ab und zu, aber nicht wirklich.«

Sie sieht immer das Beste in mir – und vermutlich in jedem, dachte er. Jede Herausforderung war eine weitere Gelegenheit, etwas Neues auszuprobieren. Nur Natalie sah die Schönheit in einem zerbrochenen Zifferblatt.

»Du bist umwerfend.« Er zog sie an sich und küsste sie.

Sie erwiderte den Kuss und grinste. »Ich bin ziemlich besonders. Und jetzt zurück an die Arbeit. Ich muss hier wunderschöne Schmetterlinge erschaffen, Mister.«

»Jawohl, Ma'am.«

Natalie trat einen Schritt zurück, um ihr Kunstwerk zu betrachten. Die Richtung, die sie damit eingeschlagen hatte, überraschte sie selbst ein wenig. Sie hatte wirklich an etwas mit Jahreszeiten gedacht, stattdessen hatte sie jedoch Blumen in Blumen in Blumen erschaffen. Ähnlich einem Kaleidoskop – mit Schmetterlingen als zusätzlicher Akzent. Um das zu erreichen, hatte sie über ein Dutzend verschiedener Papiersorten benutzt und aus diesem bunten Mix eine verwirbelte Kreation erschaffen, die sich in einer sanften Brise hin und her zu wiegen schien. Sie war sich nicht sicher, hatte aber das Gefühl, dass das hier das Beste war, was sie je gemacht hatte.

»Und als Nächstes die riesigen Blumen für Atsuko«, murmelte sie, während sie vor ihrem Kunstwerk auf und ab ging, um es aus allen Winkeln zu betrachten. In ihrem Kopf nahmen die Blumen bereits Gestalt an. Sie experimentierte gedanklich mit Größe und Formen, um bereit zu sein, wenn sie mit der Arbeit loslegte. So funktionierte der kreative Prozess bei ihr am besten. Zumindest was die großen Werke anging. Sie überlegte und dachte gründlich nach, bevor sie mit den Materialien anfing. Und in der Zwischenzeit war sie überglücklich mit dem, was sie kreiert hatte.

Sie ging weg und wirbelte dann herum, um sich das Werk aus der Ferne anzusehen. Die Farben gingen nahtlos ineinander über und strahlten eine positive Energie aus. Natalie spürte, wie sich ein Lächeln auf ihrem Gesicht ausbreitete. Ja, das ist wirklich das Beste, was ich je gemacht habe, dachte sie glücklich.

Ihr Leben war im Moment unglaublich gut. Sie arbeitete hart und probierte neue Dinge aus. Sie wusste, dass Erfolg aus harter Arbeit, Entschlossenheit und Durchhaltevermögen bestand. Sobald man diese drei Dinge gemeistert hatte, kam oft ein Quäntchen Glück dazu. Sie hatte Zeit investiert und erntete nun die Belohnung.

Lachend hob sie die Leinwand von der Staffelei und eilte quer durch das Studio. Sie wollte Ronan zeigen, was nach all der Mühe in den letzten Wochen entstanden war. Er hatte ihre Arbeit beobachtet, ihr aber keine Vorschläge gemacht … Vermutlich weil er der beste Freund war, den man sich nur vorstellen konnte. Trotz seines unglaublichen Erfolgs tat er nie so, als wäre er besser oder wüsste mehr oder …

»Ronan!«, rief sie im Näherkommen. »Es ist fertig. Komm, sieh es dir an.«

Beim Klang ihrer Stimme drehte er sich um. Er hatte gearbeitet und trug seine Schutzbrille. In der Hand hielt er ein Blasrohr, an dessen Ende ein Klumpen geschmolzenen Glases in der spätnachmittäglichen Sonne glühte. Natalie war so gebannt von den Farben des beinahe flüssigen Glases, dass sie die Kiste nicht bemerkte, die ihr im Weg stand.

Sie trat dagegen, stolperte und fiel nach vorne. Instinktiv kam Ronan auf sie zu, um sie aufzufangen. Das geschmolzene Glas berührte die Kante der Leinwand und setzte einen winzigen Papierschnipsel in Brand. Innerhalb einer Sekunde breiteten sich die Flammen aus und rasten auf Natalies Hände und Brust zu.

»Nein!«, schrie sie und ließ die Leinwand instinktiv mit der Vorderseite auf den Boden fallen.

Ronan steckte das geschmolzene Glas in einen Kühleimer, riss sich die Schutzbrille ab und eilte zu Natalie zurück. Fluchend betrachtete er die Rückseite der Leinwand.

»Es tut mir leid«, sagte er. »Natalie, es tut mir so leid. Das ist alles so schnell gegangen, und ich wollte nicht …« Seine Stimme verebbte.

Sie wusste, dass er seine Worte ehrlich meinte. Nie würde er ihr absichtlich wehtun, und er würde auch niemals etwas zerstören, was sie erschaffen hatte. Es war ein Unfall gewesen. Sie war gestolpert, er war auf sie zugekommen. Solche Dinge passierten. Ein kleiner Schluckauf auf dem Weg des Lebens.

Nur … Nur … Ihre Brust wurde so eng, dass sie nicht mehr atmen konnte. Ihre Kehle brannte, als Tränen ihr in die Augen stiegen. Bevor sie sie zurückhalten konnte, rollten sie ihr über die Wangen. Sie schluchzte laut auf.

Ihre Arbeit. Ihr umwerfendes, wunderschönes Werk. Es war zerstört. Sie musste es sich nicht angucken, um das zu wissen.

Starke Arme legten sich um sie. Sie lehnte sich gegen Ronan und weinte ihre Enttäuschung heraus.

»Es tut mir so leid«, sagte er wieder und wieder. »Verdammt, es tut mir so leid.«

»Ich weiß. Es ist schon okay.«

»Das ist es nicht. Ich will das wiedergutmachen.«

Dessen war sie sich sicher. Sie spürte die Anspannung in seinem Körper und wusste, dass ihm die ganze Sache mindestens genauso wehtat wie ihr. Er würde mit der Schuld leben müssen, während sie mit dem Verlust leben musste. Das Werk war zerstört, und es gab nichts, was sie dagegen unternehmen konnte.

Sie löste sich von ihm und wischte sich die Tränen ab. »Ich gehe nach Hause. Ich muss im Moment allein sein.«

»Kann ich mitkommen?«

Sie schaute in seine grünen Augen und sah dort Schmerz und Besorgnis und so viel Fürsorge, dass sie langsam wieder Luft bekam.

»Ich komme schon klar.«

Er wollte etwas sagen, aber sie schüttelte den Kopf. »Ronan, es ist nicht deine Schuld. Das wissen wir beide. Ich werde das überstehen, versprochen. Ich muss nur ein Weilchen enttäuscht sein.«

Er sah aus, als hätte sie ihm in den Magen getreten. Sein Anblick weckte Natalies Schuldbewusstsein, doch ihr eigener Schmerz war zu groß. Sie ignorierte das auf dem Boden liegende Kunstwerk, holte ihre Handtasche vom Werktisch und ging zu ihrem Auto. Zu Hause angekommen, zog sie sich schnell Yogahose und T-Shirt an und ließ sich aufs Bett fallen, wo sie sich zusammenrollte und ihren Tränen freien Lauf ließ.

»Wie geht es Natalie?«, erkundigte sich Nick, als sie den Parkweg entlangjoggten. Der Wettbewerb kam schneller näher, als Ronan lieb war, und sie mussten sich beeilen, um in Form zu kommen.

»Nicht gut.« Ronan dachte daran, wie still sie gewesen war, als er am Vorabend bei ihr vorbeigeschaut hatte. »Sie sagt, es geht ihr gut, aber das stimmt nicht.«

»Ich habe sie seit dem Vorfall nicht mehr gesehen.« Mathias warf ihm einen Blick zu, dann richtete er seine Aufmerksamkeit wieder auf den Weg. »War sie bei der Arbeit?«

»Nur im Büro, aber nicht im Studio.«

»Das war nicht deine Schuld«, sagte Nick. »Es ist einfach passiert.«

Das hatte Ronan sich schon Tausende Male gesagt, aber es änderte nichts an dem tiefen Schuldgefühl, das in ihm brannte. Natalie hatte etwas Wundervolles erschaffen, und er hatte es zerstört. Nachdem sie gegangen war, hatte er die Reste aufgehoben. Die Leinwand war noch intakt, aber die Blumen waren ruiniert. Die am oberen Rand waren zu Asche verbrannt, während die am unteren Ende angesengt waren. Die Blumen in der Mitte befanden sich in verschiedenen Stadien dazwischen.

Ein paar Minuten lang hatte er überlegt, dass er das Werk noch retten könnte, aber wem wollte er etwas vormachen? Er verfügte nicht über ihr Talent. Außerdem konnte das, was sie verloren hatte, nicht ersetzt werden. Es war eine einmalige Kreation gewesen, die es nun nicht mehr gab.

»Und wie läuft das Schulprojekt?«, fragte Mathias in einem offensichtlichen Versuch, das Thema zu wechseln. »Was wirst du in deiner ersten Stunde machen?«

Ronan schluckte und versuchte den Gedanken daran zu verdrängen, wie sehr Natalie litt. »Ich habe gedacht, dass ich traditionell anfange und wir zuerst einmal malen. Ich will ein paar Schablonen entwerfen und ihnen zeigen, wie man ein Bild aufbaut. Vielleicht reden wir ein wenig über Perspektiven. Solche Sachen.«

»Brauchst du Hilfe?«, fragte Mathias. »Das klingt nach einem wirklich coolen Projekt. Ich würde dich gerne mal begleiten.«

»Ich auch«, warf Nick ein. »Ich könnte mich um eines oder zwei Kinder kümmern. Das wäre eine gute Übung für mich. Erinnert ihr euch noch, als ich mit Animationen herumprobiert habe? Vielleicht könnte ich so etwas mit den Kindern machen. Ihnen zeigen, wie man die Höhepunkte einer Geschichte illustriert, und das in allen einzelnen Schritten. Mit den ganzen Animationsprogrammen heutzutage könnten die Kinder, die Interesse haben, danach allein weitermachen.«

»Danke.« Ronan räusperte sich. »Ich kann jede Hilfe gebrauchen, die ihr mir geben könnt.«

Sie beendeten ihre letzte Runde und gingen zu der Stange, an der sie unter dem Jubel der jeweils anderen abwechselnd ihre Klimmzüge machten.

Das Wohltätigkeitsturnier fand in wenigen Tagen statt. Aidan und Del würden mit ihren Frauen kommen. Es wäre eine große Wiedervereinigung der Mitchell-Brüder.

Als Ronan erfahren hatte, dass er für die Veranstaltung eingeplant war, hatte er sich gefangen gefühlt. Jetzt war er dankbar für die Zeit mit seinen Brüdern. Natalie hatte ihn ins Land der Lebenden zurückgezerrt. Ohne sie wäre er immer noch launisch, einsam und ohne Lebenssinn.

An sie zu denken erinnerte ihn daran, was er getan hatte und wie traurig sie immer noch war. Wenn es doch nur eine Möglichkeit gäbe, es wiedergutzumachen! Rein rational verstand er, dass es wirklich nur ein Unfall gewesen war und niemand etwas dafür konnte. Doch in seinem Herzen und seinem Magen wusste er, dass er Natalie verletzt hatte. Wie, um alles in der Welt, sollte er je darüber hinwegkommen?

»Ich bin quengelig«, sagte Pallas mit einem erstickten Lachen. »Du darfst gerne auflegen, wenn du keine Zeit hast.«

Natalie war allein in ihrem Büro in der Galerie. Mit ihrer Arbeit war sie fertig, und normalerweise hätte sie es gar nicht erwarten können, ins Studio zu gehen und mit ihrem neuen

Projekt weiterzumachen. Aber seit dem Unfall war sie nicht mehr im Atelier gewesen, und nun dort hinzugehen erschien ihr unmöglich.

Sie hielt sich das Handy ans andere Ohr und sagte: »Ich würde dir sehr gern beim Jammern zuhören. Was ist los?«

Pallas seufzte. »Nur ganz viele Kleinigkeiten, die mich in den Wahnsinn treiben. Die Bösewicht-T-Shirts sind falsch bedruckt worden. Sie werden ersetzt, aber sie kommen von einem Händler, dem ich eigentlich vertraue. Jetzt frage ich mich, ob er auch andere Sachen vermasselt, was nicht fair ist, aber so empfinde ich es nun mal. Renee hat den Fehler entdeckt. Zum Glück hat sie darauf bestanden, die Lieferung zu checken. Ich hätte die Kisten einfach bis zur Hochzeit im Lager gelassen.«

»Mögen wir Renee langsam mehr?«

Pallas lachte. »Ja. Ich meine, ich habe sie nie *nicht* gemocht, aber sie ist einfach so perfekt. Das ist verstörend.«

»Was läuft noch schief?«

»Ich kriege diese ganze – und hier zitiere ich – ›Eishöhlensache‹ nicht richtig hin. Renee arbeitet ebenfalls daran, aber bisher haben wir keine Lösung gefunden. Oh, und Silver hat gestern Abend bei einer anderen Hochzeit gearbeitet und eben angerufen und gesagt, sie glaubt, sie habe eine Lebensmittelvergiftung.«

»Oh nein. Das ist ja schrecklich. Wie geht es ihr?«

»Sie musste sich übergeben, bevor sie mir das beantworten konnte, also schätze ich, nicht gut. Das war dann aber auch alles von hier. Du kommst doch am Freitag zum Dinner, oder? Ich freue mich schon darauf, den Abend mit euch allen zu verbringen.«

Da alle fünf Mitchell-Brüder gleichzeitig in der Stadt waren, hatten sie ein großes Familiendinner geplant. Ronan hatte Natalie gefragt, ob sie ihn begleiten wolle. »Ich bin ein wenig nervös, Aidan, Del und ihre Frauen wiederzusehen.«

»Du wirst das super machen. Die sind so süß. Ich habe Del und Maya letztes Jahr bei der Planung ihrer Hochzeit kennengelernt. Mit Aidan und Shelby habe ich nicht viel Zeit verbracht, aber sie haben auch sehr nett gewirkt.« Pallas lachte. »Wie wäre es damit: Ronan und du, ihr werdet bei uns am Tisch sitzen – dafür sorge ich. Und wenn dir dann nichts mehr einfällt, worüber du mit der Familie reden kannst, verdrehst du einfach die Augen in meine Richtung.«

Natalie lächelte. »Abgemacht.«

Sie plauderten noch ein paar Minuten und legten dann auf. Natalie schaute auf die Uhr und sah, dass ein ganzer Nachmittag vor ihr lag, den sie mit irgendetwas füllen musste. In den letzten Tagen war sie nach der Arbeit im Büro einfach wieder nach Hause gegangen, aber sie konnte das Studio nicht bis in alle Ewigkeit meiden. Ja, es hatte ein Unglück gegeben, aber niemand war verletzt worden. Und sowieso – ihr nächstes Werk würde bestimmt noch besser werden. Der einzige Weg, über ihre Enttäuschung hinwegzukommen, war weiterzumachen.

Mehr Aufmunterung fiel ihr nicht ein, also zwang sie sich, aufzustehen und über den Parkplatz ins Atelier zu gehen.

Das Gebäude lag verschlossen und dunkel da. Sie wusste, dass Ronan zu Hause arbeitete, war sich aber nicht sicher, wo Nick und Mathias steckten. Nachdem sie die Tür aufgeschlossen hatte, trat sie ein und schaltete das Licht an.

Es sah gar nicht so anders aus als vorher. Die Arbeitsplätze waren noch genauso chaotisch. Der große Ofen stand immer noch in der Ecke. Sie wandte sich ihrem Arbeitsbereich zu, sah, dass die große Staffelei leer war, und fragte sich, wo ihre Leinwand wohl hingekommen war. Natalie hatte damit gerechnet, dass sie hier auf sie warten würde – groß und verbrannt und hässlich. Auf keinen Fall hatten die Jungs sie weggeschmissen.

Sie schaute sich im Studio um, konnte sie aber nirgendwo entdecken. Also ging sie ins Lager. Und richtig, dort, an der hinteren Wand, lehnte ihr ehemaliges Meisterwerk. Natalies Herz setzte einen Schlag aus, als sie den grauenhaften Moment noch einmal erlebte, in dem die ersten Flammen ihre wunderschönen Blumen gefressen hatten. Wieder und wieder hallte das Geräusch der auf den Boden fallenden Leinwand durch ihren Kopf.

Doch noch während sie den Klang hörte, bemerkte sie, dass ihr Werk keinen Totalschaden erlitten hatte. Der obere Teil der Leinwand hatte am meisten gelitten. Hier waren die Blumen bis auf den Kleber hinuntergebrannt. Doch der untere Bereich war beinahe unberührt, und die drei Schmetterlinge waren noch intakt. Die Blumen in der Mitte hatten angesengte Blüten. Das Schwarz bildete einen starken Kontrast zu den lebhaften Farben, die sie für ihr Werk ausgewählt hatte. Sie musste zugeben, dass in dem, was übrig geblieben war, eine wilde Schönheit lag.

Sie trug die Leinwand zu ihrem Arbeitsplatz und stellte sie auf die Staffelei. Dann ging sie vor und zurück und musterte das Werk. Auch wenn es immer noch schmerzte, die Zerstörung zu sehen, wusste ein Teil von ihr, dass es andere Möglichkeiten gab.

Mit den Händen strich sie über die Blumen. Verbrannte Schnipsel segelten zu Boden. Sie machte es noch einmal, schneller und fester, bis alle losen Teile weg waren. Die Blumen am oberen Rand waren vollkommen nackt. Hier würde sie etwas tun müssen. Sie hatte zwar immer gedacht, bei diesem Stück nur mit Papier zu arbeiten, aber vielleicht war das nicht richtig. Vielleicht war es an der Zeit, etwas anderes hinzuzufügen.

Sie zog ihren Materialwagen zu sich heran und fing an, sämtliche Schubladen herauszuziehen und sie auf die Werkbank zu stellen. Knöpfe, dachte sie. Metall. Sie brauchte Metall. Weitere Blumen oben, aber vielleicht nicht aus Papier. Stoff könnte gut sein. Dazu ein großer Schmetterling, der die Mitte des Bildes dominierte.

Sie arbeitete, bis ihre Arme und ihr Rücken schmerzten. Als sie endlich aufhörte, war es bereits nach sechs Uhr abends, und sie war erschöpft. Seit dem Frühstück hatte sie nichts mehr gegessen oder getrunken, aber in dem Moment, in dem sie sich ihr Werk ansah, war das egal.

Auferstanden aus der Asche, dachte sie. Sie hatte noch viel zu tun, aber sie konnte schon erkennen, wohin es ging. Die Blumen waren die Basis, aber jetzt gab es noch so viel mehr. Ihr Werk hatte mehr Tiefe. Mehr Entschlossenheit.

Ihr geprelltes Herz öffnete sich, und Freude strömte hinein. Sie war nicht gebrochen oder geschlagen. Sie hatte neuen Mut gefasst, und alles würde gut werden. Was die Leinwand vor ihr anging … mit ein wenig Zeit und Liebe würde es immer noch ihre beste Kreation sein.

Sie packte ihre Materialien weg und verließ das Studio. Nachdem sie die Tür hinter sich abgeschlossen hatte, ging sie zu ihrem Wagen. Eine knappe halbe Stunde später fuhr sie vor Ronans Haus vor. Er öffnete die Tür und sah Natalie fragend an.

»Geht es dir gut?«, wollte er wissen.

Sie trat ein, ließ ihre Tasche auf den Boden fallen, stellte sich auf die Zehenspitzen und gab ihm einen Kuss.

»Tun wir es«, flüsterte sie.

»Da musst du mich nicht zweimal bitten«, erwiderte Ronan und zog sie entschlossen den Flur hinunter.

Eine Entschlossenheit, die sie an einem Mann durchaus zu schätzen wusste.

17. Kapitel

»Ich bin nervös«, flüsterte Natalie.

Ronan bog auf die Einfahrt zu Mathias' Haus ein und hielt hinter einem Mietwagen. »Wir sind allein in meinem Truck. Du kannst mit normaler Stimme sprechen.«

»Ich übe schon mal für die Dinnerparty.« Sie biss sich auf die Unterlippe. »Was, wenn sie mich nicht mögen?«

»Nick, Mathias, Pallas und Carol mögen dich bereits. Dem Rest der Familie wird es genauso gehen.« Er lächelte sie an. »Außerdem, was gibt es an dir nicht zu mögen?«

Ihre Augen strahlten. »Das stimmt. Ich bin ziemlich liebenswert.«

Das war sie. Die letzten vierundzwanzig Stunden hatte Natalie bei ihm verbracht. Sie hatten sich geliebt, zusammen gekocht, Papierflieger durch die Eingangshalle fliegen lassen, und sie hatte ihm erzählt, wie sie aus dem kaputten Kunstwerk etwas Neues erschaffen hatte.

Er wusste nicht, woher sie die Kraft nahm, immer weiterzumachen, egal, was ihr zustieß. Er hatte ihren Schmerz und ihre Qual gesehen, als ihr Kunstwerk Feuer gefangen hatte. Ihm war übel geworden – denn er wollte ihr niemals wehtun. Doch er selbst hatte noch nie so einen Verlust erlitten. Er wusste, wenn ein Glaskunstwerk kaputtging, würde er ein neues machen oder etwas aus seinem Lager holen. Er hatte immer so viel, da war es schwer, etwas zu vermissen.

Doch in Natalies Gesellschaft sah er langsam, dass er es besser machen könnte. Zum Beispiel mit seinem Kunstprojekt an der Schule. Er freute sich auf die Möglichkeiten und darauf, dass er vielleicht ein Kind ein ganz klein wenig beeinflussen konnte. Was könnte wichtiger sein?

Er betrachtete das Haus am Rand des Wildtierreservats. Es war groß und weitläufig. Mathias hatte es gekauft, nachdem Ronan sein Haus in den Bergen erstanden hatte. Bis dahin hatten sie zusammen ein Haus gemietet. Ronan war derjenige gewesen, der sich gelöst und damit den ersten Riss in ihrer Beziehung verursacht hatte.

Nein, dachte er, entschlossen, ehrlich zu sein. Unter der Oberfläche hatte es bereits viele Risse gegeben. Sein Umzug in die Berge war nur der erste Riss gewesen, den alle hatten sehen können. Es war ihm nicht möglich gewesen, mit dem umzugehen, was ihr Vater ihnen erzählt hatte. Also war er damit auf die einzige Weise umgegangen, die er kannte – nämlich Flucht. Im Laufe der Zeit war die Distanz zwischen ihm und seinen Brüdern immer größer geworden.

Inzwischen waren die Dinge wieder anders. Besser. Seine Wunden heilten langsam – das spürte er. Noch war er nicht ganz da, und er wusste, wenn er nicht vorsichtig war, könnte es wieder ganz schnell bergab gehen. Aber im Moment hatte er Kontakt zu seiner Familie. Und das hatte er Natalie zu verdanken.

Er stieg aus dem Truck und ging zur Beifahrerseite hinüber, um ihr aus dem Wagen zu helfen. Sie starrte das große Haus an.

»Ihr seid alle reich, oder? Im nächsten Leben möchte ich auch reich sein. Oder zumindest wohlhabend. Einfach nur, um es mal auszuprobieren. Ich glaube, das könnte Spaß machen.«

»Du besitzt eine andere Form des Reichtums.« Er legte eine Hand an ihren Rücken und führte sie zur Haustür. »Der ist Teil deines Charakters, und du musst dir nie Gedanken darüber machen, ihn zu verlieren.«

Sie sah ihn an. »Das ist das Netteste, was du je zu mir gesagt hast. Danke.«

Er gab ihr einen Kuss. »Gern geschehen. Und jetzt wappne dich.«

»Ich bin gewappnet.«

Er klopfte einmal, dann öffnete er die Haustür und ging hinein. Der offene Eingangsbereich führte in ein großes Wohnzimmer. Aus dem Fernsehzimmer dahinter drangen Gesprächsfetzen zu ihnen herüber.

»Wir sind da!«, rief er.

Mathias und Carol kamen, um sie zu begrüßen. Carol umarmte Natalie. »Das wird so toll. Ich habe nicht mal versucht zu kochen – der Gedanke war einfach zu furchterregend. Wir haben bei einer Catering-Firma bestellt und müssen uns um nichts Sorgen machen. Oh, und ich habe Wein da.«

Natalie lachte. »Du bist die perfekte Gastgeberin.«

Carol führte Natalie ins Fernsehzimmer und machte mit ihr die Runde. Ronan beobachtete sie, um sicherzugehen, dass es ihr gut ging. Dann wandte er sich an seinen Bruder.

»Sie kommt schon klar«, sagte Mathias. »Sie hat die Familie letztes Jahr auf der Spendenveranstaltung für Millies Herde kennengelernt. Und dann noch mal auf unserer Hochzeit. Komm, sag allen Hallo, danach hole ich dir ein Bier.«

»Als Belohnung für gutes Benehmen?«

»So in der Art.«

Ronan zögerte eine Sekunde, bevor er seinem Bruder folgte. Er wartete auf die inzwischen vertraute Anspannung, die er in Gegenwart seiner Brüder immer empfand. Ein Gefühl des Andersseins, das ihn dazu trieb, sich etwas abseits zu halten. Aber heute merkte er davon nichts. Im Gegenteil, es fühlte sich gut an, Maya und Shelby zu umarmen und seine Brüder mit einem Klaps auf den Rücken zu begrüßen.

Innerhalb weniger Minuten hatten sie sich nach Geschlechtern getrennt. Die Frauen quatschten und lachten in der Küche, während die Brüder auf den großen Sofas saßen.

»Bist du fit für den Wettbewerb?«, fragte Nick seinen Bruder Del. »Oder bist du immer noch außer Form?«

Del hob eine Augenbraue. »Mit dir, kleiner Bruder, nehme

ich es jederzeit auf. Genauso wie damals, als wir noch Kinder waren.«

»Ha, davon träumst du wohl.«

Beide Brüder lachten. Ronan wusste, trotz ihres Geplänkels hatte Del immer auf seine jüngeren Brüder geachtet. Selbst als sie sich in die Künstlergruppe und die Nicht-Künstlergruppe aufgeteilt hatten, war er immer für alle da gewesen. Er war der Älteste, und an ihn waren die größten Erwartungen gestellt worden.

»Maya und ich trainieren zusammen«, erklärte Del. »Ich bin schneller und stärker als ihr alle.«

»Hu.« Mathias trank einen Schluck Bier. »Ich sehe, dass du deinen Mund bewegst, Bruder, aber ich höre nur ein Summen.«

Del lachte.

Die Frauen riefen sie, damit sie ihnen halfen, das Essen aufzutragen. Der große Tisch im Esszimmer war für zehn Personen gedeckt. Ronan bemerkte ein paar Flaschen Champagner sowie alkoholfreien Cidre für Pallas. Mathias und Carol hatten das Essen bei einem italienischen Restaurant im Ort bestellt. Als Erstes wurde der Salat serviert, während Lasagne und Knoblauchbrot im Ofen warm gehalten wurden.

Mathias setzte sich an das eine Tischende, Carol ans andere. Der Rest von ihnen nahm dazwischen Platz. Champagner und Cidre wurden herumgereicht, dann hob Mathias sein Glas.

»Auf die Familie«, sagte er. »Und auf die, die wir lieben.«

»Hört, hört.«

Sie hatten gerade angefangen zu essen, als Del sich räusperte. »Maya und ich haben etwas zu verkünden.« Del warf seiner Frau einen Blick zu und lächelte. »Wir ziehen zurück in die Staaten.«

»Super«, sagte Nick zwinkernd. »Hat die chinesische Regierung euch endlich rausgeworfen?«

»Nein, nichts in der Art. Unser Projekt ist beendet, und wir sind bereit, für ein Jahr oder so nach Hause zu kommen.«

»Wo wollt ihr euch niederlassen?«, wollte Aidan wissen. »In Fool's Gold?«

»Happily Inc ist viel besser«, warf Mathias ein. »Zieht hierher. Hier könnt ihr tun, was immer ihr wollt, ohne dass Bürgermeisterin Marsha davon erfährt.«

»Pah«, sagte Nick grinsend. »Du weißt, dass sie uns immer noch im Blick behält.«

»Auf keinen Fall.«

Del und Maya tauschten einen Blick. Ronan wusste nicht, was sie dachten, aber er fing die Intimität in ihrem Blick auf, und eine Sekunde lang verspürte er einen überraschenden Anflug von Eifersucht. Er bemühte sich, nicht zu Natalie zu schauen – er wollte nicht, dass sie ihn missverstand oder glaubte, er hätte seine Meinung geändert und wolle mehr als eine Affäre. Doch für eine Sekunde, eine winzige Sekunde, fragte er sich, wie es wohl wäre, sich so wohlzufühlen, dass man mehr wollte und wusste, dass es möglich war.

»Nun, wir haben uns noch nicht entschieden«, sagte Maya, ohne den Blick von ihrem Ehemann zu nehmen. »Aber wir tendieren zu Fool's Gold. Ich habe keine Familie und möchte gerne in der Nähe von Elaine sein.«

Ronans gute Laune schwand. Natalie nahm seine Hand, als wolle sie ihn beruhigen.

»Elaine?«, fragte Nick überrascht. »Ich meine, nicht, dass ich meine Mom nicht liebe. Aber warum hat sie Einfluss auf eure Entscheidung?«

Maya errötete leicht. »Ich habe keine Mutter mehr, und, na ja, wir bekommen ein Baby.«

»Was?«

»Wie bitte?«

»Das ist ja großartig!«

Alle redeten durcheinander. Ronan sah genauer hin und erkannte, dass auch Maya nur Cidre trank. Das sah er an der Farbe der Flüssigkeit in ihrem Glas. Und Shelbys Glas war …

»Wir auch«, sagte Aidan in diesem Moment stolz. »Shelby hat gerade die Drei-Monats-Marke überschritten.«

»Das gibt's doch nicht.« Mathias sah seine Frau an. »Carol?«

Sie lächelte. »Wir wollten eigentlich noch zwei Wochen warten, bevor wir es verkünden, aber klar. Warum nicht?« Sie zuckte mit den Schultern. »Ich bin in der achten Woche.«

Alle lachten und prosteten einander zu. Ronan fühlte sich, als hätte ihm jemand in den Magen getreten. Er war der einzige der Mitchell-Brüder, der nicht verheiratet war – ganz zu schweigen davon, dass er keine schwangere Frau hatte. Was, zum Teufel, war hier los?

Unwillkürlich sah er zu Natalie, die fröhlich mit ihren Freunden anstieß. Er sagte sich, dass er nichts in ihren Augen sah. Aber machte er sich vielleicht etwas vor? Natalie wollte Kinder – immerhin hatte sie sich die Baby-App heruntergeladen. In letzter Zeit hatte sie die zwar nicht mehr erwähnt, aber wer wusste schon, was sie tat, wenn sie allein war. Vielleicht recherchierte sie Samenbanken oder Ähnliches.

Ihm wurde von Minute zu Minute unbehaglicher, und er dachte sehnsüchtig daran, zu verschwinden. Das hier war ihm alles zu viel.

Die Zeit verging quälend langsam, als seine Brüder und ihre Frauen über Schwangerschaften sprachen, über Geburten, Babynamen und gewünschte Geschlechter der zukünftigen Nachkommen. Natalie beteiligte sich an der Unterhaltung, während er stumm blieb.

Der einzige Lichtblick war, als das Gespräch auf den Sportwettbewerb kam. Pallas wies sie darauf hin, dass sie alle gut erholt dort auftauchen mussten und deshalb früh schlafen gehen sollten. Kurz nach dem Dessert brachen sie auf.

»Geht es dir gut?«, fragte Natalie, als er ihr in den Truck half.

»Ja. Ich denke nur an morgen. Nick erwartet von uns, dass wir gewinnen, aber wir haben keine Ahnung, worum es in dem

Wettbewerb geht. Ich würde es hassen, wenn sein ehrgeiziges Herz gebrochen wird.«

Glücklicherweise ging Natalie auf das Ablenkungsmanöver ein. Sie grinste. »Du hast recht. Vielleicht sind ein paar Ringer engagiert worden, und was dann? Wir werden es wohl abwarten müssen.« Sie lehnte sich auf ihrem Sitz zurück. »Okay, junger Mann. Bring mich nach Hause. Heute Nacht darfst du dich nicht von einer Frau ablenken lassen. Du musst dir deine Energie für den Wettbewerb aufsparen.«

»Ja, Ma'am.«

Er bemühte sich, locker zu klingen und nicht erleichtert. Er hatte sich gefragt, wie er es wohl vermeiden konnte, die Nacht mit Natalie zu verbringen. Um alles zu verarbeiten, musste er allein sein. Das Gefühl, gefangen zu sein, wuchs ständig an, und er wollte nichts mehr als einfach weglaufen.

An ihrem Haus setzte er Natalie ab, gab ihr einen Kuss und machte sich dann auf den Weg in die Berge. Am Rande der Stadt zögerte er kurz. Der Highway lockte. Innerhalb weniger Stunden könnte er in einem anderen Staat sein. Er könnte einfach weiterfahren, bis er sich total verirrt hatte.

Seine Finger krampften sich um das Lenkrad. Nein, sagte er sich, ich werde nicht weglaufen; ich werde das hier durchstehen. Auch wenn er keine Ahnung hatte, was »das hier« war oder was durchstehen in diesem Fall bedeutete. Er wusste nur, wenn er es dieses Mal vermasselte, wenn er sich wieder verlor, würde er so weit gehen, dass man ihn niemals finden würde. Und er war nicht sicher, ob er das wirklich wollte.

Der Morgen des Wettbewerbs brach kühl heran, doch der klare Himmel versprach für den Nachmittag hohe Temperaturen. Bei seiner Ankunft kämpfte Ronan immer noch mit den emotionalen Verwicklungen seiner Familie. Das Letzte, was er wollte, war, bei diesem Wettbewerb mitzumachen. Er konnte nur hoffen, dass es ihm besser gehen würde, sobald er sich körperlich verausgabt hatte.

Mindestens hundert Leute hatten sich versammelt. Sie trugen T-Shirts mit Nummern darauf. Seine Brüder waren bereits da und hatten ihn mit angemeldet. Aidan und Shelby hatten bei Mathias und Carol übernachtet, während Del und Maya bei Nick und Pallas geblieben waren. Er war als Einziger letzte Nacht allein gewesen. Weil du es so wolltest, rief er sich in Erinnerung. So gefiel es ihm. Ruhig. Einsam.

»Wir haben uns schon gefragt, wann du wohl auftauchen wirst.« Mathias reichte ihm ein hellgrünes T-Shirt mit ihrer Teamnummer auf der Brust.

»Jetzt bin ich ja da.«

»Gut.«

Natalie kam zu ihm und umarmte ihn. »Ich bin so aufgeregt. Ihr werdet das großartig machen.«

Allein sie zu sehen löste die Anspannung in ihm. Der Knoten in seinem Magen verschwand, und er konnte wieder klarer denken. Er gab Natalie einen Kuss. »Wirst du zuschauen?«

»Ja. Gemeinsam mit deinen Schwägerinnen.« Sie grinste. »Wir werden über euch alle reden, also wappne dich.«

»Das ist nicht nötig. Ich kann es ja nicht hören.«

Sie lachte. »Viel Glück.«

Dann kehrte sie zu den anderen zurück.

Für einen Moment erlaubte er sich, daran zu glauben, dass es real war. Dass er eine Lösung finden und Natalie überzeugen konnte, dass sie zusammengehörten. Nur wusste er, dass das unmöglich war. Er hatte noch so viel zu überwinden. Er konnte sich nicht vertrauen, und er wollte nicht einmal darüber nachdenken, Kinder zu bekommen, wohingegen Natalie garantiert die perfekte Mutter war.

»Okay, es läuft folgendermaßen«, verkündete Nick. »Wir fangen mit dem Fünf-Kilometer-Lauf an, dann gibt es eine Schatzsuche im waldigen Teil des Parks, gefolgt vom Tauziehen.

Je besser wir uns in den ersten beiden Prüfungen schlagen, desto höher ist unsere Platzierung für den letzten Wettbewerb. Die beiden letztplatzierten Teams treten im ersten Tauziehen gegeneinander an, die Gewinner dann gegen die jeweils höherplatzierten Teams und so weiter.«

»Je höher man in der Liste steht, desto seltener muss man beim Tauziehen antreten«, bestätigte Del. »Kein Problem. Wir haben alle für den Lauf trainiert, und Aidan wird uns ohne Probleme durch den Wald führen.«

Mathias schaute sich um. »Vielleicht irre ich mich, aber ist der Typ da drüben nicht professioneller Fußballspieler?«

»Mist«, murmelte Nick. »Ich wusste es.«

Ronan lachte leise.

»Alle Teams an die Startlinie, bitte«, erklang es über die Lautsprecher.

Ronan und seine Brüder stellten sich auf. Einige der Teams bestanden nur aus Frauen, andere waren gemischt. An der Startlinie gab es freundliches Geplänkel, dann kam der Startschuss, und alle sprinteten los.

Anderthalb Stunden später hatten sie den Lauf und die Schatzsuche im Wald hinter sich gebracht. Aidan hatte die Karte studiert und den kürzesten Weg gefunden, während seine Brüder sich dem Entschlüsseln der Hinweise gewidmet hatten. Sie waren als drittes von fünfundzwanzig Teams angekommen, womit sie ausreichend Zeit zum Erholen hatten, bevor der finale Wettbewerb stattfand.

Nachdem sie etwas getrunken hatten, gingen sie zu dem Bereich, in dem das Tauziehen stattfand, um die anderen Teams zu beobachten. Ein langes Seil war über einen flachen, mit Schlamm gefüllten Graben gelegt worden. Er war ungefähr drei Meter breit und nicht sonderlich tief, aber nichtsdestoweniger würde es schmutzig werden – und demütigend für das Team, das hineingezogen würde.

Die beiden letztplatzierten Teams nahmen ihre Plätze ein.

Die Frauengruppe besiegte das Team aus Jugendlichen ohne Probleme, da dessen Mitglieder viel zu sehr damit beschäftigt waren, zu lachen und miteinander zu witzeln, um zu bemerken, dass der Wettkampf schon begonnen hatte.

»Unterschätze niemals die Kraft einer Frau«, sagte Aidan, als die jungen Leute übereinanderpurzelten.

»Wir haben noch ein wenig Zeit, bis wir dran sind«, sagte Del. »Wir können uns entspannen. Bisher hat es echt Spaß gebracht.« Er schlug Nick leicht mit der Faust gegen den Oberarm. »Danke, dass du das arrangiert hast. So etwas sollten wir öfter machen.« Er sah Aidan an. »Gibt es etwas in der Art auch in Fool's Gold?«

»Das müsste es eigentlich. Immerhin findet beinahe jede Woche irgendein Festival statt. Falls nicht, können wir ja etwas auf die Beine stellen.«

»Warum Fool's Gold?«, fragte Mathias etwas argwöhnisch.

»Warum nicht?« Aidans Miene verspannte sich. »Du bist dort aufgewachsen. Du hast dort Freunde. Du kannst zurückkommen und Zeit mit Mom verbringen. Und wo wir gerade von unserer Mutter sprechen, ihr drei müsst euch mehr anstrengen. Es bleibt alles an mir hängen. An ihrem Geburtstag und zum Muttertag Blumen zu schicken reicht nicht, um eine gute Beziehung aufrechtzuerhalten.«

Ronan trat einen Schritt zurück. Das hier ist nicht meine Schlacht, sagte er sich. Er musste sich da nicht hineinziehen lassen.

Nick verlagerte sein Gewicht von einem Fuß auf den anderen. »Mom ist nicht das Problem.«

»Das ist mir egal.« Aidan trat einen Schritt auf ihn zu und funkelte ihn an. »Sie ist deine Mutter.«

»Ich weiß.« Er seufzte. »Na gut. Ich werde mich mehr bemühen. Und du hast recht – wir sollten in den nächsten Monaten etwas in Fool's Gold unternehmen. Vielleicht bevor

Pallas das Baby bekommt. Danach wollen wir eine Weile nicht reisen.«

Mathias nickte. »Das verstehe ich. Ich werde mal mit Carol reden. Vielleicht können wir alle zu Moms Geburtstag hinfahren und sie zum Brunch ausführen.«

Del grinste. »Brunch finde ich gut.«

Ronan wusste, dass ihr Vater Brunch hasste und sich weigern würde mitzukommen.

»Außerdem«, sagte Del und wirkte ein wenig selbstgefällig. »Wenn Maya und ich nach Fool's Gold zurückziehen, werde ich der Goldjunge sein.«

»Das hättest du wohl gerne«, zog Mathias ihn auf. Dann wandte er sich an Ronan. »Sag jetzt bloß nicht, du kommst nicht mit.«

»Ich habe keinen Grund, Elaine zu besuchen.«

Nick murmelte etwas. Del und Aidan wirkten beide angewidert.

»Das kann nicht dein Ernst sein«, sagte Del schließlich. »Verdammt, Ronan, komm darüber hinweg. Sie hat dich genauso aufgezogen wie uns. Sie war jeden einzelnen Tag für dich da. Du musst die Sache endlich loslassen.«

»Warum?«, fragte Ronan leise. »Sag mir, warum ich das loslassen soll. Weil es nicht wichtig ist? Mal sehen … Ich habe keine Ahnung, wer meine Mutter ist. Ich weiß nichts über ihre Seite der Familie. Die Frau, die ich für meine Mutter gehalten habe, hat sich um mich gekümmert, oh ja. Aber sie hat mich auch jeden einzelnen Tag angelogen. Ich verstehe, dass sie nichts gesagt hat, als ich noch klein war. Aber als ich älter war? Hatte ich nicht das Recht, es zu erfahren?«

Seine Brüder schauten einander an.

»Wenn du nach dem Arschloch in dieser Sache suchst«, sagte Nick. »Nimm Ceallach. Er ist derjenige, der eine Affäre hatte.«

»Glaub mir, ich lasse ihn nicht vom Haken.« Ronan ballte die Hände zu Fäusten und entspannte sie dann bewusst wieder.

»Aber, na und? Er war schon immer ein Idiot. Er interessiert keinen. Du bittest mich darum, zu sagen, dass Elaines Verhalten in Ordnung war. Du bittest mich, es einfach gut sein zu lassen. Aber das werde ich nicht tun.«

»Was soll das heißen?« Aidan funkelte ihn an. »Dass du nie wieder mit ihr reden wirst? Ist das der Dank dafür, dass sie dich aufgenommen und geliebt hat?«

Ronan wollte sich abwenden, sah dann aber eine der freiwilligen Helferinnen auf sie zukommen und mit dem Klemmbrett wedeln.

»Meinen Herren, Sie sind dran.«

Ronan dachte daran, in seinen Truck zu steigen und wegzufahren. Doch dann überlegte er es sich und gesellte sich zu seinen Brüdern am Rand des inzwischen halb aufgelösten Grabens.

Nick und Aidan standen vorne, Ronan war in der Mitte, und Mathias und Del standen hinten. Gleichzeitig packten sie das Seil.

»Diese Unterhaltung ist noch nicht vorbei«, sagte Mathias laut. »Wenn wir hier fertig sind, werden wir beide das zu Ende besprechen. Wie kann es sein, dass ich bis zu dieser Sekunde nie gesehen habe, dass unser Vater nicht der einzige Idiot in der Familie ist? Wer hätte das gedacht – Ronan, du bist genauso schlimm wie er.«

»Was weißt du schon«, stieß Ronan zwischen zusammengebissenen Zähnen aus. »Du hast doch keine Ahnung.«

»Streitet euch später, und konzentriert euch jetzt«, rief Del, als das Tau sich straffte.

Aber Mathias gab nicht auf. »Bu-hu. Armer Junge. Er wurde von einer Frau mit einem großen Herzen aufgenommen und als Kind geliebt. Wie schrecklich. Brauchst du einen Therapiehund, um dir mit dieser unglaublich schwerwiegenden emotionalen Wunde zu helfen?«

»Arschloch«, murmelte Ronan und fing an zu ziehen.

»Sag mir das ins Gesicht. Stell dich mir. Oh, warte. Nein. Du wirst abhauen. Das tust du ja immer. Warum sollte man auch für etwas kämpfen, wenn es so leicht ist aufzugeben?«

Die Wut explodierte. Ohne nachzudenken, drehte Ronan sich um, um Mathias genau das zu geben, worum er bettelte. Mathias schien seine Gedanken erraten zu haben, denn er ließ das Tau ebenfalls los und marschierte auf ihn zu.

»Nein!«, rief Nick, doch es war zu spät. Einen heftigen Zug am Seil später purzelten alle fünf Brüder in den Schlammgraben.

Der Schlamm war nicht sonderlich tief, aber er war feucht und kalt und demütigend. Das andere Team, das nur aus Frauen bestand, starrte sie einen Moment lang fassungslos an, dann brachen die Frauen alle in lautes Lachen aus.

»Ich dachte, die wären schwerer zu besiegen«, sagte eine von ihnen, als sie einander abklatschten.

»Wir müssen an unseren Kommunikationsfähigkeiten arbeiten«, murmelte Nick und kletterte aus dem Graben. »Und zwar wir alle.«

Ronan und Mathias standen auf und funkelten einander an. Dann stapfte Ronan davon. Er brauchte das alles nicht. Weder jetzt noch in Zukunft.

18. Kapitel

Das Probeessen von Ellen und Barry hatte das gleiche Thema wie die Hochzeit und die dazugehörige Feier. Da Pallas es langsam angehen ließ, um für die Hochzeit am Samstag fit zu sein, hatte Natalie angeboten, Renee bei der Organisation der Party am Freitagabend zu helfen. Von der Unmenge an Details, die zu beachten waren, fühlte sie sich ein wenig überwältigt. Aber da sie nicht die Verantwortung trug, machte sie einfach, was man ihr sagte.

Mit den großen Blumen für das »Atsuko-Projekt«, wie sie es bei sich nannte, hatte sie bereits angefangen. Außerdem spielte sie mit ihrem verbrannten Kunstwerk herum. Eigentlich hätte sie sich ziemlich gestresst fühlen sollen. Doch stattdessen war sie dankbar dafür, viel zu tun zu haben und dadurch nicht zum Nachdenken zu kommen. Denn das, was mit Ronan los war, beschäftigte sie sehr.

Irgendetwas hatte sich verändert. In der vergangenen Woche hatte er wieder vermehrt in seinem Atelier zu Hause gearbeitet. Die paar Male, die sie ihn gesehen hatte, hatte er behauptet, er wäre gerade auf der Ziellinie mit seiner Auftragsarbeit und müsse so viel fertig kriegen wie möglich. Er hatte zwar die richtigen Dinge *gesagt*, aber sie glaubte ihm trotzdem nicht.

Sie wusste, dass es am letzten Wochenende einen Streit zwischen ihm und seinen Brüdern gegeben hatte. Auch wenn sie nicht alles hatte hören können, hatte sie doch die Körpersprache gelesen und wusste, dass dieser Streit der Grund dafür war, dass die Mitchell-Brüder den Wettbewerb verloren hatten. Sie hatte zugesehen, wie Ronan davongefahren war, und sein Schmerz war offensichtlich gewesen.

In den letzten paar Tagen hatte sie mit Mathias und Nick gesprochen und sich zusammengereimt, was passiert war. Soweit sie es sagen konnte, kämpfte Ronan mal wieder mit seiner Vergangenheit und allem, was er über sich selbst nicht wusste.

Natalie hatte keine Ahnung, wie viel Mitgefühl sie noch für ihn aufbringen konnte. Auf der einen Seite war ihm ein harter Schlag versetzt worden. Auf der anderen Seite ... wirklich? War es nicht an der Zeit, entweder herauszufinden, was er dagegen tun konnte, oder anzufangen, es hinter sich zu lassen? Hatte er vor, den Rest seines Lebens zu schmollen?

Möglicherweise zeugten ihre Gedanken davon, dass sie eine schlechte Freundin war. Seine Situation und Gefühle konnte sie nicht wirklich nachvollziehen. Sie versuchte, sich vorzustellen, wie es gewesen wäre, wenn sie herausgefunden hätte, dass ihre Mutter nicht ihre Mutter war. Es hätte sie am Boden zerstört, zu erfahren, dass die Liebe und Zuneigung eine Lüge verdeckt hatten. Also war es vielleicht ein wenig hart, Ronan sein Schmollen vorzuwerfen.

Natalie deckte den Tisch zu Ende und schaute sich im Raum um. Renee hatte mit Postern und Comic-Objekten ein wahres Batman-Wunderland erschaffen. Es gab Stadtansichten aus Pappe, und auf allem prangten Fledermäuse. Dazu Banner und ein Schwarm (oder eine Kolonie) Papierfledermäuse von Natalie. Für die Gäste lagen Augenmasken bereit, und zum Dessert würde es einen wunderschönen Fledermauskuchen geben.

»Das sieht gut aus«, sagte Silver von der Bar, die sie in einer Ecke des Raums aufgebaut hatte. »Ich freue mich richtig auf heute Abend. Morgen wird es ernst und förmlicher, aber heute wird ein großer Spaß.«

Natalie ging zu ihr und schaute sich die Cocktail-Auswahl an, die auf eine Tafel geschrieben war.

»Sind da die Pferde – oder soll ich in diesem Fall sagen: die Fledermäuse – ein wenig mit uns durchgegangen?«, fragte sie lachend.

Silver grinste. »Vielleicht ein bisschen.«

Die Drinks hatten charmante Namen und eine kurze Beschreibung. *Sweet Poison* – zwei Sorten Rum. *Wonder Boy* – Tequila und Champagner. *Joker* – aromatisierter Wodka. *Poison Ivy* – Gin. *Gotham Chill* – Wild Turkey.

»Hast du die alle probiert?«, wollte Natalie wissen. Sie wusste, dass ihr diese Arbeit einen mächtigen Kater verursacht hätte.

»Nur in kleinen Dosen und nicht alle am gleichen Tag. Ich habe gelernt, vorsichtig zu sein.«

»Das kann ich mir vorstellen.«

Silver stellte die Gläser auf. »Geht es dir gut?«

»Sicher. Warum fragst du?«

»Ich habe ein paar Dinge über das letzte Wochenende gehört. Von dem Streit zwischen Ronan und seinen Brüdern.«

Natalie fragte sich, wer da wohl geplaudert hatte. Vermutlich Carol oder Pallas. Sie standen einander alle nahe, und es gab nicht viele Geheimnisse zwischen ihnen.

»Ich glaube, alles ist gut«, sagte sie und hoffte, dass das stimmte. »Aber ehrlich gesagt, weiß ich es nicht. Ronan meint, er hätte viel zu tun, also lasse ich ihn einfach in Ruhe.«

»Glaubst du ihm? Ich meine, was die viele Arbeit angeht?«

»Das möchte ich gerne. Denn sonst bedeutete es, dass er sich zurückzieht, und das macht mir Angst. Was, wenn er wieder davonläuft?«

»Ich dachte, das mit euch ist nicht so ernst. Du glaubst doch angeblich nicht an ein Happy End. Was ist mit dieser Pechsträhne?«

»Es geht hier nicht um mich«, erwiderte Natalie schnell. »Ich mache mir nur Sorgen um Ronan.«

Silver stellte weitere Gläser auf. »Das verstehe ich. Und ich finde es toll, dass dir so viel an ihm liegt. Ich möchte nur darauf hinweisen, dass da noch mehr dahintersteckt.«

Die Richtung, die die Unterhaltung eingeschlagen hatte, gefiel Natalie gar nicht. Es war so viel besser, wenn sie über jemand anderen sprachen und nicht über sie.

»Vielleicht.«

Silver grinste. »Solange du nicht versuchst, dir selber etwas vorzumachen.« Das Lächeln schwand. »Natalie, was auch immer bei Ronan los ist, er muss selber damit klarkommen. Ich mag ihn, aber du bist meine Freundin, also bin ich auf deiner Seite. Ich frage mich, ob du dich mit deinen Sorgen über ihn nicht von der Wahrheit ablenken willst. Du bist dabei, dich mächtig in ihn zu verlieben. Und aus irgendeinem Grund willst oder kannst du das nicht akzeptieren.«

»Nein.« Die Antwort kam automatisch. »Das stimmt nicht. Das kann nicht sein. Er ist nicht der Richtige für mich, also würde ich das niemals zulassen.«

»Berühmte letzte Worte.« Silver hob beide Hände. »Ich sage nicht, dass du etwas unternehmen musst. Es ist dein Leben, du entscheidest. Ich schlage nur vor, dass du dir gegenüber ehrlich bist. Ronan tut dir nicht wegen seiner Vergangenheit leid, sondern weil du in ihn verliebt bist. Deshalb willst du nicht, dass er wegläuft. Deshalb glaubst du, dieses Problem lösen zu müssen – damit er mit dir zusammen sein will.«

»Wie bitte? Nein. Nein, das würde ich nie ...« Sie trat ein paar Schritte zurück. »Das ist albern. Ich bin nicht in ihn verliebt.«

Sie ging weiter rückwärts, bis sie gegen einen Tisch stieß, dann wirbelte sie herum und rannte zur Tür.

»Ich gucke mal nach dem Essen«, rief sie. »Bin gleich zurück.«

Silver lächelte nur. »Ich bin hier.«

Natalie wartete, bis sie allein im Flur war, dann kauerte sie sich hin und schlang die Arme um ihre Mitte.

Sie war nicht in Ronan verliebt. Auf keinen Fall. Sie hatten nur Spaß. Es war leicht und schön, und sie mochte es, mit ihm zusammen zu sein, aber mehr war da nicht. Mehr konnte da nicht sein. Er wollte keine Beziehung für immer, und für sie gab es nichts anderes. Also gab es kein Verliebtsein für sie beide. Nur den Spaß und dann, nun ja, sie war nicht sicher, was danach kommen würde, aber Liebe war es nicht. Dass er sich vor seinen Brüdern versteckte, war der Beweis für ihre Theorie.

Sie zwang sich, wieder aufzustehen. Heute fand ein Probeessen statt, bei dem sie helfen musste, und morgen war die Hochzeit. Für den Moment würde sie es einfach gut sein lassen. Ellen und Barry brauchten sie. Was den Rest anging, standen die Chancen gut, dass ihre Probleme geduldig auf sie warten würden.

Die Hochzeitszeremonie startete pünktlich um drei Uhr am Nachmittag. Um fünf war die Party im vollen Gange.

»Was ist das nur mit den Seilrutschen auf Hochzeiten?«, fragte Natalie, als sie mit Pallas in der Küche eine kleine Pause einlegte, um einen Schluck Wasser zu trinken.

»Ich weiß. Das ist komisch, oder? Wir hatten letztes Jahr eine, und ich habe ehrlich gesagt nicht gedacht, dass ich den Verleiher je wieder anrufen würde. Aber es bringt Spaß.« Sie setzte sich auf einen Stuhl in der Ecke und lehnte den Kopf an die Wand. »Ich fühle mich so viel besser. Immer noch müde, aber besser.«

»Du siehst auch gut aus.«

Pallas lächelte. »Danke. In ein paar Monaten werde ich ein Wal sein, also versuche ich, alle Komplimente in mich aufzusaugen, die ich im Moment bekomme.«

»Zuerst einmal wirst du kein Wal sein. Und zweitens, du bekommst ein Baby. Das ist es wert, und das weißt du.«

»Ja, das stimmt. Ich bin so glücklich.« Sie berührte ihren Bauch und sah dann Natalie an. »Hast du mit Ronan gesprochen?«

»Heute noch nicht. Aber wir haben uns am Donnerstag gesehen. Warum?«

»Ich weiß nicht. Nick macht sich Sorgen. In der einen Minute war alles okay, in der nächsten ist beim Wettbewerb alles in die Luft geflogen.« Sie stand auf. »Sorry, ich hätte nichts sagen sollen. Wir müssen uns um eine Feier kümmern. Habe ich schon erwähnt, wie dankbar ich dir für deine Hilfe bin?«

»Ungefähr tausend Mal.« Natalie tat so, als würde ihr das Thema, über das sie gerade gesprochen hatten, nicht nahegehen. »Nicht dass Renee noch eifersüchtig wird.«

»Meinst du? Ich habe immer noch Probleme, sie zu begreifen, auch wenn ich mich wirklich nicht über ihre Arbeit beschweren kann. Sie ist umwerfend, aber manchmal, wenn sie glaubt, dass ich nicht hinschaue, könnte ich schwören, dass sie …« Pallas zögerte. »Ich bin mir nicht sicher. Sie wirkt traurig, glaube ich. Nicht, dass es mich etwas angeht.« Sie stand auf. »Okay, jetzt bin ich ausgeruht. Bist du bereit, zurückzukehren und dich um unsere leicht angetrunkenen Gäste zu kümmern?«

»Ich bin hier, um alles zu tun, was dir den Tag erleichtert.«

Pallas lachte leise. »Nun liebe ich dich noch mehr.«

Gegen acht Uhr wandte Natalie sich zum Gehen. Sie war nicht sicher, wie lange die Party noch andauern würde, aber Pallas ging ebenfalls nach Hause und überließ Renee die Leitung. Die wiederum hatte zu Natalie gesagt, dass sie ebenfalls gehen könnte.

In ihrem roten Auto blieb Natalie noch eine Weile sitzen und versuchte, zu entscheiden, was sie tun sollte. Eine Möglichkeit war, zu ihrer Wohnung zu fahren. Sie war müde und wollte die ganze Nacht durchschlafen. Aber sie konnte nicht aufhören, an Ronan zu denken und an all das, was in der letzten Woche passiert oder nicht passiert war.

Er entzog sich ihr. Das spürte sie. Und obwohl sie versuchte, es zu verstehen, merkte sie, dass sie immer genervter wurde. Er war so weit gekommen, und nun zog er sich wieder zurück. Sie wusste genau, was als Nächstes passieren würde. Erst würde er nicht mehr arbeiten können, dann zunehmend unglücklich darüber werden. Und am Ende würde er nicht mehr mit ihr zusammen sein wollen.

Ihr Zorn gab ihr einen Energieschub. Sie startete den Motor und fuhr Richtung Berge. An seinem Haus angekommen, bog sie auf die Einfahrt und nahm sich eine Sekunde, um ihre Verärgerung noch einmal aufkochen zu lassen, bevor sie zur Haustür stapfte und klingelte.

Ronan öffnete in Sekundenschnelle. Er sah überrascht aus. »Hi. Wusste ich, dass du nach der Hochzeit vorbeikommst?«

»Nein.« Sie drängte sich an ihm vorbei und wartete dann, bis er die Tür hinter ihr geschlossen hatte. »Das wusstest du nicht. Ich will mit dir reden.«

Seine Miene hatte plötzlich etwas Wachsames. »Okay«, sagte er langsam. »Gehen wir doch ins …«

»Nein«, unterbrach sie ihn. »Wir sollten lieber hierbleiben. Ich will es mir nicht gemütlich machen. Und ich werde auch nicht lange bleiben.« Sie suchte fieberhaft nach etwas Rationalem, das sie jetzt sagen konnte. Doch das Einzige, was sie herausbrachte, war: »Du bist ein Idiot. Ein totaler und vollkommener Idiot.«

Ronan presste die Lippen zusammen, sagte aber nichts.

Sie funkelte ihn an. »Schlimmer noch. Du bist dumm. Du bist dir bewusst, was du tust, du kennst die Konsequenzen, und doch versteckst du dich. Vermutlich denkst du darüber nach wegzuziehen. Habe ich recht?«

Sie wartete gar nicht erst auf seine Antwort. »Aber die Sache ist die: Dir gefällt, was mit dir passiert. Es gefällt dir sogar sehr. Du bist gerne mit mir zusammen. Du magst, was wir haben. Du genießt es auch, Zeit mit deinen Brüdern zu verbringen und wieder im Studio bei der Galerie zu arbeiten. Du bist kreativ, und das fühlt sich an, als könntest du endlich wieder richtig durchatmen. Aber reicht dir das? Natürlich nicht.«

Sie stemmte die Hände in die Hüften. »Du weißt, was passieren wird. Du wirst dich von allen abschotten. Und was dann? Dann kannst du nicht mehr arbeiten. Du wirst feststecken, so wie schon einmal, nur wird es dieses Mal schlimmer sein, weil du gerade alles hattest, was du wolltest, und es verloren hast, weil du ein dummer Idiot bist.«

»Du hast keine Ahnung, womit ich es zu tun habe.«

Die Worte waren nur ein Zischen, das durch seine zusammengebissenen Zähne drang. Natalie fragte sich, wie wütend er wohl wirklich war. Vermutlich sollte sie Angst haben, aber dafür war es zu spät.

»Da hast du recht. Ich weiß es nicht. Aber eines weiß ich: Du stirbst nicht. Du bist nicht krank, du hast kein Kind verloren oder deinen Job oder dein Haus. Du musst dir keine Sorgen um deine an Alzheimer erkrankte Mutter machen, für deren Pflege dir das Geld fehlt. Du hast so viel Geld wie Gott, eine Familie, die dich liebt, und eine verdammt süße Freundin.«

Ihre Stimme wurde immer lauter, aber Natalie konnte sich nicht zurückhalten. »Das, was dein Dad getan hat, war schrecklich. Und es tut mir leid, dass du deine leibliche Mutter nicht kennst. Aber weißt du was? Du hast eine Mom, die dich liebt, und es ist dir egal. Das ist falsch. Es gibt Menschen, denen etwas an dir liegt, und du wirfst das einfach weg, weil du ein dummer Sturkopf bist, obwohl du es genossen hast, wieder an der Welt teilzuhaben.«

Als sie tief Luft holte, fiel ihr auf, dass sie alles gesagt hatte, was sie hatte sagen wollen, also ging sie an ihm vorbei zur Haustür. Sobald sie im Wagen saß, startete sie den Motor und fuhr den Berg hinunter.

Zu Hause angekommen, zitterte sie am ganzen Körper. Möglicherweise aus Müdigkeit, möglicherweise aus emotionaler Überlastung. Sie zwang sich, ein Stück Käse mit Crackern zu essen und ein Glas Wasser zu trinken, bevor sie ihre Yogahose und ein T-Shirt anzog und sich auf die Couch lümmelte.

Hier würde sie bleiben und fernsehen, bis sie müde war, und dann ins Bett gehen. Was Ronan anging, so wusste sie ehrlich nicht, was passieren würde. Sie hatte ihm die Wahrheit gesagt. Mehr hatte sie nicht zu geben.

Kaum hatte sie es sich auf dem Sofa gemütlich gemacht, als es an ihrer Tür klopfte. Ihr Herz flatterte, und lächerliche Hoffnung flammte in ihr auf. Mich hat es böse erwischt, dachte sie grimmig, als sie zur Tür ging.

Ronan stand auf dem Treppenabsatz. Sie konnte seine Miene nicht deuten und hatte keine Ahnung, was er dachte.

»Du hast recht«, sagte er. »Ich mag es. Alles. Dich, meine Brüder, wieder zu arbeiten. Und das jagt mir höllische Angst ein, weil es in einem Wimpernschlag vorbei sein könnte.«

»Nur wenn du von uns wegläufst«, erwiderte sie. »Ansonsten sind wir einfach hier.«

»Es tut mir leid.«

»Ich weiß.«

Sie bedeutete ihm hereinzukommen. Er ging ins Wohnzimmer. Nachdem Natalie die Tür abgeschlossen hatte, griff er nach ihr und zog sie an sich. Sein Mund presste sich heiß auf ihren, und seine Hände waren überall, und nichts schien wichtig zu sein außer diesem Mann und den Gefühlen, die er in ihr weckte.

Am Montagmorgen war Ronan wieder im Studio. Er war sich nicht sicher gewesen, wie seine Brüder ihn empfangen würden, aber die beiden begrüßten ihn, als hätte es die vorherige Woche gar nicht gegeben. Seine Arbeit ging ihm gut von der Hand, und seine Dämonen zogen sich zurück. Wie sich herausstellte, hatte Natalie recht gehabt – er war ein dummer Idiot.

Gegen elf Uhr klingelte sein Handy.

»Wo bist du?«, fragte er anstelle einer Begrüßung. »Ich dachte, du arbeitest heute im Büro.«

»Das habe ich auch.« Natalie klang wieder so fröhlich wie

immer. »Ich musste ein paar Erledigungen machen, dann hat Ted vom Recycling-Center angerufen und mir gesagt, dass sie etwas für mich haben.« Sie lachte. »Es ist umwerfend, und du musst sofort herkommen. Ich meine, auf der Stelle. In dieser Sekunde. Bring deinen Truck mit. Du wirst ausflippen.«

»Aha. Was ist es denn?«

»Das verrate ich dir nicht. Es ist eine Überraschung.«

Was alles bedeuten konnte – von einem Sack wiederaufbereiteter Dosen bis zu was auch immer. »Gib mir fünf Minuten, dann fahre ich los.«

»Ich warte.«

Er legte auf. »Ich muss zum Recycling-Center.«

Nick lachte leise. »Hat sie gesagt, um was es geht?«

»Nein.«

»Dann viel Glück.«

»Was auch immer es ist, ich bringe es mit hierher. Das werde ich nicht allein durchstehen.«

Das Lachen seines Bruders folgte Ronan bis auf den Parkplatz hinaus.

Als er am Gewerbehof ankam, tänzelte Natalie aus dem Hauptgebäude und rannte auf ihn zu.

»Das ist so toll. Wir haben so ein Glück, dass Ted angerufen hat. Was für ein netter Mann.«

»Hmhm. Also, was ist es?«

Sie packte seinen Arm und zog ihn daran nach drinnen. Anfangs sah er nur den üblichen Krempel an aufbereiteten Resten, die zum Verkauf standen. Doch dann fiel ihm etwas auf dem Boden auf.

Er starrte die alte, zerbeulte Schüssel mit der flachen Scheibe darauf an, die auf einem leicht schiefen Tischchen stand. Was, um alles in der Welt, war das?

»Ist das nicht super?«, Natalie strahlte ihn an. »Ich bin so aufgeregt. Als er es gesehen hat, hat Ted sofort an mich gedacht.«

»Natürlich hat er das. Was ist das?«

Sie sah ihn schockiert an. »Eine Töpferscheibe.«

Er betrachtete das Ding genauer und erkannte die einzelnen Komponenten. Der Tisch konnte nach oben und unten justiert werden, und es gab ein Pedal, mit dem man vermutlich die Geschwindigkeit regeln konnte.

»Ich habe noch nie getöpfert«, sagte er vorsichtig, obwohl er wusste, dass es egal war, denn Natalie hatte sich entschieden.

»Ich auch nicht, aber komm schon. Sie kostet nur fünfundzwanzig Dollar und ist in einem super Zustand. Ted sagt, der Motor funktioniert noch. Was gibt es also daran nicht zu mögen?«

Er wusste, er sollte es nicht tun, aber er fragte trotzdem: »Warum willst du die haben?«

Sie warf ihm einen ungläubigen Blick zu. »Für die Schule natürlich. Für deinen Kunstunterricht. Die Kids werden es lieben. Und die Scheibe ist klein genug, dass wir sie mitnehmen können.«

»Klar, aber das bringt mich zu meinem vorherigen Punkt zurück, dass keiner von uns eine Ahnung hat, wie man töpfert.«

Sie sah ihn mitleidig an. »Ronan, wir sind Künstler. Wir können lernen, wie man mit einer Töpferscheibe umgeht. Wir haben Zeit. Ich sage ja nicht, dass wir darin große Meister werden, aber wir können uns die Grundlagen aneignen und sie den Kindern beibringen. Wir können ihre Arbeiten brennen und ihnen mitbringen, wenn wir das nächste Mal kommen.«

Er wusste, es hatte keinen Zweck, mit ihr zu diskutieren. »Okay. Gut.« Er holte sein Portemonnaie heraus und ließ zwei Zwanziger in die Dose auf dem Tresen fallen. »Fahren wir ins Studio zurück.«

Sie hievten den Tisch und die Töpferscheibe auf die Ladefläche seines Trucks. Zurück im Studio, kamen Mathias und Nick herbei, um zu sehen, was sie erstanden hatten.

»Lebt es?«, fragte Mathias hoffnungsvoll. »Ist es ein Gazellenbaby?«

»Ich wusste, dass Sophie dir fehlt«, murmelte Ronan in Erinnerung daran, dass sein Bruder sich im vorigen Jahr um den Beagle seiner Mutter gekümmert hatte. »Hol dir einen Welpen.«

»Das mache ich auch, aber erst, wenn das Baby da ist. Dann können sie gemeinsam aufwachsen.«

Nick schüttelte den Kopf. »Ein Neugeborenes und ein noch nicht stubenreiner Hund. Das ist wirklich clever.« Er schaute über den Rand der Ladefläche. »Cool. Eine Töpferscheibe. Das ist eine super Idee. Die könnte ihr mit in die Schule nehmen und den Kindern das Töpfern beibringen.«

Natalie sah Ronan triumphierend an. »Siehst du?«

Er unterdrückte ein Seufzen. »Ja, das habe ich schon gehört.«

»Was er eigentlich sagen will«, sagte Natalie, als die Brüder die Scheibe vom Truck hoben und ins Studio trugen, »ist, dass wir keine Ahnung haben, wie man damit umgeht.«

»Dafür gibt es doch Anleitungsvideos im Internet«, sagte Mathias und ging an seinen Computer. »Ton haben wir da. Oh, das wird so ein Spaß.«

Innerhalb kurzer Zeit waren sie alle mit Ton bekleckert und lachten über die Katastrophen, die sie herstellten. Wie bei vielen Dingen war auch das Töpfern schwieriger, als es aussah. Natalie hatte eine ganz passable Schüssel zustande gebracht. Nick verwandelte alles, was er anfasste, in einen riesigen Penis, und Mathias drückte immer zu sehr nach links und erschuf schiefe, undefinierbare Klumpen.

»Ich hätte gedacht, dass du der Beste von uns bist«, sagte Ronan. »Du stellst doch ständig Vasen und Teller her. Solltest du das nicht in Ton übertragen können?«

»Ich ignoriere dich«, erwiderte Mathias fröhlich und setzte sich wieder an die Töpferscheibe. »Zumindest verkünde ich nicht lautstark meine Unfähigkeit, meine Frau zu befriedigen«, fügte er mit einem Nicken in Richtung von Nicks Kreationen hinzu.

»Hey, Pallas ist sehr befriedigt. Ich habe versucht, eine große Vase zu machen.«

»Ja, klar.«

Ronan fing Natalies Blick auf und zwinkerte ihr zu. Sie lachte. Er spürte, wie das Gewicht auf seinen Schultern ein wenig leichter wurde. Sie ist gut für mich, gab er zu. Und er wusste, es war genauso wichtig, dass er für sie gut war.

19. Kapitel

Natalie betrachtete die Leinwand. Es war das zweite Mal, dass sie dieses Werk vollendet hatte – beim ersten Mal war es kurz danach in Flammen aufgegangen. Immer noch musste sie innerlich wimmern, wenn sie daran dachte. Doch als sie jetzt zurücktrat und das Ergebnis betrachtete, musste sie zugeben, dass es noch besser war als zuvor.

Ihr gefielen die verschiedenen Texturen der Gegenstände, die sie benutzt hatte. Fundstücke und Knöpfe und Bänder und Stoffe vermischten sich perfekt mit den Blumen und Schmetterlingen aus Papier, die die Basis bildeten. Das Werk strahlte etwas Lebendiges aus, einen Anflug von Hoffnung. Vielleicht ging es aber auch nur ihr so. Wie auch immer – sie war jedenfalls fertig und musste nun ihren Mut zusammennehmen, um es Atsuko zu zeigen.

Das hätte ich gestern tun sollen, dachte sie. Oder am Tag davor. Aber Angst war eben eine gemeine alte Hexe. Denn natürlich wusste Natalie, dass ihre Chefin sie immer unterstützen würde. Trotzdem klopfte ihr Herz wie wild. Sie hatte das Gefühl, dass Atsuko das Werk nehmen und in der Galerie ausstellen würde. Der unklare Faktor war das Preisschild.

Sie nahm die Leinwand mit beiden Händen und machte sich auf den Weg. Nick kam ihr zuvor und öffnete die Tür, dann murmelte er: »Viel Glück.«

»Danke.«

Sie sah noch einmal zu Ronan, der auf der anderen Seite des Raums stand. Heute arbeitete er mit seinem Team, und er tropfte schon vor Schweiß von der Hitze der Öfen. Er sah sie und reckte kurz den Daumen in die Luft.

In der Galerie stellte sie ihr Werk auf eine Staffelei im Hinterzimmer, dann klopfte sie an Atsukos offen stehende Bürotür.

»Natalie. Ich dachte, heute wäre einer deiner Kunsttage.«

»Das ist es auch. Ich habe etwas fertiggestellt.«

Sofort erhob ihre Chefin sich. »Ich kann es kaum erwarten, es zu sehen.«

»Es sind nicht die Blumen. An denen arbeite ich noch.«

»Das ist okay. Ich weiß, dass ich meine Künstler besser nicht hetze.«

Natalie wäre beinahe gestolpert. So sah Atsuko sie also? Als eine ihrer Künstlerinnen? Sie schluckte. Darauf wäre sie niemals gekommen. Ihre Chefin kümmerte sich um Leute wie Nick, Mathias und Ronan. Künstler, die mit ihren Werken enorme Beträge verdienten.

Natalie rief sich ins Gedächtnis, dass Geld nicht alles war, das zählte. In der Kunst ging es ums Erschaffen und um Leidenschaft und Visionen, nicht um einen Scheck von einer Galerie. Trotzdem ... Wenn sie ehrlich war, sehnte sie sich manchmal doch ein wenig nach der Anerkennung, die mit finanziellem Erfolg einherging. Mal ganz abgesehen davon, dass ihr Konto sich darüber auch freuen würde.

Gemeinsam gingen sie in das kleine Hinterzimmer, wo sie die Tische und Tischdecken für Vernissagen und andere Veranstaltungen lagerten. Atskuo blieb stehen, als sie die Leinwand erblickte.

»Ich habe es gesehen, als du damit angefangen hast. Du hast viel daran verändert.«

Natalie schüttelte den Kopf. »Das war nicht freiwillig. Zumindest anfangs nicht.« Sie erzählte ihr von dem Feuer.

»Sobald ich mich von dem Schock erholt hatte, habe ich mich wieder darangemacht. Und irgendwann kam mir die Erleuchtung, und ich wusste, was ich tun musste.« Sie berührte ein Blütenblatt aus Seidenband. »Ich glaube, ich werde noch einmal versuchen, ein Werk zu verbrennen. Aber natürlich kontrolliert. Dieses Konzept des Auferstehens aus der Asche ist irgendwie befreiend. Ich kann es schlecht erklären.«

Atsuko ging vor und zurück, betrachtete das Werk aus allen Blickwinkeln. »Ich würde vorschlagen, du überlegst dir schon mal ein paar erklärende Worte zu deinem Werk. In ein paar Wochen haben wir hier in der Galerie eine Veranstaltung, und es könnte sein, dass man dir ein paar Fragen stellt.«

»W…wie bitte?«

Fragen stellen? Warum? Es hatte schon Events gegeben, bei denen auch Werke von ihr ausgestellt worden waren. Aber sie hatte an diesen Events nicht teilgenommen. Jedenfalls nicht als Künstlerin, die dem Publikum vorgestellt wurde. Stattdessen war sie als Kellnerin dabei gewesen und hatte Getränke serviert. Die wichtigen Künstler waren die, deren Werke an den Wänden der Galerie hingen. Von ihnen erwartete man, dass sie sich unter die potenziellen Käufer mischten, Small Talk hielten und ihre Kunst erklärten.

Bevor sie Luft holen oder eine Frage stellen konnte, nahm Atsuko die Leinwand und trug sie in die Galerie. Dort lehnte sie sie gegen die hintere linke Wand, überlegte kurz und schüttelte den Kopf.

»Nein. Nicht am Ende. Ich glaube, ich möchte es mehr in der Mitte haben. Dazu muss ich aber erst etwas umarrangieren.« Sie schaute zu Natalie. »Vorausgesetzt, ich darf es überhaupt verkaufen.«

»Natürlich.«

»Gut. Dann setz schon mal einen Standardvertrag auf.« Atsuko lächelte. »Ich werde es mit vierundzwanzigtausend Dollar auspreisen.«

Natalie bemühte sich, nicht nach Luft zu schnappen, ohnmächtig zu werden oder zu schreien. Aus Angst, dass ihre Stimme versagen könnte, nickte sie nur.

»Gut. Ich brauche ein wenig Zeit, um mir zu überlegen, wie ich die anderen Werke neu anordnen will, aber ich denke, morgen sollte dein Stück hängen.«

»Danke.«

Natalie ließ ihre Chefin zurück, die in ein Selbstgespräch über Flächen und Werke vertieft war, und ging langsam zurück ins Studio. Ihr Herz hämmerte, und sie hatte Probleme, eine einfache Kopfrechnung durchzuführen. Die Galerie bekam die Hälfte des Verkaufspreises, was bedeutete, Natalie würde die andere Hälfte erhalten. Sie war sich beinahe sicher, dass das zwölftausend Dollar wären.

Wenn es überhaupt verkauft wird, ermahnte sie sich. Wobei, bisher waren alle ihre Werke verkauft worden, und Atsuko hatte ein hervorragendes Auge, und wenn Natalie auf der nächsten Veranstaltung auch nur ein wenig vorgestellt würde, dann … Dann …

Sie blieb stehen und schloss die Augen. Zwölftausend Dollar. Das war riesig! Das war fünfstellig. Das veränderte alles.

Na gut, nicht alles, aber vieles. Mit der Arbeit für Pallas und den Blumen für die Tischdeko auf der Hochzeit hatte sie drei Monatsmieten verdient. Selbst nach Abzug der Steuern würde das Geld für ihr Kunstwerk drei weitere Monatsmieten sowie ihre Lebenshaltungskosten für mindestens ein halbes Jahr decken. Sie könnte es sich erlauben, ein paar Wochen im Monat freizumachen, um sich ganz auf ihre Kunst zu konzentrieren. Noch war sie nicht bereit, die Arbeit komplett aufzugeben, aber sie war auf dem Weg dahin.

Sie atmete tief ein und dachte sehnsüchtig an ihre Mutter, die so stolz auf sie wäre. Sie dachte an all die Arbeit, die ganzen kleinen Projekte, die sie für fünfzig oder hundert Dollar verkauft hatte. Sie dachte, wie unvorhersehbar und überraschend das Leben war. Dann dachte sie an Ronan.

Er würde sich sehr für sie freuen. Er würde feiern und es allen erzählen wollen. Sie hatte das dumpfe Gefühl, dass der berühmte, zurückgezogene Ronan Mitchell bei dem Event in der Galerie einen Auftritt haben würde. Und alles nur für sie.

Er war gut zu ihr. Unterstützend und zärtlich. Sie genoss seine Gesellschaft, sein Lachen, seine Brillanz. Sogar seine inneren Kämpfe sorgten nur dafür, dass sie ihn noch lieber mochte.

Kurz vor der Tür zum Studio blieb sie stehen. Die Wahrheit, die sie ignoriert hatte, die Wahrheit, die Silver so offen ausgesprochen hatte, war nicht mehr zu leugnen.

Sie war in ihn verliebt. Sie war in Ronan verliebt. Eigentlich hatte sie gedacht, sie wäre ein vernünftiger Mensch und würde sich nicht in ihn verlieben, doch da hatte sie sich offenbar geirrt. Sie liebte ihn und hatte ehrlich gesagt keine Ahnung, was das bedeutete oder wie sie mit dem möglichen Risiko umgehen sollte, dass er sie verließ. Doch für die nächsten Minuten, oder wie lange auch immer die Jungs mit ihr über ihr Treffen mit Atsuko reden wollten, würde sie so tun, als wäre alles wie immer.

Sie schob die Gedanken an Liebe und was das alles bedeutete beiseite und rief sich in Erinnerung, wie es sich angefühlt hatte, als Atsuko sagte, sie würde ihr Werk mittig an der Wand aufhängen. Dann betrat sie das Studio.

Alle drei Brüder drehten sich zu ihr um und schauten sie erwartungsvoll an.

»Und?«, fragte Ronan. »Erzähl schon.«

»Sie hat es genommen! Es wird in den nächsten paar Tagen aufgehängt.« Um die Spannung zu steigern, legte sie eine kurze Kunstpause ein. »An einer der mittleren Wände.«

Mathias und Nick jubelten. Ronan schlang seine Arme um ihre Taille und wirbelte Natalie herum.

»Ich wusste es«, sagte er und zog sie an sich. »Ich freue mich so für dich, Natalie. Herzlichen Glückwunsch.«

Ihr Herz schwoll an. Tränen stiegen ihr in die Augen. Freudentränen, dachte sie, als Ronan sie küsste.

Das hier war, was sie immer gewollt hatte. Um die Liebe würde sie sich später kümmern. Oder vielleicht auch gar nicht.

»Ich bin in Ronan verliebt«, sagte Natalie geradeheraus.

»Ach was.« Silver lümmelte in einem der Clubsessel in ihrem Wohnzimmer, während Natalie auf dem Sofa saß. »Das hast du erst jetzt gemerkt?«

»Du hattest recht und ich nicht. Bist du nun zufrieden?«

Silver grinste. »Sosehr es mich freut, das zu hören, es geht hier nicht um mich.« Ihr Lächeln wurde sanfter. »Geht es dir gut?«

»Ich weiß es nicht. Vielleicht. Ich hoffe es. Ich bemühe mich. Ich hätte nur nie damit gerechnet, dass so etwas passiert.«

»Warum nicht? Er ist ein gut aussehender Kerl. Erfolgreich, talentiert. Und er behandelt dich wie einen Goldschatz. Wie solltest du dich da *nicht* in ihn verlieben?«

»Ich dachte, ich wäre immun.«

»Tja, Pech gehabt.«

Offenbar, dachte Natalie. »Glaubst du, es weiß jemand?«

»Deine Freunde ahnen vermutlich etwas, aber niemand wird etwas sagen. Wenn du wissen willst, ob Ronan es weiß, dann würde ich mir darüber keine Gedanken machen. Männer merken so etwas nicht. Ich bin mir nicht sicher, ob das ein Segen oder ein Fluch ist.«

Natalie fragte sich, ob das Gespräch sich inzwischen vielleicht um Silver und Drew drehte. Nicht, dass es da etwas zu reden gäbe.

Die Einzelheiten kannte Natalie zwar nicht, aber sie hatte gehört, dass die beiden auf der Highschool total verknallt gewesen waren. Dann war es irgendwie schiefgegangen, und auch wenn die beiden nie wieder zusammengekommen waren, gab es das Gerücht, dass Drew mehr als nur ein wenig daran interessiert war, die Blondine zurückzuerobern, die er so sehr geliebt hatte.

Silver schüttelte den Kopf. »Lass mich das klarstellen: Ich habe nicht von mir gesprochen.«

»Wenn du meinst.«

»Ja, das meine ich. Also, was wirst du jetzt unternehmen?«

»Ich weiß es nicht. Ich bin auf so vielen Ebenen verunsichert und verängstigt.«

Sie hatte immer gedacht, sie würde sich niemals verlieben. Sie hatte ja sogar überlegt, allein ein Baby zu bekommen. Okay, nicht wirklich überlegt, aber mit der Idee gespielt. Jetzt wusste sie, dass das nicht möglich war – zumindest nicht in naher Zukunft. Sie liebte Ronan. Sie wollte mit ihm zusammen sein. Sie wollte, dass er »der eine« war, dass er und sie heirateten und eine Familie gründeten. Sie wollte den großen Traum. Doch er musste es auch wollen, und im Moment war er ja noch nicht einmal bereit, zuzugeben, dass Elaine seine Mutter war.

»Er wird meine Liebe nicht erwidern. Er kann kein emotionales Vertrauen aufbauen, weil er sich zu sehr abgeschottet hat.«

»Er ist dabei, sich zu verändern.«

»Aber das reicht nicht.« Dessen war sie sich sicher.

»Woher willst du das wissen?«, fragte Silver. »Vielleicht ist deine Liebe genau das, was er braucht, um den entscheidenden Schritt zu wagen.«

Natalie mochte das nicht so ganz glauben. »Du meinst, ich soll einfach zu ihm gehen, ihm sagen, dass ich ihn liebe, und alles wird gut?«

Silver zuckte mit den Achseln. »Gut, ich bin mir nicht sicher, ob Ronan der Typ dafür ist, aber vielleicht solltest du es probieren.«

Vielleicht, dachte sie und versuchte, sich diese Situation vorzustellen. Was würde er tun? Ihre Liebe akzeptieren? Weggehen? Vielleicht war es besser, es nicht zu wissen.

So wie mit der Schwangerschaft?

Die Stimme war so leise, dass Natalie sie kaum hörte, aber die Worte hallten trotzdem in ihr nach. Sie hatte sich das Versprechen gegeben, es in Zukunft besser zu machen. Wollte sie ihr Wort halten oder nicht?

»Ich sage es ihm«, verkündete sie laut, damit die Worte mehr Kraft hatten. »Ich werde darauf vertrauen, dass alles gut wird. Ich sollte ihm erzählen, was ich für ihn empfinde und dass ich an ihn glaube. Dann kann er seine eigene Entscheidung treffen.«

»Das ist sehr erwachsen von dir.«

Natalie atmete scharf ein. »Das hoffe ich doch. Auf jeden Fall ist es das Richtige. Ich hoffe, mein Glaube an ihn hilft ihm, an sich selber zu glauben.«

»Du bist wirklich eine Optimistin.«

»Ich bin verliebt. Was sollte ich sonst sein?«

Natalie brauchte drei Tage, um das Konzept, in Ronan verliebt zu sein, wirklich in sich aufzunehmen. Sie musste an ihre Vergangenheit denken und daran, was sie sowohl richtig als auch falsch gemacht hatte, bevor sie akzeptieren konnte, dass sie in einem unachtsamen Moment die wichtigste Entscheidung ihres Lebens getroffen hatte.

Sobald sie das akzeptiert hatte, genoss sie es, zu wissen, dass ihr Herz offen und glücklich und bereit für den Mann war, den das Schicksal für sie vorgesehen hatte. Der nächste Schritt war, es ihm zu sagen. Er sollte die Worte hören. Sie wollte sich ihm erklären, wollte ehrlich sein. Er hatte in seinem Leben schon so viel Verrat erlebt. Sie spürte tief im Inneren, dass der einzige Weg, um sich mit Ronan zu verbinden, darin lag, ihre Seele offenzulegen … oder in diesem Fall ihr Herz. Was er danach tat, war ihm überlassen.

Mit diesen Gedanken im Kopf lud sie ihn zum Dinner ein und holte etwas von dem Italiener, den sie beide so mochten.

»Hey, du«, sagte Ronan beim Eintreffen. Er gab ihr einen Kuss. »Es fühlt sich an, als hätte ich dich ewig nicht gesehen.«

»Ach, es war viel los.« Sie schaute in seine grünen Augen und sah die Zuneigung darin. Ihre Besorgnis schwand. Er war so weit gekommen. Er hatte erkannt, wie viel Liebe und Familie ihm bedeuteten. Vielleicht würde alles gut werden.

Sie gingen in die Küche, und Ronan öffnete den Wein, den er mitgebracht hatte. »Erzähl mir, was bei dir so los war.«

Sie lächelte. »Verschiedenes. Ich versuche, meine Erwartungen niedrig zu halten, was den Verkauf des angesengten Kunstwerks angeht, aber gleichzeitig plane ich schon, was ich tun werde, wenn es tatsächlich verkauft wird. Ich habe mal durchgerechnet, wie viel Geld ich wirklich brauche, um meine monatlichen Kosten zu decken. Noch bin ich nicht bereit, meinen normalen Job aufzugeben, aber ich würde gerne mal ein paar Wochen am Stück freimachen, um mich meiner Kunst zu widmen. Da ich die Tage nicht vergeuden will, muss ich mir vorher darüber klar werden, woran ich arbeiten möchte. Zum einen natürlich an Atsukos Blumenprojekt, aber es gibt auch noch ein paar andere Dinge.«

»Du warst ja schwer beschäftigt.« Er reichte ihr ein Glas Wein, dann gingen sie ins Wohnzimmer und setzten sich so aufs Sofa, dass sie einander anschauen konnten. »Ich bin sehr stolz auf dich.«

»Danke. Wie gesagt, ich versuche, meine Erwartungen zu zügeln.«

»Du hattest noch nie Probleme, eines deiner Werke zu verkaufen.«

Sie zog die Nase kraus. »Es ist auch noch keines meiner Stücke zu so einem hohen Preis angeboten worden.«

»Es wird sich verkaufen. Glaub mir. Ich habe vollstes Vertrauen in dich.«

Sie glaubte ihm, wunderte sich aber, ob vollstes Vertrauen das Gleiche wie Liebe war.

»Genug von meiner unsicheren Zukunft. Wie geht es dir? Ich habe gesehen, dass deine Auftragsarbeit große Fortschritte macht.«

»Das stimmt. Ich fange langsam an, über das Verschiffen und Installieren nachzudenken. Beides wird einige Zeit in Anspruch nehmen.« Er berührte zart ihr Gesicht. »Du solltest mit mir nach Japan kommen. Wir hätten bestimmt eine tolle Zeit.«

»Ronan, du wirst sechzehn Stunden am Tag damit beschäftigt sein, alles zu installieren. Daher wirst du gar keine Zeit haben, mich zu vermissen.«

»Da irrst du dich.«

Ihr Magen zog sich zusammen. Meinte er das so, wie sie es verstanden hatte? Denn dann war sie nicht die Einzige, die bemerkt hatte, was zwischen ihnen ablief. Vielleicht würde doch alles gut werden.

Er lachte. »Woran denkst du? Du hast so einen seltsamen Gesichtsausdruck.«

»Ich will dir etwas zeigen.«

Sie ging zu ihrem Laptop und rief eine Slideshow auf, die sie vorbereitet hatte. Dann kehrte sie zum Sofa zurück und setzte sich so, dass Ronan den Monitor sehen konnte.

»Was ist das?« Er schaute auf das Farbfoto eines Werks seines Vaters. »Wenn du vorhast, die Stimmung zu killen, dann machst du das wirklich gut.«

»Guck einfach hin. Denk nicht an den Künstler. Er ist nicht wichtig. Denk an die Kunst. Das hier.« Sie hielt die Show bei einer großen Glaswelle an, die in allen Farben des Meeres schimmerte. Beinahe erwartete sie, einen Delfin aus dem Wasser springen zu sehen, denn sie hätte schwören können, seinen Schatten ganz tief im Glas zu erblicken.

»Er hat Talent«, sagte sie. »Was er erschafft, kann wunderschön sein.« Sie setzte die Show fort. Die nächsten Bilder zeigten die düstere Seite von Ceallachs Werk. Werke mit scharfen Stacheln, düster, wütend, die alles Licht und alles Glück aufzusaugen schienen.

»Einige seiner Kunstwerke kann man eher schätzen als bewundern«, fuhr sie fort. »Aber ob man sie liebt oder hasst, seine Arbeit weckt Emotionen.«

»Wenn du das sagst.«

»Du weißt, dass ich recht habe.«

Ronan stellte sein Weinglas ab. »Warum zeigst du mir das, Natalie? Was willst du damit bezwecken?«

»Wenn er nicht wäre, wer er ist, dann wärst auch du nicht, wer du bist. Dein kreatives Talent hast du von ihm. Kannst du dir vorstellen, ohne das zu leben?«

»Nein.«

»Also gibt es eine positive Seite daran, ihn zum Vater zu haben.«

Er sah sie an. »Und?«

Sie stellte den Laptop auf den Wohnzimmertisch und schaute Ronan direkt an.

»Wie wir alle bist du die Summe deiner Teile. Ich habe meinen eigenen Vater nie kennengelernt, aber meine Mom hat ihn geliebt. Ich habe keine Ahnung, was für ein Mensch er war, aber ich vertraute ihr, und ich vertraue dem, was ich bin.«

»Das ist etwas anderes«, entgegnete er. »Klar, es gibt einen Elternteil, den du nicht kennst – genau wie ich. Aber im Gegensatz zu mir weißt du, dass der andere Elternteil wundervoll war. Ein Mensch, der dich sehr geliebt hat. Das kann man von meinem Vater wirklich nicht behaupten.«

»Okay, du weißt nicht, wer deine leibliche Mutter ist. Und dein Vater scheint ein sehr schwieriger Mensch zu sein. Aber das ändert doch nichts daran, wer du tief im Inneren bist. Du bist gut und lustig, klug und talentiert und ein umwerfender Mann.« Sie nahm seine Hände in ihre. »Ich habe mich in dich verliebt, Ronan. Ich hatte solche Angst, mein Herz aufs Spiel zu setzen. Ich habe meine Mom verloren, dann habe ich Quentin und – was noch wichtiger ist – seine Familie verloren. Ich hatte Angst zu vertrauen.« Sie lächelte. »Bis ich dich kennengelernt habe. Ich liebe dich und möchte, dass du das weißt.«

Sie versuchte, ihre Stimme locker und hoffnungsvoll klingen zu lassen, doch das fiel ihr schwer, als sie sah, wie sich seine

Miene verspannte und alle Gefühle aus seinen Augen schwanden.

»Du bist alles, wonach ich gesucht habe«, fuhr sie fort. »Ich wusste es nicht, aber es stimmt. Ich verstehe, wenn du noch nicht bereit bist oder nicht das Gleiche empfindest, aber ich musste es dir sagen. Es kam mir einfach richtig vor.«

Zumindest war es ihr in der Sicherheit ihres Schlafzimmers wie das Richtige vorgekommen. Jetzt, wo sie ihm gegenübersaß, war sie sich nicht mehr so sicher.

Er stand abrupt auf und sah sie aus funkelnden Augen an. »Warum musstest du das tun? Warum musstest du alles verändern? Das wird nicht funktionieren. Was hast du dir nur gedacht? Sieh dich einmal an. Du bist leicht und ganz und glücklich. Glaubst du, ich will dafür verantwortlich sein, das zu zerstören? Denk doch nur mal daran, was ich mit deinem letzten Kunstwerk gemacht habe. Ich habe es ruiniert.«

Sie stand auf. »Das hast du nicht. Es ist danach sogar noch besser geworden.«

»Da hast du Glück gehabt. Ich hätte es zerstören können. Ich könnte dich zerstören. Weißt du, welche Angst mir dieser Gedanke macht? Ich könnte dich *zerstören.*«

»Nein. Dafür bin ich zu stark, Ronan. Das war ich schon immer.«

»Hast du eine Ahnung, was in mir ist?«, fragte er mit leiser, wuterfüllter Stimme. »Hast du? Denn ich habe verdammt noch mal keine. Ich habe *ihn*, und das ist alles. Alles egoistische, narzisstische Böse aus diesem Mann ist in mir. Daran denke ich jeden einzelnen Tag. Wann werde ich wie er? Wann fange ich an, meine Kinder zu schlagen und ihre Arbeiten kaputtzumachen? Wann werde ich meine Frau betrügen und ein Arschloch werden? Es ist nur eine Frage der Zeit.«

»Du bist nicht er«, widersprach sie. »Und das warst du auch nie. Dass du dir über diese Dinge Sorgen machst, beweist das doch. Wenn du wie er wärst, würde es dich nicht interessieren.«

Er starrte sie an. »Das Risiko werde ich nicht eingehen. Nicht mir dir. Niemals mit dir.«

Sie griff nach ihm, aber er hatte sich bereits zu weit zurückgezogen. Ihre Finger fassten nur Luft, und bevor sie ihn zurückhalten konnte, war er gegangen.

20. Kapitel

Ronan wollte das abgekühlte Glasteil gegen die Wand werfen, wusste aber, dass das eine zu große Ansage wäre. Also ließ er es einfach in den Mülleimer in der Ecke fallen und versuchte, Befriedigung aus dem Geräusch zu ziehen, als es in tausend Scherben zersprang.

Seine Praktikanten hatte er bereits nach Hause geschickt. In den letzten beiden Tagen hatte er keinerlei Fortschritte gemacht. Alles, was er anfasste, wurde zu einer Katastrophe. Er konnte nicht denken, konnte nicht schlafen, und er wollte so weit weglaufen, dass der nagende Schmerz in seinem Magen ihn nicht finden konnte.

Er riss sich die Schutzbrille ab und versuchte, einen Entschluss zu fassen. Von zu Hause zu arbeiten hatte nicht geholfen. Er hatte es versucht, nur um hier zu enden. Vielleicht wenn er etwas essen würde oder sich betrinken … Beides klang nicht sonderlich ansprechend.

Verdammt noch mal, was hatte Natalie sich nur gedacht? Ihm Bilder von den Werken seines Vaters zu zeigen und ihm dann zu sagen, dass sie ihn liebte. Wer machte so etwas? Was wollte sie damit sagen? Ihn daran zu erinnern, wer sein Vater war, half nicht gerade, ihn in gute Stimmung zu versetzen. Ceallach war alles, was er nicht sein wollte. Warum verstand sie das nicht?

Und wie konnte sie ihn lieben? Er war ein launischer Hurensohn, der sich gerade noch so zusammenriss. Er war ein Risiko – das musste sie doch wissen. Er lebte in der Angst, ihr wehzutun. Vorher war es schon schwierig genug gewesen, aber nun, wo er wusste, dass sie ihn liebte, war es so viel schlimmer.

Mathias warf ihm quer durchs Studio einen Blick zu. »Was regt dich denn so auf? Du benimmst dich schon seit Tagen, als wäre dir eine Laus über die Leber gelaufen.«

Ronan ignorierte ihn. Unglücklicherweise wählte Natalie diesen Moment, um den Werkraum zu betreten. Ronan war nicht sicher, ob sie den Wortwechsel gehört hatte, bis sie sagte: »Daran bin ich schuld.«

Alle drei Brüder sahen sie an. Nick und Mathias wirkten neugierig, während Ronan von Grauen erfüllt war. Sie würde doch nicht … Sie konnte doch nicht …

»Ich habe ihm gesagt, dass ich ihn liebe. Damit kämpft er jetzt gerade, weil er nicht weiß, was er darauf erwidern soll.«

Ihr Mut raubte ihm den Atem. Ihre Stimme klang stark, und der einzige Beweis für das, was sie gerade durchmachte, war eine leichte Schwellung um die Augen. Weil sie geweint hatte? Das wollte er nicht denken. Er wollte nicht wissen, dass sie verletzt war. Denn er hatte sie nie verletzen wollen. Sie war alles für ihn. Aber er konnte einfach nicht …

Erst jetzt bemerkte er, dass es in dem Raum totenstill geworden war. Alle starrten ihn an. Seine Brüder wirkten schockiert, Natalie litt offensichtlich, und alle schienen darauf zu warten, dass er etwas sagte.

»Nein«, sagte er mehr zu sich als zu ihnen. »Einfach nein.«

Er stürmte aus dem Studio und stieg in seinen Truck. Es gab nur einen Ort, wo er hinkonnte, und das war sein Zuhause. Auf halbem Weg den Berg hinauf wurde ihm bewusst, dass er nicht allein sein wollte, aber was sollte er tun? Er konnte nicht in die Stadt zurückkehren und mit seinen Brüdern abhängen. Und Natalie war tabu. Er hatte ihr so schon genügend Schmerzen zugefügt.

Ohne es zu wollen, erinnerte er sich daran, wie es in seiner Kindheit gewesen war. Wie sein Vater einfach dem, der gerade am nächsten stand, eine Ohrfeige gegeben hatte. Sie hatten alle gelernt, sich zu ducken und auszuweichen, bis Del groß genug gewesen war, um zurückzuschlagen. Danach hatte sich Del immer zwischen seine Brüder und seinen Vater gestellt. Wenn Del nicht in der Nähe war, hatte Aidan übernommen, dann Nick. Als Ronan und Mathias ungefähr sechzehn waren, hatte Ceallach aufgehört, sie zu schlagen. Aber er hatte seine Wut und die innere Dunkelheit auf andere Weise ausgelebt.

Er hatte sie erniedrigt, hatte ihre Arbeiten zerstört, sich über ihre Fähigkeiten lustig gemacht. Seine beiden älteren Söhne hatte er mehr oder weniger aus seinem Leben gestrichen, weil sie keinerlei künstlerisches Talent zeigten. Und Mathias, den Talentiertesten von ihnen, hatte er davon überzeugt, wertlos zu sein. Nick hatte ganz aufgehört, mit Glas zu arbeiten, und es vorgezogen, lieber Barkeeper zu werden, als auch nur irgendetwas mit der Welt seines Vaters zu tun zu haben.

Es hatte so viel Schmerz gegeben, so viel Bedauern, so viel Verstecken und Verteidigen. Und den so großen Wunsch, niemals zu werden wie er.

Ronan erreichte sein Haus und lehnte die Stirn gegen das Lenkrad. Natalie fehlte ihm so sehr, dass er sich fragte, ob er ohne sie überhaupt atmen konnte. Er wusste, sie vertraute ihm total, sie glaubte, es würde alles gut gehen und er würde niemals etwas Schlimmes tun. Aber sie irrte sich – und ihr derzeitiger Schmerz war der Beweis dafür. Und selbst wenn es nicht so wäre, reichte ihr Glaube an ihn nicht. Er musste selber an sich glauben, doch das konnte er nicht.

»Hey.«

Natalie schaute von den Papieren auf ihrem Schreibtisch auf, die sie sowieso nicht lesen konnte, weil ihre Augen mit Tränen gefüllt waren.

Nick stand in der Tür. »Ich wollte nur mal nach dir sehen.«

»Mir geht es gut.«

»Lügnerin.«

Sie versuchte zu lächeln, doch es misslang kläglich. Nick zog sie auf die Füße und legte dann seine starken Arme um sie.

»Verdammt«, sagte er sanft. »Das war so ungefähr das Mutigste, was ich je gesehen haben.«

Sie gab den Tränen nach, die sie die ganze Zeit zurückgehalten hatte. »F…f…findest du?«

»Oh ja. Er ist ein Idiot. Soll ich ihn für dich zusammenschlagen? Denn das mache ich. Ich müsste zwar Mathias mitnehmen, aber ich bin mir sicher, gemeinsam könnten wir ihm ein blaues Auge verpassen und vielleicht den einen oder anderen Knochen brechen.«

Die Tränen flossen noch schneller. Nicht nur, weil sie Ronan verloren hatte, sondern wegen einer anderen Art von Schmerz, der noch trauriger war und noch tiefer saß. Als Nick sie festhielt und versuchte, sie zu trösten, erkannte sie, dass Ronan nicht der einzige Mitchell-Bruder war, der einen Platz in ihrem Herzen hatte. Sie hatte sich in sie alle verliebt. Nick und Mathias, Pallas und Carol. Ihre Liebe für Ronan galt nicht nur ihm, sondern auch seiner Familie. Wieder einmal hatte sie es gewagt, zu glauben, dass sie Teil von etwas Größerem als sie selbst sein könnte. Dass sie dazugehören könnte. Ja, sie blieben weiterhin ihre Freunde, aber das war nicht das Gleiche. Sie wollte sie als ihre Familie.

»Ich w…w…wünschte, es könnte anders sein«, schluchzte sie leise.

»Ich auch.«

»Ich weine dir dein ganzes Hemd voll.«

»Pallas bekommt in ein paar Monaten ein Baby. Ich bin mir ziemlich sicher, dass ein paar Tränen dagegen nahezu klinisch rein sind.«

Sie versuchte zu lachen, aber ihre Kehle war wie zugeschnürt. »Sei nicht böse, aber ich hatte gehofft, wir würden eine Familie sein«, gab sie zu.

Er berührte ihr Kinn und zwang sie, ihn anzusehen. »Das sind wir«, sagte er. »Egal, was passiert, wir sind immer für dich da. Ich bin auf deiner Seite und alle anderen, die du kennst, auch, Natalie. Du bist nicht allein.«

»Danke.« Ihr Verstand sagte ihr, dass das stimmte. Aber ihr Herz musste erst noch überzeugt werden.

Eine Sekunde lang musterte er sie. »Weißt du was, Kleine? Ich habe eine Idee, wie wir das alles wieder geraderücken können. Daran hätte ich schon früher denken sollen.«

»Nein. Was immer du vorhast, tu es nicht. Du kannst Ronan nicht zwingen, mich zu lieben. Das würde ich nicht wollen.«

Er gab ihr einen Kuss auf den Scheitel. »Das tue ich nicht, versprochen. Vertrau mir. Es ist ein wirklich ausgezeichneter Plan.«

Natalie wollte ihm glauben, aber sie konnte es nicht. Ihr war das Vertrauen ausgegangen – zumindest für den Moment.

In Ronans Woche ging es immer weiter bergab. Er vermisste Natalie mehr, als er es für möglich gehalten hätte. Sicher, er sah sie in der Galerie, weil er einfach nicht zu Hause bleiben konnte, wo er sie nicht sehen würde. Jeden Morgen sagte er sich, dass er einfach da bleiben sollte, wo er war, dann würde es ihm bald wieder gut gehen. Doch innerhalb einer Stunde fand er sich jedes Mal unweigerlich auf dem Weg in die Stadt wieder.

Er war nicht sicher, warum er sich überhaupt die Mühe machte, denn er arbeitete nicht. Er konnte es nicht. Genauso wenig, wie er schlafen oder irgendetwas anderes tun konnte, als an sie zu denken und an das, was sie gesagt hatte. Es war gut möglich, dass sie der mutigste Mensch war, den er je kennengelernt hatte.

Er wusste, was er wollte. Schlicht und einfach gesagt: sie. Alles von ihr – ihr Herz und ihre Seele. Er wollte mit Natalie zusammen sein, sie lieben, den Rest seines Lebens mit ihr verbringen. Er brauchte sie, sehnte sich nach ihr, träumte von ihr in den wenigen Stunden, in denen er Schlaf fand. Und so existierte er in einer Hölle, wo er sie sah, ihre Stimme hörte und doch nicht mit ihr zusammen war.

Das ehemals angekokelte Kunstwerk aus unterschiedlichen Materialien verkaufte sich innerhalb von drei Wochen. Er hinterließ eine Flasche Champagner auf Natalies Schreibtisch, brachte es aber nicht über sich, mit ihr zu sprechen. Sie arbeitete bereits an einem weiteren Kunstwerk, das in diese Richtung gehen sollte. Ohne Zweifel würde sie entweder Mathias oder Nick bitten, es für sie abzufackeln. Aber nicht ihn. Nie mehr ihn.

Er wartete darauf, dass seine Brüder ihn wegen seines Verhaltens zur Rede stellen würden, doch stattdessen gingen sie ihm aus dem Weg und taten, als wäre nichts passiert. Als würde nicht alles um ihn herum auseinanderbrechen. So ging es weiter, bis er es nicht mehr ertrug.

Beinahe eine Woche nach Natalies herzzerreißender Aussage betrat eine Frau das Studio. Sie war groß und schlank, hatte blondes Haar und grüne Augen. Er hatte sie noch nie zuvor gesehen und schätzte sie auf Anfang vierzig, auch wenn sie älter sein konnte.

Natalie war im Büro, also waren nur er und seine Brüder da. Als niemand sich regte, ging Ronan zu ihr hinüber.

»Kann ich Ihnen helfen?«, fragte er.

Sie lächelte ihn an, wobei ihre Mundwinkel etwas zitterten. »Ronan Mitchell?«, fragte sie mit bebender Stimme.

Er nickte und hoffte, dass sie keine Käuferin war, die ihn persönlich treffen wollte. So eine Art Künstler war er nicht. Er sollte sie an die Galerie verweisen und ihr sagen …

Mit einem Mal spürte er ein Kribbeln im Nacken, das sich langsam sein Rückgrat hinunterbewegte. Die Frau war weder ein Fan noch eine Kunstsammlerin. Zumindest war sie nicht deswegen hier. Er hatte keine Ahnung, woher er das wusste, aber er war sich dessen so sicher, wie er …

Die Unbekannte räusperte sich. »Das hier ist viel schwerer, als ich erwartet hatte, auch wenn ich nicht weiß, warum ich dachte, es würde einfach werden. Das ist es nicht, oder?« Sie lachte hohl auf, dann schlug sie eine Hand vor den Mund. »Ich schwöre, ich werde nicht weinen. Aber es ist so viel zu verarbeiten.«

Sie schluckte und streckte ihm die Hand hin. »Ich verspreche, ab jetzt werde ich mich deutlicher ausdrücken. Ich bin Pippa Waddell, und ich bin deine leibliche Mutter.«

Plötzlich war es ganz still, als hätten die Öfen sich abgeschaltet und seine Brüder aufgehört zu arbeiten. Nur ihre Worte hallten im Raum wider, wurden lauter und lauter, bis er nichts anderes mehr wahrnehmen konnte.

»Dein Gesichtsausdruck verrät mir, dass das für dich eine Überraschung ist«, sagte sie, bevor sie die Hand nach dem Stuhl an seinem Tisch ausstreckte. »Mir ist ein wenig schwindelig. Macht es dir etwas aus, wenn ich mich kurz setze?«

Er schob ihr den Stuhl zurecht. Als sie sich darauf sinken ließ, ging Mathias los und kam mit zwei Gläsern Wasser zurück. Ronan nahm sie und bot der Frau eines an, bevor er sich ihr gegenübersetzte. Seine zwei Brüder zogen sich in den Pausenraum zurück. Er bezweifelte, dass sie außer Hörweite waren, aber das war in Ordnung. Er hatte keine Geheimnisse vor ihnen.

Die Frau nippte an dem Wasser. »Danke. Ich habe den Nachtflug genommen und bin heute früh von Los Angeles hierhergefahren. Ich bin noch ein wenig müde.« Sie versuchte zu lächeln, doch es misslang.

Ronan wollte sie fragen, warum sie hier war. Wie sie ihn gefunden hatte, warum ausgerechnet jetzt. Doch irgendwie wollten die Worte nicht kommen.

Sie stellte das Glas ab. »Ich habe deinen Vater in einer Galerie in New York kennengelernt. Damals war ich noch jung, gerade einmal neunzehn Jahre alt, und total kunstverliebt. Ich habe Kunst im Hauptfach studiert.« Sie rümpfte die Nase. »Ja, ich weiß, nicht gerade die praktischste Entscheidung, aber ich habe alle Formen der Kunst geliebt, und was deinen Vater anging, war ich ein Fan seiner Arbeiten.«

Sie presste eine Hand an die Brust. »Das Treffen mit ihm kam unerwartet. Er war so lustig und charmant, so attraktiv.« Röte stieg in ihre Wangen. »Ich wusste, dass er älter und verheiratet war, aber das schien keine Rolle zu spielen. Ich fand mich unglaublich weltgewandt und glaubte, für einen Mann wie ihn bereit zu sein.«

Erneut nahm sie das Wasserglas zur Hand und stellte es gleich wieder ab. »Wir begannen eine Affäre. Ehrlich gesagt war ich vollkommen überfordert. Ich war ein dummes Mädchen aus einer Kleinstadt, das nicht verstand, was es da tat. So schrecklich es auch ist – ich habe weder an die Konsequenzen meines Handelns noch an den Schmerz gedacht, den ich anderen zufügte. Ich wusste nur, in diesen kurzen gemeinsamen Momenten war Ceallach meine Welt.«

Sie hielt inne, als warte sie darauf, dass Ronan etwas sagte. Er nickte, denn viel mehr brachte er nicht zustande. Auf keinen Fall würde es ihm gelingen, Worte zusammenzufügen, die einen Sinn ergaben. Sich einfach nur anzuhören, was sie zu sagen hatte, war schon schwer genug.

»Ich bin nach Sacramento gezogen, um ihm nahe zu sein.« Sie presste die Lippen aufeinander. »Ich habe meine Eltern angelogen, die keine Ahnung hatten, was mit mir los war. Ich habe niemandem davon erzählt. Das konnte ich nicht. Ich wusste, dass unsere Beziehung falsch ist, aber ich schaffte es einfach nicht, sie zu beenden.« Ihr Blick schoss kurz zu ihm, dann wieder weg. »Ich bin das älteste von drei Mädchen, mein Dad war Klempner und meine Mutter Lehrerin.«

»Ganz normal also«, sagte er leise.

»Ja. Normal, langweilig und tausend andere Dinge, die ich nicht zu schätzen wusste. Ich dachte nur an deinen Vater. Er sagte, ich wäre seine Muse, und etwas Schöneres habe ich mir nicht vorstellen können.«

Sie hat vermutlich eine Seite an meinem Vater gesehen, die keiner von uns anderen wiedererkennen würde, dachte Ronan. Sie wusste Dinge über Ceallach, die er sich nicht vorstellen konnte. Es war, als spräche sie über jemanden, den er nie kennengelernt hatte.

»Als ich erfuhr, dass ich schwanger war, wollte er, dass ich abtreibe. Ich war geschockt und am Boden zerstört. Du warst das Symbol unserer Liebe – wie konnte er von mir verlangen, dich loszuwerden?« Tränen stiegen ihr in die Augen. »Wir haben uns gestritten, und er meinte, er wolle mich nie wiedersehen. Da ich nicht wusste, was ich tun sollte, habe ich meine Mom angerufen, und sie kam, um mich abzuholen.«

Ronan versuchte, einen Sinn in ihrer Geschichte zu finden. Sie war überhaupt nicht so, wie er sie sich vorgestellt hatte. Pippa war ein normales Teenagermädchen gewesen, das sich auf einen Mann eingelassen hatte, der so weit außerhalb ihrer Liga spielte, dass er genauso gut von einem anderen Stern hätte kommen können. Sie wirkte weder abgestumpft noch manipulativ, sondern einfach nur traurig.

»Meine Eltern waren wundervoll«, fuhr sie fort. »Sie sagten, sie würden mir mit dem Baby helfen oder dabei, ein Paar zu finden, das dich adoptieren würde. Ich beschloss, dich zu behalten und selber aufzuziehen.«

Sie verschränkte ihre Finger. »Ich war kaum zwanzig und so verängstigt. Ein Baby zu haben ist nicht leicht. Meine Mom hat noch gearbeitet, und es gab so viele Stunden, in denen ich allein war. Ich wollte zurück aufs College gehen und mit meinen Freunden zusammen sein.« Sie biss sich auf die Unterlippe. »Es tut mir leid. Ich weiß, das klingt egoistisch.«

»Nein«, sagte er mit belegter Stimme. »Es klingt, als wärst du zwanzig gewesen und hättest versucht, allein ein Kind aufzuziehen.«

»Ich hoffe, dass du mir das glaubst. Ich konnte dich nicht einfach aufgeben, also habe ich Elaine angerufen.«

Ronan versteifte sich. »Nicht Ceallach.«

Es zuckte um ihren Mund. »Er hatte seine Gefühle bereits klargemacht. Ich wusste, er würde meinen Anruf nicht annehmen. Aber deine Mom war anders. Natürlich habe ich sie nie persönlich kennengelernt, aber er hat ständig von ihr gesprochen. Darüber, wie wundervoll sie ist. Ich hatte das Gefühl, sie wäre jemand, dem ich vertrauen könnte. Im Rückblick weiß ich, wie naiv ich war. Und was für ein Glück du hattest, bei ihr aufwachsen zu können. Als ich ihr sagte, wer ich bin, hat sie nicht aufgelegt. Sie hat mir zugehört. Und als ich ihr von dir erzählt habe, davon, wie überwältigt ich mit allem war, hat sie mir gesagt, ich solle nach Fool's Gold kommen und mich mit ihr treffen. Sie wollte dich kennenlernen.«

Ronan konnte es nicht fassen. Wie hatte Elaine das gemacht? Wie hatte sie so großherzig sein können? Wo war die Wut über das, was ihr Mann getan hatte?

»Am nächsten Tag bin ich mit dir hingeflogen. Als ich am Haus ankam, hatte ich solche Angst. Aber dein Vater war nicht da. Ich bin mir nicht sicher, wo deine Brüder waren, aber an dem Tag waren nur wir drei da. Sie hat dich aus meinen Armen genommen. Ich erinnere mich noch, wie sie dich angeschaut und gelächelt hat.« Pippa sah ihn an. »Das war's. Sie hat einen Blick auf dich geworfen und dann gesagt, sie würde dich aufnehmen und als ihren Sohn aufziehen. Sie hat mir von ihrem Jüngsten erzählt. Einem Baby, das nur wenige Wochen älter war. Sie meinte, sie würde allen erzählen, dass ihr zweieiige Zwillinge wärt. Um den Papierkram hat sie sich gekümmert, das ging dann ganz leicht.«

»Ich dachte immer, Ceallach hätte sie dazu gezwungen«, gab Ronan zu. Er hatte immer noch Schwierigkeiten, das Gehörte zu verarbeiten.

»Ihn habe ich nie wiedergesehen«, erklärte Pippa. »Ich weiß nicht, wie sie deine Anwesenheit erklärt oder was sie ihm erzählt hat. Ich habe dich einfach bei ihr abgegeben und bin gegangen.« Ihr Lächeln war zittrig. »Sie und ich sind in Kontakt geblieben. Nicht oft, aber einmal im Jahr habe ich ein Update bekommen. Es ist schön, zu wissen, wie gut es dir ergangen ist.«

Sie griff in ihre Handtasche und holte einen Umschlag heraus, den sie Ronan gab. »Darin findest du meine Kontaktinformationen sowie die Krankengeschichte meiner Familie. Wir sind eine ziemlich gewöhnliche, gesunde Truppe. Meine Eltern leben noch und würden dich gerne treffen, wenn du daran interessiert bist.«

Sie zögerte. »Ich bin verheiratet. Mein Mann ist Radiologe, und ich bin Hausfrau und Mutter. Ich arbeite ehrenamtlich in einem Frauenhaus und in der örtlichen Bücherei. Nichts Aufregendes. Mein Mann weiß von allem. Meinen Kindern habe ich es jedoch nie erzählt, obwohl ich glaube, sie würden es ziemlich aufregend finden, einen großen Bruder zu haben.«

Sie beugte sich zu ihm. »Ich möchte klarstellen, dass ich mich nicht als deine Mutter betrachte. Das ist Elaine. Aber ich denke sehr oft an dich und wollte, dass du das weißt.«

Ihr Lächeln kehrte zurück. »Ich schätze, das ist alles. Ich fahre jetzt zum Flughafen zurück, mein Flug geht heute Abend.« Sie sah ihn an. »In ein paar Tagen ist ein großes Projekt für den Naturkundeunterricht fällig, und wenn ich nicht da bin, läuft das schief, glaub mir.«

Alles an diesem Moment war so surreal. Er wusste nicht, was er denken oder sagen oder wie er reagieren sollte.

»Warum jetzt?«, fragte er. »Warum bist du ausgerechnet jetzt aufgetaucht?«

»Ich dachte, das wüsstest du?« Sie klang überrascht. »Ich bin hier, weil Elaine mich angerufen und gebeten hat, so bald wie möglich Kontakt mit dir aufzunehmen. Wir waren uns einig, dass ein Telefonat nicht ausreichen würde, also bin ich gleich morgens in das erste Flugzeug gestiegen.«

Das ergab keinen Sinn. Nichts davon. Weder sie noch die Tatsache, dass er jetzt auch etwas über den Rest seiner Familie wusste. Weder ihr Aussehen noch das Leben, das sie lebte. Oder dass sie ohne Vorwarnung aufgetaucht war.

Er erhob sich. »Ich muss los.« Er war schon halb an der Tür, als er noch einmal zum Tisch zurückkehrte und den Umschlag mitnahm. »Danke, dass du mir das alles erzählt hast. Ich melde mich. Ich brauche nur ...«

Sie lächelte. »Du brauchst Zeit. Das verstehe ich, Ronan. Es war schön, dich zu sehen.«

Er nickte und ging zu seinem Truck, um zurück nach Hause fahren. Dort angekommen, blieb er einen Moment in seinem Truck sitzen und fragte sich, was, zum Teufel, er jetzt tun sollte.

21. Kapitel

Natalie konnte nicht fassen, dass sie alles verpasst hatte. Das Auftauchen von Ronans leiblicher Mutter, die Unterhaltung … einfach alles. Sie war die ganze Zeit über in ihrem Büro in der Galerie gewesen und hatte kein einziges Wort gehört. Das war so unfair!

Aber okay. Man konnte die ganze Angelegenheit auch positiv betrachten: Die Spekulationen darüber, was passiert war, stellten eine wundervolle Ablenkung von ihrem gebrochenen Herzen dar. Sie war neugierig und besorgt und hoffnungsvoll und verwirrt auf einmal. Und aus Mathias und Nick etwas herauszubekommen erwies sich als beinahe unmöglich. Sie berichteten ihr nur die Fakten. Doch Natalie wollte wissen, wie Ronan sich gefühlt hatte.

Vierundzwanzig Stunden nach dem unerwarteten Besuch tat Natalie alles, nur um nicht den Weg in die Berge hinaufzufahren und mit Ronan zu sprechen. Nach ihrer letzten, katastrophalen Begegnung wusste sie, dass sie nicht über die Stärke verfügte, ihm von Angesicht zu Angesicht gegenüberzustehen. Es war so schon schwer genug, jeden Tag ins Büro zu gehen und ihre Arbeit zu erledigen. Dort musste sie so tun, als wäre sie nicht am Boden zerstört, würde ihn nicht mit jedem Atemzug vermissen, wäre nicht traurig und so zerbrochen wie zersplittertes Glas.

Sie hatte ihm gesagt, dass sie ihn liebte. Aber das hatte nicht gereicht. Rein rational verstand sie das. Seine Heilung oder Nichtheilung hatte nichts mit ihr zu tun. Nur weil sie sich in ihn verliebt hatte, würde sein Leben nicht plötzlich wieder in Ordnung sein. Auch wenn sie sich das so sehr wünschte. Ihr

Herz schmerzte für ihn und wollte wissen, warum ihre Liebe nicht ausreichte.

Aber natürlich – das, wogegen Ronan kämpfte, hatte nichts mit ihr zu tun. Diese Probleme hatten lange vor ihr bestanden. Dass sie endlich kapiert hatte, was sie für ihn empfand, war natürlich super. Aber es war für niemanden lebensverändernd – außer für sie selbst. Ronan musste seine Vergangenheit allein bewältigen.

Trotzdem musste sie ihn sehen, von ihm gehalten werden. Sie sehnte sich verzweifelte danach, den Duft seiner Haut einzuatmen, zu beobachten, wie er sich bewegte, ihn zu berühren und seine Stimme zu hören. Sie vermisste einfach alles an ihm.

Schlimmer noch, sie wusste, dass er in seinem Kampf ganz allein war. Sie wollte für Ronan da sein, ihm helfen, einfach nur zuhören, während er die neuen Informationen verarbeitete, die er von seiner leiblichen Mutter erhalten hatte. Doch leider sprachen sie beide nicht miteinander – zumindest nicht, soweit sie wusste. Sie hatte ihm gesagt, dass sie ihn liebte, und er war gegangen. Das war nicht gerade eine Einladung, mehr Zeit miteinander zu verbringen.

Also blieb sie zu Hause. Dreimal griff sie nach ihren Schlüsseln und ließ sie dann doch wieder in ihre Tasche fallen. Einmal kam sie sogar bis zu ihrem Auto, bevor sie sich umdrehte und in ihre Wohnung zurückkehrte. Wenn Ronan sie wollte oder brauchte, wusste er, wo sie zu finden war. Sie würde sich ihm nicht aufdrängen. Dazu war das, was er gerade durchmachte, zu wichtig.

Sie versuchte, sich auf die Arbeit zu konzentrieren, aber das funktionierte nicht, also setzte sie sich vor den Fernseher. Auf einem der Sender lief ein *The Big Bang Theory*-Marathon, und die Mätzchen von Leonard und Sheldon lenkten sie für eine Weile ab. So gegen neun Uhr klopfte es an ihrer Tür.

Sofort fing Natalies Herz an, wild zu hämmern. Sie sagte sich, dass es nicht Ronan war, dass sie sich keine Hoffnungen machen sollte. Doch sie konnte nicht anders, als auf dem Weg zur Tür zu beten und zu hoffen.

Er stand auf dem obersten Treppenabsatz und sah müde und verwirrt aus. Sein Gesichtsausdruck zeigte Erschöpfung, seine Schultern waren heruntergesackt.

»Ist es okay, dass ich hier bin?«, fragte er.

Sie zog ihn an der Hand in die Wohnung, dann schlang sie ihre Arme um ihn und hielt ihn ganz fest.

Er ist als Freund hier, sagte sie sich, ich sollte nicht zu viel in die Situation hineininterpretieren. Stumm gab sie sich das Versprechen, nichts Peinliches zu sagen oder zu tun. Sie würde im Hinterkopf behalten, dass sie zuallererst eine Freundin war und erst an zweiter Stelle die Frau, die ihn liebte.

Er erwiderte die Umarmung. Seine starken Arme hielten sie so fest, dass sie kaum Luft bekam. Wie gut sich das anfühlte! So warm und sicher und genau so, wie sie es in Erinnerung hatte. Wenn er sie doch nur niemals wieder loslassen würde.

Doch das tat er, indem er einen Schritt zurücktrat. »Ich wusste nicht, wo ich sonst hingehen sollte.«

»Ist schon gut.«

Sie ging voran in die Küche und holte die Reste des Essens vom Lieferservice aus dem Kühlschrank. Seit ihrem Liebesgeständnis lebte sie von italienischem Essen und Thai-Gerichten mit ab und zu einem mexikanischen Abend dazwischen. Wenn es in ihrem Leben ein Problem gab, waren Kohlenhydrate und Käse immer die beste Antwort.

»Was machst du da?«, fragte er und lehnte sich gegen die Arbeitsplatte.

»Du hast seit mindestens vierundzwanzig Stunden nichts mehr gegessen. Mit etwas Nahrung im Magen wirst du dich gleich besser fühlen.«

Er zog die Augenbrauen zusammen. »Woher weißt du, dass ich nichts gegessen habe?«

»Hast du?«

»Nein.«

Sie schaltete den Ofen ein, gab den gebratenen Reis, das Thai-Basilikum-Hühnchen und eine Käse-Enchilada auf einen Teller. Dann stellte sie den Teller in die Mikrowelle. Während das Essen warm wurde, legte sie zwei Stücke Pizza und drei Frühlingsrollen auf ein Backblech. Das würde der zweite Gang werden.

Sie schenkte ein großes Glas Wasser ein und reichte es ihm. Er trank einen Schluck. Nachdem sie den Tisch gedeckt hatte, öffnete sie ein Bier und stellte es auf sein Set, bevor sie das Backblech in den Ofen schob und den Teller aus der Mikrowelle nahm und vor ihn hinstellte.

»Iss.«

Er nahm die Gabel in die Hand. »Bist du sicher, dass du nichts willst?«

»Ich hatte bereits mehr als genug. Du musst dich nicht unterhalten. Iss einfach. Wir können danach reden.«

Sie nahm ihren Worten die Härte, indem sie eine Hand auf Ronans Schulter legte. Dann stellte sie ihr Handy in die Dockingstation und schaltete Musik an. Sobald er mit seinem improvisierten Mahl begonnen hatte, kochte sie sich einen Kräutertee. Als der durchgezogen war, hatte Ronan seinen Teller leer gegessen, und die Pizza und Frühlingsrollen im Ofen waren warm.

»Ich war am Verhungern«, gab er zu, als sie sich ihm gegenübersetzte. »Das war mir gar nicht aufgefallen. Danke, Natalie.«

»Gern geschehen.« Sie lächelte. »Stell dir meine Wohnung einfach als eine Art internationales Restebuffet vor.«

»Sie ist mehr als das.«

Sie riet sich, besser nichts in seine Worte hineinzulesen. Er war hier, und für den Moment war das genug. Ja, ihr Herz war gebrochen, aber sie kam klar. Allein in Ronans Nähe zu sein sorgte dafür, dass es ihr besser ging. Vielleicht konnten sie einen Weg finden, wieder Freunde zu sein. So hatte das mit ihnen angefangen, und jetzt, wo sie ihn besser kannte, mochte sie ihn noch mehr. Ihn nicht als *den* Mann in ihrem Leben zu haben war schlimm, aber ihn komplett zu verlieren war undenkbar. Wenn sie nicht kündigte und die Stadt verließ, würden sie einander ständig sehen. Wäre es da nicht besser, wenn sie Freunde waren?

Aber zuerst war da seine Vergangenheit.

Sie wartete, während er aufaß und sein Bier halb austrank. Danach lehnte er sich auf seinem Stuhl zurück und sah sie an.

»Du hast gehört, was passiert ist.«

Das war keine Frage. »Nick und Mathias haben mir von deiner leiblichen Mutter erzählt.«

»Ich wusste nicht, ob sie noch lebt.« Er schüttelte den Kopf. »Ich kann es immer noch nicht glauben. Sie war … nett. Ganz anders, als ich es erwartet hatte. Sie hat mir von ihrer Beziehung mit meinem Vater erzählt.« Um seinen Mund zuckte es. »Das ist allerdings nichts, was ich mir vorstellen möchte. Er ist so ein Arsch.«

»Dir gegenüber. Aber nicht zu ihr. Außerdem ist es lange her. Ich bin sicher, damals war er … anders.«

Ronan grinste schief. »Das glaube ich auch. Vor allem im Umgang mit Frauen. Sie hat davon erzählt, wie sie ihn getroffen hat und wie es war, sich in ihn zu verlieben.« Er beugte sich vor und umfasste seine Bierflasche mit beiden Händen.

»Sie war noch ein Kind. Gerade mal neunzehn. Sie kam aus einer Kleinstadt. Er hat mit ihr gespielt.«

»Ich bin froh, dass du nicht wütend auf sie bist.«

»Wie könnte ich? Für jemanden wie ihn war sie nicht gerüstet. Ich kenne ihn schon mein ganzes Leben, und trotzdem drückt er noch meine Knöpfe. Er glaubt nicht an Regeln, also gewinnt er beinahe immer.«

Ronan schloss kurz die Augen, dann sah er Natalie an. »Mein Kopf schmerzt. Ich bin die Geschichte wieder und wieder durchgegangen. Alles, was sie mir über sich erzählt hat … Sie ist verheiratet und hat Kinder. Ich schätze, das sind dann wohl meine Halbgeschwister. Sie hat mir einen Brief dagelassen, in dem sie sagt, dass sie gerne in Kontakt bleiben möchte, wenn ich daran Interesse habe.«

»Und, hast du?«

»Verdammt, ich weiß es einfach nicht.«

»Es ist ziemlich viel zu verdauen.«

Sie wollte die Hand über den Tisch strecken und Ronan berühren, ihm Trost und Unterstützung anbieten. Sie wollte ihn mit in ihr Bett nehmen und ihm auf diese Weise in seinem Heilungsprozess helfen. Aber beides ging nicht. Zwischen ihnen war es jetzt anders. Ihr Geständnis stand zwischen ihnen.

»Nick hat Elaine angerufen«, fuhr er fort.

»Wie bitte?«

»Nick hat ihr erzählt, was zwischen dir und mir vorgefallen ist, und sie gefragt, ob sie wüsste, wie man mit Pippa in Kontakt treten kann. Nick hat das Ganze ins Rollen gebracht.«

Natalie erinnerte sich daran, dass Nick ihr versprochen hatte, die Sache zu regeln. Sie hatte gedacht, er meinte damit, dass er mit Ronan reden wolle. »Bist du sauer auf ihn?«

»Nein. Warum sollte ich? Er hatte keine Ahnung, ob Elaine und Pippa sich kannten. Elaine hat sie nie erwähnt, aber offensichtlich sind sie die ganze Zeit über in Kontakt geblieben.« Er sah Natalie an. »Sie hat meine leibliche Mutter angerufen und ihr gesagt, dass es ein Problem gibt. Innerhalb von vierundzwanzig Stunden war Pippa hier. Was soll ich davon halten?«

»Dass ihnen beiden viel an dir liegt, Ronan. Das hat es schon immer. Ich schätze, sie haben nur auf die Erlaubnis gewartet, helfen zu dürfen.«

Er stieß einen leisen Fluch aus. Aus einem Grund, den sie selber nicht benennen konnte, glaubte Natalie, dass es besser wäre, wenn sie schwieg. Er musste das alles erst einmal verarbeiten.

Sie wollte hoffen, wollte glauben, dass jetzt alles gut werden würde. Er würde erkennen, dass er aus mehr als nur aus Ceallachs Genen bestand. Dass er eine helle Seite hatte, die das Gegengewicht zu der dunklen bildete. Vielleicht würde ihm dann bewusst werden, wie sehr er sie in seinem Leben brauchte. Vielleicht, ganz vielleicht, konnte er sich dann wahnsinnig in sie verlieben, und sie würden glücklich bis ans Ende ihrer Tage leben.

Vielleicht aber auch nicht. Sie wusste nicht, was er dachte oder fühlte. Und auch wenn sie dankbar war, dass er zu ihr gekommen war, hatte sie keine Ahnung, was das zu bedeuten hatte.

»Es war Elaines Entscheidung, mich aufzunehmen«, sagte er plötzlich. »Ich dachte, Ceallach hätte sie dazu gezwungen. Aber sie war diejenige, die das wollte. Er wusste gar nichts davon. Und ihre Liebe und Fürsorge – das hatte nichts damit zu tun, dass sie Ceallach gefallen wollte. Als ich erfahren habe, dass ich nicht ihr Sohn bin, dachte ich, das wäre alles nur geheuchelt gewesen.«

»Aber so war es nicht«, flüsterte Natalie.

»Nein, so war es nicht. Es hat mich immer wahnsinnig gemacht, wenn sie Partei für Ceallach ergriffen hat. Doch vermutlich sind das zwei Seiten derselben Medaille: Sie hat ein großes Herz, deshalb konnte sie den unehelichen Sohn ihres Mannes bei sich aufnehmen. Und aus demselben Grund kann sie nicht anders, als Ceallach zu lieben. Uns alle zu lieben.«

»Sie hat ihre Schwächen, Ronan. Die hat jeder. Wir machen Fehler. Ich bin sicher, wenn sie die Zeit zurückdrehen könnte, würde sie die Sache anders angehen. Würdest du das nicht auch tun?«

Er nickte.

»Du musst mit ihr reden. Ihr sagen, was passiert ist.«

Sehr lange schaute er sie stumm an. Das Schweigen breitete sich immer weiter zwischen ihnen aus. Einen Moment lang hatte Natalie panische Angst, dass sie zu weit gegangen war und er nun wütend auf sie wäre. Dann merkte sie, dass es egal war. Wenn Ronan wütend werden sollte, würde sie ihm sagen, dass er sich irrte. Der Bruch mit der Frau, die ihn aufgezogen hatte, reichte schon viel zu tief, und es war an der Zeit, die Dinge zu richten. Wenn er das nicht sah, war er ein dummer Idiot, und das hatte sie ihm schon mal gesagt.

Bevor sie sich selber innerlich in Rage reden konnte, lächelte er. »Du hast recht. Ich muss nach Fool's Gold. Willst du mitkommen?«

»Was?«

»Ich fahre morgen hin. Komm mit mir. Wir nehmen uns ein paar Tage frei und schauen uns die Gegend an.« Er griff über den Tisch nach ihrer Hand. »Wenn du nicht willst, verstehe ich das, aber ich hoffe, du begleitest mich. Es gibt eine Menge, worüber wir reden müssen.«

Die Hoffnung flammte sofort wieder auf. Natalie wusste, das Klügste wäre, sich zu schützen. Nur wusste sie leider nicht, wie sie das anstellen sollte. Dazu liebte sie Ronan viel zu sehr.

»Natürlich komme ich mit. Wie lange werden wir fort sein?«

Er überlegte kurz. »Wenn wir ganz früh morgens losfahren, können wir am Nachmittag da sein und dann nach San Francisco weiterfahren. Lass uns dort ein paar Tage bleiben und die Stadt erkunden.«

Sie lächelte. »Das würde mir gefallen. Ich schicke eben Atsuko eine Nachricht und sage ihr, dass ich nicht komme. Oh, und ich muss noch packen und …«

Er erhob sich und zog sie auf die Füße. Dann küsste er sie. »Du hast noch einiges zu tun. Ich bin dir da nur im Weg. Morgen früh komme ich zurück. Wie früh ist zu früh?«

»Ist sechs Uhr für dich in Ordnung?« Das war zwar früh, aber sie bezweifelte, dass sie in dieser Nacht überhaupt ein Auge zubekommen würde.

»Sechs Uhr ist perfekt. Ich hole dich ab.«

Ronan gab ihr noch einen Kuss, bevor er ging. Natalie blieb mitten in der Küche stehen. In ihrem Kopf wirbelten die Gedanken durcheinander. Er würde nach Hause fahren, um mit der Frau zu sprechen, die ihn aufgezogen hatte. Das war gut, oder? Er schloss Frieden mit seiner Vergangenheit *und* wollte sie, Natalie, dabeihaben. Vielleicht glaubte er, dass es eine gemeinsame Zukunft für sie gab. Ronan war vieles, aber er war nicht gemein. Er wusste genau, was sie empfand, und sie vertraute darauf, dass er sie nicht an der Nase herumführte.

Ich werde es herausfinden, sagte sie sich und räumte die Küche auf, bevor sie ins Schlafzimmer ging, um zu überlegen, was sie mitnehmen sollte. San Francisco war eine wunderschöne Stadt, aber ein wenig schicker als Happily Inc. Was Fool's Gold anging, hatte sie keine Ahnung. Die Autofahrt würde lang dauern, also war es wichtig, etwas Bequemes anzuziehen. Aber am anderen Ende würde Ronans Mutter auf sie warten! Nicht, dass Natalie sie notwendigerweise kennenlernen würde, aber trotzdem. Sie brauchte einen Plan.

Um zwei Uhr morgens war sie so bereit, wie sie nur sein konnte. Jetzt musste sie nur noch abwarten und gucken, wie sich die Ereignisse entwickelten. Und hoffen, dass Ronan, wenn alles vorbei war, zugeben würde, dass er sie in seinem Leben brauchte.

»Danke, dass du mich begleitest«, sagte Ronan, als sie auf die Interstate 5 fuhren. Er sagte sich schon die ganze Zeit, dass alles gut war, aber dennoch gelang es ihm nicht, die Anspannung abzuschütteln, die ihn erfasst hatte.

Natalie verlagerte ihr Gewicht auf dem Beifahrersitz. »Du hast mir bereits tausend Mal gedankt. Ich freue mich, bei dir zu sein.«

»Tausend Mal? Wirklich?«

Sie lachte. »Okay, vielleicht eher vierhundert. Aber trotzdem.«

Er streckte den Arm über die Mittelkonsole aus und ergriff Natalies Hand. Sie drückte seine Finger. Bisher hatten sie noch nicht über ihre Beziehung gesprochen, aber er wusste, dass die Zeit kommen würde. Natalie hatte es verdient, zu hören, was er empfand. Und das würde er ihr auch sagen, sobald er die Sache mit Elaine geklärt hatte.

Seit ein paar Tagen schon hatte er nicht mehr richtig geschlafen, doch er war nicht müde. Eher rastlos. Das Adrenalin trieb ihn an. Irgendwann würde er schlafen müssen, doch nicht, bevor das alles gelöst war.

»Ich habe ein Zimmer in einem Hotel in San Francisco reserviert«, erklärte er. »Sowohl für heute als auch für morgen Nacht. Dann haben wir einen ganzen Tag für unser Sightseeing-Programm.«

»Das gefällt mir. Hast du Elaine gesagt, dass wir vorbeikommen?«

Er nickte. »Ich habe ihr gestern Abend eine Nachricht geschickt. Sie meinte, sie wäre den ganzen Nachmittag über zu Hause.«

Was Ceallach betraf, war er sich nicht sicher. Er hatte kein Interesse daran, seinen Vater zu sehen. Aber wenn der alte Mann da wäre, würde Ronan versuchen, damit bestmöglich umzugehen.

»Du hast gesagt, dass es in deiner Heimatstadt viele Festivals gibt«, sagte Natalie. »Was wird da gefeiert?«

»Einfach alles. Es gibt ein Wasserski-Festival im Sommer und einen Auflauf-Wettbewerb im Winter. Dazu jedes Mal Paraden und Festumzüge.« Er grinste sie an. »Weihnachten ist am besten. Von Thanksgiving bis Silvester ist immer etwas los. Direkt nach Thanksgiving wird der große Weihnachtsbaum auf dem Marktplatz im Zentrum der Stadt aufgestellt. Es gibt einen Tag des Gebens, an dem alle örtlichen Wohltätigkeitsvereine Stände haben, und es gibt das Fest zur Adoption von Tieren aus dem Tierheim. An Weihnachten sind wir immer zum *Tanz des Winterkönigs* gegangen, einem Stück, das von der örtlichen Tanzschule aufgeführt wird, und danach zur Mitternachtsmesse.«

»Wow, bei euch war ja wirklich was los.«

»Oh ja. Dort aufzuwachsen war super. Wir konnten so viel herumlaufen, wie wir wollten. Die Stadt ist sehr sicher und freundlich. Wenn einer von uns in Probleme geraten ist, hat immer jemand zu Hause angerufen und Bescheid gesagt.«

»Das ist nett. Du warst bestimmt sehr glücklich.«

»Das war ich. Ich hatte meine Brüder.« Vor allem Mathias, dachte er. Damals, als sie noch Zwillinge gewesen waren. Teil einer Einheit – sie beide gegen den Rest der Welt. Das fehlte ihm.

»Ich habe gar nicht gewusst, dass du ganz in der Nähe gewohnt hast«, sagte er, um das Thema zu wechseln. »Sacramento ist nur ein paar Meilen entfernt.«

»Du meinst, was wäre, wenn wir uns damals kennengelernt hätten?« Natalie lächelte. »Ich weiß nicht, was dann passiert wäre.«

»Ich hätte dich gerne meiner Mom vorgestellt.«

Sie drückte seine Hand. »Das hätte mir gefallen. Auch wenn ich glaube, dass sie mich vor dir gewarnt hätte.«

»Warum?«

»Du bist ein kleiner Bad Boy.«

»Ach was.«

Ronan bog von der Interstate auf den Forest Highway ab. Während sie fuhren, zeigte er auf verschiedene Gebäude. Die Bücherei und das Polizeirevier. Er erzählte Natalie von seinen Lieblingsrestaurants, und als sie nach Norden auf die Mother Bear Road bogen, wies er sie auf das Gebäude von Score PR hin.

»Die Agentur gehört ehemaligen Footballspielern«, erklärte er.

»Ich bin nicht wirklich ein Sportfan«, gab sie zu.

»Was für eine Überraschung.«

Sie grinste.

Doch als sie sich dem Haus näherten, in dem er aufgewachsen war, wurden sie beide still. Er hatte das Gefühl, Natalie spürte seine Anspannung. Was sollte er nach all der Zeit zu der Frau sagen, die ihn großgezogen hatte?

Noch immer war er sich nicht völlig im Klaren darüber, was er bezüglich der ganzen Sache empfand. Die Informationen waren noch zu neu, zu überraschend. Er war froh, dass Elaine ihn aufgenommen und ihn so vor dem Heim bewahrt hatte. Er war dankbar, dass sie ihn zu einem der ihren gemacht hatte. Während seiner Kindheit und Jugend hatte er nicht ein einziges Mal das Gefühl gehabt, nicht ihr eigenes Kind gewesen zu sein. Sie hatte ihn als ihren fünften Sohn aufgezogen, hatte ihn geliebt, in bestraft, ihn unterstützt. Sie war immer für ihn da gewesen, genauso wie für seine Brüder. Ja, sie hatte ihm die Wahrheit vorenthalten, aber er verstand langsam, wie das hatte passieren können. Sobald ein Geheimnis erst einmal in der Welt war, neigte es dazu, ein Eigenleben zu entwickeln und im Laufe der Zeit immer größer zu werden.

Er wusste, er konnte sich weiter über das, was sie getan hatte, beschweren. In Wahrheit hatte es nie einen guten Zeitpunkt gegeben, um seine Welt zu zerstören. So, wie Elaine nun einmal war, hatte sie auch Ceallach beschützen wollen – eine Schwäche, die sie nach all diesen Jahren bestimmt immer noch nicht abgelegt hatte. Sie war, wer sie war, und ihretwegen war er zu dem Mann herangewachsen, der *er* nun war.

Er bog auf die lange Auffahrt ein. Das Haus lag am Rande der Stadt, damit Ceallach Ruhe und Platz zum Arbeiten hatte. Als Kind hatte Ronan es geliebt, im Wald herumzustromern, der direkt an ihr Grundstück angrenzte. Jetzt sah er, wie isoliert das Haus lag, und fragte sich, ob sich Elaine vielleicht wünschte, näher an der Stadt zu leben.

Bei der Garage hielt er an und schaltete den Motor aus.

»Ich habe keine Ahnung, was ich sagen soll«, gab er zu.

»Das kommt. Ich warte hier. Ihr zwei braucht ein wenig Zeit, um die Luft zu reinigen.« Sie zeigte auf ihre Tasche. »Ich habe mir ein Buch mitgenommen – ich werde die Zeit nutzen, um zu lesen. Du kannst mich holen, wenn alles geregelt ist.«

Er wollte ihr sagen, dass er sie an seiner Seite brauchte, doch er wusste, dass sie recht hatte. Wie immer. Später, wenn das hier hinter ihnen lag, gab es vieles, worüber er mit ihr reden wollte. Aber erst dann.

»Es wird nicht lange dauern«, sagte er und gab ihr einen Kuss, bevor er ausstieg.

Er wandte sich zum Haus um. Die Tür ging auf, und Sophie, Elaines kleine Beagle-Hündin, rannte auf die Veranda hinaus. Als sie ihn sah, raste sie bellend und fröhlich mit dem Schwanz wedelnd auf ihn zu. Er ging in die Hocke und begrüßte sie, bevor er zum Haus ging.

Elaine stand an der Haustür. Sie sah aus wie immer – vielleicht ein wenig älter und mit etwas mehr Grau in den dunklen Haaren, aber ansonsten war sie die Frau, die ein Leben lang für ihn da gewesen war. Sie lächelte, als sie ihn erblickte. Im Näherkommen sah er, dass in ihrer Miene weder Verärgerung noch Vorwürfe oder Verurteilung lagen. Das sollte ihn nicht verwundern, denn so war es mit ihr schon immer gewesen.

Tausend Gedanken rasten durch seinen Kopf. Genau wie er eben zu Natalie gesagt hatte, wusste er nicht, wie er ein Gespräch mit Elaine beginnen sollte. Wie sollte er alles, was passiert war, in Worte fassen und erklären? Nicht nur das mit Pippa, sondern auch den ganzen Rest. Wie er sich gefühlt hatte. Seine Wut und Angst und Sorge. Elaine würde es womöglich nicht verstehen, aber er spürte, dass sie darüber reden wollte, um zu heilen, was auch immer möglich war. Er wollte ihr dafür danken, dass sie für ihn da gewesen war, ihn geliebt hatte, ihn daran hatte glauben lassen, dass er alles schaffen konnte. Doch wie, zum Teufel, sollte er all das sagen, wenn er nicht wusste, wie er anfangen sollte?

Sie sahen einander an. Ihr Lächeln wurde breiter, und Tränen stiegen ihr in die Augen.

»Du bist wirklich gekommen.«

»Das bin ich.« Er öffnete den Mund, schloss ihn wieder. Dann endlich streckte er die Arme aus, als er begriff, dass die Sache im Grunde genommen ganz einfach war. »Du hast mir gefehlt, Mom«, sagte er.

»Oh Ronan. Ich war immer hier und habe auf dich gewartet. Ich dachte, das wüsstest du.«

»Jetzt weiß ich es.«

Natalie hatte keine Tränen mehr. Auch Freudentränen sind anstrengend, dachte sie zufrieden, als sie Elaine ein letztes Mal umarmte, bevor sie wieder losfuhren.

Die Ordnung war wiederhergestellt. Natalie wusste, es würde noch Hubbel auf dem Weg geben, aber Ronan und seine Mutter hatten – vermutlich zum ersten Mal überhaupt – miteinander über die Vergangenheit geredet und darüber, was die für sie beide bedeutet hatte. Elaine hatte sich bei ihm dafür entschuldigt, ihm nie von Pippa erzählt zu haben, und er hatte bedauert, ohne ein Wort gegangen zu sein. Die beiden haben ein ganzes Leben voller Liebe, auf das sie zurückgreifen können, dachte Natalie glücklich. Das würde jeden Sturz abfedern.

»Wir bleiben in Verbindung?«, fragte Elaine nervös, als sie ihren Sohn und Natalie zur Tür begleitete.

»Versprochen«, sagte Ronan. »Ich rufe an. Ich schicke Nachrichten. Du wirst mich bald leid sein.«

»Das glaube ich kaum.«

Elaine wandte sich an Natalie. »Danke, dass du mitgekommen bist. Er brauchte die Unterstützung.«

»Ich freue mich, hier gewesen zu sein.«

Sie tätschelten noch einmal Sophie, dann gingen sie zum Truck. Ronan hielt Natalie die Tür auf, bevor er einen Blick zurück zum Haus warf.

»Was denkst du?«, fragte sie leise.

»Dass ich ein Idiot gewesen bin. Ich dachte, ich bräuchte das hier nicht, bräuchte sie nicht. Ich dachte, ich gehöre nicht dazu.« Er drehte sich zu ihr um. »Danke, dass du mir gesagt hast, wie dumm es von mir war, mich von alldem abzuwenden.«

»Gern geschehen.« Sie stieg ein.

Er sah zu, wie seine Mutter ins Haus zurückkehrte. »Ich habe aufgehört, das zu sehen, was sie für mich getan hat. Ich habe vergessen, was wichtig war, und mich nur auf eine einzige Lüge konzentriert. Ich hätte mich an alles andere erinnern sollen, doch das habe ich nicht.« Er sah wieder zu Natalie. »Aber jetzt erinnere ich mich.«

»Gut. Du bist nicht böse auf Nick, oder? Ich meine, weil er sie angerufen hat?«

»Nein. Er hat das Richtige getan.« Er berührte ihren Arm. »Es tut mir leid, dass du in all das hineingezogen worden bist. Ich habe dir wehgetan, dabei habe ich genau das immer vermeiden wollen.«

»Ich bin zäher, als ich aussehe.«

»Das stimmt.«

Sein Blick blieb an ihrem Gesicht hängen. Natalie versuchte, zu erkennen, was er dachte, doch es gab so viel, worüber sie noch nicht geredet hatte, so viel, was ungeklärt war. Sie wusste nicht, was sie sagen sollte, also überlegte sie, dass sie es ihm überlassen sollte, diese Unterhaltung anzufangen. Was klug und erwachsen klang, aber überhaupt nicht ihre Art war.

»San Francisco?«, fragte er.

»Ich kann es kaum erwarten.«

Die Fahrt in die Stadt verlief relativ schnell, weil sie eine der wenigen Zeiten erwischt hatten, in denen der Verkehr nicht so dicht war. Bevor Natalie die Chance hatte, zu entscheiden, was sie sagen oder nicht sagen wollte oder ob sie auf einem eigenen Zimmer bestehen sollte, fuhren sie auch schon vor dem Ritz

Carlton vor. Sie musterte den eleganten Eingang. Offenbar hatte Ronan vor, sie nach allen Regeln der Kunst zu verwöhnen. Darin war der Mann unglaublich gut.

Schnell hatten sie eingecheckt und standen kurz darauf im Fahrstuhl und dann auf dem Flur vor ihrer Zimmertür.

Ronan öffnete und ließ Natalie den Vortritt. Sie betrat eine wunderschöne Suite.

Es war kurz vor Sonnenuntergang, und das Erste, was Natalie sah, war der Ausblick über die Stadt mit der Bucht davor. In dem Raum standen ein paar Sofas, und eine weitere Tür führte, wie Natalie vermutete, ins Schlafzimmer. Doch das war alles nicht mehr wichtig, als sie die Champagnerflasche sah, die in einem Eiskühler stand, und die Rosenblätter, die auf dem Boden verteilt lagen.

Sie schaute Ronan an, der zu ihr trat. Er führte sie zum großen Sofa und zog sie neben sich.

»Als du mir gesagt hast, dass du mich liebst, konnte ich damit nicht umgehen«, sagte er und schaute ihr in die Augen. »Du hast mich überwältigt.«

Auf gute oder schlechte Weise? Bevor sie fragen konnte, sprach er weiter.

»Du bist die umwerfendste Frau, die ich je getroffen habe. Dein Geist, dein Optimismus, deine Schönheit. Du hast das großzügigste Herz. Du bist klug und stur, und ich bin jeden Tag dankbar, dass ich die Möglichkeit hatte, dich kennenzulernen.«

Er berührte ihre Wange und lächelte. »Ich hingegen bin ein launischer Mistkerl, der niemanden mag und nur selten das Gute in der Welt sieht.«

»Das stimmt nicht.«

»Ein wenig schon, aber ich bin dabei, mich zu verändern. Ich werde zu einem besseren Menschen.« Seine Miene wurde ernst. »Ich hatte Angst davor, wer ich bin. Besser gesagt: Ich hatte Angst, mich in meinen Vater zu verwandeln. Ich war von der Vorstellung besessen, obwohl ich wusste, wenn ich mich weiter auf das konzentriere, was ich nicht will, wird es eintreten. Ich brauchte ein größeres Vorbild. Vor etwas davonzulaufen hat nicht genügt; ich musste wissen, worauf ich zulaufe. Und dann bist du in mein Leben gestolpert.«

»Ich bin nicht gestolpert«, flüsterte sie. Die Hoffnung ließ ihr den Atem stocken. Sie liebte alles, was er bisher gesagt hatte.

»Du bist mit deinem Auto gegen einen Baum gefahren.«

»Es hat geregnet und war somit nicht mein Fehler. Wenn du dir die Mühe gemacht hättest, dein Handy mit nach Hause zu nehmen, wäre das alles nicht passiert.«

»Ich weiß. Daran denke ich oft. Wie anders dann alles gekommen wäre – und was für eine Tragödie das wäre.« Er legte seine Hände an ihre Wangen und küsste sie. »Du bist mein Wunder, Natalie. Du bist der beste Mensch, den ich kenne, und ich bin dir dankbar für alles, was du für mich getan hast. Ich habe keine Ahnung, warum du jemanden wie mich magst, aber ich werde das Geschenk annehmen und hoffen, dass du nie deine Meinung änderst.«

Er glitt zu Boden. Für einen Moment war Natalie verwirrt, dann sah sie, dass er auf einem Knie ruhte.

Ihr Herz geriet ins Stolpern. Sie konnte nicht atmen, wollte aber auch auf keinen Fall anfangen zu schluchzen, weil sie nicht zu den Frauen gehörte, die weinend gut aussahen.

Ronan griff um sie herum und holte hinter dem Sofakissen eine kleine Ringschatulle heraus. Er ließ den Deckel aufschnappen und enthüllte einen umwerfenden, wunderschönen Brillantring.

»Natalie, ich liebe dich. Das tue ich schon sehr lange. Mit dir zusammen zu sein ist der beste Teil meiner Tage. Ich will, dass wir unsere Leben miteinander teilen. Ich möchte Kinder mit dir haben und mit dir alt werden. Ich will in der Menge stehen und jubeln, wenn du Preise und Anerkennung für deine brillante Kunst bekommst. Und ich will den Rest meines Lebens damit zubringen, dich glücklich zu machen. Willst du mich heiraten?«

»Ich weiß nicht, was ich sagen soll«, gab sie zu und lachte dann. »Ja. Ja! Ich liebe dich, Ronan. Natürlich will ich dich heiraten.« Sie schlang ihre Arme um ihn und hielt ihn fest, als wolle sie ihn nie wieder loslassen. Er hielt sie genauso fest, bevor er ihr den Ring an den Finger steckte. Er passte perfekt. Allein ihn anzusehen ließ ihr Herz schneller schlagen. Vielleicht lag das aber auch an der Nähe zu Ronan.

»Ich liebe dich«, flüsterte er. »Für immer. Versprochen.«

Tief im Herzen wusste sie, dass er dieses Versprechen halten würde. Ronan würde sie beschützen und für den Rest ihres Lebens ein unglaublicher Partner sein.

Er küsste sie und führte sie dann zum Fenster. Sie sahen zu, wie das letzte Sonnenlicht schwand und die Stadt mit funkelnden Lichtern zum Leben erwachte. Der Anblick war fantastisch und voller Möglichkeiten.

»Es gibt hier einen Balkon«, flüsterte Ronan ihr ins Ohr. »Ich habe ein paar Bögen ökologisch abbaubares Recyclingpapier mitgebracht.«

Natalie grinste. »Ein Papierflugzeugwettbewerb?«

»Ganz genau. Ich habe heimlich geübt.«

»Glaubst du, du hast eine Chance?«

Er schaute ihr in die Augen, bevor er sie erneut küsste. »Seit der ersten Sekunde, in der ich dich kennengelernt habe, hatte ich keine Chance, und dafür bin ich dankbar.«

»Ich auch. Für immer.«

Informationen zu unserem Verlagsprogramm, Anmeldung zum Newsletter und vieles mehr finden Sie unter:

www.harpercollins.de

Susan Mallery
Planst du noch oder liebst du schon?
€ 9,99, Taschenbuch
ISBN 978-3-95649-818-3

Happily Inc, so heißt die Kleinstadt am Rande der kalifornischen Wüste, in der der Legende nach seit dem 19. Jahrhundert jeder die wahre Liebe findet. Hier wird fast täglich geheiratet, und Weddingplanerin Pallas Saunders übertrifft sich selbst bei den ausgefallensten Hochzeiten. Aber ihr eigenes Liebesglück? Das muss warten, der Job geht vor – das denkt Pallas zumindest, bis sie dem Künstler Nick Mitchell begegnet und der Zauber von Happily Inc auch sie für immer umfängt.

www.mira-taschenbuch.de

Susan Mallery
Die Liebe trägt Giraffenpulli
€ 9,99, Taschenbuch
ISBN 978-3-95649-821-3

In ihren Träumen wird die Wildhüterin Carol Lund von ihrem sexy Nachbarn leidenschaftlich geküsst. Aber leider sieht der Künstler Mathias Mitchell in ihr nur eine gute Freundin. Kein Wunder, denn sie passt nicht in sein Beuteschema. Sie will sich verlieben, bevor sie jemanden küsst. Und doch kommt sie Mathias sehr viel näher, als sie ihm mit einem eigensinnigen Beagle hilft. Im Gegenzug unterstützt er sie dabei, für ihre Giraffe Millie eine Gefährtin zu finden. Ob für Carol doch alle Träume wahr werden?

www.mira-taschenbuch.de

Susan Mallery
Es muss ja nicht gleich Liebe sein
€ 9,99, Taschenbuch
ISBN 978-3-95649-857-2

Jeder in Lone Star Canyon hält sie für das perfekte Paar – nur Nora und Stephen streiten es ab. Dabei sind die temperamentvolle Friseurin Nora und Dr. Stephen Remington ein unschlagbares Team: Gemeinsam kümmern sie sich während eines Tornados um Verletzte, sprechen Mut zu und versorgen Wunden. Praktischerweise liegen Salon und Praxis einander gegenüber. Außerdem sieht ein Blinder, wie es zwischen Nora und Stephen knistert. Keiner der beiden will mehr eine feste Bindung eingehen. Aber wenn die Küsse so gut schmecken wie Schokolade, muss es ja auch nicht gleich Liebe sein!

www.mira-taschenbuch.de

Susan Mallery
Mein Herz sucht Liebe
€ 10,99, Taschenbuch
ISBN 978-3-95649-668-4

„Und rosafarbene Schwäne, die auf dem Pool schwimmen …"
Courtney ist entschlossen, ihrer Mutter eine Traumhochzeit in Pink zu organisieren. Auch wenn sie selbst die rosarote Brille schon lange abgesetzt hat. Ihre beiden Schwestern, Rachel und Sienna, sind ihr keine große Hilfe, da diese ebenfalls nach Enttäuschungen dem „schönsten Tag im Leben" mehr als kritisch gegenüberstehen. Oder kann das neue Glück ihrer Mom den drei Schwestern beweisen, dass es nie zu spät ist, sein Herz zu öffnen?

www.mira-taschenbuch.de